千帆看尽,只为等你

薛莲 著

四川大学出版社

项目策划：段悟吾　吴连英
责任编辑：陈　蓉
责任校对：吴连英
封面设计：天恒仁文化传播
责任印制：王　炜

图书在版编目（CIP）数据

千帆看尽　只为等你 / 薛莲著． — 成都：四川大学出版社，2019.12
　　ISBN 978-7-5690-3369-4

Ⅰ．①千… Ⅱ．①薛… Ⅲ．①长篇小说－中国－当代 Ⅳ．① I247.5

中国版本图书馆 CIP 数据核字（2020）第 010591 号

书名	千帆看尽　只为等你
著　者	薛　莲
出　版	四川大学出版社
地　址	成都市一环路南一段 24 号（610065）
发　行	四川大学出版社
书　号	ISBN 978-7-5690-3369-4
印前制作	天恒仁文化传播
印　刷	成都市兴雅致印务有限责任公司
成品尺寸	160mm×230mm
印　张	22
字　数	315 千字
版　次	2020 年 4 月第 1 版
印　次	2020 年 4 月第 1 次印刷
定　价	88.00 元

◆ 版权所有　◆ 侵权必究

◆ 读者邮购本书，请与本社发行科联系。
　电话：(028)85408408/(028)85401670/(028)86408023　邮政编码：610065
◆ 本社图书如有印装质量问题，请寄回出版社调换。
◆ 网址：http://press.scu.edu.cn

四川大学出版社
微信公众号

CONTENTS 目录

第一章　人生初见 …………………… 001

第二章　下了眉头上心头 …………… 012

第三章　世事如棋 …………………… 017

第四章　嫁人如乘车 ………………… 028

第五章　"燕高""贵交"同一梦 …… 040

第六章　有小有老有"丹麦" ……… 055

第七章　往事知多少 ………………… 070

第八章　当顶炮　马儿跳 …………… 079

第九章　好事成双 …………………… 090

第十章　只可意会 …………………… 096

第十一章　心里有野兽 …………………………………… 101

第十二章　舌头缝了两针 ………………………………… 112

第十三章　一座山和一层纸 ……………………………… 117

第十四章　活得精彩点 …………………………………… 127

第十五章　北国风光 ……………………………………… 138

第十六章　笑也过哭也过 ………………………………… 146

第十七章　天使来敲门 …………………………………… 153

第十八章　果树开花 ……………………………………… 158

第十九章　吃了秤砣铁了心 ……………………………… 162

第二十章　有活干有饭吃有钱赚 ………………………… 170

第二十一章　道可道　非常道 …………………………… 177

第二十二章　您是去斯卡保罗集市吗 …………………… 184

第二十三章　三下五除二 ………………………………… 192

第二十四章　爱有天意 …………………………………… 198

第二十五章　输与赢 ……………………………………… 203

第二十六章　她的血管里流着你的血 …………………… 208

第二十七章　梦开始的地方 ……………………………… 214

第二十八章　山雨突来 …………………………………… 218

第二十九章　蒲苇与磐石 ………………………………… 224

第三十章　　留住仙女 …………………………………… 230

第三十一章　因为有缘才相聚 …………………… 238

第三十二章　东风和西风 ……………………… 245

第三十三章　裂缝是光照进来的地方 ………… 255

第三十四章　明天和意外 ……………………… 259

第三十五章　心即理 …………………………… 264

第三十六章　你命里缺我 ……………………… 275

第三十七章　小马过河 ………………………… 279

第三十八章　日子和诗 ………………………… 285

第三十九章　磁性极强的 Fe_3O_4 …………… 290

第四十章　治企业如烹小鲜 …………………… 304

第四十一章　最想种下一匹小马驹 …………………………… 309

第四十二章　不须言语表深心 ………………………………… 314

第四十三章　良缘好合 ………………………………………… 318

第四十四章　在路边鼓掌的人 ………………………………… 323

第四十五章　成为你自己 ……………………………………… 329

第四十六章　沿河看柳 ………………………………………… 334

第四十七章　天使的脚步 ……………………………………… 338

第一章
人生初见

　　无尽的黑夜对马承骏来说，简直就是一个穿越时空的球幕影院，白天的疲劳都随着西山落日沉入了苍茫宇宙。在黑黢黢的夜里，他喜欢独自一人，按照他熟悉的方式，和住在心里的那一轮明月默然相守，把她的一言一语、一颦一笑都搬到黑色天幕上，像电影一样，一场接一场地循环播放，主角永远都只有一个，那就是他心目中的女神——吴昕瑜。

　　自从邂逅吴昕瑜，马承骏就开始反复咀嚼大诗人王维种下的那颗千年红豆的滋味。白天想她，晚上想她，鼻子眼里、锅里碗里都是她，好像五魂六魄也已经被她吸了去。他辗转反侧，难以入眠，索性披衣起身去了书房。每当心绪不宁，他就凝神练字。

　　他不停地写，把司马相如的《凤求凰·琴歌》写了十多遍。

　　"有一美人兮，见之不忘。一日不见兮，思之如狂。凤飞翱翔兮，四海求凰。无奈佳人兮，不在东墙。将琴代语兮，聊写衷肠……"看窗外天色，正值黎明前的黑暗，他又提起毛笔，在左手的掌心里用工整的小楷写了"吴昕瑜"三个字。黑色的墨汁顺着他的手纹逐渐蔓延，他感到吴昕瑜已经顺着毛孔穿过了他的皮肤，渗进了他的血管。他禁不住屈

指成拳,紧紧握住,好像这样做,就能把吴昕瑜永远攥在手心里了。

第一次和吴昕瑜见面,马承骏就感到他身体里那些昏睡了二十多年的细胞像睡狮惊醒一样,全都振作了起来。

那天下午,马承骏顺路捎一份资料到海艺传媒公司。他坐在会客大厅,看太阳从西边的玻璃幕墙照射进来,金碧辉煌的大厅像童话里的殿堂一样闪闪发光,那时他还不知道吴昕瑜是何人。等了一会儿,东边的电梯门开了,出来几个人,其中一个穿着裙装的年轻女子径直向他这边走来。她体态婀娜,长发披肩,容貌秀丽,飘然若仙。

马承骏的目光顿时被粘住了,眼看她款款来到面前。

"请问您是华安公司的马部长吗?"她问。

听到她的问话,马承骏这才一下子回过神来,赶忙把脑细胞调整到正常工作频道,把资料交到了她手上。她又问了几个相关的数据,马承骏都一五一十地回答了。

她低头翻看材料时,马承骏看到她雪白的脖子上戴着一个铂金项链,吊坠是幸运草的艺术造型。她大体翻看了一下资料,然后抬起头说:"资料就先这样吧,如果有什么问题再联系。"

马承骏忙说:"那我们留个手机号吧!如果有什么需要,你直接联系我就行。"

"嗯,好吧。"她的声音像春天的微风徐徐而来,似乎还有股淡淡的芳香。

马承骏继续说:"我的名字叫马承骏,骏马的马,骏马的骏,承上启下的承,这样你就好记了吧!"

她听了笑着点了点头。两人互留了联系方式。

目送吴昕瑜走进电梯,马承骏按捺住心头喜悦的滚滚波涛,又坐到沙发上慢慢清醒了一会儿。他想,老天爷你总算睁开眼了,在我27岁时让我遇到了一见钟情的女人。想到这里,马承骏浑身透着一股爽快劲。这些年来,因为找对象的事,东不成,西不就,他被亲朋好友数落

第一章
人生初见

得头皮发麻，现在好啦，终于有了一见倾心的目标。

马承骏开着车往回走，脑细胞依然兴奋着。他边走边想，看外表她大概有二十四五岁，现在只知道她是海艺传媒公司策划部的部长，关键还不知道她有没有男朋友。马承骏恨不得上天入地，把所有关于她的信息都搜罗出来，看看造物主究竟经历了怎样的造化和轮回，才终于生就了一个让他如此着迷的女人。

正当他天马行空时，手机响了，一看是米颖的电话。米颖说刚从网上给他买了一件方格的纯棉衬衣，大概三四天时间就能快递到家，让他注意查收。

"我衣服已经够多了，和你说过不要再给我买衣服了，怎么又买了呢？这不是浪费嘛。"

"什么叫浪费？我觉得你穿上肯定好看，只要你穿着好看就值得，怎么是浪费呢？！"

"唉！那好吧，反正你是常有理，我开着车呢，先这样吧。"

马承骏回到他的住处，看到客厅、卧室已经被米颖打扫得干干净净。餐桌上留了个纸条：冰箱里有做好的酱牛肉。

米颖是个好姑娘，自从经人介绍认识后，她一直不离不弃地陪在马承骏身边。可在马承骏心里，他们之间的感情就像兄妹一样，可以嘘寒问暖，可以手足情深，甚至可以拔刀相助，却唯独没有爱情火花。但米颖不这么考虑，她说一块石头揣在怀里时间久了都可以捂热，何况是一个大活人呢。她觉得感情是可以培养和转化的，坚信只要功夫深，铁杵磨成针。

有一次，他们两个因为意见不合再次闹了别扭，米颖痛定思痛地说："你在追求你的梦想，我在实践我的理想，我们俩谁也说服不了谁，既然这样，那我们就定个君子之约吧！你三十岁之前，不管你是否爱我，只要你还没找到合适的女朋友，我都会等你；你三十岁之后，如果你还没有爱上我，无论如何我都会立即离开你，我们彼此成全，永不再

见！"

马承骏听了无奈地说："如果你觉得这是最好的方法，我就不违背你的意愿了，就按照你说的办吧。"

为了马承骏找对象的事，老妈和老爸也没少操心，房子家具早就提前给他置办好了，可谓万事俱备只欠东风，可是相亲了一箩筐，却一个也没成。自从米颖出现以后，老妈心里感到踏实了许多。米颖虽不是如花似玉，但长相也算端庄，处事大方，对马承骏很体贴，对长辈也敬重，所以老妈在儿子的爱情沙漠中似乎看到了一片绿洲，感到有了希望，盼着他俩早点修成正果。可事与愿违，马承骏还是那句话：没找到感觉。老妈也搞不懂到底什么样的女人才能让她的宝贝儿子有感觉。儿大不由娘，老妈也无计可施，索性不再多问。

马承骏负责的企管部一共有六个人，他在单位组织的干部竞聘上岗中表现优秀，被提拔为企管部部长，试用期一年。工作之余，马承骏通过关系各方打听，对吴昕瑜的情况有了大致了解。吴昕瑜今年25岁，大学毕业后来到海艺传媒公司工作，业务能力很出色，被领导破格提拔为策划部部长，人品相貌都是一流，各方面条件也都不错，可遗憾的是她已经有男朋友了。据说男朋友是大学同学，目前在上海工作。这个消息对马承骏而言，就像是一锅麻辣烫，心情麻辣感觉烫手。特别是吴昕瑜有男朋友的事实，恰似在他的美梦上泼了一盆冷水。他冥思苦想了半天，又觉得也许还有一线希望，俗话说，近水楼台先得月，毕竟她男朋友远在上海，将来的发展也是个未知数，只要他俩还没有结婚，一切就都在变化之中。他想，目前最重要的问题是吴昕瑜和她男朋友的关系，他们到底谈到什么程度了，弄清楚这一点是当务之急。

跟铁哥们张梁聊天时得知他和吴昕瑜公司的乔总关系不错，马承骏心思一动，打算先从这里打开一扇眺望吴昕瑜的窗口。

他专门请张梁吃饭，把自己对吴昕瑜一见钟情的事和盘托出，然后又把吴昕瑜有男朋友的现状如实相告。

张梁听完他的话说："兄弟，我奉劝你一句，别白费功夫了，人家都有男朋友了，难道你想当第三者吗？这个事，不是我不想帮，而是于情于理我都不能帮。"

马承骏说："人家说为朋友两肋插刀，你倒是好，先给我当头一棒！我知道她有男朋友，但也仅仅只是男朋友嘛，如果她已经定亲或者结婚，我就不会再对她有企图了，兄弟我也不是不明事理的人。据我所知，她目前只不过是正在谈恋爱，到底谈得怎样，谈到什么程度，咱现在也不知道，或许谈得并不如意呢。再说，物竞天择，适者生存，在爱情面前，我和她男朋友都是平等的，只要她还没做出最后的决定，我就还有机会。天地良心，我是真心实意喜欢她，我相信我能给她一辈子的幸福，否则我也不会麻烦大哥你。机会都是自己争取的，关键时候没有条件创造条件也要上，你说是吧？"

张梁说："你这个事在我看来就是自讨苦吃，你不仅仅是没有条件创造条件也要上，你现在是没有困难制造困难也要干，你不是十八九岁的毛头小伙子了，我知道你能有个看上眼的也确实不容易，但你也要量力而行，不可强行蛮干。"

"那你说怎么办？总不能无动于衷，空留遗憾吧？大哥你就可怜一下小弟我吧！"

看着马承骏苦苦哀求的样儿，张梁叹口气说："要不这样吧，我抽空和乔总联系一下，看他什么时候有空，咱们一块儿吃个饭，让他把你的女神也带出来，给你创造一个和她见面的机会，你再和她沟通了解一下，至于人家那边到底什么情况，就看你自己的造化了。"

"太好了！哥，你就好人做到底吧，到时候你就装作不知道她有男朋友，故意说给她介绍个对象，看她的回答，我就心中有数了。"

张梁笑道："你小子得寸进尺，学会拿大哥当枪杆子使了。"

马承骏赶紧向张梁敬酒表示谢意，自己也跟着干了一杯，他抹了一把嘴角，心里开始幸福地冒泡泡。

张梁言出即行。隔了两天,他就和乔总把吃饭的日子定了下来。马承骏得知这个消息,喜在心里笑在脸上,吴昕瑜像一幅由远及近的山水画一样,在马承骏眼前缓缓展开,他看天天更蓝,看水水更清,立即预订了酒店,只等着好事到来的那一天。

到了约定的日子,马承骏特意穿了一身精品男装,头发也精心打理了一番。一米八五的他看上去高大帅气、潇洒英俊,炯炯有神的目光里闪烁着热切的期望。

离约好的时间还有半小时,马承骏已经在酒店门前等候。张梁首先到达,一个刹车停在马承骏前面,他落下车窗,上下打量了一下马承骏,笑着说:"哟嗬,好久没见你这么正儿八经地打扮过了,看来这次是真动心了。"

马承骏笑着说:"托你的福,争取心想事成嘛。"

张梁停好车,马承骏让他先到里面房间喝茶。张梁说:"我还是在这里陪你一块儿迎接他们吧,有我这个粗人在,会显得你更出彩。"张梁处事低调,很少西装革履,一年四季,基本都穿休闲装。

临近约好的时间,一辆商务车从大路上拐弯进了酒店停车场。马承骏心想,会不会是这辆车呢?正想着,车上陆续下来几个人,马承骏一眼就看见了吴昕瑜,他跟着张梁迎上前去。吴昕瑜看到马承骏时,眼神里不经意掠过一丝诧异,但是旋即恢复了平静。

大家分别握手问好。

走到吴昕瑜跟前时,马承骏说:"你好吴部长,还记得我吧?华安公司马承骏。"

吴昕瑜也点头致意:"当然记得,没想到我们又见面了。"

吴昕瑜白皙的皮肤轻扫淡妆,乌黑的头发挽在脑后,外穿修身小西服,里面是一件波点花纹衬衣,职业装扮更显出了白领丽人的独特魅力。

大家寒暄几句,进房间落座。张梁是主陪,马承骏坐副主陪。乔总

第一章
人生初见

把他带来的人分别进行介绍,轮到吴昕瑜时,他说:"吴昕瑜是科班出身,现在是我们公司的业务骨干,她在策划设计方面很有天赋,不但工作效率高,客户评价也很好。"

等他一一介绍完,张梁说:"我也给你们介绍一下我的这个兄弟吧,他叫马承骏,现在在华安公司工作,也是个积极上进的人。今天是周末,所以我请新老朋友们一起吃个饭,大家彼此认识一下,在一起就图个开心,所以你们都要放开肚皮好吃好喝,不要客气。"

马承骏生怕自己的心思被吴昕瑜看出来,心里始终有些不安。他偷偷看吴昕瑜,她则是一副既来之则安之的淡定姿态,谈笑自如,落落大方。

席间约定好了,男士喝白酒,女士喝红酒。按照当地风俗,第一杯酒是"七上"酒,必须七次把这杯酒全部喝掉。吴昕瑜随着大家一起喝,快喝完杯中酒时,脸上开始泛起红晕,平添了些许妩媚。无论从哪个角度看,吴昕瑜的面容都完美无瑕:秀美的脸型,灵动的双眸,性感的唇齿……每次和吴昕瑜眼神对接,马承骏心里都难免荡起双桨,泛起波浪。

席间只有吴昕瑜一位女士,大家都众星捧月一般,她自然成了被劝酒的对象。开始倒第二杯酒时,吴昕瑜对张梁说:"张总,我就以水代酒吧,我平时胃不怎么好,再喝就不舒服了,按照我的酒量,喝一杯红酒已经不少了。"

张梁说:"吴部长,要不这样吧,我们今天是初次认识,这第二杯呢,按理说咱们要喝个见面酒,所以你先倒上红酒,不管多少,也算是杯中有酒了,喝多少你随意,我们不勉强,你看这样好吗?"乔总也顺水推舟说:"我看行,恭敬不如从命嘛,就按照张总说的办吧。"

经不住大家再三劝说,吴昕瑜只好又倒上了第二杯红酒。

张梁举杯对吴昕瑜说:"女士优先,我先和初次见面的吴部长单独喝两杯酒。吴部长,你真是年轻有为啊,不但业务水平高,人也长得漂

亮,有没有找对象啊?要是还没有,我给你介绍一个。"

吴昕瑜迎上他的酒杯,微笑着说:"谢谢张总夸奖,我已经有男朋友了。"

张梁又说:"哦,原来名花有主了,那就为你们的幸福干一杯!以后办喜事的时候别忘了请我去喝喜酒啊。"说完他一仰脖子,喝了一大口。

轮到马承骏和吴昕瑜喝酒了,马承骏说:"吴部长,认识你很高兴,今天再次见面我更开心了,我们一起喝杯酒吧!我干了,你随意。"

吴昕瑜说:"你不用这么客气,今后我们在业务上也许还会经常打交道呢。"

"好,为了合作愉快,那我就再敬你一杯。"说完,马承骏又倒上一杯,然后又一饮而尽。马承骏是醉翁之意不在酒,这是好不容易才争取到的一个和吴昕瑜一起吃饭的机会,他恨不得喝成不散的筵席。

张梁和乔总谈一些社交上的事。马承骏尽心尽力当好副主陪,伺候吴昕瑜和她的同事们吃饱喝足。马承骏走到吴昕瑜身边给她添茶,一股淡淡的清香味带着吴昕瑜的气息沁入了他的肺腑。吴昕瑜端起茶杯时,马承骏看到她左手无名指上戴着一个镶钻的戒指,看这个戒指的位置,说明她已经心有所属。吴昕瑜的手指白嫩细长,那枚戒指在她指间亮晶晶的,晃得马承骏有些眼疼。

酒过三巡,大家吃完饭后,张梁又预订好了一个KTV大包间。他说:"平时工作紧张,今晚请大家一块去练歌房唱唱歌,好好放松一下,休息也是为了更好地工作。"说完他笑着看了马承骏一眼,马承骏点头会意,心想:够哥们,好人做到底!

在歌厅里,他们点了茶水和啤酒,还有一桌子小点心。乔总先来了一曲《北国之春》,得了个开门红。接下来,吴昕瑜的同事们凭借酒力劲爆开唱,什么腔调都有,各怀绝技,煞是热闹。吴昕瑜则只当听众,她坐在沙发一角默默喝茶。马承骏过来说:"吴部长,请你也唱一首

第一章
人生初见

吧。"

吴昕瑜说:"我今晚喝酒了,嗓子有些不舒服,还是不唱为好。"

"没关系,又不是让你比赛,唱得好不好都无所谓,来,唱一首吧。"乔总也在一旁鼓励她。

于是吴昕瑜点了一首田震的老歌《执着》。

她拿起话筒站在屏幕一侧,没想到一开口,就声惊四座。吴昕瑜的歌声像一剂空气清新剂,让已经有些醉意的马承骏一下子清醒了许多。他竖起耳朵来仔细听,吴昕瑜唱的每一句歌词都像天使的步子,踏进了他的心底。

每个夜晚来临的时候
孤独总在我左右
每个黄昏心跳的等候
是我无限的温柔
每次面对你的时候
不敢看你的双眸
在我温柔的笑容背后
有多少泪水哀愁
…… ……

吴昕瑜唱完,全场响起了热烈的掌声,一片叫好,马承骏立即送上一杯茶水。他没想到吴昕瑜苗条的身子里竟还蕴藏着这么激荡而富有深情的声音,感觉还没听够就唱完了。趁着酒兴,马承骏自告奋勇:"现在我邀请吴部长和我共同演唱一首《滚滚红尘》,大家说好不好?"大家都一起鼓掌说好。随后音乐响起,马承骏请吴昕瑜和他对唱:

吴昕瑜:起初不经意的你

和少年不经事的我

红尘中的情缘

只因那生命匆匆不语的胶着

马承骏：想是人世间的错

或前世流传的因果

终生的所有

也不惜换取刹那阴阳的交流

…… ……

两人珠联璧合，配合默契，一曲唱罢，赢得了大家的齐声喝彩。马承骏本来还想邀请吴昕瑜跳舞，可吴昕瑜说她不会跳，推辞一番就坐到沙发上休息去了。

乔总感慨说："我也是第一次听吴昕瑜唱歌，没想到一鸣惊人啊，今后公司里有什么文艺活动要多参加一下。"然后张梁拉着乔总一起扯着嗓子唱了两首，看时间不早了，大家这才散场，马承骏更是意犹未尽。

一回到家里，马承骏就琢磨着给吴昕瑜发信息，这是他们之间第一次单独联系。

"你到家了吗？你唱歌很好听，因为有你，这个夜晚格外美丽。"

发完信息，马承骏就抱着手机目不转睛地盯着屏幕等她回信。

大约过了五六分钟，她回信了："我已到家，谢谢夸奖，你唱得也不错。"

马承骏继续发信息："今天再次遇见是缘分，感觉一切都是一个充满希望的开始，希望我们不仅是工作上的合作伙伴，也能成为生活中的朋友。我把QQ号给你，请你加我吧。"

"哦，我准备休息了，明天再加吧。"

第一章
人生初见

"好的,那你早点睡,晚安。"

"晚安。"

一个美好的夜晚再加上一个满怀希望的明天,马承骏觉得心里有千万朵花儿正在开放,还有千万只蝴蝶正向他飞来……

第二章
下了眉头上心头

第二天上班后，马承骏和吴昕瑜互相加为 QQ 好友。

吴昕瑜的 QQ 名叫"普雅花"。马承骏从没听说过这种花，他在网上查了一下，才知道原来普雅花是生长在南美安第斯高原海拔 4000 米左右的一种草本植物，一百年才开一次花，花期两个月，每个花穗高达 10 米，缀着一万多个散发浓郁香气的花朵，花谢时，整个植物也随之枯萎。普雅花用一百年的生长换取生命中的一次绽放，经历一个世纪的考验和洗礼，摇曳出百年一次的美丽，可谓惊天之色，绚丽异常。故而普雅花的花语是"美丽的坚持"。

马承骏打开吴昕瑜的 QQ 空间，她的空间里有一百多篇日志，还有十多张照片，主要是她大学时代和同学的合影。马承骏翻看她的日志，日志里面记录了一些学习的感悟和生活的体会，她写文章和说话一样，思路清晰，简洁明快。马承骏一边看一边想，她男朋友肯定非常关注她，自然也会来看，那么这些来浏览的人中，哪一个是她男朋友呢？为了探个究竟，马承骏决定从 QQ 空间的最初开始翻看，看了几篇以后，他就知道得八九不离十了。有个名叫"爱吴及吾"的人跟帖回帖比较

第二章
下了眉头上心头

多,言语间甚是亲昵。

《尚书大传·牧誓·大战》中曾说:"爱人者,兼其屋上之乌。"能叫"爱吴及吾"这个名字的,一看就和吴昕瑜有密不可分的关系,应该非她男朋友莫属。

马承骏一篇接一篇地看吴昕瑜的日志。他想写几句留言给她,可是说什么好呢?若直抒胸臆说自己一见钟情迷上她了,肯定会自讨无趣,因为她已经在公开场合宣布自己有男朋友了;如果婉转表达一下爱慕之心,则无异于隔靴搔痒,也没有多少作用。可是怎么才能解决这眉头心头都放不下的心事呢?马承骏思来想去,还是一筹莫展,生怕搞不好会弄巧成拙。

周五,张梁打来电话:"我和你嫂子准备带着孩子们一起出去玩玩,你要是没事就一块儿去吧!"张梁有一对双胞胎儿女,女儿叫欢欢,儿子叫乐乐,马承骏也很喜欢他们。

马承骏一听,说:"好,我正憋得难受呢,一块出去透透气吧。"

周六的早晨,马承骏起床一看,天气不错,阳光正好。九点钟,张梁的车准时来接他。

马承骏上车后问:"嫂子,咱们今天打算去哪里?"

张梁的妻子叫王玉洁,她说:"上次从凤凰山路过,看山上风景不错,植被很好,是个天然氧吧,今天带着欢欢和乐乐,我们一起去爬爬山,呼吸一下新鲜空气,洗洗心肺。"

张梁和王玉洁感情一直很好,是众人眼里的模范夫妻。张梁不但生意做得好,还做得一手好菜,只要他在家,就经常下厨为老婆孩子做饭。王玉洁天生丽质,又能勤俭持家,和张梁结婚第二年,她就生了一对龙凤胎,儿子和女儿都活泼可爱,更是让众人羡慕不已。更让人称道的是张梁结婚这么多年了,竟然还是个"媳妇迷"。他出差时,只要王玉洁有时间,都会尽量带她一起去。平常即使王玉洁回娘家,他也不管

早晚都等她回来,以至于结婚这么多年了,王玉洁还从没在娘家住过一宿。

岳母说他俩简直就是一对鸳鸯,一霎也离不开。张梁妈则说张梁可能是八辈子没找上个媳妇,所以这辈子才对王玉洁这么黏糊,疼爱老婆的男人有的是,还从没见过他这种疼爱法的。

凤凰山海拔 1200 多米,山下有凤凰山水库,山水相依,风光秀丽,车拐了个弯,开上了环山公路。

马承骏说:"哥,我啥时候能混到你这样子就心满意足了,你有啥秘诀也给我传授一下吧。"

张梁说:"我哪有什么秘诀?这个得问你嫂子。"

马承骏转过头去对王玉洁说:"嫂子,兄弟我到现在还是单身汉,你说咋办呢?"

"我看米颖对你挺好的,炒菜做饭打扫卫生,样样都会做。人家现在是倒贴,你还装木头人。"王玉洁戳了马承骏的额头一下,"你呀,就是眼眶子太高了!"

马承骏说:"嫂子你就别挖苦我了,说正事,我最近还真有个相中了的,可惜她有男朋友了,我正在考虑怎么办呢!"

"什么怎么办?人家有男朋友了还用得着你去考虑吗?你要是考虑怎么办,那人家男朋友就要考虑怎么办你了。你不要这山望着那山高,趁早死了这条心吧。"

"嫂子,我说的是真的,好不容易有个相中的,总得尽力去争取吧!否则岂不是一辈子都后悔?我现在就是犯愁怎么和她说。我哥当年是怎么追你的?你给我传授一下经验,我也学学。"

还没等王玉洁开口,张梁就说:"我那个时候很简单,我就对你嫂子说,我一辈子都会对你好,你放心嫁给我吧,然后她就同意了。"

王玉洁反驳他:"得了吧你,没记得你这么说过。"然后又对马承骏

第二章
下了眉头上心头

说，"我和你哥谈恋爱的时候，有一次他骑车带着我回他山区老家，那时候正是雨季，河水暴涨，桥被冲坏了，我当时想扶着车子蹚过河去，你哥说啥都不同意，非要背我过河才行，我没办法只好依着他，让他背着我过去的。那时我家里嫌他穷，不同意我和他谈对象，但是我想，他聪明能干，人品也好，我不图他别的，就图他知冷知热过日子就行了。所以你也别太张扬了，过日子还是踏实安稳的好。"

马承骏还想和王玉洁说说吴昕瑜的事，王玉洁却故意不搭理他这个茬，不知不觉就到了凤凰山停车场。下车后，两个孩子快活得到处蹦蹦跳跳，大家一起沿路拾级而上。

张梁叫马承骏出来玩，想让他散散心放松一下，马承骏却明显提不起精神，整个心都被吴昕瑜拴住了。

"看来你真是中毒很深，迷了心窍了。"张梁说。

"哥，你也是老江湖了，你说我该怎么和她说好呢？"

话到这里，旁边的乐乐也听了个大概，他说："马叔叔，如果你喜欢那个阿姨，你就得告诉她，让她知道才行。我们班里有个男同学喜欢一个女同学，他就给她写了一封情书，她生日那天，那个男同学还弹着吉他给她唱了一首歌。"

"乐乐，你个小毛孩子懂什么呀？快到那边和你姐去玩吧。"

王玉洁支走了乐乐，对马承骏说："你现在不过是一厢情愿的单相思罢了，你们刚认识不久，也没有什么感情基础，况且她正谈着男朋友，你如果现在向她表白，我觉得不合适。看你这可怜样，我倒是有个主意，不知道行不行？"

马承骏顿时喜上眉梢："嫂子你想出什么办法了？"

"你哥的厂里正好有个业务需要传媒公司给做个宣传片，你可以用这个事做个因由，先和她联系一下，就当是你给她介绍业务，先做朋友接近她，增加你们之间的交往。你能为她着想，主动为她招揽业务，她自然就会对你有好感。如果你明知她有男朋友了，还不管不顾地想和她

谈恋爱，双方都会很尴尬。既然你们不适合谈感情，那就先谈业务嘛，一步一步慢慢来，逐渐加深彼此的了解，然后再决定下一步怎么办，你看怎样？"

王玉洁一番话，让马承骏感到有了出路，他喜出望外地说："多谢嫂子'仙人指路'，怪不得我哥说得问你呢，看来他知道你会有办法的。嫂子，你真是帮了我的大忙了！"

第三章
世事如棋

从凤凰山回来，马承骏就满怀信心地和吴昕瑜联系。

手机接通了，马承骏刚说了一声"您好"，紧接着就听见手机里传来一个男人大喊大叫的声音。

马承骏忙问："这是什么动静？我听着很乱呢。"

吴昕瑜低声说："嗯，刚才有个骑电动车的和我的车发生了刮擦，正在处理。"

"那你不要紧吧？在哪个地方？我马上过去。"马承骏立即说。

"我没事，本来想报警，但是他不让报，想让我给钱私了，我在顺风酒店门口。"

"好的，你不要着急，我很快就到。"

马承骏挂了电话，风驰电掣地赶到了顺风酒店门口。他在现场仔细一看，一辆旧电动车摔倒在地，骑车的是个五十多岁的胖男人，自称姓宋。他膝盖上裤子磕破了，胳膊肘上擦破了些皮肉，大声嚷着说头疼。看他能喊能叫的样子，马承骏初步判断他并无大碍。这时，有几个模样怪异的小伙子也赶到了这里，他们有的文了身，有的剃光头，还有的染

着夸张的红头发。

马承骏把吴昕瑜叫到旁边小声问:"当时是什么情况?"

吴昕瑜说:"我正常开车沿着右边向南走,没想到这辆电动车突然从东面胡同口里跑了出来,他越过中间黄线逆行,我躲闪不及,他的电动车撞到了我的车上,把他也刮倒了。"

"哦,是这样,明显是他不对,他和你要多少钱?"

"说让我给一万元就两清。"

马承骏略一思忖:"你放心吧,只要人没事,别的都好处理,你不用担心,这事就交给我来办吧。"

文身男冷不丁过来叫嚣说:"撞了车伤了人,赔钱是天经地义,还不赶紧掏钱,还磨叽个啥?"

马承骏定睛看了他一眼说:"兄弟,钱是小事,人的身体是大事,既然不让报警,那咱们先到医院去给老宋检查一下受伤的情况吧,根据医院的检查结果我们再商量怎么办,好吧?"

"你是她什么人,你能做得了主吗?我告诉你,这个事一万元了结,少一个子儿也不行。"红发男子指着马承骏恶狠狠地说。

马承骏一下握住吴昕瑜的手,理直气壮地说:"我是她男朋友,她的事就是我的事,我当然能做主。我的意见是先让老宋到医院检查一下身体,这才是最主要的,等检查完身体,根据情况我们再做决定,该付的钱别说一万,就是十万也不成问题。"

马承骏说得有理有据,对方也只好照办,先到医院给老宋进行了身体检查。检查结果出来后,医生说只是一点皮外伤,伤口用碘酊擦擦就行了,别的也都没什么问题。

这时马承骏对老宋说:"大哥,出现这个问题纯属意外,刚才医生也检查了,万幸的是你身体没什么大碍,只有点皮外伤,如果你还要一万元,这就说不过去了。"

听到这话,文身男凑过来大声说:"身体虽然没有什么大毛病,但

第三章
世事如棋

是受的惊吓可不小，总得有精神损失费吧？我看天也不早了，兄弟我今天和你说个实在话，不要一万了，就要六千吧，六六大顺，咱们今后走路都图个平安顺当。"

马承骏正色道："你要这么多钱既不合情也不合理，我女朋友是正常行驶，而那位大哥是突然逆向行驶自己撞到车上来的。我女朋友车上有行车记录仪，整个事故经过都拍得一清二楚，如果让交警来处理的话，责任也是在你方，不在我方，你凭什么要这么多钱呢？"

一个戴着蛤蟆镜的矮个子突然跳到马承骏面前厉声说："你小子说来说去就是不想给钱啊，你以为老子们忙活半天就是为了向你要钱吗？谁稀罕那几个臭钱？要不然我开车撞你女朋友一下，我给她两万元，你愿意吗？"

看他来者不善，马承骏也毫不退缩："我现在和你好话好说是为了尽快处理这个事，如果你敲诈勒索，我也不会客气。我的哥们也不少，打个电话就可以把他们都叫来，只是这小事一桩，我懒得和他们说，希望你不要敬酒不吃吃罚酒。"

文身男又过来说："哥们，你要是懂规矩，也最好识相点，一万不行，六千不行，难道你女朋友撞了人还能白撞不成？！这样吧，你给开个数。"

马承骏说："医院里的检查费一共是一千七百元，我已经全部支付了，我这里还有一千元，你们拿去吃个便饭也够用的了，我这样做已经给你们很大面子了，如果让交警来处理的话，恐怕这些钱你们也得不到，说不定还有碰瓷的嫌疑呢。"

红发男子大声怒吼："你说谁碰瓷？你会不会说人话？"

马承骏并不理会这个虚张声势的红发男子。他慢慢地从兜里掏出钱在文身男面前晃了一下："这是一千元，要的话你们就拿去，不要的话我现在就打电话报警，把行车记录仪交给交警，咱们公事公办！"

文身男看了看马承骏手里的钱，然后把马承骏拉到旁边，叽叽咕咕

地说了会儿话,然后打了个字条给马承骏,马承骏把钱给了他。他挥手吆喝了一声,那几个人就都跟着他一溜烟跑了。

看他们走了,马承骏说:"好了,你不用担心了,这就是一伙地痞无赖想讹人,今晚我请你吃饭吧,给你压压惊。"

吴昕瑜心有余悸地说:"今天多亏你来帮我处理,要不然还不知道怎么收场呢,还是我来请客表示一下感谢吧。"

"你不用客气,我说过的,希望我们不仅是工作上的合作伙伴,也是生活中的好朋友,有什么事我们互相帮个忙也是应该的。"

两人来到饭店。

"你喜欢吃什么菜?"马承骏把菜谱推到吴昕瑜面前。

"还是你来点吧,你喜欢吃什么就点什么,今天的晚餐算是我对你的答谢。"马承骏推辞不过,只好随意点了几个。

两人边吃边聊,吴昕瑜笑着说:"我觉得你还挺会无中生有的呢,我车上哪里有行车记录仪?你说得和真的似的。"

马承骏哈哈一笑:"和他们这种小混混打交道,就得真真假假让他们摸不着底才行。我一看那伙人的架势,就知道是故意找碴碰瓷的,否则也不会狮子大开口和你要那么多钱,他们做贼心虚,光想着钱钱钱,没有脑子想别的,所以我一说车上有行车记录仪他们也没怀疑,这样说是为了说明咱有证据,他们就不敢胡来了。"

吴昕瑜又说:"万一他们真要去看我的行车记录仪,可我又根本没有,那该怎么办呢?"

马承骏显然胸有成竹:"这个你也不用担心,我但凡这么说,自然早就想好对策了,他们想私了的目的就是多要钱,所以他们肯定不会让交警来处理的,自然也就用不着行车记录仪。再说了,万一真需要录像证明,顺风酒店门口安装了一个高清摄像头,有必要的话,可以从顺风酒店的录像里查看,这个酒店我比较熟悉,所以我知道。"

第三章
世事如棋

"哦，原来你是有两手准备啊，难怪说得有鼻子有眼的。"

吃完晚饭，马承骏送吴昕瑜回家。到了吴昕瑜家楼下，她说："我到家了，谢谢你大老远的又来送我，要不，到家里坐坐喝杯茶吧？"马承骏心里虽然知道吴昕瑜是出于礼貌才这么一说，但是又觉得机不可失，能去她家里看看当然是求之不得的一件好事，于是他也顾不得太多了，立即借梯上楼，点头说好。

进了吴昕瑜家，马承骏坐在沙发上喝茶。吴昕瑜从卧室出来，手里拿着一叠钱递给他："这是3000元，你拿着，我就不再专门给你送去了，今天你跑前跑后，不但替我办事，还替我花钱，真是给你添了不少麻烦。"

马承骏忙说："你这不又拿我当外人了吗？朋友之间帮个忙没什么大不了的，你就别再提钱的事了。"

"你帮我出力就好了，怎能再让你为我花钱呢？我可不想欠你的人情，你还是收下吧。"吴昕瑜说完把钱塞到了马承骏手里。

"今天我帮你，以后你也可能会帮我，所以这钱我不能要。"说完，马承骏又把钱给了吴昕瑜。

"以后再说以后的事，但是今天这个钱你必须要收下，否则我就不能再和你做朋友了。"吴昕瑜说完，直接把钱放进了马承骏的手提包里。

喝了一会儿茶，马承骏四下打量了一下说："你们家装饰得挺有特色，这是谁给设计的？"

"除了书房是我设计的，其余都是我爸的杰作，还可以吧？"

"嗯，都挺好，我可以看看你的书房吗？"

吴昕瑜抬手一指："当然可以，就在那边。"

马承骏走进书房，看到一张古色古香的红木书桌。书橱上各种书分类排放，一尘不染。在书橱的中间一层，有几张吴昕瑜的照片，有单人照，也有合影。其中有一张是吴昕瑜和一个帅哥的合影，他站在吴昕瑜

身后,一手环在她腰部握着她的手,另一只手搂着她的肩膀,吴昕瑜身体微微倾斜靠在他的怀里,一副小鸟依人又幸福满满的俏模样。马承骏暗自思忖,这人肯定就是吴昕瑜的男朋友了。相见恨晚的煎熬令他心里五味杂陈。命运弄人,让他在不合适的时间遇到了心爱的人,不知道自己和吴昕瑜到底是什么样的缘分。

吴昕瑜把他的茶杯端到书房来,放在墙角的小茶几上。马承骏说:"你知道我今天为什么给你打电话吗?"马承骏这才切入了他今天的正题。

吴昕瑜眉毛一扬,看着他:"不知道呢,不过你今天的电话简直是及时雨,我爸妈去外地亲戚家了,我正想给朋友打电话来帮忙呢,没想到你的电话就打过来了。"

"哦。其实我今天给你打电话是想给你介绍一笔业务,让你们单位来做。"

"那好啊,我们单位的业务都有提成,要是能做成了,业务量算我的,提成给你就行。"

"那倒不用,如果提成归我,就不是我帮你,而是你帮我了。"

"那也不能总是让你无缘无故地帮助我吧?"

世界上没有无缘无故的爱,也没有无缘无故的恨,会有无缘无故的帮助吗?书房里柔和的灯光照在吴昕瑜脸上,她笑眯眯地看着马承骏。这情景对马承骏来说,简直就是一个美梦,让他一时不知道说什么才好。眼前就是他朝思暮想的女人,只要能为她做事,哪怕是上刀山下火海,他也觉得是一种荣耀。

看马承骏出神的样子,吴昕瑜低头轻抿一口茶。马承骏也赶紧把目光收回,看向书架。吴昕瑜的书架上有一盆绿萝,青枝绿叶,长势喜人。马承骏脑子里忽然冒了一个想法,他想,书房既然是吴昕瑜亲自设计的,那她应该很喜欢在这里读书喝茶,如果这里也有他送给吴昕瑜的东西,那该多好。想到这里,马承骏心里又有了一个主意。

第三章
世事如棋

吴昕瑜工作比较忙，不但很少休班，还经常加班，吴妈说她是个工作狂。在吴妈的要求下，她终于休了两天班，在家里陪陪爸妈。

中午十一点，马承骏来电。

"喂，你好。"吴昕瑜接了电话。

"你好，我朋友专门经营花木，我从他那里搬了一棵红豆杉送给你。"

"哦，谢谢你，不过不用送给我了，你留着自己养吧，因为我不怎么会养花，家里的花草都是我妈照料的。"

"我一共买了两棵，咱俩一人一棵，这是朋友给我推荐的，他说一般的植物夜间会释放二氧化碳，不利于放在室内，但红豆杉不管白天还是夜里，都能二十四小时释放氧气，很适合放在室内，所以我想送给你一棵，我现在就在你家楼下了。"

"啊，你已经过来了呀？"吴昕瑜很意外地说。

"是啊，我给你搬上去吧，你在家等着就行。"

"哦，那好吧。"既然马承骏已经到了家门口，吴昕瑜也不好意思再拒绝了。

马承骏搬着红豆杉上了楼。一进门，吴昕瑜爸妈就迎上来和他打招呼，马承骏也分别向他们问好。吴妈态度亲切，说话热情；吴爸看上去身体清瘦，精神矍铄。

吴昕瑜说："这么大一棵红豆杉，从楼下搬上来可辛苦你了。"

"我没事，您看放书房里合适吗？"马承骏问。

吴妈说："书房在北面见不到太阳，我看就放到昕瑜卧室里吧，那里光线好，有利于植物生长，还能净化卧室里的空气。"

按照吴妈吩咐，马承骏把红豆杉搬进了吴昕瑜的卧室。

吴昕瑜的卧室里干净整洁，一张大床，两个床头柜，一个大衣橱，一个梳妆台，没有任何多余的物件。

马承骏把红豆杉摆放在南边朝阳的墙角，卧室里有了这棵茂盛的绿植，立刻显得有了生机。

为表谢意，吴昕瑜请马承骏喝咖啡。

"你和男朋友是同学吗？"马承骏想借此机会谈谈他最关心的话题。

"嗯，大学四年，一直是同学。"

"上次我去你家看书房有个合影，是你和他吧？"

"那是我们大三暑假一块儿出去的时候拍的，想想时间过得真快啊，一晃我们都毕业好几年了。"吴昕瑜有些感慨。

"他在哪上班？做什么工作呢？"

"他在上海做外贸工作。"

马承骏"哦"了一声，继续问："那你们下一步怎么打算？"

"他正计划买房子，等他那边安置好了，我就辞职去上海，他也想早点把婚事办了。"

吴昕瑜说到这里，马承骏感觉一块石头凌空落下，正好砸在了他的心尖上。如此说来，吴昕瑜和她男朋友的感情不但有深厚基础，而且连结婚的事也早有打算，容不得他再有见缝插针的想法了。

想到这里，马承骏不禁黯然，他清咳一声，故作平静地说："家里就只有你一个女儿，你若去了上海，隔得那么远，爸妈肯定很牵挂你啊。"

吴昕瑜轻叹一声说："这也是我最愧疚的一件心事，爸妈从小就非常疼我宠我，他们辛辛苦苦抚养我长大成人，没想到我却要远走他乡，所以我总觉得对不起他们。"

"那你爸妈什么意见？"

"我平时很少和他们谈论这个话题，因为我爸有心脏病，我不想惹他不开心。从小到大，我妈对我说得最多的一句话就是——不要让你爸生气。"

"哦，他现在还用药吗？"

第三章
世事如棋

"平时还好,感觉不舒服了就得吃药。这些年多亏了我妈,她是个耐心细致的人,一直把我爸照顾得很好,如果没有我妈,我爸就很难说会怎样了。"

"看阿姨说话办事能感觉出她脾气挺好,是个干练利索的人。"

"嗯,我妈最大的特点就是心地善良,对谁都真心实意。听奶奶说,我爸妈这门亲事差一点就不行了呢,因为当初我姥姥家是不同意的。"

"哦?为什么呢?"马承骏问。

吴昕瑜喝了口咖啡娓娓道来,给马承骏讲了她爸妈的婚姻故事——

"我爸妈是经媒人介绍认识的,见面后双方第一印象都很好,各方面也都般配,就交往起来。

"大约谈了三个月,在一次吃饭时,我爸对我妈说:'家里对你很满意,还催促我看什么时间合适,早点把咱们俩的亲事定下来,说心里话,我别的都不担心,我有稳定的工作,养家糊口没问题,也不会让你难为,我就是担心我的病以后会影响我们的生活,怕连累了你。'

"我妈一听顿时愣了:'你身体有病?什么病?'

"听我妈这么一说,我爸也感到奇怪了:'怎么?媒人介绍时难道没和你说过我的病吗?'

"我妈惊愕道:'没有啊,我看着你好端端的,也不像是有病的人啊。'

"话说到这里,我爸没想到媒人竟然把这个重要的事给隐瞒了,因为在介绍对象之前,我爸曾专门对媒人说过,一定要告诉人家自己有心脏病的实际情况,不要隐瞒。

"事到如今,既然媒人没有说,我爸就只能自己补上这一课了。他于是把自己17岁那年如何得了心脏病的详细过程和我妈说了一遍,然后又说,原来也有给介绍对象的,但人家一听有心脏病,怕以后万一有个三长两短不好说,就吹了。

"我爸说完了自己的病情,又说:'我不知道原来媒人没和你说过这个事,不过现在告诉你也不晚,毕竟咱们俩还没有定亲,如果你想要分手,现在也来得及,你放心,就算你和我分手了,我也不会对你有任何怨言。'

"这个消息来得太突然,一下子让我妈心乱如麻。她和我爸交往了一段时间,感觉他人品很好,说话办事大方周到,特别是对她,更是细心体贴,让她心里暖融融的,感到有了依靠。看我爸一脸无奈,低头不语的样子,我妈只好说回家和父母商量一下,然后再做决定。

"我妈回到家里把情况详细说了一遍。我姥爷一听,决定让他俩尽快分手。他说:'找对象是终身大事,咱不图人家有钱有势,但最起码得有个好身体,男人身体有病,就像顶梁柱有了蛀虫,说不定哪天就会倒塌下来,咱好好的闺女怎么能找个有毛病的男人呢?'

"姥娘也说:'从现在开始,你就别再和他来往了,我去找媒人把话说清楚,都怪她当初介绍对象时没提前说明白,所以我们现在提出分手也是被迫的,错不在咱。'"

吴昕瑜叙说到这里,马承骏说:"老人也是为了孩子着想,可以理解。后来呢?"

吴昕瑜说:"是的,老人们的意思很明确,必须一刀两断赶紧分手,不过我妈后来却又自己做主,改变了主意。"

"哦,怎么改变的?"

"我妈说:'我和他交往的这段时间,我俩感情不错,看得出他是真心对我好的,如果这个时候因为他有病突然分手,他即使嘴上不说,心里肯定也非常难受,他本来就心脏不好,万一因为这事有个好歹,可能真会要了他的命,如果那样的话,我这辈子也会良心不安的。所以我想,我还是跟了他吧,今后不管他是好是歹,我都认命了。'"

马承骏听到这里忍不住说:"你妈真是很勇敢,她明知道你爸身体

第三章
世事如棋

不好，还敢拿自己的婚姻做赌注，你爸应该很知足了。"

吴昕瑜笑了笑继续说："对啊，所以自从他们结婚后，我爸可疼我妈呢，处处护着她，不让她受半点委屈。我爸曾对我说过，将来有一天，如果他万一有什么意外走得早，要我一定要好好孝敬、照顾我妈，他说我妈是天底下最好的女人。"

"嗯，夫妻之间能这样彼此信任、互敬互爱地过日子，就是最幸福的生活了。"马承骏由衷地说。

"你家里怎样？爸妈也都好吗？"吴昕瑜问。

"我家是典型的传统家庭，家里所有的事都是我妈操办，我爸忙着经营他的公司，在家里的时间很少。"

"你爸经营的什么公司？"

"宏信电器。"

"哦，宏信电器是我市的一个老牌企业了，原来是你家的，你深藏不露啊。"

"也没什么特别的，相比而言，我家的经济条件比一般家庭要好一些，但我爸妈都是非常节俭的人，从来不多给我们钱，也不让乱花钱。我现在的生活主要是靠工资自食其力。宏信电器是我爸一手创办起来的，我大学毕业后就应聘到华安上班了，到目前，我还没有参与宏信电器的具体事务，爸妈现在交给我的任务就是让我赶紧找个合适的对象。"

"你是家里唯一的儿子，早晚都是接班人，有这么好的条件，给你说媒的怕要踩破你家门槛了，还愁找不到合适的对象吗？"

"介绍的是不少，但一直没有遇到合适的。"

"你想找个什么样的呢？有什么要求吗？说不定以后我还能给你当个红娘呢。"吴昕瑜笑着说。

马承骏心里想，你就是我最满意最喜欢的，但理智又告诉他，绝对不能这么说。于是他抬头一笑，说："我只有一个要求，只要双方都称心如意就好。"

第四章
嫁人如乘车

马承骏和姐姐马承霞相差10岁。之所以差别比较大，老妈说是因为生马承霞时落下了病根，很长时间都没有再怀孕。时隔多年后，又意外怀上了，老爸高兴得像中了彩票大奖一样，亲朋好友也为此专门庆祝了一番。

姐弟俩岁数差别大，性格也差得远。马承霞爱静，马承骏好动。马承骏从小就喜欢体育运动，跳高和中长跑更是他的强项，他最辉煌的时候，光体育方面的奖状一年就贴满了半面墙。马承霞文静秀气，喜欢独自看书，小时候的零花钱她都积攒起来买各种书看。

马承霞说弟弟小时候特别嘴馋，是个标准吃货，特别爱吃糖，如果遇到他不情愿的事，只要拿出几块糖果来诱惑一下，保准就能上钩。马承骏则说姐姐从小就是个书呆子。有一次，马承霞看书时，让马承骏给她拿瓶矿泉水。马承骏恶作剧，拧开了一瓶一得阁的墨汁，悄悄递给了她。没想到马承霞眼睛光盯着书本，接过去看都没看就喝了一口，喝到嘴里才意识到不是水，一下又喷了出来，弄成了大花脸。目睹这一场好戏，马承骏在旁边拍手跺脚笑岔了气。

第四章
嫁人如乘车

马承霞喜欢看书，爱好文学，上学时作文经常被当作范文，所以她的求学之路基本是直奔中文系去的。上帝青睐有准备的人，大学毕业那年，正好赶上报社招聘记者，她一考一个准，顺利当了一名记者。凭着对文字工作的热爱，她工作很努力，采写的稿件无论数量还是质量，都很出色，不断获奖，经常被评为先进工作者。

让人遗憾的是，马承霞虽然很爱看书，却无法念好夫妻生活这本真经。因夫妻感情不和，家里经常是一地鸡毛，令人不胜烦恼。马承霞曾提出过离婚，丈夫曹芒却死活不同意，他知道儿子曹然是马承霞的软肋，动辄以此要挟，因此双方一直未能达成一致意见。有一次，曹芒在家里和马承霞吵架，他恼羞成怒摔门而走，直接去学校把曹然叫了回来，当着儿子的面，他一边叫骂一边把家里的锅碗瓢盆摔了一地，把曹然吓得接连好几天做噩梦，好长一段时间才逐渐平复过来。自那以后，马承霞更看清了曹芒的真实嘴脸——他既不爱老婆，也不爱孩子。儿子还小，经不住他这样粗暴疯狂的刺激，所以为了儿子，马承霞迫不得已，忍气吞声地和他维系着这份名存实亡的婚姻关系，曹芒还放出狠话说："等着吧，拖死你也不离！"

早上六点，闹铃响。

马承霞和往常一样准时起床，洗漱完毕，做好早餐，伺候曹然吃饱了，送他坐校车上学。她又叫曹芒吃饭，叫了两遍，他还是不起。马承霞眼看时间不早了，就自己先吃。吃完后，她把碗筷洗刷干净，把垃圾桶里的垃圾收拾出来统一装好，准备上班时一块儿拿出去扔掉。

她刚要出门，曹芒从卧室里探出头来急吼吼地说："垃圾袋还不满，你扔垃圾干什么？"

"难道要等装得盛不下了，在家里酸臭了才扔吗？"

"还没装满就扔了，这不是要多用垃圾袋吗？"

"一个破垃圾袋你都斤斤计较，你既然这么会过日子，那为啥在外

面吃喝玩乐浪费那么多钱你都不在乎呢?"

"我什么时候浪费钱了?我的事用不着你管。"曹芒吼道。

马承霞也大声说:"你的事不用我管,那我扔袋破烂垃圾还用得着你来管吗?我看你是正事不干,胡管乱管!"

马承霞下楼扔了垃圾,刚来到车库,曹芒就紧追了过来。马承霞懒得和他多说话,把车钥匙给他,让他开。车快到建行门口时,马承霞说:"你在银行门口停一下,我要去取点钱。"曹芒却毫不理会,也没有停车的意思,继续飞奔向前。

马承霞着急了:"我让你停车,我要去银行取钱,你没听见吗?"

曹芒气哼哼地说:"你又没说去哪个银行!我怎么知道在哪里停车。前边不是有个工行吗?我还以为你去工行呢。"

他这么一说,马承霞更有点上火:"到底是你脑子有病还是我脑子有病?我明明是在建行门口说让你停车,难道是为了去工行吗?你成心和我作对是吧?"

临近一个十字路口,中间有两条直行道。曹芒本来在右边的直行车道上,快到路口时,他却忽然变道,压着实线拐到了左边直行道上。由于没提前打转向灯,给后面的司机来了个措手不及,紧接着传来一个刺耳的急刹车声,后边的车主鸣笛表示不满。

马承霞看着前面的红灯说:"你本来在右边的直行道上,怎么猛然又跑到左边了呢?转向灯也不打,万一后面的车和我们追尾了怎么办?再说右直行道上前面没有车,绿灯时可以直接走,左直行道上前边还有两辆车,你怎么想的?玩漂移吓唬人吗?"

曹芒眨巴了几下眼睛,气急败坏地说:"我就愿意这个开法,你爱坐不坐,不愿意坐你就下去!"

看着曹芒蛮横无理的样子,马承霞心里顿时生出了千万杆机枪,恨不得这就开火。

第四章
嫁人如乘车

马承霞经常想，自己这辈子最大的错误就是和曹芒结了婚。两个情不投意不合的人在一起磨合了十多年了，依然搞得鸡犬不宁，根本无法和睦相处。那些不顺心不痛快的事就像病菌一样，潜伏在他们夫妻生活的各个角落，长期日积月累，量变发生质变，导致他俩的婚姻早已名存实亡，他们像两个已经病入膏肓的人，最好的药方大概就是法院里开张离婚证。

上班时间处理完了一堆稿件，下班之前，马承霞给曹芒发了个短信，和他说今晚不要再到外面去了，回家有话要对他说。

饭后，两人坐在沙发上，马承霞先开了口："咱们俩的事，我反复考虑了多次了，长痛不如短痛，咱们也别吵了，也别闹了，反正我们在一起这日子是横竖都过不痛快，我们也没必要再死要面子活受罪了，还是协商解决了吧。"

曹芒斜着眼睛闷声道："你想怎么解决？"

"好聚好散怎么样？"

"怎么个散法？孩子怎么办？"曹芒忙不迭地抛出了他的撒手锏，马承霞心里当然也早有防备。

"两套房子我们每人一套，存款对半分，孩子我养着，抚养费你愿意给就给，不给我也不强求，我觉得孩子在我们这种不和谐的家庭环境里长大，不但没有好处，反而会有很多坏处。"

"你说得倒是轻巧，好像你就是法官似的。我告诉你，我就一句话：离婚，没门！"

"我今天是认真和你谈的，你不要再钻死胡同了。我们之间除了那张结婚证，早就不再是夫妻了，你凭什么不离婚呢？你想用这张结婚证一直绑架我，让我永远不得自由吗？"

"你怎么想是你的事，反正我就是不离，你是不是在外面有相好的了，所以才急着和我离婚？"曹芒话锋一转，开始发难。

"你别胡说八道好不好,我向来明人不做暗事,我们在一起这么多年了,难道你心里还不清楚么?我们这种阴死阳活的婚姻根本没有维持下去的必要了,你的工资不够你自己花,就别谈什么养家糊口了。你整天在外面吃喝玩乐不着家,老婆你不管,孩子你不问,家务你不干,你说我们这种日子还有什么意义呢?你不离婚就是为了拿我和孩子给你当一个幌子吗?"

曹芒叼起一根烟点上火,拧着眉头猛吸了几口,从牙缝里迸出两句话:"我就是不离,你爱咋地咋地!"

好说歹说,还是无法解决。马承霞心想,难道非要告到法院才行吗?

过了两天,马承霞下班回家一开门,立刻吓了一跳。家里一片狼藉,箱子柜子橱子里的东西都被翻了出来,扔得满地都是。

马承霞第一反应是家里进了贼了。

她把家里查看了一遍后又发觉不对劲,门窗都好好的,她进门时门锁也没问题,盗贼从哪进来的呢?难道是有万能钥匙?

她的目光落在书房里她存放信件的那个箱子上,箱子本来是锁着的,现在已经全部被打开,里面的书信都被翻了出来,各种信件散落一地。书橱下边抽屉的锁也被撬开了,里面有马承霞的各种证件及资料。

马承霞定了定神,想了想,忽然明白是怎么回事了。

因为她和曹芒提出离婚,曹芒就开始怀疑她有外遇。曹芒也担心马承霞有朝一日会和他对簿公堂,所以就想用歪门邪道来找证据,企图找到马承霞有外遇的证明,以有利于他自己。

"这个变态狂!没想到他竟然会如此卑鄙无耻地搞破坏。"马承霞气得七窍生烟。

她拨通了曹芒的电话:"家里是你弄的吧?啊?!"曹芒那边没有动静,马承霞更来了气,"你这个混蛋,有种的你就赶紧回来说个清楚,

第四章
嫁人如乘车

你不是要找证据吗？你把家里弄成这样就是我们离婚的最好证据！"

马承霞还没有说完，曹芒就把电话扣了，再打已是无法接通。

马承霞忍着心头的怒气收拾东西，心下暗想：坚决要离婚！这个婚姻什么也没有了，只有气和恨。

马承霞重新把家里打扫了一遍，忙得饭也没顾得上吃。门铃响了，马承霞一看，是曹然从奶奶家回来了。

曹然进门放下书包就说："妈，你要和我爸离婚吗？"

"你听谁说的？"

"我在奶奶家吃饭时听爸爸说的。"

"然然，我要是和你爸离婚，你跟着我，好吗？"

"不行，我不能跟你，你要是和我爸离了婚，我以后就再也不见你了。"曹然倔强地说。

"为什么呢？原来你不是说过你要一直对我好吗？"曹然的话让马承霞很是意外。

"因为你如果离婚了，你就是不要这个家了，也不要我了。"

"我没有不要你啊，我只是和你爸在一起很不幸福，所以想换一种生活方式，难道不好吗？"马承霞耐心地说。

"不好，我班里的李琪原来学习很好，经常考前三名，自从她爸妈离婚后，就没人管她了，她学习也不行了，还经常旷课，同学们也不喜欢和她一起玩了。你要是离了婚，我可能也会像她一样，我不愿意那样。"

曹然的话像一盆冷水泼到了马承霞心里。她愁苦不堪地想，这日子，过不得，离不得，可该如何是好呢？

马承霞给好友郑中惠打了个电话，约她一起吃个饭聊聊天。

郑中惠在一家国企上班，像她的名字一样，是个秀外慧中的人，她

说话办事向来有条有理、不慌不忙。

"看你愁眉不展的,是不是你们两口子又吵架了?"郑中惠一碰面就开门见山。

"何止是吵架,这个挨千刀的,真和他过不下去了。"

"你先消消气好不好,别说得这么吓人,天塌下来还有地顶着呢,有什么大不了的事啊?"

"曹芒翻箱倒柜,把家里所有的东西都翻了个遍,连带锁的橱子和抽屉也全部都砸开撬开了。"

"他神经病啊?咋还在自己家里破门撬锁呢?"

"我们俩一直磕磕绊绊你早就知道,我和他无论怎么磨合,还是格格不入。前几天我提出和他协议离婚,结果他怀疑我有外遇,就趁我不在时把家里翻了个底朝天,妄图找证据,如果能证明我有外遇,打官司时他就有利了。"

"啊?他还会这么想啊,你俩这日子可真够闹心的,孩子都这么大了,还像小孩子过家家一样瞎折腾什么呀。"

"真是太可笑了,竟然怀疑我有外遇,我倒是盼着他赶紧有个外遇呢,那样的话,我们的离婚手续就好办了。"

"什么话呀,你是气晕了吧,哪有这样说的。你也不能光往坏处想,要是他真有了外遇,说不定你心急火燎更抓狂。"

"我真是巴不得他有外遇,那样他去享受他的幸福,我也能逃脱这个牢笼。我现在是苦海无边,回头也找不到岸。"

"你可别站着说话不腰疼了,我们单位有个同事,她老公是一家单位的老总,他们有两个女儿,她老公一心想再要个儿子,听说在外地包养了一个年轻姑娘,儿子都生出来了。我同事知道了以后,一哭二闹三上吊,全家鸡犬不宁,到现在还没上班呢。"

马承霞长叹一声说:"那是有钱男人干的事,你没听说过嘛,男人要有钱,和谁都有缘,像曹芒这样的,无钱无势,并且还邋遢得要命,

第四章
嫁人如乘车

根本就不符合有外遇的条件。他很少洗澡，一个月也难得刷一次牙，一脱了鞋，全家都臭烘烘的，就凭这些，你说哪个女人会喜欢啊？他整天除了喝酒、抽烟、打牌，没见过他干别的正经事。再说，他那点工资家里也不指望他，别说包二奶了，他养活自己都不够用。"

郑中惠听了一撇嘴说："要真是这样的话，你就更别指望他和你离婚了，直接没门儿。"郑中惠喝了口水继续说，"你想啊，他的工资既然不给家里，那就必须靠你来养家糊口，有你在，孩子他不用管，家庭生活开销他也不用操心，他什么都不用管日子也可以照样过。可是如果和你离婚了，他也是上有老下有小的人，他就必须要承担责任了，就不能像现在这样啥都甩手不管了，所以对他而言，你就是一棵摇钱树，他需要你为他承担起这些家庭的责任，所以他肯定不会和你离婚，这才是最主要的原因。"

"唉，他如果是个会照顾孩子的人，我就是净身出户也要和他离，可现实是只要我不在家，家里几天就会变成垃圾场。那次我去北京出差一周，等我回来时，家里脏得到处插不进脚，孩子也饥一顿饱一顿吃不好，我整天就像个苦命的保姆，有时想想还不如保姆呢，保姆还比我自由，我被闷在这个糟烂萝卜一样的婚姻里快要窒息了。"马承霞说完，失望地摇了摇头。

"对了，他现在还酒驾吗？记得原来你和我说过他经常酒后开车，生活上邋遢那是他自己的事，最起码不会对别人造成伤害，你管不了就算了，可酒后驾车可是关系到你们全家的事，你必须得管住他，万一有个意外，一家人都跟着倒霉。"

马承霞说："这个他比我更清楚，但他就是屡教不改。他有个朋友前段时间出了个交通事故，酒后开车撞了个学生，那个学生据说原来脑子就有毛病，在学校里考试经常考个位数，能上十分的都不多。结果他那个朋友也活该倒霉，酒后驾车正好撞了那个学生，那个学生还磕了脑袋，在医院里住了两个多月，医药费就花了五十多万。因为是酒后驾

车,所以保险公司不管,全部责任必须自负,为了给那个孩子治病他那个朋友几乎要倾家荡产了,现在人家说孩子的脑袋又留下后遗症了,还要索赔20万。这个事还是曹芒和我说的,道理他比谁都清楚,可就是一看见酒,他又像蚊子见了血一样,十头牛也拉不住。"

看马承霞越说越愤愤不平,郑中惠又安慰她:"你也不能把他说得这么一无是处,毕竟他还是孩子的爸爸。我这两天看了本书,书上说力的作用是相互的,这个道理不仅用在物理学上,也体现在人际关系上,你把某个人往好处想,他就会逐渐变好,你把一个人往坏处想,他就逐渐变坏,你和曹芒这些年来都是互相挑毛病习惯了,所以彼此看着就越发不顺眼了。"

马承霞不以为然:"你这是典型的唯心主义,你就是用一万个脑袋把纳粹集中营往好处想,它能变好吗?鬼才相信。"

郑中惠一摊手说:"不管你信不信,反正我觉得有一定道理,你觉得一个人好的时候,你的心态就好,给别人的感觉也好;你觉得一个人坏的时候,你的心情就不好,给别人的感觉也不好。所以说,你自己情绪的好坏,就决定了别人对你态度的好坏,最终受影响的还是你自己。人都有一个磁场,正能量和负能量都是互相作用的。"

马承霞又说:"唉,谈恋爱的时候我就觉得我俩不对路,结果被他死缠硬磨结了婚,直到现在我们还是过不到一块儿去,他又死皮赖脸不离婚,我是一步走错步步错,到如今这个地步真是后悔莫及啊。"

"你们俩呀,都说一日夫妻百日恩,你俩却过得像敌人一样苦大仇深,过这种夫妻生活你们自己不嫌累吗?"

"谁还想和他做夫妻,我们早就分开睡了,我现在是打碎牙还得咽到自己肚子里去。"

"这个你可没和我说过,这么严重啊。"郑中惠瞪大眼睛看着马承霞。

"这事怎么说呢?也就和你能说,和别人说,还不是光让人家看笑

第四章
嫁人如乘车

话么。"

"难道你们都绝欲了不成？"

"和他在一起根本就没有欲望，只有绝望。你想啊，两个根本不爱、互相讨厌的人如果硬是睡在一个床上，难道不是一种耻辱吗？"

"原来我听你说过他夜里经常加班不回来，现在还这样？"

"嗯，他说是在厂里值夜班，我找人打听过，其实他们技术科根本没有那么多夜班，也不知道他到底干什么去了。"

"一个男人，经常夜不归宿绝对不正常。我奶奶说过，老天爷早就把黑白阴阳给划分好了。白天是人的，夜里是鬼的，一个人该回家睡觉的时候不回来，那就一定是鬼混去了，要么是心里有鬼，要么是小鬼缠身。"

"随他去吧，反正我说了他也当耳旁风。"马承霞说完，一副无可奈何的样子。

"唉！婚姻这事都是冷暖自知，你们要是分开睡了，离了婚倒也利索，省得半死不活的叫人心里天天犯堵。"郑中惠目光幽深，直截了当地说。

"我早就想离，可他就是不同意，还挑拨儿子说离婚了就再也不和我见面了，好像离了婚我就犯了什么罪一样。"

"这肯定是他爸爸教的，毫无疑问！"

"不过儿子要是真不跟我，我也受不了，我不能没有儿子啊，难道我只能净身出户吗？"

"离婚又不是你一个人的错，凭什么你要净身出户呢？你可别犯傻，你要是真净身出户了，别人也会瞧不起你，以为你真做了什么见不得人的事呢！你想啊，要不是犯了不可饶恕的错误，谁会净身出户？这点脑子你必须得有。你们单位本来就是个人多嘴杂的八卦之地，你可别把自己也弄成了人家的笑料，我看你还是慎重对待为好。"

郑中惠又告诫马承霞，其实每个人都有一颗冥顽不化的虚荣心，别

轻易打破了它，她让马承霞先静观其变，然后再伺机而动。

"我和曹芒的感情，我当初要是咬住牙坚决不同意的话，就没有现在这些麻烦事了。唉！我现在只有羡慕你的份了。"

郑中惠看着百般无奈的马承霞，又说："我原来找对象的时候，其实也不是一帆风顺的，有个小插曲我也不曾和你说过，今天就和你说一下吧。"

"什么小插曲？"

"谈恋爱的那阵子有两个人同时追我，一个是我现在的老公伊健，还有另一个叫尤坤，他俩各方面的情况也差不多，我当时就左右为难，后来我想了一个办法，然后就在他俩之间选择了伊健。"

"什么办法？"

"说来其实也很简单，我就分别坐他俩开的车去了省城一趟，来回都是一天时间，这就足够我做出正确选择了。"

"你怎么选的？"

"我是通过开车来选的，那个和你思想合拍的人，他开车速度的快慢就会符合你心里的感觉，什么时候正常行驶，什么时候礼让，什么时候超车，他走的路线基本就是你的思路，这是一种潜移默化的感觉，从外表看不出也说不清，只有自己心里才能体会到，甚至连停车的位置，他都会停在你觉得应该停的地方。反过来说，如果你觉得该快的时候他反而慢，该慢的时候他反而快，不该超车时他强行超车，这种人一般就不会和你想到一块儿去。和你默契的人，坐在他车上你会觉得舒服，不称心的人，坐在他车上你会感到别扭。"

"如此说来，伊健开车让你觉得舒服，尤坤开车让你觉得别扭，对吧？"

"是的，我在坐尤坤的车时，发现了一些平时不易看到的东西。他正开着车，他妈有事给他打电话，他根本没有靠边停车，而是突然刹车停在了路上就开始接电话，而且还把他妈训了一顿，嫌他妈做的事不符

第四章
嫁人如乘车

合他的心意。我一听他对他妈的那个态度,就心中有数了。你想啊,对自己的亲妈都没有好语气,何况是对别人呢。等他打完电话,我问他为什么不到路边停车以后再接电话。他说反正前后都没车,停在哪里无所谓。由此看来,他脑子里缺乏一个基本的规则,人前和人后不一样,他的言行很可能会带来一些潜在的危险和隐患。这样的人,一般都比较自私,只考虑自己,不会想着别人,也难以顾全大局,所以,我选择了放弃他,后来证明,我这个决定是对的。"

听郑中惠说完,马承霞不禁深深叹服她的用心和明察,心想:嫁给不同的男人,也好比乘了不同的车,有的能让人感到温馨舒适,有的却让人恨不得冒着生命危险也要赶紧跳车。

第五章
"燕高""贵交"同一梦

吴昕瑜忙着加班赶任务，没按时吃饭，胃病又犯了，男朋友王绍伟打来电话问她好点了没有。

吴昕瑜有气无力地说："老毛病了，过两天就好了，你不用担心。你单位食堂现在怎样了？你也一定要好好吃饭啊。"

"我知道，我身体好得很，除了想你的时候心会很疼以外，别的器官都好好的，我就是放心不下你，你吃的什么药？"王绍伟一边调侃一边问。

"我妈找了个老中医，给我开了一个疗程的中药，不过一想到那些中药我就反胃。"

"良药苦口嘛，你先按医生说的好好治疗，我这边事也挺多，暂时抽不出时间回去看你，要不你请个假到我这儿来住几天吧，我也想你了。"

"我现在没时间去。不过下个月公司有个奖励，海南七日游，我可以免费带一个亲属同去，我们一起去吧。"

"好啊，有这么好的机会，我当然要陪你一起去了。你也别太忙碌，

第五章
"燕高""贵交"同一梦

一定照顾好自己的身体,工作上没有你人家照样干,我没有你却绝对不行,我想,到明年我就能把房子买下来了,有了房子,咱就赶紧把婚事办了。"

"没房子就不能结婚啊?"吴昕瑜有点不乐意。

"我对你爸妈许诺先买了新房再结婚,我既然说了就必须要做到,要不他们怎么会放心把你这么好的女儿交给我呢。我要把我的新娘娶进属于我们自己的新房里,相信我,一定能办得到的。"

吴昕瑜知道王绍伟一直很努力,她想了想,又说:"我觉得在上海生活压力挺大的,要不你就到我这边来工作吧。"

"我已经在这里站稳了脚跟,今后还会有新突破,毕竟这里机会多,发展空间大,还是我们一起在这里比较好。"

王绍伟和吴昕瑜原来同在上海上大学,两人从大二开始就相爱了。大学毕业时,吴昕瑜本想留在上海和王绍伟在一起,可是爸妈只有她这么一个独生女,实在不想她离得那么远。那段时间正好吴爸身体不好,吴爸说如果她留在上海,万一他有什么意外,临死前想见自己的女儿一面都见不到,说得吴昕瑜直掉泪。后来,吴昕瑜思虑再三,决定忍痛割爱,暂时妥协,先回到父母身边陪伴他们。王绍伟则扎根上海,谋求发展。一对热恋中的情侣就这样开始了牛郎织女般的异地恋。王绍伟信誓旦旦,一心想要在工作上有所成就,然后再洞房花烛夜,抱得美人归。

吴昕瑜对着镜子仔细看了看自己的脸。她皮肤随妈妈,天生白皙嫩滑,五官取了爸妈的优点,秀美俊俏。王绍伟说她哪怕一周不洗脸,还是很好看。

"咚咚咚……"外面传来敲门声。

吴昕瑜开门一看,爸爸回来了,手里还拿着一把钢锯。爸爸因为身体不太好,所以提前退休了,他是个爱动脑子闲不住的人,经常自己找点事干。

"爸,你拿钢锯干吗呢?"吴昕瑜有些好奇。

"我准备做个鞋柜,材料也都买好了。"

"你可真有雅兴,还能自己做鞋柜,累着了咋办?"

"没事,我最近感到身体状态挺好,这点活累不着。你妈说咱家鞋柜太小不够用,我就琢磨着做个新的。你看看,这是我从网上打印的一张图片,我打算按照这个样子做。"说完递给吴昕瑜一张照片。

吴昕瑜看了一下图片:"是挺好看的,这个样子我妈肯定喜欢。"

"嗯,她喜欢就好。"吴爸乐呵呵的。

两人正说着,吴妈进了门。吴昕瑜马上过去,搂着她的脖子笑嘻嘻地把照片递给她:"妈,你看,我爸准备按这个样子专门给你做个鞋柜呢,你审阅一下?"

吴妈接过来一看:"老吴你真要自己做啊,前两天你说做一个,我以为你是说着玩呢。"

"材料和工具都准备好了,你就等着瞧好吧,这个木工活,我年轻时曾专门跟一个木匠学过的。"吴爸看起来自信满满。

"好,那我今天给你多炒两个可口菜,算是开工大吉。"

吴妈一边说着,一边换好衣服进了厨房。

吴昕瑜说:"妈,我来帮你吧。"

"用不着,我自己来就行,你没换衣服,衣缝里进了油烟味会不好闻的。"吴妈一边说着一边把吴昕瑜推出了厨房。

吴爸说干就干,连续几天的工夫,测量、下料、安装、刷漆……一个崭新的鞋柜就逐渐成型了,样式和颜色都很好看,放在门口大小、高矮都正好合适。此外,吴爸又用下脚料做了个鞋凳放在鞋柜旁边,吴妈摸摸鞋柜,又坐坐鞋凳,喜滋滋地说:"你爸这个人,就是心灵手巧,一看就懂,一学就会,啥东西都经不住他琢磨,你看这鞋柜做得多好看啊,结实耐用,比买的可强多了。"

吴昕瑜也由衷地说:"爸,你真是太厉害了,等我结婚时你也给我

第五章
"燕高""贵交"同一梦

做一个,现在就和你预定好,你先琢磨着哈。"

吴爸一拍胸脯道:"好,没问题,到时候你想要什么样的,我就给你做什么样的。"吴爸喜欢实木家具,在他看来,实木家具材料天然,环保健康,并且树木在成长过程中栉风沐雨,吸取了天地日月精华,单就这一点,那些金属或聚酯合成材料就无法比拟。

吴爸饭后去老年中心下棋。看他走了,吴妈又笑着对吴昕瑜说:"我再给你说个喜人的事。我怀孕带着你的时候,胸部变得很大,我让你爸陪着我一起出去买个宽松的乳罩,可是逛了好几个店,也没买到合适的,走路累得我腰疼。你爸就说,咱不买了,干脆我给你做一个得了。我说你一个大男人还会做乳罩?他说行不行的试试不就知道了嘛。我当时以为是说着玩的,没想到你爸回家后,真就干了起来,给我量了尺寸,买了布料,用家里的缝纫机很快就给我做了一个。做完了戴上一试,料子柔软舒服,大小也合适,你看他脑子多好使啊。"

听妈妈说到这里,吴昕瑜忍俊不禁:"妈,原来我爸还有这么一手啊!你要不说我可不知道呢,这应该是你珍藏版的爆料啦。我爸可不光脑子好使,他还有个最大的特点,就是对你太好了。"

吴妈说:"不光对我好,对你也一样好。你小时候夜里突然生病发烧,当时外面正下着大雪,我说在家里先给你物理降温,你爸不愿意,背起你来就往医院跑,夜里下着雪也没有车,你爸把你背到医院时,累得差点晕倒。他心脏不好,不能剧烈运动,可是你病了,他不要命地背着你去医院,我在后面都撑不上他,那是我见你爸最着急的一回。"

吴昕瑜说:"妈,我知道你和爸都特别疼我,以后我肯定会好好孝敬你们的。"

吴妈又说:"怎么个孝敬法?王绍伟还是想让你到上海去吧?你如果去了,我们隔着一千多里路,要是指望你孝敬,恐怕黄花菜都凉了,所以我们还是自己照顾好自己吧。"

"妈,你又说这个,我要是真去了,大不了把你们一起都接过去住嘛。"

"孩子大了不由娘啊,和你们一起住我还担心不方便呢。你放心吧,我和你爸都理解你,不会拖后腿的,只要你俩好好过日子,我们就安心了。你爸虽然身体不太好,但是有我在,你也不用操心,你办好你自己的事就行了。"

晚饭后,吴昕瑜上网浏览了一下,正看着,马承骏给她发来信息:
"吃饭了吗?干吗呢?"
"吃了,在网上随便看看。"
"我在看星座运程。"
"你信这个?"吴昕瑜问。
"信则有,不信则无。你是什么星座?我顺便给你测一下。"
"我是天蝎座。"
"我是金牛座,我先给你看看咱们俩的星座速配结果。"
说完马承骏发来一个信息:

金牛座 VS 天蝎座
他稳重而持续的付出,令你感动。
两情相悦指数:5
天长地久指数:4

吴昕瑜看了一眼回复说:"也就看着玩吧。"
马承骏又说:"还有详细解释呢,再给你看一下。"然后又发来一个信息:

金牛座(男)—天蝎座(女)

第五章
"燕高""贵交"同一梦

一位感到自己已堕入天蝎座女士神秘吸引力的金牛座男士,要么将面临他一生中最痛苦的阶段,要么将经历最辉煌的阶段,而绝不会是非常普通的。如果在他们各自占星术图上的太阳、月亮之间有相抵触的因素,那他将面临最痛苦的阶段。但如果这两个发光体之间的关系很融洽,那他一定会经历辉煌的阶段……

"最近工作忙吗?"吴昕瑜转移了话题。显然她并不想继续再和马承骏谈论星座。

"下半年可能要去成都参加一个培训,还没确定具体的时间,你呢?"

"我最近也要赶着完成几个设计,然后准备去海南一趟。"

"出差吗?那可是个好玩的地方。"

"是单位的奖励,海南七日游。"

"那就更好了,你平时工作忙,难得出去好好玩几天,你们单位去多少人?"

"一共十个,每人还可以带一个亲属,我和男朋友一起去。"

"挺好的,你们单位的领导想得可真周到。"说到这里,马承骏一下子不知道再说什么好了,想想刚才发给她的星座速配,感到自己简直像个自作多情的小丑,在舞台上滑稽地蹦跶了几下,然后又摔了个大跟头跌下了舞台。

沉默了一会,他又忍不住问:"你什么时间走?"

"下个月4号。"

"哦,提前祝你一路顺风。"

"谢谢。"

这天,马承骏刚上班,就听到办公室里传出了一阵吵闹声。过了一会,办公室主任张剑过来叫马承骏,说总经理岳伟峰让他去一趟。

马承骏来到总经理办公室。岳伟峰说:"来了个要工资的临时工,他说在我们这里干了两个多月了,却一直没给他发过工资。我们都是按月发工资的,管理制度上有规定,工人学徒期间每天70元工资,他怎么会没有呢?到底怎么回事?你负责调查清楚。"

马承骏立刻找到车间主任宋向乾。宋向乾振振有词:"公司里对临时工的工资规定我知道,但我们车间还有自己的内部规定,如果临时工学徒期干不满三个月就走人的,工资一分也没有,并且都和他们事先签订好了协议的。你说的这个来要工资的陈全保,因为他老婆生病需要他回家伺候,他干了两个半月就走了,所以没给他发工资。"

"你们车间从什么时候制定的内部规定?报企管部审核没有?我怎么不知道呢?"

"是我们车间半年前自己制定的,没有报企管部。"

"你这个内部规定是违反公司管理制度的霸王条款。我们的劳动用工制度上有规定,工人只要在公司里干活,不论是正式招聘的还是临时雇用的,都要按照规定支付劳动报酬,你这个车间的内部规定不但违反了公司里的管理制度,也违反了劳动法。再说,事关工人切身利益的分配制度必须要报到企管部进行审核,这个你难道不知道吗?"

宋向乾争辩道:"我们这样做也是为了制约这些临时工,不让他们走,要是干个一时半会儿就走了,就一分钱也没有。他们为了能拿到钱,自然就不走了。"

"但你这个规定不是留人,而是治人。公司里规定学徒工每天70元工资,你一分钱也不给,那厂里按月发给临时工的工资呢,你怎么处理了?"

"我就把钱放在车间工资总额里,发下去了。"

"这样随意分配更不合理,其他人凭什么得到属于临时工个人的工资呢?这不和抢人家的钱一样吗?你现在把你车间的内部规定报到企管部来,凡是与公司管理制度相违背的条款,都必须立即修改。"

第五章
"燕高""贵交"同一梦

马承骏把调查了解的情况向岳总进行了详细汇报。岳总说:"工人的工资不允许车间里随意截留,更不能私自分配。现在人家找上门来了,你按照考勤算算他的工资一共有多少,让财务部先按标准支付给他。"

"好的,我这就去办。"

马承骏让车间核算员算了一下陈全保的工资,工资加补助,一共是5750元。

办完手续,马承骏把钱递到了陈全保手里。陈全保掏出一支烟递给马承骏,说:"兄弟,谢谢你了,天下还是好人多,终于把工资问题给我解决了。为了工资的事,我这是第三次来了,我老婆有病,孩子还上学,家里急等着用钱,我实在没别的办法才来要工资的,我说话不好听的地方,请你多担待。"

"你不用客气,这钱本来就应该是你的。"马承骏安慰他说。

陈全保又说:"马部长,我看你是个办事公道的实在人,不瞒你说,像我这种干一两个月就走了的,我们车间里还有好几个,他们和我一样,一分钱工资也没有拿到。他们在这里干活的时候,干上一两个月,车间里就开始鸡蛋里挑骨头,故意找茬把人撵走,然后他们就私分临时工的工资。原来也有来问的,但车间里说白纸黑字都签了协议的,干不满三个月没有任何工资。当初签协议时,车间里和我们说学徒期每天工资70元,出了学徒期以后每天工资120元,我们这些没有文化的大老粗就知道下力干活,也没工夫仔细看协议的内容,根本不知道里面还有干不满三个月不给任何工资的坑人规定,就签上字捺了手印。这个事,我单独和你说,是得好好管管了,长期这样下去,早晚会坏了华安的好名声。"

"好的,谢谢你和我说这些实际情况,原来我还真不知道,我会尽快调查落实,决不能让老实干活的人吃了亏,你放心吧。"

马承骏把所有情况都调查清楚并如实向岳总汇报了。岳总听完汇报，语重心长地说："你们企管部对下面各个车间的工资分配要加强检查和监督，对存在的问题要及时发现、确实弄清、正确解决，等到人家闹到我们厂里来了，矛盾就容易激化，还会造成不良影响。为避免类似问题，我准备请杨书记牵头，每月定期召开一个民主管理例会，你们企管部也派人参加，让各车间和部室都选出职工代表参加，包括临时工，听听他们在工作中有什么意见或建议，这样做一是有利于把问题解决在萌芽状态，二是有利于调动职工们为企业发展献计献策的积极性。我们现在是两千多人的公司，不是几十人的小个体，光靠人管人是不行的，必须要靠规范的企业制度来进行科学的管理。"

看看桌上的日历，明天就是吴昕瑜和男朋友去海南的日子了，马承骏心里像灌了铅一样。他把吴昕瑜空间里的照片都复制下来，单独建立了一个文件夹。只要有时间，他就打开看，一张一张地仔细品味，一会放大，一会缩小，左看右看，横看竖看，无论怎么看，吴昕瑜在他心里都是无瑕美玉，浑身散发着青春的韵味和迷人的魅力。这个时候，她在干什么呢？也许正忙着收拾明天出去的行装吧。他想发个信息，又想打个电话，思来想去，还是决定给她打个电话，这样至少能听到她的声音。

"你明天就去海南了吧？准备好了吗？"

"嗯，早就收拾好了，明早和同事一起去机场。"

"哦，那你路上照顾好自己，注意安全。"

"好的，谢谢你，放心吧，没问题。"

挂掉电话，马承骏有气无力地躺在沙发上闭上了眼睛。吴昕瑜就是他心目中最完美的女人，却不属于他，无语问苍天，天知道该怎么办？

完全忘掉，就当从来不认识，也不再联系，这样能行吗？可扪心自问，马承骏根本做不到，因为吴昕瑜已经是他心目中的女神了，关于她

第五章
"燕高""贵交"同一梦

的一切都深深烙印在脑海里，挥不去，忘不掉，即使只听到她的声音，心里也会为之愉悦。吴昕瑜像荷塘里一朵清丽脱俗的莲花，让马承骏只可远观。

第二天起床，马承骏毫无胃口，索性没吃早餐。中午加班给领导写材料，等他忙完工作一看表，已是下午四点，只好等晚上再吃。

下班后，马承骏直接去了老妈那里。

老妈说："你好几天不回来了，上班工作很忙吗？"

"是啊，比较忙，我中旬要去成都出一趟差。"

"哦，我提前做了饭，和你爸都吃完了，我再给你炒个菜。"

"不用了，我也不怎么饿，锅里还有八宝粥，我喝点粥就可以了。"马承骏自己也觉得奇怪，今天的早饭和午饭他都没有吃任何东西，肚子竟然一点儿都不觉得饿。大概是吴昕瑜和男朋友去海南游玩的事，像块石头盘踞在他胃里，让他一直难以消化。

马承骏盛了一碗粥，就着火腿和咸菜吃了起来。

"承骏，你和米颖的事到底怎么打算的？"老妈问。

"我和米颖都说得很清楚了，她知道。"

"不管你怎么和她说，她可是还在等着你啊。"

"这个你不用担心，她和我有一个约定，等到了那个时间，我们自然就会有结果的。"

"话是这么说，可是如果让人家空等，咱毕竟心里过意不去啊。"老妈显然有些担忧。

马承骏心里本来就不好受，一说这事他心里更添堵。一碗饭还没吃完，他就放下筷子想走。老妈拉住他："算啦，我不问了，随你们怎么办吧，你好歹把这碗饭吃完了再走。"

饭后马承骏回到他的住处，无精打采地躺在床上，什么都不想干。这套房子是爸妈提前给他买好的婚房，如今他只能双人床单人睡。看看表已经晚上九点。他想，这个时候，吴昕瑜和男朋友也许正在沙滩上吹

着海风漫步,也许正在宾馆里享受久别重逢的甜蜜……他一边想着,一边迷迷糊糊地睡了过去。

清晨醒来,马承骏躺在床上,感觉四肢无力,浑身酸痛,用温度计量了一下体温,原来是发烧了。他给单位打电话安排了一下工作,然后吃了退烧药,继续在床上躺着。

他昏昏沉沉,似睡非睡……他和吴昕瑜一起来到一个广阔的大草原,两个人躺在草地上,看着蓝天白云一起说说笑笑。后来他们又坐在一个用各种鲜花编成的大沙发上一起看书。这时,旁边来了一个照相的人,说要给他们俩拍照。他和吴昕瑜欣然答应,还摆出了各种姿势,站着的,坐着的,躺着的,他们一起拍了很多合影。

拍完照片,吴昕瑜搂着他的脖颈柔声说:"你知道吗?你的名字其实不叫马承骏。"

"那我叫什么呢?"

"你的名字叫燕高。"吴昕瑜说。

"哦?我叫燕高?"

"嗯,是的。我的名字也不叫吴昕瑜。"

"那你叫什么呢?"他疑惑地问。

"我的名字叫贵交。"

说完,吴昕瑜拿起笔来,在一张白纸上认真地写下这两个名字,递给了他。他看着这两个名字发愣,脑子里不知所以然,他想问问吴昕瑜这两个名字是什么意思,但抬头一看,吴昕瑜已经不在身边,不知道去哪儿了。

他一心想要找到吴昕瑜问个究竟。他在草原上疯狂地跑来跑去,大声呼唤吴昕瑜的名字,可他的喊声好像被无边的草丛全部吞噬了,没有任何回应。喊着喊着,他就把自己喊醒了。他抬手摸了摸枕头,确定是在床上,才知道刚才是做了一个梦。

梦境历历在目,让马承骏觉得很奇妙,按照吴昕瑜在梦里的说法,

第五章
"燕高""贵交"同一梦

他叫燕高，她叫贵交。这又从何说起呢？他越想越觉得不可思议。

真是一个神奇的梦啊，马承骏暗自思忖。突然他灵机一动，想了一个办法，要把这个梦留住。他打算把"燕高"和"贵交"这两个名字刻成两枚印章作为纪念。主意已定，他起身直奔刻章店铺而去。

走到半路时，他又改变了想法。

他想，与其让别人来刻，不如自己亲手刻出来，更有纪念意义。可问题是自己根本不会刻印章，完全是个门外汉，怎么办呢？转念一想，没有憋死的牛，只有愚死的汉，不会刻可以学啊，网上有很多这样的视频，比着葫芦画瓢，应该也能学会。于是他决心亲手刻制"贵交"和"燕高"这两枚纪念章。

买了刻章的工具和材料，跟着视频一步一步地学，马承骏一边刻章，一边反复听刘欢的《想你的365天》。第一遍刻出来，一看就不像样，只好用砂纸磨去重刻；第二遍还是不好看，字刻歪了；第三遍，笔画粗细不均，不美观，他又再刻；功夫不负有心人，刻到第四遍的时候，终于感觉满意了。刻完后，他用黄色的绸布把刻着"贵交"的印章小心包好，放在盒子里。他要等吴昕瑜游玩回来后，亲手送给她。

算着吴昕瑜已经回来了，马承骏给她打电话："你回来了吧？"

"嗯，昨天就回来了，今天已经上班了。"

"今晚有空吗？我想请你吃个饭，给你接接风。"

吴昕瑜迟疑了一下："今晚有个同学约我一起吃饭，恐怕不行了，我们改天再聚吧。"

马承骏只想能够快点见到吴昕瑜，便不假思索地说："那我就连你的同学一块儿请吧，反正你同学也不是外人。"

吴昕瑜看推辞不掉，只好说："嗯，要不你下班后直接到真秀茶楼吧，我们一起吃饭，这个茶楼是我同学开的。"

"好的，我下班后过去。"在马承骏看来，只要能见到吴昕瑜就行，

别的都不重要。

在真秀茶楼见面后，吴昕瑜给马承骏介绍了她的同学："这是我的同学王真秀，是个上得厅堂下得厨房的美女老板。"

马承骏一看王真秀，的确是个长得很标致的女人，举止中透出生意人特有的精明能干。

进房间坐下，服务生泡好茶，又端上水果和茶点。吴昕瑜和王真秀聊了好多她们同学之间的一些事，马承骏一边给她们倒茶，一边当听众。后来，她们又聊了一些其他趣事，马承骏听得津津有味，好比原来落下了功课，现在又补上了。

王真秀问马承骏找对象了没有，马承骏说还没有。

王真秀说："你要是还没找对象，我给你介绍一个吧！我有个朋友，各方面条件都不错。"

马承骏没想到王真秀会突然给自己介绍对象，一时脑子有点蒙，呵呵笑着不置可否。

吴昕瑜看了马承骏一眼，对王真秀说："他不是缺对象，而是介绍对象的太多了，挑花眼了。"

马承骏说："哪里啊，还是缘分还不到吧。"

王真秀微微一笑："照我说，所谓的缘分都是借口。"

吴昕瑜岔开话题："不谈这个了，聊点别的吧。你这个茶楼现在经营得怎样？"

王真秀说："到我这里来的，大都是比较熟悉的朋友或客人，我不图赚多少钱，能保本经营就行。这年头，赚个开心比什么都重要，你说是吧？"

吴昕瑜说："你这里是'谈笑有鸿儒，往来无白丁'啊。"

"这不也挺好嘛，给朋友们提供一个干净优雅的聚会场所，姐妹有空了，就来喝茶聊天吃饭，不就图个方便么！再说我这里的茶叶，那可绝对是正品货，无论谁到这里来，保证都能喝到纯正的好茶。"

第五章
"燕高""贵交"同一梦

过了一会儿，王真秀下楼到后厨看菜去了。等她出门，马承骏从包里拿出他亲手刻制的那个印章礼品盒递给吴昕瑜："这是我给你刻的一枚印章，在这里不方便，你拿回家再看吧。"

吴昕瑜接了过去："你还会刻章？什么时候学的？多才多艺啊！"

"原来我也不会，最近这几天刚跟着视频学的，你不嫌弃就好。我给你刻的这枚印章还有一个缘由，等以后再详细告诉你。"

门外传来王真秀上楼梯的声音，马承骏使了个眼色，吴昕瑜会意，把印章盒放进了包里。王真秀开门进来，吴昕瑜从包里拿出了两包海南特产："这是我从海南带回来的，你们俩一人一包。"

王真秀说："谢谢，菜马上就要做好了，尝尝我这里的新菜品。"

四菜一汤上来，马承骏一看，果然不错，色香味俱全。

喝了一杯红酒后，王真秀笑着说："昕瑜，你们打算什么时候结婚？我可是光等着喝喜酒了，这次去海南旅游和度蜜月差不多吧。"

"王绍伟打算先把房子买下来，然后再结婚。"

"这样也好，有个房子就安定了，想当年你俩可是咱们班里的金童玉女啊，前几天还有两个向我打听的，同学们都盼着你俩的好事呢。"

王真秀把一块烤羊排递给马承骏："这个你多吃点，你是昕瑜的朋友，我也不拿你当外人，以后你有朋友也可以约着一起来我这里喝茶吃饭。"

马承骏赶忙说："好的，以后有需要的时候我就来。你这里环境幽雅，菜品也挺好，确实是个理想的聚会场所。"

饭后，马承骏有事，告辞先走。王真秀陪吴昕瑜继续聊天，她有意无意地说："昕瑜，你这个朋友我看可不是一般的朋友，你得注意点儿。"

"注意什么？你什么意思？"

"什么意思你还不清楚？我觉得他对你不是一般朋友的意思。"

"你别想歪了，从一开始认识我就告诉他我有男朋友的，我和他仅

限于一般朋友的交往，还能怎么着？你不是还打算给他介绍女朋友嘛。"

"我就是因为觉得他不像一般朋友，所以才故意说给他介绍女朋友的。"

"就你心眼多。"

"我是为你着想嘛。"

"你不用担心，我和他的友谊就像蒸馏水一样，很纯净的。"吴昕瑜笑眯眯地说。

晚上回到家，吴昕瑜看到 QQ 上有马承骏的留言，和她说了给她刻制这枚印章的经过，当然还有他做的那个神奇的梦。

吴昕瑜给马承骏回复："一个偶然的梦，被你演绎得这么玄幻啊。"

"我真想一直在梦里，永远不要醒来。"马承骏说。

"那你就继续做梦吧，我可要睡觉了，晚安。"吴昕瑜给他发来一个挥手再见的图像后就下线了。

马承骏能感觉到吴昕瑜在刻意保持距离，自己究竟该怎么办才好呢？相思再一次成灾，辗转又一夜难眠。

第六章
有小有老有"丹麦"

只要曹芒在家，不管是早上刚起床还是晚上临睡觉，电视机都会像高音喇叭一样，不停地轮番播放国际动荡战乱的新闻，搞得整个家里就像喧嚣闹市或暴乱战场，连墙缝里都充斥着是是非非、纷纷扰扰。马承霞抗议说："你愿意操联合国的心我不反对，但是你能不能把声音调小点，别妨碍别人。"曹芒则说声音小了听不见。马承霞嘴上不屑和他争辩，心里却冷笑：国际大事看得再多也没用，终究改变不了那副小肚鸡肠。

相比于在家里，马承霞更喜欢上班。上班她可以按照自己的心意去采访写稿，当全身心投入工作时，各种嘈杂和烦恼都被忘却，内心就会变得丰富又安静。她感到每一个文字，都是一粒有生命、有感情、有温度的种子，它们都活生生亮晶晶的，散落在广袤的大地上，等待马承霞去给它们浇水施肥，然后就生根发芽，开花结果。每写出一篇满意的稿件，马承霞都觉得又享受了一次开满鲜花的美好生活，这也是她热爱工作、笔耕不辍的重要原因。与曹芒之间，眼不见心不烦，若不是为了照顾曹然，马承霞真能做到以单位为家，吃住都在报社。

曹然说学校要开家长会,马承霞请了个假,准时赶到学校。

开家长会之前,班主任陶老师先公布了一下最近的考试成绩。曹然从上一次的第5名一下跌到了第21名。马承霞感到很吃惊,因为曹然的学习成绩向来比较稳定,从来都在前十名之内,这次是怎么了呢?她不禁满腹疑问。曹然一副萎靡不振的样子,低头趴在课桌上。接着,陶老师逐一进行评点,又讲了家长辅导孩子完成作业的一些具体方法,要求家长配合学校共同把孩子教育好。

班主任讲完后,又上来一个长相和善的中年妇女,她自我介绍是国家级心理咨询师,她通过几个案例,重点讲了如何疏导和解决青少年在青春期出现的各类问题。她说,孩子就像一棵小树苗一样,需要家长的悉心呵护,也需要家长的及时修剪,才能茁壮成长为一棵大树,她让所有家长都记住一句话:家长有多耐心,孩子就有多优秀。特别是在青少年时代,孩子们心智还不成熟,有时候难免做出一些让父母觉得不可理喻的事情来。作为家长,一定要耐心引导,既不能墨守成规,也不能拔苗助长,要根据每个孩子的特点因材施教。马承霞一边听她讲话,一边想着曹然这次为什么考得这么差,他原来学习成绩一直都不错,马承霞也很放心,但这次突然大幅度下降,确实是个意外。是上课没认真听讲,作业没有按时做完,还是什么别的原因呢?

开完家长会,马承霞到了陶老师的办公室。

"陶老师,曹然这次考试成绩倒退了不少,我想了解一下他这段时间在学校里表现怎样?"马承霞开门见山。

"曹然脑子很聪明,但是最近学习不用功,比较滑头,作业也有好多没做完。"

"他在家里每天晚饭后都做到十点半左右,难道是没用心做吗?"

"你给他检查过吗?他这次考试因粗心马虎丢分较多,作文不但写得潦草,字数也不够,因为这个也扣了分呢。"听老师如此说,马承霞

第六章
有小有老有"丹麦"

心想，犯这些低级错误，看来确实有问题。陶老师又说他近来还有个毛病，上课爱打盹，因为上课睡觉已经被罚站两次了。

马承霞说："哦，原来是这样，我最近工作忙，也没顾得上多关心他。"

"你回家和他好好谈谈吧，看看到底是什么原因。"

"好的，谢谢您。"

回家路上，马承霞边走边想。曹然晚上睡眠不好吗，要不为啥上课还老打盹呢？她打算回家仔细盘问一下。

马承霞正在厨房里做饭，曹然放学回来了。他放下书包，脱了外套，走到厨房门前说："妈，对不起，我这次没考好，这次家长会给你丢脸了，我下次一定好好努力，争取把成绩再赶上来。"

马承霞正在炒菜，回头看了曹然一眼："我正忙着炒菜，成绩的问题先不说，你先拿零钱到超市里给我买一包酱油、一包醋去。"

曹然这次考出了有史以来的最差成绩，本以为回家就会挨批，没想到马承霞不动声色。他二话没说，拿了零钱一阵风似的下楼去了。

听曹然一出门，马承霞赶紧擦了一把湿漉漉的手，从曹然外套口袋里掏出了一个手机。这是前段时间爷爷送给曹然的生日礼物，一个智能手机。

她翻到通话记录里先看了看，里面除了她和曹芒的电话之外，还有几个陌生的号码。她又打开短信，里面竟有上百条。马承霞大致浏览了一下，内容全是关于网络游戏的，她又仔细看了下发短信的时间，有的是夜里十一点、十二点，还有两个竟然是夜里三点发的。看到这里，她终于知道曹然为什么白天上课犯困了。原来他表面上在卧室里熄灯睡觉了，实际上还在被窝里和别人讨论着网络游戏。这就是他这次考试成绩大幅度下滑的主要原因了。马承霞想了想，她打算饭后和曹然详细聊聊。她有个原则，不在吃饭的时候训斥孩子。

马承霞做了曹然最爱吃的糖醋排骨和西红柿炒鸡蛋。成绩没考好,曹然心里自然有些忐忑不安,但看到妈妈做了他最爱吃的菜,禁不住放开胃口大吃了一顿。

吃完晚饭,马承霞正洗刷碗筷,曹芒从外面喝得醉醺醺地回来了。他一进门,曹然就迎上去惭愧地说:"爸,今天学校开家长会了,我妈去的,我这次考试没考好。"

曹芒醉眼蒙眬地说:"没考好?考了第几名?"

"第21名。"曹然低头嗫嚅着。

"什么,你考了第21名?你是发高烧了还是吃错药了?你考这个成绩是为了恶心我是吧?给你吃好的、穿好的、玩好的,你要啥就给你买啥,你就给我考这个破烂成绩啊?"曹芒越说火气越大,冷不丁一抬手,一巴掌打了出去。曹然也没想到爸爸会突然对他扇嘴巴,在毫无防备的情况下,被曹芒打得一个趔趄,跌坐在沙发上,嘴角立刻出了血。

马承霞听到动静跑过来看了看,气愤地对曹芒说:"你这是教育孩子吗?你这是喝醉了酒回家来借题发挥耍酒疯,这样能解决问题吗?!"

曹然一下子被打蒙了,蜷缩在沙发上抽泣。马承霞赶紧拿出药箱给曹然处理伤口,又安慰了一会儿,曹然逐渐停止了哭泣。

马承霞把曹然叫到了书房里:"你爸喝酒喝多了,以后你只要看他喝了酒,就离他远点,知道吧?"曹然揉着红肿的眼睛点了点头。

马承霞搂着曹然的肩膀:"好了,别伤心了,我给你讲个关于酒的故事吧,叫《秀才武士疯子》,听了这个故事,你就知道酒喝多了的人为什么会发酒疯了,好不好?"

曹然说:"嗯,好。"

马承霞说:"喝酒是中国的一种古老文化,传说中国最早酿出来的酒味道并不好喝,所以酿酒师就费尽心机到处求教。后来酿酒师遇到了一个神仙,神仙告诉他说:'你明天早晨在村边的路口等着,七点之前把你最先遇到的三个人的血分别滴一滴放进酒里,酒自然就会很好喝

第六章
有小有老有"丹麦"

了。'酿酒师听了很高兴，第二天早晨，他很早就在路口等着。第一个过来的是秀才，第二个过来的是武士，酿酒师说明情况后，分别取了他们的一滴血放进了酒里。可是第三个人却迟迟没有出现，眼看时间一分一秒地流逝，如果再没有人过来，仙人给的这个方子就要失灵了。正当酿酒师着急的时候，突然从旁边摇摇晃晃地过来了一个头发脏乱、满脸是灰、衣服破烂的疯子。酿酒师一看马上就要到规定时间了，无奈之下，他只好迅速从这个疯子身上取了一滴血放进了酒里。从那以后，酒的味道果然就有了很大的改善，充满了醇厚的芳香，酒字旁边的这个三点水，就分别代表了秀才、武士、疯子的三滴血。正是因为酒里面有了这三个人的血，所以人们在喝第一杯酒的时候，往往温文尔雅像个秀才；在喝第二杯酒的时候，情绪就比较兴奋，像个逞能不服输的武士；在喝第三杯酒的时候，就进入了失控状态，开始胡言乱语、张牙舞爪，就像个疯子啦。"

马承霞说到这里，曹然笑着说："妈，那我爸爸至少应该喝了三杯吧。"

"嗯，我看也是，他现在比较狂躁，说什么也听不进去，等他明天清醒了，你也给他讲讲这个故事，让他以后少喝酒，不能再喝得像个疯子一样了。"

听完了这个有趣的故事，曹然的心情渐渐平复了下来。马承霞又说："你这次考了第 21 名，你自己说说吧，什么原因呢？"

"妈，我就是没用心学习，没仔细听课，也没认真做作业。"

"为什么不用心学习呢？我听你们陶老师说，你现在听课时精力不集中，上课还经常打盹。"

"嗯，有两次上课时很困，一不小心就睡着了，被老师罚站了。"

"为什么没休息好？"

"晚上做作业晚了，白天就打盹。"

"你再好好想想，还有别的原因吗？我希望你是个诚实的好孩子，

有了错误不要紧,关键是你首先得承认错误才行。"马承霞说完,眼睛直直地盯着曹然。

曹然低下了头,脸涨得通红,他想了一会儿,抬起头愧疚地说:"还有个原因就是我经常和同桌贾国栋一起玩游戏。"

"嗯,你终于说出了最主要的原因。"马承霞紧接着说,"你夜里也经常和他聊游戏的事,对吧?"

"啊?你怎么知道的?"曹然睁大眼睛,感到很惊讶。

"你不用管我怎么知道的,你实话实说就行,为什么会这样呢?"

"贾国栋他爸在学校附近租了套房子,他奶奶在这里陪读,夜里他奶奶睡了觉以后,他就偷偷起来玩网络游戏,还让我陪他一起玩。"

"哦,原来是这样。"在家里,马承霞给曹然规定的是周一到周五不允许他上网玩电脑。周末时,做完作业可以适当上网看看。没想到自从有了智能手机,曹然又开始在手机上玩游戏了。曹然说了实话,马承霞也就心中有数了。她想,亡羊补牢,为时未晚,再说曹然本来就是个聪明好学的孩子,只是自控能力稍差一些,一不小心陷进游戏里去了。

第二天,马承霞又专门找陶老师谈了曹然的情况。

陶老师说:"这个贾国栋长了个玩心,心思不在学习上,我当初安排曹然和他一桌是因为曹然学习好,我想让曹然起个带头作用,帮他一下,没想到反而被贾国栋拉进游戏里去了。"

"你看这个问题怎么解决好呢?"马承霞问。

"这样吧,你先回去,我先和他俩分别谈谈,然后再处理。你放心,我会解决好的。"

从学校里出来,马承霞长舒了一口气。看时间还早,她顺便到超市里去买了些菜。报社里安排她去省城出差,要三天时间,她得把各种饭菜都置办好,曹芒是指望不上的,只好把老妈叫来照顾曹然。

马承霞出差回来,老妈问她:"我听曹然说你经常和他爸爸闹别扭,是吧?要是真有什么事,你就说出来,别什么事都闷在心里自己扛着。"

第六章
有小有老有"丹麦"

老妈一副忧心忡忡的样子。

"妈,谁家里没有杂七杂八的事啊,就算是吵个架也没有什么大不了的,你不用担心,我自己会解决,只要你和我爸都好好的,就是我们做儿女的福气了。"

和曹芒婚姻上的事,马承霞从来也不对爸妈说,因为她知道,即使和爸妈说了,除了让他们徒增烦恼,没有任何好处。马承霞的想法,就是过一天,算一天,往前走,慢慢熬。

曹然喜欢小动物,正好朋友家的母狗下崽,马承霞就给他抱来了一只可爱的小博美。曹然问给小狗取个什么名字,马承霞说:"命名权归你,你想让它叫啥就叫啥。"

曹然认真想了想,说:"我前天看电视的时候,电视上说丹麦这个国家环境优美,经济发达,是个很幸福的国家,我想让这条小狗在我们家里也能快乐幸福地生活,就叫他丹麦吧。"

"嗯,好啊,只要你喜欢就行,那我们今后就叫他丹麦啦。"

曹然说完就抱着小丹麦一起玩去了。马承霞一边炒菜一边想,孩子真是长大了,有自己的爱好和主张了,以后若有机会就多带他出去游玩,见见世面。

经过一番调教,曹然终于不再迷恋网络游戏,成绩也随之提升,马承霞心里的一块石头落了地。

马承霞的日子像钟摆一样,周而复始,摇摇晃晃。

曹芒不在家。晚饭后,曹然去书房做作业,马承霞找出针线盒给曹然缝补校服,小丹麦吃饱了,安静地趴在小狗窝里,忽闪着一对水汪汪的眼睛默默地看着马承霞干活。

电视上正上演着一个好妻子的故事,丈夫患病瘫痪在床十多年了,妻子独自一人承担起了家庭的所有重担。她既要照顾卧床不起的丈夫,

又要伺候年迈的公婆，还要供养自己的一对儿女上学。除了种好地里的庄稼，一有空闲，她还出去给别人干零工挣钱补贴家用。

生活的艰辛和过度的操劳使这个女人变得异常苍老和憔悴，像一截饱经风霜依然苦苦支撑的老树桩。马承霞想，生活就是这样，永远都是比上不足，比下有余。和这个不幸的女人相比，自己还算是幸运的，虽然没有和谐的婚姻，但有关爱她的父母，有健康聪明的儿子，有热爱的工作，有一份稳定的收入，也不用为基本的生计问题发愁。

丹麦这时从狗窝里跳了出来，它伸了个大懒腰，自己跑到洗手间去了。这个小狗很聪明，也很听话，经过几次训练，大小便就知道去洗手间了，这让马承霞省去了许多麻烦。

丹麦从洗手间出来，来到马承霞身边，像小孩一样在马承霞腿上磨蹭。马承霞摸了摸它毛茸茸的头说"坐下"，它马上就坐下了。又说"躺下"，它立刻就躺下了。看它如此伶俐乖巧，马承霞放下手中的针线，把它抱进了怀里，给它捋一捋身上的毛。它用舌头来回舔马承霞的手表示亲昵。狗通人性，这话真是一点也不假。马承霞除了给它喂专用的狗粮以外，还添加了一些鸡蛋，有时候炖了排骨或者肉，也给它一些。在马承霞的精心照料下，丹麦长得生龙活虎，浑身毛色油光发亮，个头也比同龄的小狗要大一些。

丹麦脑子鬼精，马承霞带它到楼下的公园里玩过一次之后，它就知道楼下比楼上好玩了。每天晚上只要吃了晚饭，它就趴在门口眼巴巴地看着马承霞，时刻等待着出去遛。只要天气允许，马承霞每晚都要带丹麦到楼下去玩一会儿。丹麦的作息也很规律，遛一圈回来，给它擦擦脚，它就自动钻进狗窝里去躺下呼呼睡大觉。它睡觉的姿势也很有特点，有时趴着，有时侧着，有时还会四脚朝天，各种造型让人忍俊不禁。渐渐地，丹麦成了马承霞枯燥家庭生活中不可或缺的一枚开心果。

这天，马承霞带着丹麦来到公园，丹麦立刻跑到草地上撒欢打滚。这时旁边过来一个十来岁的小女孩，身材瘦削，扎个马尾辫。她走到丹

第六章
有小有老有"丹麦"

麦旁边蹲下,看着它在草地上玩。有几次,小女孩想伸手摸摸丹麦,但又好像比较害怕的样子,手伸到一半就犹豫着缩回去了。

马承霞对她说:"你想摸摸它吗?"

小女孩没说话,只是点了点头。马承霞于是唤了一声丹麦,丹麦就吐着小红舌头跑到了马承霞和小女孩面前。马承霞摸着丹麦的脖子对小女孩说:"来,你想摸就摸摸它吧,它很乖,不会咬人的。"

小女孩笑了笑,慢慢伸出了手,先摸了摸丹麦的头,又摸了摸它身上的毛,开心地笑出了声。

马承霞问她:"你和谁一块儿出来的,妈妈吗?"

小女孩看着马承霞摇了摇头。

这时,马承霞听见树林后边有个声音在喊:"路静,路静,你在哪儿?"

小女孩听到呼喊,急忙站起身来跑过去了。

后来马承霞出去遛狗时,又碰到过这个小女孩。她喜欢和丹麦玩,也喜欢亲近它,但她从来不说话。

一次,马承霞看到一个戴着眼镜的男人拉着小女孩的手在公园里走。小女孩一看到丹麦马上就过来了。丹麦也和她比较熟了,围着小女孩转圈表示亲热。小女孩笑呵呵的,和丹麦在广场上追逐嬉闹。

男人朝马承霞点头微笑道:"她很久没有这么开心了。"

马承霞这才仔细打量眼前这个男人。他又高又瘦,穿一身深蓝色运动装,看脸面大约三十多岁,长方脸,浓眉细眼,说话文质彬彬。

"这是你女儿吗?"

"嗯,是的。"

"我在遛狗时见过她几次了,她很喜欢我家的小狗,不过,她好像不爱说话。"

"是的,她就是这样,和谁都不说话。"男人说完轻叹一声。

中秋节将临,马承霞给娘家和婆家分别准备了一份过节的食品,老妈爱吃牛肉,婆婆爱吃羊肉,马承霞到专卖店里分别给她们买了一份,又给老爸和公公分别买了一箱酒,准备送去。

晚上九点多,马承骏突然来电,他急匆匆地说:"刚才我给家里打电话,咱爸说咱妈突然肚子疼,也不知道什么原因,我现在出差在成都,你快过去看看。"

"好的,我这就去。"

马承霞挂掉电话,和曹然说了一声,立即下楼去了。

一进门,老爸马东风正急得满头冒汗:"你妈肚子疼得很厉害,我打了急救电话了。"马承霞一看,老妈脸色蜡黄,抱着肚子在床上痛苦呻吟。

来到医院急诊室,医生开出了各种化验单。检查过程中,老妈又连续呕吐了两次。这时,宏信电器的办公室主任牛智双也带着几个人赶到了医院来帮忙。

检查结果出来了,确诊为急性肠胃炎,医生说并无大碍,大家这才放心了些。

连续输液,直到第二天早上五点多,老妈这才感觉肚子舒服些了,不再那么疼了。

八月十五上午,马承骏急急火火地从成都赶了回来。老妈说:"年纪大了就是毛病多,把你也吓了一跳,我现在不痛也不痒了,今天是八月十五,咱不能在医院里过中秋节,出院吧。"

马承骏说:"医生说你还需要继续打针呢。"

老妈说:"只是打针,那在家里也能打,不一定非得在医院里,还是回家好。"

马承霞说:"妈,我觉得还是在医院里比较放心,万一有个反复,

第六章
有小有老有"丹麦"

这里有医生能及时照顾。"

老妈说:"人的命,天注定,想好想孬没有用,你俩就不要再担心了,我的命可大着呢,不管在哪里都有救星。"

老妈执意要出院,马承骏只好找医生商量了一下,遂了老妈的心愿,办理了出院手续,回到家里过了个团圆节。

马承霞吃了晚饭,又带着丹麦到公园玩。十五的月亮十六圆,月光皎洁如水,公园里行人三三两两,整个公园在夜色笼罩下,显得静谧安详。马承霞坐在草坪旁边的木椅上看丹麦在旁边玩,突然丹麦汪汪叫了两声,向旁边一条小路飞跑过去。马承霞打眼一看,模模糊糊地看见是那个小女孩和她爸爸向这边走过来了。丹麦跑到小女孩身边,摇头摆尾表示热情。

小女孩的爸爸和马承霞打了个招呼,也在椅子上坐了下来。

"你每晚都出来遛狗吗?"他问马承霞。

"嗯,基本是,小狗也形成习惯了,不出来它就在家里急。"

"我女儿挺喜欢你家小狗,每次出来她东瞅瞅西望望的,就是想找这只小狗。请问你贵姓?"

"哦,我姓马,你呢?"

"我姓路,道路的路,叫路东山,在实验学校当老师,我女儿叫路静。"

"实验学校不错啊,你女儿也在那上学吗?"

"她已经两年没上学了。"路东山神色凝重。

"为什么不上学呢?"马承霞有些不解。

"因为她不说话,没法和别人交流。"路东山无奈地说。

"哦?为什么这样呢?"也许是职业的缘故,马承霞此时感觉自己正面对着一个采访对象,要把问题问个水落石出。

"说来话长。"路东山看了马承霞一眼,神情黯然地说,"三年前,

我响应号召到西藏去支教,第二年暑假里,她们娘俩想我,就一起去西藏看望我。没想到就在快要到达我学校的一段山路上,发生了严重车祸,她妈妈身受重伤,山区里交通不便,耽误了救治的最佳时间,送到医院时就已经不行了。路静当时也受了伤,幸好抢救过来了。可从那以后,她就再也不说话了。"

"唉,发生这种事,真是太让人难受了,对不起,我又让你想起伤心事了,可孩子还小,不能就这样一直不说话呀。"

"我带她看过好多医生,都没有什么好办法。当时的车祸现场很惨烈,路静受到了剧烈惊吓,并且又目睹她妈妈死去,心理上和精神上都受到了极大的刺激和创伤,所以说目前没有很好的办法,只能等她自己慢慢恢复。"

听完路东山的话,马承霞也禁不住深深叹息:"没想到竟然是这样,这孩子真是太可怜了,可是我觉得如果总是不上学,一直在家里闷着,对她的成长也不好,要是能解开她心里的疙瘩就好了。"

"我也尝试过许多方法,可是她都不感兴趣,这是现在最难办的事。"

"嗯,以后慢慢想办法吧,你也别太着急,这事也急不得。"马承霞安慰说。

早上起来,马承霞打发曹然吃了早饭去上学。刚送走曹然,突然听见丹麦惨叫一声呜呜哀鸣起来,她从厨房出来一看,曹芒正追着丹麦要揍它。

"你打它干吗?"马承霞说。

"你看看我的鞋子,这个小畜生昨天夜里咬坏的。"说完,曹芒把他手里的一只皮鞋扔在了马承霞眼前。鞋帮上果然有一个小缺口,这肯定是丹麦咬坏的。曹芒继续追着丹麦打,丹麦吓得到处乱窜。马承霞拦住曹芒说:"它正在长牙,牙根痒痒就会咬东西磨牙,你以后把鞋子放到

第六章
有小有老有"丹麦"

鞋柜里不就行了么？你和它生这个气干吗？"

曹芒一脸愤恨地推开马承霞："一只破狗你还整天拿着它当宝贝，我不狠狠揍它一顿，它就不长记性。"说完，曹芒从地上拾起那只咬坏了的鞋子又去追打丹麦，丹麦猝不及防，身上挨了一鞋底，哀号一声钻到了沙发底下。

马承霞说："你怎么打起来没完没了呢？它不过是只小狗，你还和它一般见识吗？"

曹芒不依不饶，气哼哼地说："我今天就揍死这个狗东西，省得以后再给我惹麻烦。"说完，曹芒又找了根竹棍，伸进沙发底下继续乱捅乱打。

这时，马承霞心里也感到窝火，好端端的日子，总是被这种突如其来的烦心事撕个稀巴烂，胸中的火苗一下就窜到了嗓子眼上，让她觉得不吐不快，她大声说："我养个狗怎么了？养个狗能让我高兴，我难道就不能有我自己的爱好吗？你一个大男人，和一只狗斗气，算什么本事？你谁都容不下，你就只想着你自己，你从来不考虑别人的感受，你这样的人就适合打光棍！你要是想图利索，你就不应该找老婆，也不应该有孩子，你自己一个人过日子就绝对不会有这些麻烦事，你找老婆干什么呢？你这不是坑我一辈子吗?!"马承霞说完，夺过曹芒手里的竹棍扔到了一边。

事情发展到这里，已经不仅仅是曹芒和狗的战斗了，而成了一场不可避免的家庭纷争。

丹麦吓得瑟缩在沙发底下不敢出声，曹芒又拾起竹棍伸进沙发底下乱打一通，想把丹麦逼出来。

看来今天不打死丹麦，曹芒就无法消除他的心头大恨。

忽然，曹芒"哎哟"一声。马承霞一看，曹芒右手的手背上，出现了两道血痕，肯定是丹麦被打急了眼，不知道是用牙齿还是用爪子把他的手背划破了。

曹芒这时顾不得大发淫威了,他赶紧用肥皂水反复冲洗,又骂骂咧咧地去了防疫站。

等曹芒走了,马承霞轻轻唤了两声丹麦,它从沙发底下慢慢露出了半个头,一对玻璃球一样的眼睛,左右看了看,确认外面安全了,这才从沙发底下慢慢爬了出来,惊慌地一下蹦进了马承霞的怀里,它大概觉得这是最安全的地方。

公园里,马承霞又遇到了路东山。看着正和丹麦一起玩耍的路静,马承霞若有所思地说:"我儿子现在每个周末都参加美术辅导班,不知道你女儿是不是喜欢。她既然不说话,那她心里的东西总要有个通道释放出来才行,如果能写写画画,说不准也能起个疏导作用。"

"她原来没画过,要不我和她说说看吧,如果能行的话,也让她跟着去参加辅导班,试试能不能行。"

"她既然不说话,那你平时怎么和她交流呢?"马承霞又问。

"一般情况下,她同意的就点头,不同意的就摇头,着急了就哭,这就是她的表达方式。"

"真是的,好端端的一个孩子,怎么就这样了呢。"马承霞惋惜地说,"既然这样,那学美术这个事,你也先别急着问她了,有时候,孩子会有逆反心理,你越是想让她干什么,越容易起反作用。"

"嗯,我一直也没有想出什么好办法。"路东山显然是无计可施。

"对于她这样的孩子,我觉得最好是慢慢引导。"

马承霞低头想了会儿,然后又说:"要不这样吧,我可以把我儿子绘画方面的一些图画书和绘本先给你,你拿回家以后,也别对她说什么,你就随意把那些书放在你家里的沙发上、书桌上,或者她睡觉的床头上,让她自己去发现,这样她就不会有被强迫的感觉,让她完全凭个人兴趣和爱好去感受。你再留意观察一下,看她对这些书是否有兴趣,如果有兴趣的话,你再和她说画画的事。她如果没兴趣或漠不关心,你

第六章
有小有老有"丹麦"

就不用再和她说这个事了,这个过程要顺其自然,一定不要勉强她。"

路东山听完面露喜色:"这倒是个好主意,那就按照你说的办吧,这两年我可是愁坏了,就是苦于没有什么好办法,真是非常感谢你。"

马承霞说:"你不用客气,我就觉得好端端的一个孩子,就这么不说话了太可惜了,她以后的路还很长,得帮助她尽量早点恢复。我明晚把儿子的绘画书给你拿来,你先试试,看她有什么反应,然后再说。"

第七章
往事知多少

马承骏的同学李正树喜得贵子，同学们相约一起去喝喜酒。

上午十一点，大家陆陆续续来到酒店，马承骏帮着李正树照顾同学们。

马承骏和李正树在高中是同班同学，两人的关系就像是亲兄弟一样。高考结束，大家各奔前程。李正树大学毕业后，在一家企业干维修工作。可惜企业经营不善，效益连年下滑，越来越差，最后破产倒闭了，李正树也成了下岗职工。下岗后，他就过起了入不敷出的日子，大学里谈的女朋友也在这个时候和他告吹。李正树百无聊赖，经常找马承骏喝闷酒，他陆续找了两个工作，但也不尽如人意。后来，马承骏劝他干脆找个项目自己干得了，凭着他学机电一体化的专业水平，干啥也能挣口饭吃。李正树也正有此意，既然没了退路，就只能破釜沉舟再杀出一条活路。马承骏陪他考察了好几个项目，最后，李正树决定开一个厨卫用品专卖店。

李正树打定主意要自己创业当老板，经济状况却捉襟见肘，兜里除了吃饭的钱，一无所有。马承骏说："我爸厂里正好刚收回了一笔货款，

第七章
往事知多少

大概有二十万元，我抽空和他说说，给你拿来你先用着，当个启动资金。"面对马承骏的鼎力支持，李正树感动加激动，当晚喝了个酩酊大醉，他拍着胸脯对马承骏说："兄弟我要是不干出个人样来，这辈子就没脸再和你做好哥们了。"

靠着马承骏借给他的资金，李正树大张旗鼓地干了起来。他经营的产品质量优良，价位适中，逐渐靠良好的信誉打开了市场。最关键的是他的销售策略灵活创新，更是同行无法比拟的。第一年，李正树就稳赚了八万元，他开心地说："万里长征终于迈出了第一步。"事实上，被他说准了，更高兴的事，确实还在后面。

一天，一个年轻的女客户到他店里买油烟机，李正树根据需求给她推荐了一款合适的产品。

李正树的服务都是送货上门，亲自安装。到了客户家，李正树先把旧的拆下来，然后又把新的安装上去。

安装完毕，李正树把拆下来的旧油烟机仔细检查了一下，然后对女客户说："你这个油烟机如果维修一下，还可以再用，当废品卖了比较可惜，你是我的客户，我可以负责给你免费修好的。"

女客户有些惊讶："这还能修好？"

"是的，我保证能给你修好，你如果用不着可以送给别人。"

"好啊，那就麻烦你给修好吧。"女客户将信将疑地说。

李正树先把旧油烟机全部拆开，仔细检查了各个部位，找出故障，大约一个多小时的工夫就修好了。再组装起来，又擦洗干净，看起来简直和新的一样。

女客户欣喜道："你真是心灵手巧啊，只是耽搁你的工夫了，我泡上茶了，你忙活了一上午了，喝杯茶休息一下吧。"

李正树接过她递过来的茶，边喝边聊天。女客户说："像你这样热心周到的服务还真不多见，当老板的如果都像你这样就好了。前段时间我买了套新房，装修的材料我都是亲自选的环保材料，所以装修完工后

家里也没味道，后来那个给我安装推拉门的却给搞砸了。我定的推拉门质量也不错，我还叮嘱他们安装时一定用好胶，没想到那个小老板当面答应得很好，但给我安装时，为了省钱，还是用了劣质的胶，导致我的新房子里到现在一进门还有一股很难闻的酸臭味。我正好有过敏性鼻炎，闻到那个呛味就受不了，所以我都不敢进去了。"

李正树听完说："有些做买卖的人是钻进钱眼里出不来了，只看到眼前的蝇头小利，不会从长远为客户考虑，所以才做出这样的事。其实卖产品不能光想着自己挣钱，还要多为客户着想，这样才能互利互惠，你说是不是？所以我卖给你的油烟机你就放心使用吧，如果有什么问题，只要给我打个电话，马上给你解决。"说到这里，李正树递上了自己的名片，顺便问道，"请问怎么称呼你呢？"

女客户说："我姓崔，叫崔上花。"

李正树笑着说："我姓李，叫李正树，咱们俩的名字还很搭调呢，我有树，你有花，以后你亲戚朋友里如果有需要厨卫用品的，你推荐我就是，保证提供最实惠的价格和最周到的服务。"

后来，崔上花果然很为李正树着想，先后给李正树介绍了几个客户。为了表示感谢，李正树特意请她吃饭。

吃饭时，他们互相了解到彼此的个人情况，正好是花还没找主，树还没成婚。于是两人越谈越热乎，坠入了爱河，直至合二为一，成为一棵幸福的花树。

十二点整，来给李正树贺喜的同学均已到齐。同学们平时各忙各的，难得有机会聚集起来吃个饭，大家都吆喝着说今天一定要开怀畅饮，不醉不归。

在机关工作的张翔是当年的老班长，不但善于组织协调，而且酒量很好，所以大家一致推荐他坐主陪的位置。

在税务局工作的孙识能说会道，上学时就是活跃气氛的大活宝，只

第七章
往事知多少

要有他在，绝对不会冷场，他一来李正树就把他摁在了副主陪的位子上，其他人依次落座。

满满一大桌共有二十人，大家好久不见，推杯换盏，把酒言欢。席间，同学们自然而然地谈起了英语老师朱凤仪的传奇故事。之所以说传奇，是因为貌美如花、优秀能干、被好多男生奉为梦中情人的朱老师，听说前两年嫁给了她的学生，他们的校友。

朱老师教马承骏这个年级时，正值青春年华。她不但长相俊美，打扮时尚，而且教学有方，因此博得了很多师生的喜爱。那些刚刚进入青春期，心怀美好憧憬的男生们，更是对她情有独钟。每次上英语课，好多男生就提前趴在教室走廊的栏杆上翘首以待，看朱老师今天又穿了什么衣服，打扮成什么样子，从她一出办公楼就开始看，一直看到走进教学楼……

朱老师当时负责两个班的英语，一个是马承骏所在的六班，另一个是隔壁的七班。后来，七班那个叫秦善水的男生，大学毕业后的第三年，就和朱老师共结了连理。

能得到朱老师的青睐并最终收获她的芳心，秦善水当然也不是等闲之辈。从高一开始，秦善水就是有名的数理化小霸王，数理化成绩在全年级都是名列前茅。可惜的是，霸王也有瘸腿课，那就是英语。班主任爱才心切，为了给他重点补习，就主动给朱凤仪老师做工作，请她给秦善水做课外辅导。辅导了半年多后，秦善水的英语成绩果然有了明显进步。大家当年还不觉得有什么，也从未想到这两人最后竟然会走在一起。当收到喜帖时，众人着实惊讶不已，后来才听说，原来秦善水大学毕业后回到母校工作，与朱老师重逢，之后两人暗生情愫，但因为年龄有所差距，也是经历过许多波折和困难，最终才有情人终成眷属。

红光满面的宋非凡两杯酒下肚，打开话匣子："我一直觉得这就是缘分，朱老师当年给秦善水辅导功课时，也是在谈恋爱的，只是后来可能不合适又分手了。至于秦善水大学毕业后回去工作，又遇到朱老师，

后面还追求朱老师,那只能说他俩确实有缘分,我们得祝福他们永远幸福。"

孙识说:"嗯,说得也是,朱老师人真是挺好的。不瞒你们说,朱老师家里我还去过一次。有一回在放学路上,我正好碰见了朱老师,她提着一包重东西,我就顺便帮她提着一起送回了家。朱老师就留我在她家里简单吃了顿饭,朱老师做的那个蘑菇炖鸡可是要多好吃有多好吃。你们想啊,朱老师人长得漂亮,饭菜又做得好吃,古人云上得厅堂,下得厨房,她都具备了,谁不喜欢谁不爱呢?"

班长张翔说:"看你们说得这么有滋有味的,要不等过了年,我设个宴席,咱们请朱老师和秦善水一起吃个饭吧,顺便让他们仔细跟我们说说他们的爱情传奇。"同学们一致说好。

坐在马承骏身边的房子贤突然转了话题:"马承骏,今天咱们这些同学就剩你这个标准大帅哥打光棍了。你看李正树虽然是下岗职工,但是人家修油烟机都修成正果了,孩子也生了,你的孩子在哪里呢?"

孙识说:"他的孩子呀,估计还在他腿肚子里转悠呢。"说得大家一阵哄笑。

马承骏说:"你们也别取笑我,放心,不管早晚,喜酒肯定有,到时候一定让你们喝个一醉方休,堵住你们的臭嘴,省得再胡说八道。"

马承霞下班回到家,带回一份新报纸。曹然放学回来,抓起沙发上的报纸看了起来。他说:"妈,你们这期报纸上说的那个老奶奶生活真是太困难了,她都八十多岁了,还要照顾生病的儿子,自己的眼睛还不好,看东西也看不清,她该多难过啊。"

"是啊,你想去看看这个老奶奶吗?愿意的话周末我带你去,我知道她在哪里住。"

"那太好啦,咱们给她多买点好吃的。"曹然很欢欣。

星期天上午,马承霞带着曹然一起到了超市,买了些食品。曹然想

第七章
往事知多少

得很周到,还特意买了个好看的双肩背包,说要送给老奶奶的小孙女。

车子在颠簸的山路上七拐八弯,行驶了大约一个半小时,终于来到了一个藏在深山坳里的小山村。打听了两个人,他们顺利找到了老太太的家,篱笆院墙上爬满了瓜秧,两间简陋低矮的石头房像是趴在地上,与周围邻居们高大宽敞的砖瓦房形成了鲜明对比。马承霞和曹然推开柴门进了院子,一只土狗立即叫了起来。不一会儿,一个佝偻着身躯的老太太摇摇晃晃地从屋里走了出来。马承霞说明来意后,她用老树皮般干裂的手指摸索着马承霞的手说:"我这把老骨头不知道还能活多久,你还带着孩子来看我,我心里很过意不去啊。"老太太说话时,马承霞看到她的牙齿已经基本掉光了。

"大娘,你现在身体有病,生活困难,我买了些点心来看望你。"说完,马承霞又掏出六百元钱塞进了她的口袋,"大娘,你身子骨虚弱,这几百你留着买点好吃的养养身体。"

老太太激动地用缝着补丁的袖子擦了擦浑浊的双眼:"闺女啊,你可真是个好心人,大老远的你专门跑到我这里来,又给我买吃的,又给我钱,我这老婆子也没有用处,求老天爷保佑你好人有好报吧。"

说完,老太太拉着马承霞和曹然的手,一起进了那两间用石头垒起来的小屋子。一进门就看见一个中年男人蜷缩着身子躺在东墙边的土炕上,看见有人进门,他努力抬起胳膊招了招手。

老太太从里屋拿出了几个苹果,放在盆子里洗了洗,递给马承霞和曹然:"我家里也没有啥稀罕吃的,你尝尝这苹果好吃不,这是昨天邻居刚给我送来的。"

马承霞问:"炕上躺着的是你儿子吗?"

老太太耳朵有些聋,她还没来得及回答,炕上的中年男人说:"是啊,我是她儿子,一个不中用的光拖累她的儿子。"他一口气说完了这些,又叹了口气,"我想赶紧死了利索,死了好几回了,可就是死不了。"他说完耷拉下了头。

老太太脸一沉说:"人家好心人行好事来看咱,你怎么尽说这些死了活了不长出息的话呢。"

"大娘,你儿子从什么时候开始生病的?"马承霞问道。

"从十几岁时就逐渐这样了,现在是根本不能动弹了,吃喝拉撒都得我伺候他。"

"什么原因造成的呢?"

老太太看了看儿子,露出哀伤的眼神:"我和他父亲属于近亲结婚,结婚后生了两个孩子,老大很小就死了,这个是老二,本来看着好好的,谁承想从十三岁开始就慢慢地越长越萎缩了。到医院也看过,人家说这个病治不好,是近亲结婚造成的。我那时候年轻啊,不知道近亲结婚会造成这样的后果,要是早知道这样,还不如不生孩子利索呢,省得让孩子也一辈子遭殃受罪。"说到这里,老太太浑浊的眼里流出了两行清泪。

"娘,你眼睛不好,不能哭啊。"炕上的男人看着老太太说,"我原来想过上吊,可是我身子站不起来,手上也没劲,想上吊也拴不上绳子。后来,我积攒了些安眠药,趁俺娘上坡干活的时候,我就把安眠药喝了下去,我以为这回能死成了,但是邻居正好又到我家里来,发现我快不行了,赶紧喊了人来把我送到医院抢救,又没死成。"

马承霞听到这里,说:"大哥你可不能这么想啊,我听说你不是还收养了一个女儿么?为了老人,为了孩子,你也得好好活下去才是。"

老太太说:"我就是为了让他有个念想,才收养那个孙女的。他那时候整天寻死觅活的,为了断了他这个念头,我就收养了一个小女孩。我寻思着,有个孩子叫他爸爸,他也有个指望,我说不定哪天两腿一蹬见阎王爷去了,他也好有个亲人,有个照应,为了孩子他也不能再去寻死觅活了。"

马承霞又和老太太聊了会儿家常话。曹然把书包给了老太太,老太太说她孙女今天去同学家做作业了,孙女很懂事,现在也能帮着干家务

第七章
往事知多少

活了。

马承霞环顾四周，这两间破旧的石头屋因年久失修，已经到处撒风漏气。她说："大娘，你住在这个房子里，冬天会很冷吧？要是能翻修一下就好了。"

"我这个房子是七漏风八透气，不过住了这么多年也习惯了，就这么住吧，你可别再操心了。老百姓过日子都不容易，各家有各家的难处，我这么大年纪了，活一天赚一天，不能再给别人添麻烦了。"

临走时，老太太又握住马承霞的手说："闺女啊，你给我带这么多东西来，我这个老太婆也没啥可给你的，我在院子里种了几棵葫芦，今年长得还很好呢，我给你摘几个嫩的你拿着，回去给你儿子包水饺吃。"

"不用了，大娘，你留着自己用吧，我那里有超市，想吃什么就买什么，比你这里方便的。"

"别，闺女，这个事你得听大娘的，不管多少算是我的一份心意。走，你帮着我摘葫芦去。"说完，她拿了一根绑着镰刀的竹竿，摇摇晃晃地走出院门。院子南面的篱笆墙边上长满了葫芦秧，老太太用竹竿把葫芦秧扒拉到一边，果然露出几个长势喜人的葫芦娃来。

老太太让马承霞帮她摘下了两个，都放进了马承霞的车里。她还要再摘，马承霞赶紧拦住了她："大娘，这两个就够我吃的了，剩下的你自己留着吧。"

马承霞和老太太挥手告别，老太太拄着那根细长的竹竿一直站在门口目送他们远去，直到车子拐了个弯才看不到人影。

曹然说："妈，这个老奶奶家里真是太穷了，她穿的衣服上有好几块补丁，她家床上的被子还露着棉花，她那个吃饭的桌子也只有三条腿呢，有一条腿断了，是用砖头垫起来的。"

"嗯，你观察得很仔细，因为她生活很困难，所以我们才来看望她。如果大家都能够来帮助她的话，她心里就会感到很温暖。"

"那她村里的人为什么不帮助她呢？"曹然又问。

"他们村里也帮她,你没听到那个老奶奶说嘛,她和儿子吃药打针的钱,村里都给报销了,邻居们也经常送给她一些好吃的。帮助别人有许多方式,不一定都相同,等你长大了,你也可以用自己的方式帮助那些需要帮助的人。"

"嗯,知道了,妈你说得对。"曹然忽闪着一双黑亮的眼睛,使劲点了点头。

第八章
当顶炮　马儿跳

马承骏所在的华安公司在总经理岳伟峰的带领下,经济效益连创新高,成为整个集团的先进单位。在集团公司组织的干部民主测评和绩效考核中,经过"德、能、勤、绩"的全面考核,岳伟峰综合考评分数名列前茅,因此,被晋升为集团公司主管经营工作的总监。岳总调走后,新来了个总经理,名叫黄需阳,来的时间不长,他的外号就传了开来——"黄鼠狼"。

上午九点,办公室通知开会。

会议由黄需阳亲自主持。看签到表时,黄需阳问马承骏:"你们部的副部长刘庆为啥没来?"

马承骏说:"刘庆的母亲生病住院,他请假了。"

黄需阳听完板着脸说:"家里的事再大也是小事,单位的事再小也是大事。这个道理难道你不知道吗?如果都像他一样总是以个人的事为重,一有事就请假,那我们的会还开不开?我们的工作还干不干?!我到华安来的第一个要求就是无论是谁,都必须严格遵守劳动纪律,严格执行规章制度。制度面前,一律平等,没有任何特殊和例外。你现在打

电话叫他回来开会。"说完,黄需阳用冰刀一样的目光扫视了一下会场,空气中似乎一下就结了霜。

马承骏不敢怠慢,赶紧从会议室出来,给刘庆打电话。刘庆带着哭腔说:"马部长,我母亲刚下了病危通知书,我确实离不开,麻烦你和黄总好好说一下吧。"

马承骏回到会议室,低声对黄需阳说:"刘庆说他母亲病情严重,刚下了病危通知书,他现在回不来,要是有需要他干的活,我先替他吧。"

黄需阳一听,劈头盖脸厉声说:"我说的话不算话是吧?到底是你说了算还是我说了算?!加强纪律性,革命无不胜!要想把工作干好就必须统一思想、统一步调、统一行动,绝对不允许有任何一个人掉队,我让你现在立即叫他回来!"

与会人员的目光齐刷刷都集中在了马承骏身上。尽管黄需阳的高声斥责让人不寒而栗,但马承骏坐在那里像块石头一样,一动没动。

黄需阳斜视了马承骏一眼,看他无动于衷,于是气哼哼地转过头去对办公室主任张剑说:"你给刘庆打电话,让他现在就给我回来!"

张剑赶紧给刘庆打了电话,让他抓紧时间回来开会。

刘庆迫不得已,只好往回赶。

可刘庆刚走进会议室,就接到了家里的信息——母亲去世了。

下班路上,正好遇到了办公室的老王。他叫王志义,平时和马承骏关系不错。他对马承骏说:"承骏啊,一朝天子一朝臣,现在换了新领导了,你原来那个直肠子脾气也得改改了。你得向张剑学习,你看他,无论领导说啥,他都说对,都说好,都说行。这样的人,才符合黄需阳的口味。我再告诉你个消息,前段时间你查岗时查出的那个在岗位上睡觉的职工,正好是黄需阳的亲戚,你当时按制度处罚他200元,他找你求情,你也没答应,他心里肯定对你不满。前几天我看他去黄需阳办公

第八章
当顶炮 马儿跳

室里待了一个多小时,估计他不会说你好话,我提醒你一下,黄需阳不是善茬,你以后得多加小心。"

马承骏说:"谢谢老大哥提醒,我会注意的。不过只要我尽职尽责干好工作,不出问题,他也奈何不了我。"

老王又说:"你可别这么大意,工作上的事,决定权在领导那里。你怎么做只是你的事,领导怎么想那就是领导的事了,不是你能左右得了的。"他拍了马承骏的肩膀一下,接着又说,"你知道种白菜需要间苗吧?"

"嗯,知道,太密了长不开,所以得间苗,白菜才能长大。"

"一沟白菜,总是有高有矮,有大有小。间苗的时候,既可以留大的,也可以留小的,有的白菜苗虽然长得大,但是也可以把它去掉,给旁边的小苗子腾出空间来。用人也是这个道理,你自己好好想想吧。"

听老王说到这里,马承骏点了点头,若有所思。

米颖的生日快到了,她问马承骏有没有礼物。马承骏说:"你喜欢什么礼物呢?"

米颖歪着头想了想说:"要不你就给我买双鞋子吧,人这辈子一半时间在床上,一半时间在鞋上,所以鞋子是非常重要的人生大事。"

"好啊,那我抽空去商场给你买一双。"

米颖抱住马承骏的胳膊,笑着说:"还是咱们俩一起去比较好。要不,你怎么知道我穿着是不是合适?鞋子是不是舒服只有我的脚才知道,咱们一起去买,省得你买了,万一不合脚还得再回去换。"马承骏答应了。

周末,马承骏陪米颖在商场里转了两圈,米颖相中了一款新样式的软羊皮高跟鞋,穿上一试,大小肥瘦正好合脚。

马承骏说:"就买这个吧。"

米颖说:"好是好,就是有点贵,一千六百多呢。"

马承骏说:"只要合适,贵也值得。"说完,他刷卡买单。

"时间不早了,我们一起去吃饭吧。"米颖双目含情,"为了感谢你送给我的生日礼物,今天中午我请你吃饭。"

吃饭时,米颖对马承骏说:"我感觉你现在和原来不一样了,整天心事重重的,是不是有什么事瞒着我啊?"

马承骏心里一下闪过吴昕瑜的影子,那些日夜煎熬的单相思已经变成了一个沉重而又甜蜜的负担,只是他不能对米颖说,于是含糊其词道:"哪有什么事?最近工作忙,压力比较大罢了。"

"唉,难道我真是上辈子欠你的,这辈子来还账吗?"

"谁让你还账了!你这样一直等下去简直就是自找苦吃,知道吧!依我看,有合适的目标你就赶紧把自己嫁出去才是正事。"马承骏说到这里,觉得自己说话有点不对劲,于是打住了。

"没有人让我等你,我是自己决定的,但是我不会强求你,如果你有了喜欢的女人,你就直说,看着你幸福结婚,我也就安心了。"米颖像是亮明态度,又像是自言自语。

一天之中,马承骏最喜欢黄昏时刻,马致远的《天净沙·秋思》,他也反复咀嚼过——"枯藤老树昏鸦,小桥流水人家,古道西风瘦马。夕阳西下,断肠人在天涯。"这首小令结构精致,意蕴悠远,音韵铿锵,既深得唐诗风雅之妙境,又兼具宋词清隽疏朗之自然。

每当夜幕降临,马承骏就觉得灵魂开始回归。白天的时间,他属于工作,从上班到下班忙个不停;到了晚上,他开始属于自己,看书、听音乐、健身,或者约几个哥们儿出去喝酒。他把时间安排得满满的,尽量让自己充实起来,以排解对吴昕瑜的思恋而带来的虚空。吴昕瑜晚上偶尔上网,他们也会在网上聊聊天,说些工作生活上的琐事,但是话里话外,吴昕瑜从没有给他任何机会,这点马承骏心里非常清楚。

晚饭后马承骏正在听歌,手机铃骤然响起。他一看,是办公室主任

第八章
当顶炮　马儿跳

张剑的电话。张剑话音急促，让他赶紧到单位来，有要紧的事。

马承骏换好衣服，开车直奔单位而去。还没到办公室，就听见了黄需阳的咆哮声。他心里一惊，出什么事故了吗？

推门进了办公室，他看到分管生产与质检的副经理老沙和老司也都在，旁边还有生产部部长和销售部部长，他们都弯腰、垂手、低头，像等待审判的罪犯。

黄需阳勃然大怒："你们这群混蛋，我们这笔业务损失一百多万，你们知不知道？为什么加工尺寸出现了偏差？你们到底是母狗眼还是白内障？！"

他嘴里不停地放射毒箭。他瞥了一眼刚进来的马承骏，说："和振峰公司签订的加工合同是经过你们企管部审核的吧？"

马承骏说："是的，我们对合同里的每个条款都进行了审核，然后相关的负责人都签了字。"

"签个屁字！我看你们都是睁眼瞎！产品不合格全部被退货了，耽误了振峰公司的工期，还被人家索赔10万元，这10万元不是又白白地搭进去了吗？"

马承骏解释道："赔偿的条款，签订合同时我也看到了，当时我问了销售部，销售部说这是振峰公司在招标文件中专门做出的要求，我们作为投标方，无法更改。"

黄需阳又说："人家定的改不了，那我们的生产部怎么组织的生产？质检部怎么搞的质检？企管部又是怎么管理的？造成这么大的事故到底谁的责任？谁来承担损失？你知不知道？！"

马承骏想了一下说："我想组织召开一个专题会，从企业管理的角度，认真分析研究一下事故经过，明确事故原因，分清事故责任，然后再根据责任大小，按照规章制度来进行处罚和考核，并在全公司进行通报，让全体职工都引以为戒。"

马承骏话音刚落，没想到黄需阳更为狂躁了，他猛地拍案而起，指

着马承骏的鼻子说:"就你能,就你会说,都是事后诸葛亮!你说得头头是道,为什么不提前防范呢?告诉你,在事故面前不要找任何借口!现在损失已经造成,你分析得再好也无法挽回损失了。"

黄需阳上身长得又胖又圆,下肢却又细又短,整个人看上去,好像一个硕大的土豆下面插上了两根筷子。他的脸盘格外肥满,五官却又很小,犹如在一个大面团上摁了几颗黑豆。他大发淫威时,那些嵌在面团里的黑豆好像马上就要呲出来一样。

马承骏一看这架势,黄需阳在集中火力对自己扫射。他看了看其他几个人,他们都黯然低头,一声不吭,于是他也不再吱声。

第二天下午,办公室里发了一个文件,免去马承骏企管部部长职务,把马承骏调到销售部去干业务员。马承骏一看文件,脑袋"嗡"的一下就蒙了,这究竟是怎么回事?文件上没写明原因,只是说经公司领导研究,免去马承骏企管部部长职务,把他调到销售部去干业务员。企管部部长由办公室主任张剑兼任。

马承骏丈二和尚摸不着头脑,心里也结了一层冰。

他想,如果是因为那个质量事故,为什么负责生产和质检的相关责任人都没做任何处理呢?企管部负责合同的审核,即使有责任那也绝不应该是主要责任。

马承骏脑子里一团乱麻,没有头绪。他又想,大男人顶天立地,活要活个清楚,死要死个明白,干脆一不做二不休,当面去向黄需阳问个明白,就这么不明不白地被罢免、被调离,实在是太窝囊了。

他拿着文件径自去了办公室,张剑正好在。马承骏说他想见一下黄总,张剑说黄总出差了,不在办公室。

"那他什么时候回来?我想和他当面谈谈工作上的事。"

张剑不屑一顾地说:"领导什么时候回来我哪能说得准呢?不该问的以后别问。"

看张剑那副嘴脸,马承骏忍不住就想要发作。这时,一直默默坐在

第八章
当顶炮 马儿跳

张剑对面的老王示意马承骏别再多说话了，他只好按捺心头的火气出了办公室。

还有十分钟下班的时候，马承骏收到老王发来的短信，约他晚上到老地方酒家去吃饭。老王在办公室里已经熬了好几任领导，是个老江湖。公司曾经想提拔他当办公室主任，但是他主动推辞，说自己年龄大了，还是把机会让给年轻人。他其实是乐得清闲，因为他爱好旅游，一有休假时间就出去游山玩水，因此他不愿被一些事务性的工作捆住了手脚，所以也不想当主任。当时马承骏为他感到可惜，对他说："难道旅游对你来说就这么重要吗，让你连办公室主任都懒得当？"

老王似笑非笑地说："这你就不懂了，旅游的最高境界就是去发现真实的自己，通过这些年的旅游，我发现了越来越真实的自己。"

"真实的你自己是什么样呢？"马承骏疑惑着问。

"真实的我自己就是不适合当办公室主任，我这也是找准自己的位置。"

马承骏下班后，如约去了老地方酒家。老王已经点好了菜，倒满了酒等着他。

"你说我犯了哪一条哪一款，凭什么就这么不明不白地处理我？张剑这个势利眼还给我脸色看，说不该问的让我别问，我这次就是想问个明白，他还能把我怎么着？"马承骏一屁股坐下就开始发牢骚，根本没有心思吃菜喝酒。

老王微微一笑说："兄弟，先消消气吧，到了今天这一步，要让我说，祸从口出，都是你自己惹的祸。"

"我怎么惹祸了？我都是照章办事，也没有招谁惹谁啊。"马承骏依然气哼哼的。

"公司为什么出了那个事故，你知道具体原因吗？"

"我当然知道，那天晚上，张剑给我打电话把我叫到公司里，黄需

阳说那批产品因为加工尺寸不合格，所以被全部退货，而且耽误了人家的工期，按合同还要被索赔10万元。"

"那加工尺寸为什么不合格呢？"老王语调依然慢悠悠的。

"这还用说吗？肯定是生产上和质检上出现了问题。"

老王拿起筷子给马承骏的盘子里夹了一块大排骨说："来，咱们边吃边说慢慢聊吧，你是只知皮毛，不知内里。如果按你所言，是生产上和质检上的问题，那么就应该先处理他们才是，但是为什么没处理他们呢，你想过没有？"

"我也觉得莫名其妙，生产部门和质检部门没有受到任何处罚，反而把我撤职，还撑到销售部去当业务员了，真是太没有天理了。"

"这里面是有原因的。我和质检部的小段很熟悉，据他所说，给振峰公司生产的这批产品在进原料的时候，就已经出现问题了。原计划是从老客户那里进货的，但后来一个叫翟业的供货商一竿子插了进来。翟业是黄需阳的朋友，面子上当然需要照顾，可根据我们的质检检验结果来看，翟业供的原料不符合我们的生产加工条件，但是翟业背地里给黄需阳做了工作，所以黄需阳明知他的原料不达标，还是决定要了他供的货。所以，这批产品质量不合格，黄需阳既不能处罚生产部门，也不能处罚质检部门，因为是他一手造成的。为什么不合格，他心里是小葱拌豆腐——一清二白。"

马承骏听到这里恍然大悟："原来如此啊，这人真是太阴险了，那天晚上他在办公室里暴跳如雷，原来都是演戏啊！"马承骏想了想又说，"他不处罚生产部门和质检部门的人也就罢了，但是处罚我就太冤枉人了。"

"为什么处理你，你难道现在还不知道吗？"

"真是莫名其妙。"马承骏一脸无辜。

"那说明你还年轻，处理你是因为你说了不该说的话。"老王一字一句，掷地有声。

第八章
当顶炮 马儿跳

"啊?"马承骏更加丈二和尚摸不着头脑。

"那天晚上叫你来的时候,你是不是说要针对这次事故专门召开事故分析会,还要根据事故责任处罚通报?"

"对啊,这是我负责企业管理的职责所在,出了这么大的事故,当然要分析处理吧?"

老王摇了摇头说:"黄需阳心知肚明的事,他不过是演个戏看看你们的反应和态度罢了,还用得着你去调查落实吗?你难道想揭开他明知故犯的老底,然后再通报出去吗?嗯?"

马承骏听到这里长叹一声:"明白了,这个人真是太狡诈了。我糊里糊涂地当了替罪羊,替他背黑锅,我真是咽不下这口恶气,等他出差回来,我要当面和他说个清楚,即使让我去干业务员,也得还我一个清白才行。"

老王眼神犀利地看了他一眼:"你这不是找死吗?你又不是不知道,胳膊拧不过大腿,何况文件已经公布,你现在已经不是企管部部长了,只是个普通业务员,连个胳膊也算不上,顶多算个小手指头,难道你还想和黄需阳撕破脸皮对着干吗?他是一把手,有权有势,他想整你容易得很,除非你不想在这里干了,我看你还是省省吧。"

老王吃了口菜继续说:"你可能是习惯了原来岳总的领导方法了,岳总人品好,管理水平也高,确实是个有真才实学的好领导,他心胸宽广,办事公道。而现在这个黄需阳,据说初中都没毕业,不知道从哪里买了个本科文凭,他是靠巴结讨好抱大腿上来的,他和岳总根本就不是一路人,咱们穿了新鞋就不能再走老路了,你得学会适应才行,适应才是最大的能力。依我看,这个事你就当是吃一堑长一智吧,只要黄需阳不再继续找你的麻烦,你今后啥也别说,啥也别问,到销售部去该干啥干啥。我和你说的这些,可都是掏心窝子的知己话,你自己知道算完,绝对不能让别人知道,否则对谁都不好。"

"唉,那我只能哑巴吃黄连了。"马承骏使劲捶了胸脯一下。

老王顿了顿又说:"凡是有人的地方就有矛盾,被绊倒摔个跟头也是正常现象,你也别灰心丧气,男子汉大丈夫要能屈能伸,牙齿再硬也熬不过舌头,你毕竟还年轻,以后还有的是机会。只要你能长点记性,别在同一个地方跌倒就行了,以后说话千万要注意,特别是还不知道领导意图的时候,不要多说话,也不要随便表态。"

"嗯,好吧,我记住了,谢谢老大哥和我说这些知心话。"明白了事实真相,马承骏只好自认倒霉。

老王又说:"不经磨难不成佛嘛,你也别太拿着当事了,人哪有不犯错误的呢?三国时期曹操的重要谋士荀彧你知道吧!"

"荀彧我当然知道,他曾是曹操手下的谋士,一心匡扶汉室,跟随曹操南征北战,有很大的功劳。"

"他怎么死的?"

"具体怎么死的我想不起来了,反正是不得善终。"

老王喝了口酒道:"曹操挟天子以令诸侯,野心很大,后来又封魏王加九锡,这明显是想篡位的节奏,这时大部分人都随波逐流,随声附和,荀彧却站出来表示反对,还说了些不该说的话,曹操心里非常愤恨,所以找个借口让荀彧死也是必然结果了。还有关羽之死,性质也和荀彧差不多,襄樊之战他孤军奋战了前后有半年多的时间,后来丢了荆州又败走麦城,可是在他危在旦夕的时候,查遍陈寿的《三国志》,没有一句话,也没有一个字,能够找到刘备和诸葛亮发兵救援他的记载。在这半年多的时间里,如果想救他的话,完全有足够时间发兵增援,可是刘备和诸葛亮竟然不发一兵一卒,这不但令人费解,而且也违背常理。刘备和关羽桃园三结义,那可是生死之交的兄弟,在关羽性命攸关的紧要关头,老大竟然置之不理,那意思也就显而易见了——去死吧!为什么呢?关羽也是一心匡扶汉室的人,刘备自立为王,他心里也并不认同,即使封他为五虎上将之首,他也不乐意接受,并且在言词中多有不满。所以从性质上来说,他和荀彧是同一类人,都是因为不能充分贯

第八章
当顶炮　马儿跳

彻执行上级路线而带来不良后果。至于《三国演义》里写的刘备听说关羽战死的消息时，大叫一声，昏厥于地，那不过是罗贯中虚构演绎出来的罢了。"

"老王，听你讲这些好像听说书的一样，你还真是一套一套的呢，以后有机会多给我讲讲。"

老王笑着说："我这个人是'闲云野鹤'惯了，正史野史都看一些，怕你想不开，给你讲讲故事开开心罢了。人非圣贤，孰能无过，你吸取教训，调整好心态，把这个坎儿过去就行了。"

马承骏诚恳地说："听你一席话，胜读十年书啊！以后我也抽空多读一下历史方面的书，来，患难见真情，兄弟我再敬你一杯！"

第九章
好事成双

马承骏把企管部的工作交接完毕,到了姐姐家,把被贬为业务员的来龙去脉对马承霞说了一遍。

马承霞说:"你从小到大除了找对象这个事,别的一直都很顺,现在突然一下子被打击了,心里肯定不好受。你大学毕业那年,咱妈想让你直接回家里的公司上班,觉得在身边看着放心,但咱爸没同意,他让你先去华安应聘上班,以后需要时再回来。那个时候,我就觉得咱爸之所以这样安排,就是为了锻炼锻炼你。在咱家的公司里,大家都让着你、护着你,也不会有谁敢欺负你,但是在温室里不经受挫折,也往往看不清世道人心和江湖险恶。网上有句话说,其实人跟树一样,枝叶越是向往高处的阳光,根系就越要向下伸入黑暗的土壤。所以你也别想不开,暂时的委屈也是个磨炼,如果连一个黑锅都背不动,就只能证明是个弱者啦。再说了,反正你早晚都得回来接咱爸的班,我看现在咱家公司的业务越来越多了,爸也是整天忙,听说最近还接了国外的两个订单。干业务员有机会出去闯荡一下,对今后的发展也有好处,只是出门在外一定要注意安全,这才是最重要的。"

第九章
好事成双

马承骏苦笑一下："嗯，刚开始我确实非常郁闷，人要脸树要皮啊，这个黄需阳也忒促狭了，他一下子把我撵到销售部去干业务员，你说我这脸面往哪放？不过我现在慢慢想开了，不是说福祸相依嘛，今后干业务员天南海北跑市场，也许能开眼界长见识呢。"

"嗯，你能这么想就好了，我这里正好有个旅行箱，里面还有些旅行常备用品，我也用不着，你拿去出差时用吧。"马承霞把一个多功能旅行箱推到马承骏跟前。

"我原来没出去跑过业务，刚开始还不知道啥情况。"马承骏皱着眉头，有些摸不着深浅的感觉。

"你多和咱爸聊聊，该注意的事他会教你的。还有你那个叫张梁的朋友，他在社会上左右逢源，人脉关系很广，以后你经常出差跑业务了，可以跟他多学习一下，多学点经验就少走些弯路。"

"嗯，我明天就回家和咱爸妈说说情况。张梁我最近没见他，上次见他的时候，他正在忙着寻找他二十年前的'艳遇'。"马承骏说完笑了一下。

"什么艳遇？他不一直都是个模范丈夫吗？那次你请客一起吃饭的时候，我看他老婆人挺好的，长得俊，气质好，还给他生了一对龙凤胎。要是都能像他们家一样，天下就太平了。"

"他的'艳遇'和别人不一样，是一个无私帮助过他的美女恩人，只是二十年过去了，他还是念念不忘。"

"什么不一样的美女恩人啊？你仔细说说。"马承霞的记者职业病又冒出来了。

马承骏说："你想听，我就给你说一下。二十年前，张梁上高中的时候，他有一次生病住院需要做个小手术，可是去交钱的时候，突然发现钱包不见了。没有钱就无法交押金办理住院手续，他急得晕头转向，出了一脑门子汗，还是不知道该怎么办。就在这时，一个素不相识的美女护士像及时雨一样出现在了他面前。更让他惊喜的是，美女护士了解

到他的情况以后,竟然二话不说就拿出 400 元钱给他,让他先交上钱住院治病。二十年前的 400 元钱,对张梁来说可是不小的一笔钱,他当时害怕家里责怪他把钱弄丢了,所以压根也没敢和父母说人家美女护士帮他的这档子事。他想等治好了病以后,再想别的办法把钱还给人家。于是他就把那个护士的名字李萍牢牢记在了心里。"

"钱还给人家了吗?"

"病好以后,他给在北京工作的表哥写了封信,借了他 400 元钱,就赶紧到医院去找李萍还钱。可到了医院一打听,才知道李萍是个实习生,实习期满后已经走了,至于到哪里去了,医院也无从知道。"

"那后来呢?"

"没有后来了,从那以后就杳无音信了。这么多年来,张梁打听过多次,但都没找到。有时一说起这个事来,他就觉得很遗憾,人家当初好心帮了他,他却至今欠债未还。"

马承霞听了眼前一亮说:"哦,原来是这样啊,那你告诉他,如果他愿意配合的话,我也许能帮他找到那个叫李萍的。不过我有个要求,我如果真的帮他找到了,他也得帮我做一件事,怎么样?"

"如果你能帮他找到,别说一件事,就是十件事,他都能答应。你有什么好办法?"

马承霞莞尔一笑:"我们泰河市现在有 400 多万人口,如果光靠打听找李萍,那就像大海捞针一样,肯定是不行的。不过只要李萍还在我们市,我就有希望替张梁找到她,我干记者这么多年,自有办法。"

马承骏说:"好,不过你想让他帮你办什么事呢?你先说一下,我也提前和他说一声。"

马承霞说:"是这样,我们报纸刊登过一个山区的贫困老人,她现在生活非常困难,住的房子很简陋,一场大风就能刮倒的样子。我和曹然曾去看望过她。你和张梁说,假如我替他找到了李萍,就让他也做个好事,给那个贫困老人盖两间新房子,也算是他传承爱心,把李萍助人

第九章
好事成双

为乐的精神发扬光大,你说这是不是一个一举两得的好事呢?"

"好啊,这是两全其美的事,我先替他答应了。"姐弟俩一拍即合。

经过和张梁商量,征得他同意后,《泰河晚报》上刊登了一篇寻找二十年前助人为乐的好护士李萍的报道。紧接着,泰河信息港、泰河在线、泰河传媒网等各大媒体也争相转载了这篇温暖人心的寻人文章。短短几天时间,网络上的浏览量达到九万多,跟帖回帖三千多个,泰河广播电台也在黄金时段进行了播报。一时间,泰河市大街小巷掀起了寻找好护士李萍的热潮,有网上留言提供线索的,也有打来热线电话的,可是落实了几个都是重名的,不是张梁想要找的李萍。

这天,马承霞一上班就接到一个热心读者的电话,他说他居住的小区有一个诊所,是夫妻俩一起开的,平时他有个头疼脑热的就经常去拿药,据他了解,医生的妻子就叫李萍。在网上看到了寻找李萍的帖子以后,他看这个李萍的年龄、相貌和网上所说的基本差不多,所以他觉得这个李萍可能就是要寻找的那个好心人。

马承霞表示了感谢,并让他留了联系方式和具体地址,然后又给张梁打了电话。

张梁闻听喜讯,立马就赶到了,和马承霞一起按照热心人提供的地址赶往那个小区。

张梁一边开车一边说:"我觉得这个李萍有可能就是我要找的那个李萍,二十多年不见了,不知道见了面还能不能认出来,真是多亏了你,帮我了却这么多年的一个心愿。"马承霞笑着说:"你也不用客气,咱们俩现在是互相帮忙,一起做好事。"

张梁把车停在了诊所楼前的停车带,他向诊室内看了一眼,虽然什么也没看见,心里却既兴奋又紧张。当他们推门进去时,看到一个穿着护士服的女人正准备给一个患者打针。听到有人进来,她转过脸来朝他们点了下头,示意他们稍等一下。看到了她,张梁禁不住心头一热,他

惊喜地看了马承霞一眼，使劲点了点头。马承霞会意，就是她，找到了！

看李萍给患者细心打针的样子，张梁心里感慨万千。二十年前，当张梁做完手术之后，李萍也曾在病房里给他打过几天针，她技法娴熟，每次都是轻轻一推，就能一针到位。那时候，张梁还是个又高又瘦的大男孩，现在已经是个又高又壮的中年男人了，光是体重，他就比原来增加了几十斤，仅从外表看，已很难再认出当年的样子了。李萍的样子则基本没有多少改变，还是白净的面容、明亮的双眸、苗条的身材……只是当年那个青春女孩，现在变成了成熟女人。

李萍打完针，收拾好工具，拢了拢额前的头发，向他们走过来，问他们有什么需要。看来，时隔多年，她真的认不出张梁了。

二十年后再次重逢，现在李萍就在面前了，张梁内心百感交集，一时竟然不知道从何说起才好。于是马承霞开口说："你好，我们不是来看病的，我们是来找一个人的，请问你是李萍吗？"

"嗯，我就是。"李萍轻轻点了点头。

马承霞拉了一下张梁的胳膊，对李萍说："我们终于找到你了，你看你还认得他吗？"

李萍上下打量了张梁，然后摇了摇头。张梁这时赶忙说："李姐你好，我叫张梁，二十年前我上高中时，因为生病去了你当时实习的南寨医院。做手术前，我去交钱时才发现钱包丢了，当时非常着急，多亏正好遇到了你，那时候我们虽然素不相识，但是你热心帮助了我，给了我400元钱让我先治好了病，我就是当年那个生病的学生，你想起我来了吧？"

听他说完，李萍也眼含欣喜地说："原来是你呀，你要是不说，我可真认不出你了。来，先到里面坐下喝水吧。"说完，李萍把他们带进了旁边的一间办公室。

在办公室里，张梁和李萍像是失散多年的姐弟一样，聊了很多久别

第九章
好事成双

重逢的话。谈到二十年前给张梁垫付的那 400 元钱，李萍说："人都有遇到难处的时候，我不过是力所能及地给你帮了个忙，一件小事情，都过去这么多年了，你用不着还想着一直找我。"

张梁说："我怎么能够忘记呢？那时我们萍水相逢，你就那么热心地帮助我，真是让我一辈子都忘不了。现在好了，不管怎样，终于找到你了，晚上叫着家里人，我们一起去饭店吃个团圆饭，共同庆祝一下这个二十年后喜相逢的大团圆。"

盛情难却，李萍也只好答应了。

从李萍的诊所里出来，马承霞看了下喜滋滋的张梁，悄悄地说："好事成双，还有我托付你的那个事，你可别一高兴给我忘了。"

张梁爽快地说："你就放心吧，一个月之内一定会给你办利索，不光是新房子，我连院墙和大门也都给盖好，你到时候负责去检查验收就行啦。"

第十章
只可意会

晚饭后,马承霞照例带着小狗丹麦到楼下公园去散步。远远地,她看见路东山和她招手。走到近前,马承霞问他路静现在怎样,路东山说:"你说的办法还真管用,我把那些书就随意放在家里的沙发上、卧室里、写字台上,也没说让她看,她自己就主动看了。我看她看得很有兴致,就问她愿意去学画画吗,她就点头同意了。我看这周就让她跟着你家曹然一起去学绘画吧。"马承霞说:"好啊,只要她能向着好的方向发展,就循序渐进,慢慢来。"

马承霞想了想又说:"我觉得还有一个事我得提醒你一下。"路东山问:"什么事?"马承霞说:"你以后的精神状态也要调整,不要总是沉浸在那个悲伤的情绪中。你想啊,路静失去妈妈以后,你就是她的精神支柱了,你如果沉湎于事故中走不出来,你身上发散出来的就是负能量,就会对孩子的精神和心理造成一些负面影响。所以,你想让路静早点恢复,也有必要从你自身做起,给孩子树个好榜样,让路静觉得,即使妈妈走了,她和爸爸也能够把自己的生活安排好,还能快乐地生活。你身上得有阳光,才能驱走孩子内心的阴暗。"

第十章
只可意会

马承霞说完,又在心里自嘲了一下自己和曹芒一团乱麻般的婚姻,觉得自己可能是久病成医了吧。

听马承霞说完,路东山点了点头说:"谢谢你的建议,你说得确实有道理,为了孩子,也为了今后的生活,我也要改变我自己的状态。"

马承霞又说:"你喜欢看武侠小说吗?"

路东山说:"零零碎碎地看过一点。"

马承霞说:"在看《射雕英雄传》的时候,我很喜欢黄蓉这个角色。她曾经对郭靖说她死后要郭靖答应她几个事,第一就是允许郭靖为她难过一阵子,但不允许郭靖永远为她难过;第二是她允许郭靖再找一个妻子,但必须是华筝,因为她知道华筝也是真心爱郭靖。由此可见,爱你的人不会让你因为失去她而永远难过的,路静的妈妈如果在天有灵,也一定会希望你和路静幸福,这才是她最想看到的,也是对她最好的安慰。"

马承霞一番话,让路东山如梦初醒。想到就要做到,为了改变原来的家庭氛围,路东山先把家里重新装饰了一遍。路静的卧室变得比原来温馨舒适了,还添置了一些花卉苗木,看起来充满了绿色和生机。

曹然送给了路静一对鹦鹉。这对鹦鹉煞是可爱,并且很有表现欲望,只要逗它们一下,就会叽里呱啦地说好多话,特别是说"您好"的时候,还会像日本武士说"哈伊"那样猛一低头,路静经常被它们逗得开心大笑。

曹然和路静每个周末都结伴去学绘画,丹麦是忠实的追随者,每次都陪着一起去,他俩上课的时候,它就趴在院墙外眯着眼静静地等着,但是两个耳朵相当警觉,只要一听到放学声音,它就立刻起来,活蹦乱跳地陪着他们一起回家。尽管路静还是不说话,但她的绘画进步很快,这让路东山觉得格外欣慰。路东山想,不管路静喜欢啥,他都会全力以赴地支持,他要想办法把她心里的死结解开,在她封闭的内心里,修一座和外界沟通的桥。

这天下午,曹然和路静在美术班学习结束,两人结伴往家走。丹麦像个开路先锋一样,总是跑在前面带路。走到车来车往的大马路边时,路静指了指曹然的鞋子,曹然一看是鞋带开了,便弯腰系鞋带,等他再抬头往前看的时候,丹麦已经跑到了路中间,一辆轿车正自西向东飞驰而来……这时,路静也紧张地睁大眼睛张开了嘴,她显然也看到了丹麦正面临的生命危险。

丹麦命悬一线,眼看大事不好,曹然猛地大喊:"丹麦!"可惜已经来不及了,伴随着一声刺耳的刹车声,那辆轿车"嘭"的一声把丹麦撞飞了出去!车子停了一下,随即又加速跑走了。

丹麦被撞倒在地上,它浑身抽搐,头上流着血。曹然跑过去,摸着丹麦的身子哭喊:"丹麦!丹麦!"这时,曹然的耳朵边突然冒出了一个陌生的声音:"丹麦,丹麦……"曹然转头一看,路静也在一边叫着丹麦的名字一边抹眼泪,他惊奇地看着路静,几乎不敢相信自己的耳朵和眼睛,是路静在说话,没错,他听得真真切切,这是他第一次听路静说话。

这时,旁边过来几个围观的人,说这条狗得赶紧包扎一下止住血才行。曹然说:"路静,你在这里看着丹麦,我去叫我妈来。"

路静使劲点了下头说:"嗯,好。"

曹然挎起书包飞速跑回了家,上气不接下气地对马承霞说:"妈,你快到南边大路上去看看,丹麦被一辆车撞了,流了好多血,还有路静,路静她会说话了,我听见她叫丹麦了。"

"啊?你慢点说,到底怎么回事?"马承霞正在干着家务活,一时被这突如其来又不可思议的消息搞得凌乱了。不管三七二十一,先去看看再说,她赶紧跟着曹然下了楼。

马承霞赶到时,路静正坐在地上,丹麦的头搁在她腿上,她一边抽泣一边唤着丹麦的名字,丹麦头上的血把她的裤子染红了一片。马承霞赶紧把路静从地上扶起来,安慰她不要害怕。然后,又把丹麦抱起来放

第十章
只可意会

在车上，直奔宠物医院。

在宠物医院里，医生对丹麦进行了检查治疗。丹麦头部挫伤，前腿骨折，幸好送到了宠物医院得以及时救治。

把丹麦安顿好以后，马承霞给路东山打了个电话，让他到宠物医院来一趟。

路东山闻讯立即赶来。刚下车，马承霞就把他拉到旁边说："丹麦陪曹然和路静放学回家时被车撞伤了，现在已经不要紧了。我叫你来，是还有个更重要的事和你说。"

"哦，你快说吧，还有什么需要我帮忙吗？"路东山不知所以然。

"路静开口说话了。"马承霞认认真真地说。

"啊？真的吗？你不会是和我开玩笑吧？"路东山惊奇地看着马承霞，此时，他似乎不相信自己的耳朵，他激动地说，"你再说一遍，是路静能说话了吗？真的吗？"

马承霞点点头："是真的，曹然说他们俩是眼看着丹麦被撞的，看丹麦被撞伤后躺在那里，路静就哭着叫出了丹麦的名字。"

"她现在哪里呢？我去看看。"听到这个消息，路东山心里简直比买彩票中了头等大奖还要高兴。

马承霞又说："你先稳住，不要激动。现在路静和曹然在里面陪着丹麦打针，刚才我和她说让你也一块儿来看看丹麦，她说行，所以我就给你打了电话，你进去和她说说话吧。"

"嗯，好的。"说完，路东山快步走进了宠物医院的治疗室。

路东山过去，搂着路静的肩膀哑着嗓子说："路静，爸爸来了……"

"爸爸。"路静偎依进了路东山的怀里，轻唤出声，这一声"爸爸"让路东山喜悦的泪水高兴地在眼圈里打转，他抚摸着路静的头发说："路静，你终于又叫爸爸了，爸爸太高兴了。"

"爸爸，我以后会叫你好多遍，把原来没叫你的都补回来。"路静这么一说，路东山的眼泪终于忍不住掉了下来，他赶紧擦去泪水拉着路静

和曹然的手说:"医生说丹麦已经脱离危险了,你俩都不要担心了,今天晚上,我带着你们一起去饭店吃饭好不好?"

"好,我们吃完了,再给丹麦带些肉回来让它也吃点,它受了伤需要营养。"路静看着路东山轻声说。

"好,好,我的宝贝女儿,你说怎么办爸爸就怎么办。"路东山心里像是有千万道光芒一下子照亮了无底的黑洞,又像是干涸的大地终于迎来了一场瓢泼大雨,他真想跑到一个高山上,大喊大叫地吼几声。

马承骏刚去销售部报道的第三天,吴昕瑜就知道了他工作变动的消息,并且在QQ上留言约他一起出去吃个饭,但是马承骏拒绝了,因为他现在既没有心情也没有胃口,更觉得无颜面对吴昕瑜。

马承骏有些纳闷,吴昕瑜的消息怎么这么灵通呢?还没来得及告诉她,她就知道了这个可恶的消息。俗话说,得志猫儿雄过虎,落毛凤凰不如鸡。自己还想着"凤求凰"呢,这下可倒好,踩了臭狗屎,栽在黄鼠狼的阴沟里。

临睡觉前,马承骏习惯性地打开手机浏览一下,一上网又看到了吴昕瑜的留言。

"工作起起落落也是正常现象,你想开些。"

马承骏接着就给她回过去了:"一个男人,没有事业,别人会瞧不起;没有爱情,自己会瞧不起自己。我现在,什么都没有。"

过了一会儿,吴昕瑜又给他回复了过来:"生活是面镜子,你对它哭它就对你哭,你对它笑它就对你笑,开心点,对你而言,不过是从头再来,相信你会通过努力走出一条阳光大道。"

第十一章
心里有野兽

收拾好行装,马承骏出差的第一站是天津。

之所以去天津,是因为天津原来有个客户,销售量一直比较稳定,可是自从负责天津片区的业务员辞职后,这个客户的需求量直线下降,后来直接不要货了,联系了几次也没联系上。马承骏到销售部后,销售部部长尚斌让他先去天津找这个客户谈谈,弄清楚到底什么原因,争取把这个老客户再恢复起来。

坐火车到达天津时,已经夜幕降临,马承骏先找了个地方住下,打算第二天再按照地址去找客户。

第二天他早早就起床,简单吃了早餐就出发了。按照地址所说,他七拐八弯就到了外环西路,可找了半天,也没找到地址上所说的单位。他又按照销售部给他的联系方式给联系人打电话。先打固定电话,打了三遍都无人接听,又打手机,联系一位姓白的经理。

白经理的电话好不容易接通了。

"喂,白经理您好,我是泰河市华安公司的业务员,今天想到您单位去拜访一下,请告诉我您单位的具体地址。"这是第一次和客户联系,

马承骏一口气就把他想说的话都说了出来。

"什么白经理黑经理啊？我不姓白，你打错了。"对方说完就挂断了电话。

马承骏一头雾水，难道这个手机号码不对？他仔细把手机号码核对了一遍，也没发现有任何差错。

保险起见，他给销售部打了电话回去，让售后服务人员再确认一下这个客户的姓名与联系号码。那边核对了说没问题，当时登记的就是这个联系人和电话号码。

马承骏又打了一次，对方没接。他只好抱着侥幸心理再打固定电话试试。

这次有人接听了。

"您好，我是泰河市华安公司的业务员，请问白经理在吗？"

"白经理？我们这里没有白经理啊。"

"哦，那请问你单位的具体地址在哪里？我是给你们供货的业务单位，今天是专程来拜访的。"

"供货单位？供什么货啊？"

"给你们单位供切割机的。"

"你打错电话了吧？我这里是服装专卖店，什么乱七八糟的切割机啊，真是瞎捣乱！"说完，对方"啪"的一声挂了电话。

固定电话和手机号码这两个联系方式都不对。无奈中马承骏只好又给售后人员打了电话回去，让他和原来已经辞职的业务员联系一下，问问到底怎么回事。

过了一会儿，售后人员打回电话来，说原来辞职的业务员已经换手机号了，现在没法和他取得联系。这个客户的所有业务都是他负责联系的，别人无从知晓。为这个子虚乌有的白经理白忙活了半天，连个人影也没见到，还碰了一鼻子灰。真是"在家千日好，出门一日难"，马承骏徘徊在马路上，盘算着下一步该怎么办。

第十一章
心里有野兽

想了一会儿,他给销售部部长尚斌打了电话,如实汇报了一下这个情况。

尚斌听完叹了口气说:"如此看来,原先登记的姓名、地址和联系方式都是假的,实在联系不上也没有别的好办法,反正你已经去了,你就在天津跑跑市场吧,争取开辟新市场,发展新客户。"

马承骏出差的这几天,米颖心里一直挂念,每天都给他打电话。他把假地址假联系人的情况和米颖说了,米颖安慰他说,人在江湖漂,难免不挨刀,万事开头难,坚持一下,挺过去就好了。然后又叮嘱他不管工作上遇到什么情况,必须要先把自己给照顾好。

马承骏说:"我原来看过一篇英语阅读理解,文中说倒霉的事总是连着三件,我看还真准,出差也不顺利,接二连三的麻烦事。"

出差第七天,由于连日奔波,加上吃饭喝水不及时,马承骏的嘴上起了一串水泡。老爸打电话问他在外面怎么样,他说没问题,一切都很正常,已经谈了几个客户,他还要在天津多待几天继续调查市场,掌握客户的需求情况。

老爸说:"好啊,你多了解一下市场对将来的工作是有好处的,在外面出差各方面都要注意安全,有事随时给家里打电话。"

马承骏说:"出来锻炼一下确实很好,接触的人多,什么样的人都有可能遇到,也真是开眼界了。你放心吧,我会照顾好自己的。"马承骏身上肩负着他们马氏家族传承的光荣任务,所以无论他走到哪里,家里人最关心的就是他个人的身体和安全问题。

在天津住了十天,马承骏初步掌握了天津市场的基本行情,也谈了两个有要货意向的客户。米颖打电话让他快点回去,说要给他做好吃的好好慰劳他一下。

定好了回程的车票,马承骏提前来到了车站。看时间还早,就在车站周围的商场转悠着看看,虽然已经来了这么多天,但他一门心思都在跑业务上,还没有仔细看看天津到底什么样。他转了一圈,给米颖买了

一大包天津特产。

吴昕瑜也在 QQ 上问他什么时候回去。他想，给吴昕瑜买个什么礼物呢？

走进一个工艺品专卖店，看到货架上有好多泥人张的彩塑，个个栩栩如生，形神兼备。马承骏有个大学同学是天津的，听他介绍过泥人张的故事。据说泥人张的创始人张明山自幼随父亲从事泥塑制作，练就一手绝活，他只要和别人面对面聊天，就能在不动声色之中，抟土于手，把对面之人的塑像现场捏成，而且还能达到惟妙惟肖、须眉欲动的高超境界。马承骏端详了一下货架上陈列的塑像，有一个仙女下凡的泥塑看上去活灵活现、婀娜多姿，颜色也很漂亮，于是他让服务员包装起来，打算回去送给吴昕瑜。

回家的车上，接到了吴昕瑜的电话。

"我正在回去的路上，大概还有半小时到家。"马承骏说。

"哦，那正好，今晚我请你吃饭，给你接风。"

"我这些天在天津跑市场弄得灰头土脸的，我们还是抽空再聚吧。"

"没关系，就是给你接风洗尘嘛，你直接到饭店就行了，信雅酒店 206 包间。"吴昕瑜的语气不容推辞，马承骏只好答应："那好吧，我还给你买了个纪念品，希望你喜欢。"

"好，见面再说。"

马承骏赶到信雅酒店见到了吴昕瑜。吴昕瑜的打扮永远都是那么得体，她今天是 T 恤、牛仔、休闲鞋，看似随意搭配的衣服，但是穿在她身上就别有一番韵味。

吴昕瑜吩咐服务人员上菜。信雅酒店以海鲜为主，菜上来了，马承骏吃了两口，点了点头说："还是家乡的饭菜好吃。"

"嗯，那你就多吃点吧。"

"好，吃完饭再给你看礼物，我想你会喜欢的。"

第十一章
心里有野兽

两人吃完饭，马承骏从旅行箱里拿出了他给吴昕瑜买的泥人张彩塑。吴昕瑜捧在手里仔细欣赏："不愧是天津的著名特产，是挺好看的。"

"你喜欢就好，以后我每到一个地方去出差，都给你带回一个有当地特色的纪念品。"

"那倒不用，这一个就够了，再说你出差在外，带着东西到处去也不方便，你就别费心了。"

马承骏说："我还有个事忘了问你，你怎么知道我工作变动的？"

"哦，我有个同学打听你们公司的产品情况，我就给你打手机，结果无法接通，我就打你办公室电话，没想到接电话的人说你已经调到销售部去了。"

"这么巧啊。"马承骏说。

"可不是嘛，我当时也觉得挺突然的，你现在感觉怎样？"

"一切都是刚刚开始，对于如何开发市场，如何开发客户，我没有任何经验，得从头学起。唉，我想破脑袋也没想到会突然让我去干业务员。"

"我觉得任何工作都是有乐趣的，干业务员也未必是坏事嘛。哎，对了，我那个同学是专门负责采购的经理，抽空我给你们牵个线认识一下，如果能帮上你的忙那就更好了。"

"那可太感谢你了，要是能成功开发一个客户出来，我就有工作业绩了。"

"原来你也帮我介绍过业务嘛，我说把那 6000 元提成给你，你也不要，现在我帮帮你也是应该的。等一下，我给同学打个电话再问问他。"

吴昕瑜拨通了同学的电话，两人寒暄了几句后切入正题。看吴昕瑜一脸自信和同学说话的样子，马承骏觉得肯定有门儿。吴昕瑜说："那我就让朋友抽空专程到你那里去一趟吧，具体的情况你们俩详细谈谈。"

不知道电话那边说的什么，吴昕瑜又说："怎么？还要我去吗？到

你那里大概有 300 多公里，可不近呢。"

那边又说了一通，吴昕瑜皱了皱眉头说："嗯，好吧，那我们临去之前再给你打电话。"

挂掉电话，吴昕瑜说："他单位确实需要你们的产品，不过我同学想让我也和你一块儿去，好久不见了，他想顺便和我见个面。他上学时就擅长演讲，特会说话，现在更是炉火纯青了，我真是说不过他。"

"那就辛苦你了，还得让你亲自陪我去跑一趟，抽你有空的时间我们一起去吧，你们很久不见了，一起见面吃个饭也是人之常情。"

"嗯，好吧，我看哪天有时间再和你联系。"

周末，风和日丽。吴昕瑜陪马承骏去拜会她的同学严同强。

车子疾驰在宽阔的高速路上，吴昕瑜说她昨晚加班没睡好，说了会儿话就开始犯困了，马承骏让她把座椅放低躺下休息会儿。吴昕瑜睡了大约半小时，手机信息提示音响起，便也没了睡意，抱着手机津津有味地和对方聊了起来。

行至高速路服务区，吴昕瑜说想去趟洗手间，马承骏就拐了进去。吴昕瑜下车后，马承骏在车上听着音乐等她。这时，吴昕瑜的手机闪闪发光，提示有新的信息，吴昕瑜和谁聊得这么热乎呢，马承骏有些好奇，忍不住把她的手机从座位上拿了起来，定睛一看，原来是吴昕瑜的男朋友王绍伟发来的。

"亲爱的大白兔，我也特别想你啊，想念你柔情似水的怀抱，恨不得一口把你吃进我肚子里去才好。等我忙完这两天的工作，下周就回去看你。大灰狼永远爱你、想你，不管你在哪里，我的心都放在你那里。"

马承骏看得脸红心跳，忍不住又看了吴昕瑜发出的信息。

"坏蛋大灰狼，大白兔好想你呢，全身每个细胞都想……"

马承骏没料到对他总是正经八百的吴昕瑜和男朋友撒起娇来是如此甜腻，心下暗想，以后不能再觉得吴昕瑜高冷了，只不过她温暖的人不

第十一章
心里有野兽

是自己罢了。他们彼此的昵称是大灰狼和大白兔,想到这,他又觉得很好笑。抬头一看,吴昕瑜已经走出洗手间向车子这边走来,他于是把手机放回原处,把音乐开大,继续听歌。

到了目的地,严同强非常热情地接待了他们。过了一会儿,严同强不好意思地说,他刚接到通知要参加一个供销专题会,所以上午他先安排人带着吴昕瑜和马承骏到附近景区去转转看看,等下午他开完了会,再谈业务上的事。既来之则安之,吴昕瑜和马承骏只好按照严同强的安排先去景区游玩。

下午四点,在严同强的办公室里,严同强和吴昕瑜先聊了会同学感情,然后马承骏向严同强介绍了他们产品的详细情况并出示了相关资料。严同强听完后说:"就目前来看,你们的产品比较有竞争力,这样吧,我抽时间到你们厂里去考察一下,然后我们再签订一个长期供货合同。连吴昕瑜都亲自出马了,这个买卖要是做不成,我就对不起老同学了,今晚我先请你们一起吃个饭。"

马承骏忙说:"不用了严经理,你忙了一天也需要休息,我们就不给你添麻烦了。我们今天先回去,等你到我公司考察的时候,我再让吴昕瑜陪着你,好好请你喝两杯酒。"

严同强摆了摆手说:"到了我的地盘,就听我安排吧,你们这么远风尘仆仆地来了,怎么能匆匆忙忙地再回去呢?你看天色也不早了,今晚上我们一起吃个饭,你们住一宿休息一下,明天再走也不迟。今天是周末,就当是到我这里来度假吧!吃住我都安排好了,你们就不要推辞了。"严同强看着吴昕瑜又说,"我们老同学好久不见了,怎么也得一起吃个饭说说话嘛。"

严同强这么一说,吴昕瑜也不好再拂他心意。她看了一眼马承骏,马承骏一副悉听尊便的样子,于是吴昕瑜说:"那就只好恭敬不如从命了。"

严同强一听立刻喜笑颜开,连忙招呼司机过来,一起去酒店。

  晚宴的酒桌上,老同学之间分外亲切,严同强和吴昕瑜畅叙当年的同学情,彼此聊得很开心。俗话说,好人出在嘴上,好马出在腿上。马承骏真是佩服严同强这张嘴,简直能把死人说活了。吴昕瑜本来不胜酒力,但严同强总是恰到好处地让酒、敬酒,吴昕瑜不知不觉喝得就有些多了。看吴昕瑜的眼神有些迷离,马承骏意识到不能让她再喝了。马承骏对严同强说:"咱们喝酒到此为止吧。"严同强却意犹未尽,兴致很高。后来,严同强又让陪同人员给马承骏倒了一杯白酒让他干掉,为了能开发客户,马承骏一狠心也豁出去了,满满的一杯白酒毫不含糊地灌进了胃里,开始感到有些头重脚轻。严同强也喝得连说话都不利索了。

  吃完饭,严同强又邀请马承骏和吴昕瑜去做足疗。吴昕瑜拒绝了,她说:"我们今晚都很高兴,喝得也不少了,还是早点到宾馆休息吧。"随后,严同强把马承骏和吴昕瑜送到了事先定的宾馆里。

  进了电梯以后,吴昕瑜身子有些摇晃,马承骏赶忙扶住她,送她进了房间——一个宽敞的豪华大床房。

  "你先躺一会,我给你弄点水喝,然后你再睡觉。"马承骏说。

  "嗯。"吴昕瑜答应了一声,如释重负地躺在了床上。吴昕瑜酒量有限,严同强凭着他妙嘴生花的本事,确实让吴昕瑜喝了不少。吴昕瑜迷迷糊糊地斜躺在床上,马承骏替她脱了鞋子,又小心翼翼地把她的腿脚放到床上。

  马承骏把水端到吴昕瑜床前,轻轻晃了下她的胳膊:"昕瑜,你起来喝杯水再睡吧。"

  吴昕瑜轻哼了一声,眼皮动了下,好像要努力睁开的样子,最终却没有睁开。吴昕瑜此时不但脸上红,连脖子也红了。马承骏知道吴昕瑜有胃病,今晚喝了这么多酒,如果不多喝点水,胃里肯定会烧得难受。

  马承骏坐在床沿上,轻轻地把吴昕瑜的身子扶起来靠在他胸前,然后端着水杯慢慢递到她嘴边。吴昕瑜喝了几口以后,就喝不进去了,嘴

第十一章
心里有野兽

里喃喃自语好像说着什么话,马承骏也听不清楚。

马承骏只好让她平躺下,给她盖上被子让她先睡。

马承骏回到自己房间洗漱了一下,又想,吴昕瑜喝得有点多,她自己一个人会不会有问题呢?万一半夜里难受了身边没个人照料也不行。他于是又回到了吴昕瑜的房间,看吴昕瑜睡得很沉,他握了一下吴昕瑜的手,然后躺在沙发上,静静地看着吴昕瑜睡。

过了一会儿,吴昕瑜的手机提示音响,他想起白天看的那些信息,禁不住拿起来一看,正是王绍伟发来的:"乖宝贝,你回到宾馆了吗?我已经洗好澡了,正在床上等你,大灰狼要等你上床,抱着大白兔一起睡。"

这个信息在马承骏心里像一块巨石激起了千层浪。千里之外的王绍伟和吴昕瑜亲热调情,说要搂着她一起睡觉,而自己却和吴昕瑜近在咫尺。霎时间,他心里有一个微弱的火星借着肚子里的酒精,像鬼火自燃一样迅速蔓延,熊熊烈火很快就窜到了他嗓子眼,他看着吴昕瑜的甜美睡姿使劲咽了两口唾液,却无法浇灭心头的火焰……于是,他把吴欣瑜的手机直接调到了静音。

世界一下子安静了,好像天地间只剩了一个诺亚方舟般的豪华大床房,房子里只剩了他和躺在床上的醉美人吴昕瑜。

马承骏能听见自己怦怦的心跳,有个狂魔在心里对他说:"这个躺在你面前的女人,正是你梦寐以求的心上人,多少次你为她魂牵梦绕、为她彻夜难眠、为她神思昏昏,现在机会来了,你还等什么呢?你要是个男人,就竭尽全力去爱她吧!"

这个声音一直在他脑海里高声呐喊,他心中那头一直禁锢的野兽猛然冲出了坚固的樊笼——全身心地去爱她,正是自己最想得到的幸福啊!

马承骏嘴角一歪,脸上现出诡秘的笑意。

他悄悄来到床前,俯身低头,轻轻吻了吻吴昕瑜的额头,然后又慢

慢吻了她的眼睛、鼻子和嘴唇……这时，吴昕瑜轻哼了两声。

吴昕瑜不自觉的声音，更是撩动了马承骏心底最柔软的地方。爱从五脏起，情从六腑生，不管过去与将来，爱就是现在，必须立即行动马上爱，马承骏在醉意朦胧中横下一条心。

房间里的大灯全部熄灭，只留一盏橘黄色的床头灯。马承骏小心翼翼地解开了她的衣扣……

马承骏感到像是在做梦，他的意识在真实和虚幻之间交替闪烁着，脑海里似乎回响着一首尼泊尔民歌，那高亢的歌声令人激情飞扬，把他心里那些如火如荼的念头一一唤醒。与此同时，他听到心里有一头猛兽在向他发号施令，要他勇敢前行！他不再犹豫，把吴昕瑜使劲抱进了怀里亲吻起来……

吴昕瑜虽然被酒精麻醉，但并未全然无意识，她感到被人紧紧地抱住压住，呼吸也变得有些困难。她努力睁开眼睛，恍惚中看到了马承骏正伏在她身上，禁不住惊恐地大叫了一声。这一惊一吓，让吴昕瑜恢复了正常的意识，她拼命挣扎，踢他挠他，可是马承骏力气太大，她被死死地箍住，想挣脱是难于上青天了。

吴昕瑜无助地叫道："马承骏，你这个混蛋，放开我，快滚开！"吴昕瑜的喊叫声，让亢奋状态的马承骏一下子清醒了许多，他担心吴昕瑜的叫声会惊动了相邻的房客。于是他慌不择路，用身体压住吴昕瑜不让她动，同时抱着她的头颈部，紧紧地吻住了她的嘴，不让她再发出声音。

吴昕瑜又急又气，拼命挣扎。可她的反抗更激发出了马承骏强烈的征服欲，这种浓烈的欲望像一个巨大的黑洞，吞噬了吴昕瑜的惊惧和抗争，马承骏脑子里就只有一个念头：今夜必须要让吴欣瑜彻底属于他，从此以后，生也无怨，死也无悔！

突然间，只听马承骏"啊"的一声，随即像弹簧一样从吴昕瑜身上弹了起来，他"哎哟"着捂住嘴巴，指缝里滴滴答答流着鲜血。

第十一章
心里有野兽

他瞪着吴昕瑜含混不清地说:"你,你,你好狠!"

原来吴昕瑜绝望情急之中,使劲咬了马承骏的舌头。马承骏嘴里鲜血直流,床上也血迹斑斑,火热的情场瞬间变成了浴血的战场,马承骏狼狈地胡乱穿上衣服跑了出去。

吴昕瑜赶紧把门锁住,惊魂未定地蜷缩在床上。她哆嗦着拨通了王绍伟的手机,还没说话就先哭了起来。一听到她的哭声,王绍伟吓了一跳,急忙问道:"你怎么哭了,到底怎么了?快说啊。"

吴昕瑜呜咽着断断续续地说:"我,我刚才做了个噩梦,梦见一个坏蛋来伤害我,把我吓死了,你,快回来,明天就回来……呜呜,我需要你。"

第十二章
舌头缝了两针

回去后,马承骏的舌头缝了两针,又在家休养了七天,这才说话顺溜了。

老妈只知道他舌头长疮,自是心疼得不得了,换着花样给他做好吃的。米颖也请了假过来照顾他。马承骏什么也不说,一是舌头疼得不敢说话,二是如此丢人现眼的事也确实不能说。他当哑巴憋了一周,人也瘦了一圈。

看马承骏逐渐好了起来,米颖心里这才宽松了些。她以为马承骏是经常出差在外,因为水土不服造成的口腔长疮,就劝马承骏别再当业务员了,还是换个工作老实在家待着好,省得受这个洋罪。马承骏说:"老爸让我在外面干就是为了锻炼我,我要是图安乐享清福的话,早就不在华安干了。"

米颖搂住他的腰,把脸靠在他肩膀上:"你爸说的是没错,可是你也不能这么不要命地干呀,把身体累坏了,就不值得了。"

马承骏把身子往旁边挪了挪:"我又不是纸糊的,这点小毛病过两天自然就会好的,你不用太担心。"

第十二章
舌头缝了两针

米颖又把身子靠在他身上说："承骏，你难道就这么讨厌我吗？为什么我们的心就是凑不到一块呢？难道是月老配错了人？我这辈子最大的心愿就是能和你在一起，我不图什么大富大贵，咱就过那种柴米油盐的普通日子，我就觉得很好，只要能和你在一起，我就知足了。"

马承骏长叹了一口气。米颖的话，像一块大肥肉噎在了他喉咙里，让他吐不出来又咽不下去，一时不知说什么才好，只好默默低下了头。

舌头痊愈后，马承骏继续出差跑业务。这次，他决定换个地方，再到北京去闯一闯。他想，如果像蜻蜓点水似的来去匆匆，跑得再多也只是光跑路跑不出业绩，所以他决定采取稳扎稳打的方式来开拓业务，这也是他痛定思痛以后的决定。经过和其他几个业务员交流，他直接在北京租了一间房子驻扎下来。白天跑市场调查了解当地行情，晚上总结一下客户情况再学习一些市场营销方面的知识。

功夫不负有心人，经过一番努力打拼，马承骏终于在北京开发出了三个稳定的客户，顺利签订了供货合同，在业务上算是有了一席之地，心里也有了底气，感觉踏实了好多。

从北京回来，他给爸妈买了些营养品，给米颖买了化妆品。一见面，米颖就说他又黑又瘦没人形了，老妈也看在眼里，疼在心里，又是炒鸡又是炖鱼，忙着给宝贝儿子补养身体。

一别天涯，转身陌路。自从咬舌事件发生后，马承骏和吴昕瑜再也没有联系。

马承骏这天休班，来到名牌服装一条街，想买个休闲外套。他有一搭没一搭地转了几个服装店看了下，都没有相中的。他顺着大街向南走，远远地，看到了一个熟悉的身影。

那不就是吴昕瑜么？她和王真秀正并肩一起向他这边走来。马承骏的思绪顿时像高强度水泥一样凝固了。她们快走到马承骏身边时，吴昕瑜一抬头，正好看见了马承骏，王真秀则低头摆弄手机没看到他。

吴昕瑜还是那么优雅靓丽、楚楚动人。马承骏怔怔地站在那儿看着她，心脏狂跳不止，身体却像木桩，一步也挪不动。

过往一切付之东流，他们已经无话可说。就这样，像陌生人一样擦肩而过也许就是最好的结果。

吴昕瑜和王真秀从他身边走了过去。马承骏想，难道永远就这样了吗？这就是我和她最终的结局吗？如果一切都已经放下，那自己为什么还如此心慌呢？今天的偶遇，再一次验证了他始终对吴昕瑜都没有抵抗力，他甚至无法忍受吴昕瑜把他当路人甲或者路人乙。在他内心深处，即使做不了恋人，还是渴望能和她做朋友，哪怕是见面点头一笑的普通朋友也好。如今吴昕瑜对他不理不睬，拿他当空气，他感觉比热锅上的蚂蚁还难受。

也许是有病乱投医的缘故，马承骏决定去找王真秀聊聊。

来到王真秀的茶楼，马承骏又不知道从哪说起好了。

"说呗，看你还不好意思哪。"王真秀莞尔一笑。

"我和昕瑜之间发生了一个误会，她很生气，现在已经好长时间不理我了。所以，我想和你说说。"

"哦，有这么严重？她没和我说过呢。"

"前两天你和她一起逛街的时候，我正好碰见了你们，你当时没看到我，但是昕瑜看到我了，我看她不想和我说话，所以我也没和你们打招呼。"

"是吗？她一般不会这样的，是不是你把她惹急了？她这个人，别看外表冷冰冰的，其实心里可热乎着哪，是个刀子嘴豆腐心。"

马承骏一听王真秀说吴昕瑜是刀子嘴，心里不禁咯噔一下，下意识里觉得舌头都有点发麻了，心想，如果他把吴昕瑜用刀子嘴咬破他舌头的事说出来，估计王真秀一定会大惊失色，笑掉大牙。

马承骏长话短说，把他和吴昕瑜之间产生的误会跟王真秀说了一遍。"王姐，我那天确实酒后失态，言行有些莽撞，惹得昕瑜很恼火，所

第十二章
舌头缝了两针

以她不理我了。"但是被吴昕瑜咬破舌头的事是打死也不能说的。

王真秀听完慢悠悠地说:"哦,是这样,那你怎么莽撞了?"

马承骏红着脸低下了头,该怎么说好呢?可是既然要请王真秀给他们俩讲和,显然就不能含糊其词,最起码也要说个来去,表明心迹才行。

"我,我就是忍不住抱住她,亲了她两下。"马承骏红着脸磕磕巴巴地说。

"就这样吗?"王真秀追问。

"嗯,然后就被她推开了,别的就没什么了,就是这样的。"马承骏稳了稳心神,又接着说,"王姐,我想请你转告昕瑜,我诚恳地向她道歉,那天确实对不起她,我错了。还有一事要说明,我对她是真心实意,我从第一次见她就喜欢上了她,我不是故意欺负她,我是从心底里就非常爱她,即使为她赴汤蹈火我也愿意。"

"哦,那你原来和她说过你这份心思吗?"

"没有,从来没有,因为我知道她有男朋友,所以我从没对她说过。"

"心中有爱没错,可是爱的人不对就错了。不过,我能理解你的心情。"

"自从发生了那个事以后,我心里非常难受,可我又不敢直接对她说,我觉得没脸见她,也没再和她联系。这段时间,我认真反思了自己,愧疚和自责在不停地折磨我,所以我今天来找你,就是想告诉你我的心里话。我想请你替我转告她,我向她认错,希望她能原谅我。如果她恨我的话,我会一辈子都不安心。"马承骏把心里的想法一口气说完,感到痛快了些。

"昕瑜从上初中开始,就有同学追求她,一直到上大学,写情书的、送礼物的、约她吃饭的,她经历过的也不少,她处理这种事向来很有分寸,一般都会礼貌拒绝,给对方留个面子,不会让人很难堪的。"王真

秀说起话来还是那么从容不迫、慢条斯理。

"因为我从没有对她说过我爱她,所以她可能以为我是酒后胡闹故意捉弄她,所以才非常生气的。"为了掩饰自己当初不顾一切的疯狂,马承骏找借口解释了一下。

"嗯,这倒是有可能。"王真秀若有所思,"看在你是真心对她的份上,抽空我和她谈谈再说吧,她那边有什么话我会转告你的。不过你自己也得想开,我看你现在的状态比原来可是差远了。"

"嗯,好,那就谢谢你了,你现在就是我的医生,只有你能帮我治好这个心病。"

第十三章
一座山和一层纸

那次意外情况的发生,无形中加快了吴昕瑜和王绍伟的结婚进程。

王绍伟从上海回来后,专心陪吴昕瑜休息了几天。只要在一起,他俩就形影不离,一直黏糊着。吴昕瑜坐在王绍伟的腿上搂着他的脖子撒娇说:"我现在没有别的期望,只想你快点娶我,白送你还不要呀?"

"我早就想娶你,只是和爸妈许下的诺言还没有实现,我不能食言啊。"

"这个你不用担心,我可以帮你一起凑钱,先把房子买下来。"

"这样合适吗?"

"反正早晚都是我俩的钱,有什么合适不合适的,就这么定了。"

不久,王绍伟就把房子买了下来,两人领了结婚证,只等正式举办婚礼。

王真秀来找吴昕瑜,吴昕瑜正在考虑婚礼上穿什么样的婚纱。一看王真秀来了,她忙说:"哎,你真是来得巧,快来帮我看看选什么样的婚纱好看呢!"

两个人左挑右选地忙活了半天,挑完了婚纱款式,王真秀说:"还有个事和你说。"

"什么事?"吴昕瑜一边说一边把一个刚削好的苹果递给王真秀。

"有个人想请你原谅,还说如果你不原谅他,他会一辈子良心不得安宁,你知道是谁吧?"

"我不想说他。"吴昕瑜很果断。

可王真秀并没放弃,把马承骏对吴昕瑜的爱慕和忏悔绘声绘色地讲述了一遍。

然后,她又不着调地问:"哎,我说那个……他没把你怎么着吧?只要人家不过分,你也别搞得好像有什么深仇大恨似的。他确实是喜爱你,从第一次你带他到我茶楼的时候我就看出来了,记得我还和你说过呢,对吧?我都能看得出来,你难道会看不出来?"

"不管他心里怎么想,他都不该有非分之想。"

"有时候天使和恶魔只有一线之差,谁也保不准一辈子都是天使。他为此整天寝食难安,看着也挺可怜的。爱美之心人皆有之,这也是人之常情,看在他对你是真心实意的份上,你就原谅他吧,他觉得不好意思面对你,所以才让我替他求情。"

"谁让你管这些闲事了?"

"我这也是受人之托嘛!你想啊,你马上就要结婚了,结婚后就去上海,反正在这里也待不了多久了,也没必要给他留下一个心结,你说是吧?你就算给我个面子呗,他还等我回话呢。"王真秀看来是不达目的不罢休。

吴昕瑜叹了口气:"好吧,那你就告诉他,我原谅他了。但是我有个前提条件,我们大路朝天,各走一边,以后不要和我联系。"

"好,那就这样吧,我如实转告就是啦。"

按照吴昕瑜所说,王真秀给马承骏打了个电话。吴昕瑜能够原谅他,让他心里好受了些;但是说以后不能再联系,又让他黯然神伤。

第十三章
一座山和一层纸

听马承骏在电话那头沉默不语,王真秀说:"暂时就这样吧,她马上就要结婚了,现在正忙着筹备婚礼,结婚后她就去上海,你也就彻底死了这条心吧。是你的赶不走,不是你的莫强求,各自过好自己的日子就行啦。"

吴昕瑜结婚前,马承骏让王真秀给她捎去了 2000 元贺礼,但吴昕瑜一分没收,又让王真秀原封不动地给退了回来。马承骏心想,看来吴昕瑜打算和他老死不相往来了。

吴昕瑜出嫁的前一天晚上,马承骏来到吴昕瑜家楼下,看着她家的窗口来回徘徊。透过窗户上的灯光,他看到吴昕瑜家里人来人往地在忙着准备婚事。他想,如果那个尴尬的事情没有发生,他至少和吴昕瑜还是朋友,吴昕瑜会给他一张请柬,会请他喝新婚喜酒……可是现在,一切都不可能了,也没有机会了。

无尽的失落像他所卖的切割机一样,一点一点地切割他脑海里关于吴昕瑜的所有记忆。马承骏越想越懊恼,满脑袋都乱哄哄地嗡嗡作响,再继续待下去他感到自己会爆炸。

他离开了吴昕瑜家的小区,失魂落魄地开着车。车子在夜晚的马路上飞快前行,但是要到哪里去呢?他没有目标,也没有方向。

突然间,"扑通"一声,车子撞到了马路旁的一棵树上,他像做了一个噩梦,只觉得额头上火辣辣地疼,伸手摸了一把全是血。身体上的伤痛和心里的煎熬加起来,一起侵蚀着他的身心,他趴在方向盘上,迷失了方向。

马承骏给李正树打电话,约他一起出来吃饭聊天。一见面李正树看着他额头上的伤说:"你这是怎么啦?这段时间没见面,咋像刚从战场上退下来的伤病员一样呢?"

"病了一场刚好,能活着见你就不错了,知道你现在忙孩子、忙老

婆、忙工作没时间,所以没和你说。"

两杯酒下肚,马承骏敞开心怀,把他和吴昕瑜之间的事说了一遍。

李正树听完了说:"你这是个传奇故事啊,亏你还算是幸运,如果她再下口狠点,把你舌头咬断了,你这辈子就真是完蛋了,那你下一步打算怎么办?"

"现在还不知道怎么办。"

"米颖现在挺好吧?你和吴昕瑜的事她知道吗?"

马承骏白了他一眼:"我有病啊,和她说这些不着调的事干吗呢?她是个好姑娘,只是我俩在一起不合适,我希望她能找到属于她自己的幸福。"

李正树正色道:"我看你确实病得不轻,米颖对你死心塌地,你装聋作哑;吴昕瑜差点把你舌头咬下来,你却念念不忘。要不是有病你能这样吗?你心里的女神已经成了别人的老婆了,事到如今,你赶紧断绝那个念头才行,握不住的沙,不如扬了它。人家米颖一心一意对你好,又陪了你这么久,难道你就对她没点感情吗?男追女,隔座山,女追男,隔层纱,你这层纸就是铁皮的也该磨透了,你还是不是男人啊?"

马承骏说:"感情的事不能勉强,你又不是不知道。"

李正树又说:"那好吧,你现在打电话让米颖过来,我和她说说话。"

马承骏给米颖打了电话,不过十多分钟,米颖就过来了。李正树打量了她一下说:"好久不见,今天打扮得这么漂亮啊。"

米颖轻叹一声,调侃道:"是吗?可惜啊,你觉得漂亮没有用。"

李正树从怀里掏出自己老婆和儿子的合影来给米颖和马承骏看。他说:"人家说孩子看着是自己的好,老婆看着是人家的好,我呢,我是老婆孩子看着都是自己的好。我没有多大的本事,也没有太高的追求,我的目标就是努力工作多赚钱,让家里人跟着我过上好日子,我就很满足了。承骏,你到底怎么打算的呢?"

第十三章
一座山和一层纸

马承骏迟疑了一下说:"我的打算也和你差不多,只不过我没有你那么幸运,修油烟机还能修出一个好媳妇。"

李正树摆了摆手:"这你就不懂了,好媳妇不是天生的,好媳妇都是咱男人们宠出来的。崔上花也有好多撒泼任性的坏脾气,有时候让我觉得不可理喻。但是我又一想,咱既然爱她,就得接受她的全部。那句话怎么说来着?如果你不能忍受她的孬,你就无法享受她的好,是吧?"

他说完问米颖:"你和承骏这么久了,他对你怎样?"

米颖说:"你还不知道他呀,还是和原来一样,钢板一块。"

李正树略一思忖说:"真要是这样的话,你赶紧和他一刀两断吧,明天我马上就给你介绍一个。我这里有现成的茬,我表弟今年大学毕业,人品好,长得帅,刚考上公务员,比他这个落魄的小业务员可强多了。人挪活,树挪死,你好端端的一个黄花大闺女,哪能在他这一棵树上吊死呢?是吧?"

说到这里,李正树眉毛一挑,看了一眼闷声不语的马承骏,又接着说:"女人的好时光也就这么几年,既然有的人不懂得珍惜,你就不要在他身上浪费精力了。"然后李正树端起酒杯和米颖一碰杯,"来,喝了这杯酒,我给你做大媒。"说完一口气喝了下去。

米颖笑盈盈地说:"李哥,想不到承骏今晚叫我出来,是为了让你给我介绍对象啊,难得你这么关心我,就为你这句话,我也喝了这一杯。"说完,她也一饮而尽。

李正树掏出手机对米颖说:"我可不是随便和你开玩笑的,我是说真的,我现在就给我表弟打电话。"

李正树果然拨通了电话。他对电话那边说:"我这里有个好妹妹,人好心也好,还特别温柔体贴会照顾人,我明天给你们介绍见个面怎样?"他大声地说了一通,然后又说,"好吧,就这么定了,明天晚上七点,在莲花湖公园门口见。"

李正树吃喝着打完电话,对米颖使了个眼色说:"怎样?你哥我向

来说话算数,从不拖拉,有一是一,有二是二,明天晚上七点,莲花湖公园门口准时见面。你以后别再守着他这么个半死不活的木头人了,我都看不下去了,你要主动寻找自己的幸福才行。"

米颖说:"哥呀,你真是神五神六运载火箭的速度啊,小妹我先谢谢你了。"

马承骏本来心情就不好,想找李正树解解闷,没想到李正树又措手不及地给他搞了这么一套,让他越发烦躁了。他索性站起来说:"你们慢慢聊吧,我有事先走了。"

米颖刚要去拉他,李正树拽住了米颖的袖子,示意别管,让他走就是。

等马承骏走远了,李正树这才嘿嘿一笑说:"我就是要刺激他一下,让他去碰南墙吧,否则他不知道什么时候才能回头。"

马承骏回到家里躺在沙发上,越想越觉得自己的生活一塌糊涂。他心爱的女人已经嫁人,爱他的女人明天要去相亲。李正树说他现在只不过是一个颓废的小业务员,这句话像针一样,扎到了他的心上。工作挫败,感情失意,自己这些年来苦苦寻觅和追求的幸福到底在哪里呢?难道这一切都是错误吗?否则为何到头来都是竹篮打水一场空呢?

马承骏推开门,坐在阳台的藤椅上,看着外面的夜空陷入了痛苦的沉思。他捶了捶脑门想:马承骏,你怎么这么没出息、没志气、没担当呢?吴昕瑜已经是别人的新娘,今后也不会再有任何联系,你现在最应该做的,就是抛开!放下!忘记!他这么想着,糊里糊涂地进入了梦乡……

他和一群人一起来到了一个山清水秀的地方,大家说说笑笑在一起玩得很愉快。他仔细看每个人,似曾熟悉,又似乎都不认识,但他们的脸上都洋溢着朦胧的微笑。大家一起说话,一起做游戏,玩得兴高采烈。过了好久,到了该走的时候了,来了一辆大客车。人们陆续上车准

第十三章
一座山和一层纸

备离开,马承骏走在后边,当他准备上车时,有人告诉他说车里已经没有座位了,让他不要上车了,于是马承骏就没有上去。他站在那里,眼看着大客车把那些一起玩乐的人都拉走了,只剩了他自己。刚才热闹的气氛一下子安静了下来。正当他困惑着该怎么走的时候,身后不远处驰来一辆加长商务车,车开到他跟前停下,车窗缓缓降落,他这才看到车里原来是吴昕瑜,她向马承骏一招手说:"快上来走啊。"马承骏不假思索地赶紧上了她的车,车上只有他们两个人,不知道走了多久,车在一个山丘旁边停了下来。吴昕瑜先下车,然后对他说,"好了,就到这儿,你下来吧。"

马承骏像木偶一样下了车,他四处观望,这是一个荒凉的旷野,他站在草地上不知所措地看着吴昕瑜。吴昕瑜转身上车要走,他有些着急,使劲喊了她一声,吴昕瑜回过头来看了他一眼,又慢慢走了回来。她缓缓地张开双臂,和马承骏拥抱在了一起,马承骏也紧紧地抱住了她,她的身体温暖又柔软,这份温暖和柔软透过衣服,一直弥漫到了他的皮肉和筋骨里……

马承骏一下子醒来,他下意识地摸了摸胸前,怀里空荡荡的,除了窗口吹进来的风,什么也没有。刚才那个醉人心魄的美梦已经全无踪影。他抬起手腕看了看表,已是夜里两点半。远处一列火车正鸣响汽笛呼啸而过,马承骏的思绪又被拉回了现实。

接下来的几天,马承骏和瓶中酒结成了骨肉亲。似乎除了酒精,他没有别的依赖了。喝醉了就睡,睡醒了再喝,日子过得黑白颠倒、百无聊赖。

晚上,他不知道睡了多久,听到外面有敲门声,一看表,已经晚上九点了。他睡眼惺忪地开了门,原来是米颖。

"这么晚了,你怎么来了?"

"我给你打电话,一听你的声音就觉得不对劲,知道你又喝多了,

我不放心,所以来看看。"

"你不用来看,我这不好好的吗?"

"你好不好,我自然知道,不用你说。"

米颖脱掉外套,泡上一杯柠檬水递给马承骏。

"我没事,这么晚了,你还是早点回去吧。"

米颖并没有要走的意思,过了一会,她看着马承骏慢慢地说:"你究竟知不知道爱一个人的滋味?"

"嗯,知道。"马承骏点了点头。

"你是怎么知道的?"

"因为我也曾真心实意地爱过一个人。"

"她是谁?你原来怎么从没和我说过呢?"

马承骏摇了摇头:"因为那是一个不该爱的人,说出来也没有任何意义,所以我不想和你说。"

"其实,我倒是希望你曾经真爱过一个人,知道为什么吗?因为只有你曾经爱过,你才能够懂我,否则你永远不会懂得我的心。"米颖的话里涌起了千丝万缕愁云。

"你心里是怎么想的呢?也许我们想法不同。"马承骏问。

米颖眼里噙着泪:"爱一个人,就是想把自己的所有都给他,没有任何条件地,心甘情愿地,你爱一个人的时候,也是这样的感觉吗?"

"别谈我了,还是说说你吧,李正树不是给你介绍对象去相亲了吗?怎么样了?我希望你可以找到一个好的归宿。"

没想到马承骏这么一说,米颖一下子忍不住掉了泪,接着又呜呜咽咽哭了起来。

马承骏心里一软,扶住米颖的肩膀安慰她,拿出纸巾给她擦泪。

米颖捶着马承骏的胸脯抽泣着说:"我心里只有你,我只爱你,难道你还不明白吗?我去相什么亲啊?你一边作践自己,一边折磨我,你怎么就这么坏啊!"

第十三章
一座山和一层纸

米颖泣泪交加的诉说，一下子震荡了马承骏空虚迷茫的心窝。这个在自己身边哭泣的女人，不管境遇如何，一直不离不弃地陪伴他，这样的好女人，应该是打着灯笼都难以找到啊，可自己心里为何像灌了水泥一样，从没想要好好珍惜眼前人呢？

米颖还在不停地哭。马承骏用手轻轻拂开她额前的头发，托起了她的脸，出神地看着她说："你是个傻瓜，我也是个傻瓜，我俩确实是傻到一块儿了。"

米颖这时突然一闭眼，抬起脸吻住了马承骏的嘴唇。她的伤心和着泪水，流进了马承骏的嘴里，启动了他们苦涩的亲吻。

米颖忘情而又狂野，她的身子紧贴着马承骏的胸膛，释放出爱的暗涌，马承骏像是一叶孤独的小舟飘进了她温暖的洋流。

米颖一手搂着马承骏的腰，一手解开了自己的衣扣。

刹那间，马承骏脑子里划过了和吴昕瑜曾经有过的惶恐与惊悸，他的手已经触摸到了米颖的心跳，心里却不知所措。米颖热烈的亲吻容不得他再多想，他又赶紧调换频道一样安慰自己，那个滴血的错爱都已经成为过去，而今，真正属于他的女人正在怀里。

这时候，马承骏没有了思考，没有了判断，他听从身体本能的指引，和米颖交织到了一起。米颖像一只充满活力的小鹿，一头撞开了他的失落和感伤，给他带来热爱和温暖。

激情过后，米颖瘫软在马承骏怀里，她像个七手八脚的章鱼，手脚并用地缠住了马承骏。米颖把自己的所有毫无保留地献给了她心爱的男人，马承骏也全身心地投入米颖的温柔之乡，小米终于被他做成了可口的熟饭。

一对伤心人互相填补了空白，又一起心满意足地睡去。

第二天两人一觉醒来，已经天色大亮。

"你爱我吗？"米颖问。

马承骏点了点头说："嗯。"

"嗯什么嗯,我要你说出来,快点,说你爱我。"

"我爱你!"马承骏大声说。

"这还不够,说你从今往后只爱我一个。"

"嗯,从今往后只爱你一个。"

我会尽我所能去做到,马承骏在心里默默补充了一句。

第十四章
活得精彩点

　　马承霞的同事史红是个很有才华的女记者，不但文笔好，长得也周正，她去采访一个事业有成的企业老板时，两人一来二去好上了。那个老板叫蒋定飞，离异后处于空窗期。尽管史红家里不同意，但史红下定决心要跟他，她拿着户口本和身份证就和蒋定飞登记结了婚。由于史红家里不同意，所以也没举办婚礼，两个人请同事朋友一起喝了喜酒，就算办了喜事。

　　婚后不久，史红就有了身孕。虽然爸妈一直不接受她的婚姻，但是身体里孕育的新生命，让史红对生活充满了美好憧憬。她想，等孩子出生了，爸妈自然就会接纳她的婚姻，只要她能幸福地生活，他们就没有理由不同意。

　　可惜好景不长。史红怀孕的第八个月，在无意中发现蒋定飞竟然在外面又找了别的女人。这对她来说，简直是晴天霹雳，她哭闹着和蒋定飞大吵了一通。最后，为了肚子里的孩子，史红委曲求全，忍了下来。

　　日子就这么凑合着过。孩子两岁那年，一个年轻女人找上了门，要史红赶紧和蒋定飞离婚，还说她已经怀了蒋定飞的孩子，她必须要给肚

子里的孩子一个名分。史红一听，气了个半死，大病了一场。又一场家庭风暴之后，蒋定飞就经常夜不归宿了，基本上和那个女人过起了日子，他们的婚姻陷入了名存实亡的境地。史红常常自责，悔恨当初不听家人劝告，孤注一掷地嫁给了蒋定飞，没想到蒋定飞又恬不知耻地投入了别人的怀抱，史红想死的心都有了。正当和蒋定飞谈判，准备协议离婚的时候，史红又意外地查出了乳腺癌。她跑到妈妈家里，抱着爸妈痛哭了一场。面对这个可怜的女儿，爸妈只好安慰她先好好治病。

史红的手术是爸爸专门找著名专家做的，割去了左边的乳房，专家说手术比较成功。可两年后，史红又开始持续发烧，卧病在床，专家说是癌细胞扩散了，史红只能又住进了医院。

马承霞和报社里的同事们相约一起去医院看望史红。进了病房门，看到史红正虚弱地躺在病床上输液。史红的妈妈趴在她耳边说："小红，你的同事们来看你了。"

史红微微睁开了眼，她面容虚肿，眼神凝滞。看到同事们都围在病床前，她努力笑了笑，让人把呼吸机取了下来。马承霞握住了她的手，史红吃力地说："谢谢你们来看我，我这次恐怕挺不过去了，你们要好好地活着。"她气息微弱，说话困难。闭上眼歇了一会，她又睁开眼，用尽所有力气嘶哑着对他们说，"好好活，活得精彩点。"然后就没有力气再说话了。

出了病房门，马承霞的泪就忍不住掉了下来，原本好端端的一个人，如今已经病得眼看着就要不行了。

回到家里，马承霞依然心情沉重，坐在书房里发呆。

不知道过了多久，门开了，曹芒醉醺醺地从外面回来。曹芒刚走到她身边，就传来一股浓浓的酒精味。马承霞看了他一眼，没说话。不知道劝了多少次让他少喝酒，但是都没有效果，马承霞也懒得再做无用功了。

第十四章
活得精彩点

曹芒跟跟跄跄地在家里走了两圈,然后坐在马承霞旁边阴阳怪气地说:"你今晚怎么没出去遛狗呢?什么遛狗,狗屁!我看你主要是借遛狗的名义和那个野男人幽会去吧?他老婆死了好几年了,你是不是想去填补空白啊?我看他和你说说笑笑的倒是很谈得来呢,别以为我不知道,一对狗男女!"

马承霞一下站了起来:"你狗嘴里吐不出象牙!邻居之间说说话难道不行吗?我行得端,走得正,和谁在一起我也是正大光明,只有你这种疑神疑鬼的卑鄙小人才会有如此龌龊的想法!"

马承霞进了自己的卧室,"砰"的一声关上了门,懒得再和曹芒多费口舌。她躺在床上又想起了史红的话:"好好活,活得精彩点。"可怎么才能好好活呢?怎么才能逃脱这个糟糕的婚姻呢?马承霞想得头昏脑涨。她转念又一想,不管如何,可千万不能把自己气出病来,像史红那样就什么都完蛋了,身体才是生活的本钱。从明天起,制订一个健身计划,只要身体好好的,将来就一定会有出路;如果身体垮了,别说活得精彩了,一切都将归零了。

她思来想去,决定开始跑步,这是最方便直接的运动方式。先慢跑,以后再逐渐加大运动量。

有了这个打算,马承霞的心里像是透射出了一丝光亮。她不怕苦和累,就怕生活失去秩序没了方向。她给自己制订了一个作息时间表,每天按时跑步,跑了半个月,觉得身体逐渐有了变化,浑身轻松舒畅,甚至有身轻如燕的感觉了。

马承霞小区东面有一条小河,她一般是沿着河岸跑,这天她正跑着,听到后面有人叫她的名字,她停下来回头一看,原来是路东山。

路东山说:"怪不得晚上在公园看不到你了,原来你是到这里跑步了。"

马承霞说:"是啊,我的新计划,活动筋骨锻炼身体。路静呢?最近好吧?"

"嗯,挺好的,画得很起劲。暑假里,我想给她报个夏令营,让曹然也一块参加吧!费用你就不用管了,我和夏令营的负责人很熟,可以享受优惠政策。"

"哦,的确是个好事,但我得先问问曹然再说,他现在可有主见了,关于他的事都得和他商量,还说和我是朋友关系,不让我再拿他当小孩了。"

"行,那你就问他一下再告诉我。对了,我还和你说个事,我最近拍了几张照片,我觉得比较满意,想给你看一下,看你们报纸上能用不。"

"行啊,报纸上专门有个摄影专栏,只要是好照片,随时都需要。"

"那我先发到你邮箱里,你看看吧。"

"嗯,好吧。"

马承霞又问路东山平时就喜欢摄影么,路东山说一直喜欢摄影,参加工作有了工资以后,就先攒钱买了单反相机,只不过最近这两年心情不好就放下了,现在算是重操旧业吧。

路东山回家后就给马承霞发来了图片。马承霞仔细看了看,拍得还挺有意境,内容和角度选得都不错,就转给了摄影部,让他们择优使用。

隔了几天,摄影部冯主任对马承霞说:"你发过来的那几张照片拍得都不错,我准备陆续用到报纸上,是你朋友拍的吗?"马承霞说:"是我一个邻居拍的,一个业余的摄影爱好者。"

冯主任又说:"那你抽空问问他,如果他愿意的话,我们报社可以聘他为特约记者,让他今后继续给我们提供稿件,你先和他打个招呼,如果他同意,就让他抽空到报社来一趟。"

马承霞向路东山转达了冯主任的意思,路东山愉快地接受了。他高兴地说:"你是专职记者,我是特约记者,今后,我们就是同事关系了。"马承霞说:"什么关系并不重要,你既然喜欢那就好好干吧。"

第十四章
活得精彩点

转眼到了寒冬季节,在月度销售工作例会上,销售部部长尚斌说:"我们的销售量和回款额目前出现了下滑趋势,所以必须进一步开拓市场,有创新才有希望,东北地区、西北地区,我们的产品还没有打进去,谁有信心去闯一闯呢?"

大家面面相觑,不置可否。前段时间,公司里为了降成本,把业务员的提成比例降低了,大家的收入明显减少,所以出差的积极性都不高,销售业绩也因此出现了下滑。冬季气候寒冷,东北、西北都是冰天雪地,没有人愿意去那里。尚斌说:"你们都不愿意去,是吧!那好,现在我把决定权交给你们,给你们一个小时的时间,你们十二个人好好商量一下,到底谁去,我不问过程,只要结果。一小时以后,你们把确定好的名单报给我,否则,这个月的利润奖励全部扣掉,一分也没有。"

尚斌像爆豆子一样,说完就走了。大家七嘴八舌地商量了一阵子,依然没有结果。怎么办呢?总不能因为没有人愿意去而让所有人的利润奖励都被扣掉吧。这时,资格最老的业务员老孙说:"要不我们就以抓阄的方式来决定吧,咱们选不出,就只能让老天爷来选了,无论是抓到谁,也不要有怨言。"

没有更好的办法,只能如此了。为了大多数人的利益,必然就要有人做出牺牲,在共同的利益面前,大家都怀着侥幸心理答应了。

老孙白纸黑字写了十二个纸条,其中有两个纸条上分别写着西北和东北。他把纸条团成一团,放在一个纸盒里说:"你们先抓吧,最后剩下的那一个是我的,听天由命,有啥是啥。"

这也是没有办法的办法,抓到谁就是谁。有时候最简单的方法,往往是最有效的办法。

按照座次,马承骏是第七个抓阄的。前面六个,都没有抓到这两个地区,他们都松了一口气,不用背井离乡去开疆拓土了。相应地,从马承骏开始后面这六个人里,就一定会有两个抓中的,后面几个人的心里开始七上八下犯嘀咕。

马承骏走向那个抓阄的箱子时,不知为何,心里突然萌生了些许悲壮。他想起了大学毕业前夕,他和同学们合唱的那首《毕业生》——"莫犹豫也莫再迟疑,好男儿鹏程千万里。"那时候同学们都热血沸腾,个个满怀雄心,力争要干出一番光辉的事业。可是如今只不过面临一个出差的选择,怎么就退缩不前了呢?自己也是壮志未酬,就不慎落马,从前的勇气和信心都跌进了泥沟,好男儿既然志在四方,东西南北闯荡一下又有何妨?想到这里,他顿觉释然。他来到箱子前,把手伸进箱子里,并没有像别人那样在里面摸索一会儿再抓,而是直接抓住了手指最先触碰到的那个纸团,果断地拿了出来。

打开纸条一看,赫然写着"东北"两个大字。也许头上三尺有神灵,上天已经体察到了他的心思,所以把这个别人都不愿意去的苦差赐给了他。六分之一的概率,他一举命中,"大奖"终于出来了一个,同事们都给他热烈鼓掌,和他开玩笑,说他手气真是超级好。

马承骏下班回到家里,米颖已经做好了饭菜。他说:"和你说个事,领导派我去开发东北市场,过几天,我又要出发了。"他言简意赅,把自己抓阄这一幕省去了。

"我听说东北气候可是非常冷啊,零下三四十度呢,能把人的耳朵都冻下来,你去了能受得了吗?"

"这是命令,领导安排了,我只能服从指挥。"

"再说东北那么大,冰天雪地的,你去哪找客户啊?"

"我还没想好,张梁在黑龙江有个好朋友,明天我去问问他,看他能不能帮上忙。"

"嗯,那就明天再说吧,你先趁热把饭吃了。"说完,米颖把饭菜端到马承骏面前。

晚上进了被窝,米颖贴在马承骏的胸脯上说:"承骏,以后我们结

第十四章
活得精彩点

婚生子了，你喜欢男孩还是女孩？"

"男孩女孩都很好啊，只要是我们的孩子，我都喜欢。"

"嗯，我想给你多生几个，至少要四个。"

"你还上着班，生多了你不嫌累呀。"

"我早就想好了，结婚后，我就辞职。对我来说，生命中最重要的就是你和孩子，做一个好妻子和好妈妈就是我最好的事业，其他的都可以忽略不计。"

"带孩子可不是个轻松活，够你累的。"

"有两个妈妈帮我呢，我不怕。我就是喜欢孩子，在我心里，当个好妈妈就是最自豪的事业。"

两个人心醉神摇地亲热一番，米颖嘴角挂着生四个孩子的甜蜜美梦睡了过去。

自从马承骏和米颖的恋爱关系确立以后，老妈也天天做起了抱孙子的美梦，还专门找人在院子里栽了一棵大石榴树，说石榴是多子多福的象征。她还说米颖屁股大，生孩子肯定不费事，将来他们马家一定会人丁兴旺。

老妈做了一桌子好菜，打电话让马承骏和米颖回去吃饭。

马承骏和米颖赶到时，马承霞带着曹然早就到了。曹然从小就和舅舅特别亲，马承骏一进门，就被曹然缠住问一些稀奇古怪的问题，比如为什么母螳螂交配后就要把公螳螂吃掉，如来佛和玉皇大帝谁的法力更厉害等。

马承骏陪曹然玩了一会儿，问马承霞："我姐夫呢？他怎么没来？"

"他昨晚又喝多了，还在家里睡大觉呢。"

"叫他过来一起吃饭吧？老是睡觉也不好。"马承骏给曹芒打了电话，电话无法接通。

看时间还来得及，马承骏说："咱妈做了这么一大桌子好菜，还是

让姐夫一块儿来吃比较好,正好今天米颖也在,咱爸也在家,就缺姐夫一个人了。这样吧,你们先喝着水,我去把他叫来。"

马承骏到了姐姐家,敲了门却没人开。他又打了曹芒的手机,这次接通了。马承骏说让他到家里一起吃饭。曹芒说他正在外面和朋友打球,中午已经约好了一起吃饭,就不过去了。马承骏只好作罢。

马承骏往回走,抄了一条近路。经过一个僻静路段时,不经意间看到曹芒从旁边一个岔路口走了出来,身边还有一个女人,两人看上去很亲密的样子。马承骏心里纳闷,姐姐说他在家睡觉,结果家里没人;他自己说在外面和朋友打球,结果却在这里遇上了。那个女人的穿着很夸张,大红上衣配黄绿裤子,嘴唇抹得很红,脸上抹得很白。马承骏想看个究竟,慢慢开车跟着他们往前走,走了大约几十米,曹芒和那个女人一起进了一家饭店。

回到家里,马承霞问:"曹芒呢?"马承骏说:"家里没人,我又打了电话,他说和朋友在外面打球,中午已经约好了一起吃饭,所以就不过来了。"

"我说不让你去你非要去,白跑了一趟吧!他这个人整天神出鬼没,他自己也不知道自己是干啥的。"

吃饭时,马东风对女儿说:"我听说曹芒晚上经常不回家,怎么回事?"

马承霞头也不抬地说:"他单位忙,加班。"

"再忙也不能整天不着家,两口子天长日久过日子,不能糊弄。"

"嗯,我知道。"马承霞低头吃菜不再吱声。

马东风接着又说:"承骏,趁你还没出差,你这两天陪米颖去买几件衣服,再买些首饰。你们俩从认识到现在,相处的时间也不短了,互相也都很了解,我和米颖爸妈也商量好了,抽空查个好日子咱就定亲。"

老妈也喜滋滋地说:"我早就找人选好日子了,今年冬天先定亲,明年五一就把婚事办了。"

第十四章
活得精彩点

马承骏笑着说:"既然都商量好了,按照你们说的办就行,我和米颖都没意见。"

饭后,马承骏把姐姐叫到书房说:"我姐夫在外面喝酒时,不和你说一声吗?"

"不说倒是利索,说了我还惹一肚子闲气,现在我就干脆不管了,我们各过各的,要是为他气出病来,我就更亏了。"

"那万一他喝多了酒在外面惹出事来怎么办?"

"他又不是小孩子了,还要别人整天管着吗?他爱咋地就咋地吧,只要不让我生气,能让我和曹然平平静静地过日子,我就谢天谢地烧高香了。"

"这怎么能行呢?你还是和他好好谈谈吧,你不管他,他也不理你,这样下去,早晚会出问题的。"马承骏本想把他遇到的情况和姐姐说一下,但他转念一想,又忍住了。他想,不到万不得已,不能轻易动用杀伤性武器。

马承骏约张梁出来吃饭,张梁问他最近工作怎样,马承骏说:"公司里的销售政策改变之后,业务员的工作积极性普遍不高,销售业绩也不好,所以公司里决定开辟东北和西北市场,我被派到了东北。我打听了一下,那边的市场形势不容乐观,原来有个老业务员去东北跑了三趟,一个订单也没拿到,现在让我去那里,我心里也没底,觉得挺悬的。"

张梁说:"要想把一件事干好,首先自己得有信心才行。干企业这么多年,我最敬佩日本著名企业家稻盛和夫说的两句话。第一句是带着爱去工作。如果把一个产品当作自己的孩子一样去细心观察和体会,必然就会获得解决问题的办法。第二句是答案永远在现场。无论想解决什么问题,只有深入实际工作,亲自参与其中,才能透过现象看本质,找到最好的答案。去东北开拓市场你也不要有畏难发愁情绪,越是空白的

地方，往往越有潜力，那里的蛋糕到底有多大，只有去了才知道，答案永远在现场，凭空想象是想不出来的。"

"嗯，大哥你简直就是我的发动机，让我干啥都有足够的动力。我记得原来你说有个朋友在黑龙江，你给我介绍下，我去的时候一块儿替你拜访一下吧。"

张梁说："你不说我差点忘了呢，我是有个朋友在哈尔滨，你去的时候可以到他那里去看看，他肯定会好好招待你的，要是他能在业务上给你帮上忙，那就更好了。我给你他的手机号码，你临去之前告诉我，我提前给他打个招呼。"

"好的，兄弟我还得仰仗大哥多帮扶，回来时给你带两瓶东北粮食酒，咱兄弟俩再好好喝两杯。"

"行，到时候我给你接风，祝你马到成功。"

按照老爸的吩咐，出差临走之前，马承骏休班陪米颖逛了一天，买了首饰，又买了两身衣服。

马承骏这次出差时间比较长，米颖说："我要是很想你怎么办？"

"我每天都会给你打电话联系的，张梁有朋友在那里，我去了先去找他朋友，如果顺利的话，也许用不了多长时间。"

晚上，米颖帮马承骏收拾好了所有的行装，又把他第二天穿的衣服熨烫一遍准备好。只要是帮马承骏做事，无论大事小事，米颖都特别上心，唯恐哪里出了纰漏。

马承骏躺在床上说："好了，别忙了，快来睡吧。"

米颖说："你先睡，我冲个澡马上就来。"

自从开始和米颖谈恋爱，马承骏的生活变得井井有条，脚踏实地。从前对吴昕瑜那种火烧火燎的单相思，像一颗巨大的陨石坠进了米颖无边无际的深海里。人有时需要的是真正的绝望，然后从绝望中再孕育出新的希望，就像在伤疤的下面，又长出了新鲜的更有活力的肌肉一样。

第十四章
活得精彩点

等米颖冲完澡躺在床上时,马承骏已经睡着了。米颖靠在他胸脯上,搂住他的腰,忙活了一天她也累了,不知不觉沉沉睡去。

黎明时分,窗外传来几声鸟鸣,晨曦照到床上,一只金黄色的小羊蹦进了马承骏的脑海里——

吴昕瑜带着一只可爱的金色小羊在前面走,马承骏在后面跟着。他俩一起来到一个陌生的地方,吴昕瑜说要在这里干活,把一些东西从东边搬到西边。马承骏说:"你陪着小羊在旁边玩,这些活我来干就行。"于是,吴昕瑜和金色小羊在旁边的草地上愉快地玩耍,马承骏在不远处搬运东西,干得大汗淋漓,心里却非常高兴。等他干完了活,吴昕瑜牵着那只小羊走到他身边说:"你看这只羊好看吗?"马承骏仔细打量了一下这只金色小羊,小羊大约有三四十斤重,身上披着金色的羊毛;羊毛比较长,大概有七八厘米,一跑起来随风飘扬,更是漂亮。在羊头位置,毛发变得短而密,颜色也格外鲜亮。马承骏蹲下身来,抚摸着小羊的头部对吴昕瑜说:"这是我见过的最好看的羊。"吴昕瑜笑着说:"既然你喜欢,那就把它送给你,以后你就是它的主人了。"说完,一转眼间,吴昕瑜就消失不见了。

马承骏从梦中醒来,睁开眼看到米颖枕着他的胳膊还在沉睡,她柔软的头发就在他鼻子下边,散发着淡淡的清香,他的胳膊已经被压得有些酸痛。他摸了摸额头,想起了刚才那个不可思议的梦。他自己也想不明白,身边明明睡着米颖,吴昕瑜为什么又走进他的梦。他换了个姿势,从后面抱住米颖,双手伸进了米颖的睡衣,捂在米颖的心口,真切地感受着米颖起伏的呼吸和咚咚的心跳。

他想,梦中的吴昕瑜是虚空的,怀里的米颖才是真实的。如此,安好。

第十五章
北国风光

来到哈尔滨，马承骏发现这里的市场并不像原来想象中的那么困难。在张梁朋友的帮助下，各方面进展也比较顺利，一周后，他和一个大客户的合同就基本谈妥了。不入虎穴，焉得虎子，看来这话一点儿都不假。

按约定他每天都给米颖打电话，米颖说很想他了，希望他办完业务快点回去。

晚饭后，他来到著名的索菲亚教堂。虽然寒风凛冽，但广场上依然灯火辉煌，夜幕下的哈尔滨，自有一番迷人的景色，马承骏正欣赏着，米颖来了电话："亲爱的，我到你的小窝里来了，今晚不走了，就在这儿睡。"

"我又不在家，你自己一个人在那睡我不放心，你还是回去睡吧。"

"不嘛，因为被窝里有你的味道，所以我就要在这里睡，你还有几天才能回来呢？"

"大概再有三五天就能回去了。我不在家，你照顾好自己，睡觉前把门窗都检查一遍关好。"

第十五章
北国风光

"知道,我又不是小孩子。我真想一觉睡到天亮,当我醒来的时候,你就站在床边看着我了。"

"又犯傻了,别做白日梦了,等我定好了回去的车票,我会提前告诉你的,回去再好好收拾你。"马承骏说完嘿嘿一笑。

他俩在电话里你侬我侬地又缠绵了一会,这才恋恋不舍地挂了电话。

第二天清晨,马承骏刚睡醒,一阵悠扬的琴声飘进了耳朵,声音不大,但是马承骏能听得到,因为他对这个曲子太熟悉了,美国经典电影《毕业生》里面的插曲《斯卡保罗集市》,也就是马承骏大学毕业前夕唱的那个曲子,只不过他们那时候唱的是中文版歌词。他起身拉开窗帘又仔细听了下,是从马路对面的楼上传过来的。他看了下对面的楼,临街的一面挂着"阳明运动服饰总汇"的牌匾。从外面看,一二楼是用来经营的,三楼是居住的。马承骏住在三楼,所以正好能听清对面楼上传来的琴声。

他把窗户都打开,向对面的窗口看过去。晨曦中,隐约看到一个长发女人坐在一架钢琴前弹奏的身影。

早饭后,马承骏到街上走走看看。这时候,对面的阳明运动服饰总汇已经开门营业。马承骏脑海里回想起早晨的琴声,便信步走了进去。里面有各种运动服装、鞋帽,各种运动用品也一应俱全。

他和一个服务员搭话:"我今天早晨听到你们楼上有弹琴的声音,请问是谁弹的?"服务员抿嘴一笑:"会弹琴的肯定是我们的老板啦,我们这里也只有她才会弹琴。"

"噢,你们老板可真是好雅兴,弹得不错呢。"

"我们老板不光弹得好,生意也做得很好,多才多艺。"服务员脸上洋溢着自豪。

马承骏和服务员聊了一会儿,又问:"你们老板就在楼上住吗?"

服务员说:"老板不在这里住,她昨晚是临时有事加班,所以在这里住了一晚,你是正好赶巧了才听到她弹琴的。"

马承骏在店里转了一圈,就去拜见客户了。下午大约两点多,天空开始下起了大雪。他和客户谈完业务往回走的时候,已经是狂风暴雪,刺骨的寒风吹在脸上,简直像刀割一样刺啦刺啦地疼。

手脚冻得有些麻木,气温已经到了零下二十多度,自己还穿着单皮鞋出门,显然已经不合时宜了。他想起在阳明运动服饰总汇里也有运动棉鞋,于是他再次进了店里,让服务员给他推荐几款棉鞋。

马承骏试穿了两双,觉得都不合适。他准备换下鞋子要走的时候,听见人下楼梯的声音。他抬眼一看,是个风姿绰约的中年女人。她气质清丽,模样俊俏,像寒冬里一朵冰清玉洁的梅花,凌然盛开在马承骏面前。服务员热情地和她打招呼,马承骏听出了她就是这个店的老板。她手上拿着一个提包,看样子要出门。

她看了一眼马承骏,走到他身边时停下脚步,又看了一下马承骏试穿的鞋子说:"你要买棉鞋吗?不过这双鞋不适合你穿。"像是一阵和煦的春风吹了过来,马承骏感到暖融融的。他说:"是的,我想买双棉鞋,刚才试了两双都不合适,你这里有适合我穿的吗?"

"有,你跟我到这边来。"马承骏跟在她身后走过两个货架,到了一个仓库门口,服务员打开一个还没有拆封的箱子,她亲自从里面选出一双鞋子递给马承骏,"这是刚来的新款,做工很精细,保暖又舒适,你穿一下试试吧。"

马承骏穿上一试,果然非常合脚,款式也好看。他来回走了几步说:"大小正合适,颜色我也喜欢,就要这双了。你眼光真好,也没问我穿多大的号码,拿来穿上就正好。"

她微微一笑说:"我干这行时间长了,看看你的脚就知道你穿多大的号码,穿什么样的合适。"

"那你真是行家,对了,我刚才还看了一件运动休闲版的外套,我

第十五章
北国风光

想给我女朋友买一件,你顺便也帮我选一下吧。"

"好啊,你看中的是哪款呢?"她平和的话音里,透露着从容和自信。

马承骏把他相中的那款衣服指给她看了下。她问:"你女友身高体重多少?"

马承骏告诉了她,她略一思忖说:"你说的这一款腰部收身,你女友穿恐怕有点紧,我给你推荐另一款如何?"

"好啊,我相信你的眼光。"

女老板转了一圈,拿来了两款衣服,她说:"这两件我觉得你女友穿应该都可以,你再根据你的喜好选一款就行。"

马承骏看了一下说:"嗯,我看这两款都不错,我干脆这两件都买了吧,紫色的给我女朋友,蓝色的给我姐姐。"

女老板笑着说:"你还能想着给你姐买衣服,不错啊,看在你这份心意上,这两款都给你打个八折吧。有什么需要,欢迎你以后再来选购。"

马承骏说:"我是第一次出差到这里来,很高兴能成为你的客户。"

"哦,是远道而来的朋友啊,我也很高兴认识你。"女老板说完打开手提包,拿出一个精致的名片夹,抽出一张名片递给了马承骏,"这是我的名片,里面有我的联系方式,这两件衣服你拿回去让你女友和你姐试穿看看,如果她们觉得不合适,可以按照名片上的地址给我邮寄回来,半月之内,我这里都包退包换。"马承骏连忙说好。

女老板让服务员把鞋子和两件衣服仔细包装好,拿到前台去结账。马承骏看了下名片上的名字——任爱琴。他说:"今天早上我听到你弹琴的声音了,弹得挺好。"

任爱琴有些惊讶:"哦?你怎么听到的?"

"我就在你对面宾馆的三楼上住,看到你名字中带着一个琴字,我就想起了今天早上我听到的琴声了。"

任爱琴轻轻一笑说:"是这样啊,我也好久不弹,有些生疏了,不好意思,打扰你休息了吗?"

马承骏摆摆手说:"没有没有,我是因为对那首曲子特别熟悉,所以才听到的,一般人估计也不会注意的。"

"你喜欢这首曲子吗?"

"是的,很久以前就喜欢这首曲子了。"

说到这里,任爱琴手机响了。她看了下手机对马承骏说:"不好意思,我和朋友有约,我得走了,欢迎再来,再见。"

马承骏也说:"好的,你忙吧,再见。"

回到宾馆里,马承骏吃了晚饭,给米颖和姐姐分别发了信息,说买了衣服,她俩都很高兴,盼着马承骏快点回家。夜里,马承骏枕着她们的期待美美地进入了梦乡。

哈尔滨的雪下得像一个令人不可思议的传说,连续四天四夜,一直是风雪交加。马承骏有生之年,还从没见过如此持续不断的大风雪。电视上说,这是哈尔滨三十年不遇的特大暴风雪,没想到第一次来就遇到了。

马承骏谈完了合同,收拾行囊准备回家。来到车站,售票大厅里人山人海,看随时播报的字幕,得知他所乘坐的火车已经停运。于是他给米颖打了个电话,告诉她别着急,因为天气的原因,他可能要晚几天回去。

大雪封路,车辆不通,着急也没办法,只好耐心等待。马承骏到车站附近的超市买了些食品,又买了两本书塞进包里,打算在车站附近找个宾馆暂时先住下。

他从超市出来,到了一个广场上。突然身后人声喧闹,有人一下撞到了马承骏身上,由于地上积雪很滑,他被撞了个趔趄,险些跌倒。他稳住身子一看,是几个十来岁的小孩子在打雪仗,他们撞了马承骏以

第十五章
北国风光

后，又一阵旋风似的追逐着向前跑去。紧接着，在他前面大约三十米左右的地方，他看到其中一个小孩又撞到了一个女人身上，那女人身子一摇摆，手提袋就脱手掉到了地上，里面的东西滚了一地。那几个调皮孩子一看闯祸了，更不敢停下来，一溜烟似的四散跑开了。马承骏赶忙过去弯腰帮着捡起地上的橙子，他抬起头把手里的橙子递给那个女人时，四目相对，心里不禁一愣，哦？原来是她——任爱琴。

从她的眼神里，马承骏知道她也认出了自己，忙说："原来是你啊，这么巧，我们又在这里遇见了，你不要紧吧？"

"我没事，这几个小孩子慌里慌张地撞到我胳膊上了，你怎么在这里？"

"我本来准备今天坐车回家，没想到大雪封路，火车全部停运了，暂时走不了，只好在附近住下再等等。"

两人把橙子捡起来，重新装进手提袋里，任爱琴说："这几天的雪太大了，是几十年不遇的大雪，可能还要过两天火车才能恢复正常营运。"她看了下马承骏的行李箱说，"这大冷的天，你自己一个人出门在外也不容易，要不你就跟我一起去吃个火锅暖暖身子吧？我今晚预定了火锅。"

"谢谢你的心意，我随便吃点就行，不麻烦你了，外面很冷，你也早点回去吧。"

"火锅店就在这附近，你是我的顾客，我就尽一下地主之谊请你随便吃点，你也不用太见外。"任爱琴亲切地说。

独在异乡为异客，在寒冬的冰天雪地里，仅有一面之缘的任爱琴热情相邀，马承骏心里感到热乎乎的。又一阵刺骨的寒风吹过来，马承骏禁不住打了个寒噤，天真是太冷了，他搓着冻得通红的双手说："好吧，那就多谢你了。"说完，提着行李上了任爱琴的车。

路面湿滑，任爱琴开车很是小心谨慎，大约十多分钟，到了一家装潢考究的火锅店。

  服务员过来和任爱琴热情地打招呼，看样子任爱琴是这里的常客，服务员都对她很熟络。任爱琴问马承骏喜欢吃什么，马承骏说吃什么都行，没有忌口的。

  点完了菜，任爱琴又给马承骏点了一瓶白酒，她说："天气寒冷，你从南方初来乍到可能不适应，喝点酒身上就暖和了。"

  就着热气腾腾的火锅，两人吃得有滋有味。马承骏称呼任爱琴为任总，任爱琴说："以后别叫我任总了，朋友们都叫我琴姐，你也这么叫吧。"

  马承骏说："好啊，那你以后也直接叫我承骏吧，我姐也是这么叫我的。"任爱琴笑着点了点头。马承骏又说，"你这个店经营多少年了？我看干得挺红火的。"

  "从刚开始的小店到现在的规模已经十多年了。"

  "能支撑起这么一个大店，我很佩服你。你现在是事业有成了，小弟我只是个给老板打工的业务员，干业务员的时间也不算长，我今后要多向你学习，你在经营上有什么好方法吗？"

  "我也没有什么独特的经验，主要就是靠货真价实。这些年，积累了许多老客户，他们对我信任，对我的货也很信赖，所以就干了下来。刚开始的时候是很辛苦，有时候忙得一天只能吃一顿饭，现在各方面都已经稳定，我也就轻松多了。"任爱琴说完，用漏勺捞起一勺子羊肉放到马承骏的盘子里，让他多吃点。

  "琴姐，我还有个事想问你。"

  "嗯，你说。"

  "你是怎么维护客户的？"

  "一是要真诚，二是要让利。真诚对待每一个客户，让他们得到应有的尊重；同时还要学会和客户分享利润，让他们在购物中得到实惠，才能长久地互利互惠，谁如果把顾客当傻子，谁就是最大的笨蛋。"

  "我觉得很有道理，我的工资收入主要是靠提成，我也打算从提成

第十五章
北国风光

中拿出一部分来回馈客户。"

"嗯，刚开始不要图赚多少钱，先把路铺好了再考虑赚钱的事，俗话说得好，磨刀不误砍柴工，就是这个道理。我这里每年元旦之前还要搞个客户联谊会，专门邀请部分客户代表来参加，并且凭借购物的票据进行抽奖，你也是我的客户了，要是有机会也可以来参加。"

"这很好啊，但我的时间不一定合适，到时候看情况再说吧。"

马承骏又问："人家说三百六十行，行行出状元，你是怎么干起这一行的呢？"他简直是打破砂锅问到底。

"这个嘛，我小时候体质比较弱，我妈说三级风就能把我吹倒，所以就想让我通过运动来锻炼身体。可是我又懒得动，我妈为了让我参加锻炼，就买了各式各样好看的运动服吸引我。久而久之，我就上了钩，渐渐地爱上了运动。大学毕业后，我就直接开了个体育用品专卖店，慢慢地不断发展，就到了今天的样子了。"

两人谈得很投机，不觉天色已晚。任爱琴看了看表说："我得回家了，回去晚了儿子会嫌我呢，明天的天气还说不定怎样，老天爷既然不让你走，你就再耐心等等吧，我提前祝你一路平安，顺利到家。"

马承骏目送任爱琴的车消失在夜色中，对她不禁心生敬意。任爱琴敢于自己创业经营，并且经过多年的努力有了属于自己的一份事业。和她相比，自己堂堂男子汉，吃点苦受点累又算得了什么呢？这次来哈尔滨，就算是小试牛刀吧。

第十六章
笑也过哭也过

吴昕瑜婚后到了上海，和王绍伟享受起了甜蜜的二人世界。吴昕瑜能离开父母远嫁到上海，更让王绍伟对她宠爱有加。结婚后，王绍伟所从事的国际贸易工作也芝麻开花节节高，收入日益丰厚，生活也日渐富足。

这天下班，王绍伟主动跑到厨房给吴昕瑜帮忙，吴昕瑜包了他最爱吃的三鲜水饺。

王绍伟说："亲爱的，自从结婚后，我体重增加了2公斤，你这个饲养员很优秀啊，让我越来越贵重了。"

吴昕瑜正准备炒菜，她转过身来摸了一把王绍伟微微隆起的小腹："嗯，从今天开始，晚饭你少吃点吧，体重增加太快了也不行。"

王绍伟说："没问题，我多帮你干点家务活也可以消耗一下能量。"说完，他开始擦洗厨房的墙壁和地板。

炒菜的油烟一起，吴昕瑜就不停地咳嗽，王绍伟忙给她捶背，没想到她又开始干呕起来。王绍伟赶紧停了火，给她捋了捋胸口，拉她到客厅里喝水。过了会儿，他从吴欣瑜身上解下围裙扎在自己身上说："还

第十六章
笑也过哭也过

是我来做菜吧,你看那些知名的大厨,哪里有女的,不都是男的嘛。"

晚饭后吴昕瑜倚在王绍伟身上看电视。王绍伟说:"好久没回家了,你给爸妈打个电话,抽空让他们到这里来住些天,他们肯定也都想你了。"

"好啊,我明天就打电话问问,要是有空就让他们来,我也好久没有吃到我妈做的饭菜了。昨天我还看了一篇文章,说人之所以会怀念故乡,就是因为胃会想念小时候在家里吃过的那些东西的味道,胃是有记性的,离开了家乡,它就会想念那些食物,这种想念从胃传到脑子里,由此引发思乡的情绪,所以人就会特别想念家乡。"

王绍伟说:"那就快叫老妈来吧,她来了,你就能吃上小时候的饭菜了。"

第二天,吴昕瑜早早起来洗漱。刷牙时,突然又一阵恶心,忍不住要呕吐。

王绍伟听到声音不对,赶忙过来问吴昕瑜怎么了。

吴昕瑜捂着胸口说:"亲爱的,你说我是不是有情况了呀?大姨妈也拖了好几天没来了。"

"啊?是吗?那可太好了,我们吃了饭赶紧去医院查查。"王绍伟一脸的喜不自禁。

来到医院一查,医生说确实是怀孕无疑。

"昕瑜,我要当爸爸啦,你真是太棒了!"王绍伟乐不可支地说。娶到吴昕瑜是他天上人间的第一喜,有了宝宝是他的第二喜。

两个人分别给双方父母打电话报喜。吴妈自是喜出望外,立即准备到上海来看望。

马承霞和曹芒的日子整天磕磕绊绊,两人像是前世就结了仇一样,上辈子孽债没还完,所以这辈子继续折腾。

曹芒带着一身酒气回到家里,马承霞说:"你能不能少喝点?到底是酒重要还是你自己的身体重要,你难道不知道吗?你要是喝出毛病来,早晚还是自己受罪。"

"你胡说八道什么啊?你这是咒我,你是盼着我生病是吧?"曹芒说完甩给马承霞一个难看的脸色,一屁股坐在电脑前开始在网上玩斗地主。

马承霞不再理他,开始炒菜做饭。饭菜做好后,曹芒依然在电脑上玩得起劲,叫他吃饭,他摆摆手说:"去去去,别烦我,忙着呢。"

马承霞吃了饭坐在沙发上,听到一声短信提示音,一看是曹芒的手机信息。马承霞顺手拿起来一看,短信写道:"昨天输的那1200元真是太可惜了,其实老邱打牌的水平根本不如你,他就是手气贼好,以后抽个时间,我再设个场把他叫出来,把你输的钱再赢回来。"

马承霞拿起手机丢给曹芒:"瞧瞧吧,你干的好事,看来你真要把你自己玩残了算完。"

曹芒看了一眼手机上的短信:"他这是瞎扯,可能是发错人了吧。"

"你不要再狡辩了,没有的事,难道人家会无缘无故地瞎编乱造吗?别人是不见棺材不落泪,你是见了棺材也不落泪,你再这样胡乱花钱,我们今后的日子怎么过?"

曹芒一甩手说:"你少来烦我好不好?啰唆起来就没完没了。"他把马承霞推出来,"砰"的一声关上了门。

马承霞长叹一声,坐在沙发上闷闷不乐。

马承霞特别想透透气,她牵上丹麦,来到沿河路,给好友郑中惠发了个信息,和她说了曹芒打牌赌钱的事。郑中惠回信说:"你釜底抽薪,直接把他工资卡拿来就是了,给他些零用钱,其余的都存起来,他没有钱就不会再在外面乱花了。"马承霞说:"我早就想过,但是我又不想和他惹气生。"郑中惠又说:"舍不得孩子套不了狼,你得下决心才行。"

马承霞心里明白,如果拿了曹芒的工资卡,曹芒肯定会找她的麻

第十六章
笑也过哭也过

烦，可是又不能眼睁睁看他在外面胡作非为。她思虑再三，没有别的好办法，于是决定先把他的工资卡拿来再说。

回到家，曹芒依然在电脑前打牌，马承霞从衣架上拿下曹芒的衣服，取出他的钱包，从里面抽出了他的工资卡。

第二天，曹芒打来电话："你是不是把我的工资卡拿去了？我明明记得在钱包里的，怎么没有了呢？"

"为了攒钱过日子，我是拿来了，暂时先放在我这里吧。"

"我等着用钱，你拿我工资卡干吗？你快点给我送过来，听见没有？"

"我就不去，你想咋地？"

"那好吧，咱回家再说。"

马承霞下班回到家，曹芒早就坐在沙发上等着她了。

"快点把工资卡给我，我有用。"他瞪了马承霞一眼。

"你有什么用？难道还要去赌钱吗？"

曹芒猛地从沙发上站起来指着马承霞的鼻子说："你少废话，拿还是不拿？你欠揍了是吧？"曹芒眼里冒出了一股凶光。

"聚众赌钱本来就是违法行为，你要是敢动手，我就打电话让警察来把你抓进去，正好利索省心了。"马承霞也毫不示弱，拿着手机怒目而视。

"好啊，你还想打电话举报我是吧？我叫你打！"说完曹芒一伸手拧住马承霞的胳膊，从她手里夺过手机，一使劲摔到了地上，手机顿时被摔得四分五裂。

马承霞一看也急了眼，她的一条胳膊被曹芒拧住了，便用另一只手胡乱抓起茶几上的一个杯子朝曹芒砸过去，曹芒一歪头，杯子正好砸在博古架的玻璃上，哗啦一声，玻璃被砸破，碎片掉了一地。曹然这时候正好从奶奶家回来，一进门正好看到了这一幕打斗的场面。他二话不说，把双肩背包抡了起来，照着曹芒就打了过去，曹芒只好松开马承

霞，双手接住曹然砸过来的背包，一家人顿时乱作一团……

争斗过后，马承霞带着曹然回了娘家，老妈一看她的样子不禁吓了一跳。

老妈说："你们这是怎么啦？啊？"

"我妈和我爸打架了，他们吵架说要离婚。"曹然带着哭腔说。

"不好好过日子，为什么打架离婚啊？"老妈一听急了眼。

马承霞说："妈，他在外面打牌赌博乱花钱，我把他的工资卡拿了，他就狗急跳墙把我的手机摔了，还想要打我。这种人，不和他离婚，还有什么过头？"

"你说你们俩，又不是小孩子了，有什么事不能好好商量一下吗？你们这样闹腾，就不怕吓着孩子吗？"老妈摸着曹然的头，把曹然揽进怀里说，"然然，你害怕了吧？以后他们要是再打架，你就躲得远点，听见没？"

"姥姥，我没有躲开，我用书包揍我爸了。他整天不在家，家里的活都是我妈干，他在家里除了吃饭就是看电视，从不干活。我现在知道了，他就是那种好吃懒做的人，他还想打我妈，不是好男人，所以我得保护好我妈才行。"曹然一脸正义，说得一板一眼。

"哎哟我的老天爷呀，你们真是作孽，竟然让孩子都动手了。"老妈心疼地拍拍曹然的后背，"然然你是好孩子，不要害怕，以后我不许他们再打架了。"

马东风和马承骏先后回到了家里，曹芒也来了。

曹芒坐在沙发上低头不说话，马东风神情严肃地说："曹芒，你和承霞到底怎么了？有什么大不了的事，还动了手？！"

"爸，是我不对，是我一时冲动犯了糊涂，我明天就给她再买个新手机，以后保证不会再发生这种事了，这次你就原谅我吧。"

"你们俩结婚这么多年，承霞对我们向来是报喜不报忧。有什么事

第十六章
笑也过哭也过

你们俩应当商量着办,哪能几句话不中听就动手呢?听说你在外面打牌赌钱,这个事到底有没有?"

曹芒双手一摊说:"这是根本没有的事,我那个朋友发错了信息发到我手机上了,所以引起了误会,我和承霞解释了,可她钻牛角尖,就是不听。"

"不管她信不信,清者自清,浊者自浊,只要真的没有就好。我听承霞说你每月的工资都是自己花,男人要有担当,要养家糊口,你的工资不花在家里花到哪里去了呢?"

"我这个人吧,毛病很多,朋友也不少,整天和他们吃吃喝喝的,一个月工资不知不觉就没了,这些年,真是多亏了承霞,她又要带孩子,又要挣钱养家,我也不够体谅她。从今天开始,我把工资卡让承霞拿着,那些酒肉朋友我也少和他们来往,不会再让你们当老人的为我们操心了。"

曹芒光拣着好听的说,马东风也不好再严厉斥责他:"好吧,你们都是懂道理的人,我也不想再多说了,一家人平平安安地过日子最重要,时间不早了,然然明天还要早起上学,你们也早点回去休息吧。"

过了几天,马承骏问马承霞和曹芒怎样了。马承霞说:"表面上是老实了,但我看他依然是贼心不改,有时候晚上不回家,我问他干吗了,他说在单位加班,但我找人打听了,根本没有安排他加班,不知道他到哪里鬼混去了。"

"你没问他到哪里去了吗?"

"问了也白问,他会编出很多理由,听了会让我更烦心。"

"他工资卡不是在你这里了吗?他在外面没有钱也就该收敛了。"

"没有工资卡也挡不住他在外面玩。前几天我回曹然奶奶家,听他奶奶说他爷爷的工资卡曹芒拿着呢。他爷爷从小宠儿子宠得要命,不舍得让他干活,不舍得让他吃苦,所以对他是有求必应。"

"车到山前必有路,你也多想开点吧。也许有一天,他突然就会醒悟过来悔改了呢。"

"除非黄河倒流了,反正我是打心眼里也没指望他,我现在和他是眼不见、心不烦。你不用管我了,你成亲的日子不是已经定好了吗?你和米颖也好好准备一下,你的终身大事办好了,咱爸妈心里也就安稳了。"

第十七章
天使来敲门

得知吴昕瑜怀孕的消息,吴妈就开始思考给女儿准备点啥好东西。

吴爸说:"上海那可是国际化的大都市,要啥有啥,咱们就不用大包小包地从家里带东西了,再说路上也不方便。"

吴妈说:"那可不一样,你别看上海啥都有,但是不一定比咱自己家里的好,自家带的,保证新鲜没污染。"

吴妈去商场买菜,走到小区大门口,看见一群人围在一起,过去一看,是卖鸡蛋的。旁边一个标示牌上写着:散养母鸡头蛋20元/斤,谢绝还价。

吴妈挤进去问:"什么叫母鸡头蛋呀?"

卖鸡蛋的是个皮肤黝黑的中年汉子,他大声说:"头蛋就是母鸡第一次下的蛋,营养价值特别高,吃了对人身体特别好。我那些母鸡全部是在山林里散养的,来呀,瞧一瞧,看一看咯,纯天然的散养母鸡头蛋。"

吴妈一听,来了兴致:"哦,那很好呀,给我来10斤吧。"卖鸡蛋的汉子手脚麻利地给她称量好,用纸箱装好了递给她。

吴妈提着鸡蛋回到家里,吴爸问:"你从哪里买了这么多鸡蛋?"

吴妈笑着说:"天然的散养母鸡头蛋,这可是好东西,比普通鸡蛋贵好多呢!你知道什么叫头蛋不?头蛋就是母鸡这辈子第一次下的蛋,营养价值特别高,我买了10斤,去上海时拿着给昕瑜补身子。"

吴爸仔细看了看说:"你呀,这头蛋和普通鸡蛋有啥区别,反正我是看不出来,你能看出来吗?要我看,你是被兴奋冲昏了头脑,人家一说你就信以为真了。"

"别瞎说,这可是货真价实的好鸡蛋。再说,咱昕瑜这可是头孩,头孩吃头蛋,就冲这名字,也图个吉利嘛。"吴妈把鸡蛋拿在手里,宝贝似的左看右看,好像这些个鸡蛋里,就能生出娃娃一样。

来到上海,吴妈就忙着给昕瑜做好吃的。她变着花样用那些头蛋做成各种饭菜,鸡蛋糕、鸡蛋饼、鸡蛋汤、鸡蛋卷……简直是鸡蛋做法大全,让吴昕瑜轮换着吃了一遍,然后把剩下的那些暂时吃不了的,又腌成了咸鸡蛋。

吴妈是干家务活的好手,边边角角没有她打扫不好的地方。吴昕瑜在阳台上种了几盆花,又不怎么会打理,看起来都蔫儿吧唧的。吴妈一来,这些花草有了救星,在吴妈的精心培育下,不过一周的工夫,就挺直了腰杆焕发出了生机,其中有一棵还鼓出了花骨朵。如果这些花草会唱歌的话,它们肯定会对吴妈唱:"世上只有吴妈好,有她的花草像块宝……"

吴爸在家也帮不上多少忙,大多听听音乐看看书,在阳台上晒晒太阳,然后再到公园里去转转。他对吴妈说:"要不你留下多照顾昕瑜几天,我先回家吧。"

吴妈说:"不行,你在这里即使什么也不干,我也算有个伴儿在身边,吃饭睡觉也踏实,你要是走了,看不见摸不着的,我心里就没着没落地挂着你。"

第十七章
天使来敲门

王绍伟买了好多上海的土特产让岳父岳母品尝。吴妈说:"绍伟呀,你别花钱买这些东西了,我和你爸年龄大了,也吃不动这些东西,你们攒着钱,以后有宝宝了,花钱的地方可多着呢。"

怀孕前,吴昕瑜经常熬夜,自从有了小宝宝,每天晚上九点半,王绍伟就开始催促她洗漱,保证十点准时入睡。

睡觉前,吴昕瑜躺在床上看书。王绍伟轻轻抚摸着她的小腹说:"你说这个时候,咱的小宝贝在里面干啥呢?是不是也随着你一起睡觉呢?"

吴昕瑜把手里的书一晃说:"抽空你也看看这本书,这是我专门买的,都是关于婴幼儿的,其中有一节是关于胎儿的形成过程。"

王绍伟拿过书来一看,书上有文字,也有图片,看起来很形象,也很直观。书上说怀孕第一周,受精卵在输卵管中行进4天到达子宫腔,然后在子宫腔内自由地停留3天左右,等待子宫内膜准备好了,便在那里找个合适的地方安家落户,这就叫作着床。第二周,小生命生长得非常迅速,脊椎形成了,脑组织、脊髓及神经系统,还有眼睛,都具有一定的雏形,脊椎的另一头是一个小小的尾巴。此时开始有血管,心脏尚未形成,但在心脏生成的部位有心跳。

王绍伟看完了说:"我现在能不能听到小宝宝的心跳呢?"说完把耳朵贴在吴昕瑜的肚皮上听。

吴昕瑜把书翻到后面给他念:"怀孕第五个月,孕妇就会感觉腹内胎儿在踢自己以显示他的存在,这就是胎动。胎儿传来的另一个信息是可以在腹部听到胎心音,一般为120次/分—160次/分。"

念到这里,吴昕瑜说:"你知道了吧?到五个多月的时候才能听到胎心,现在肯定是听不到的。"

"那咱们的宝贝现在大概有多大了?"

"书上写着三十多天的时候才0.6厘米呢,像个苹果籽一样大小。"

王绍伟从吴昕瑜手里拿过书来,扒拉着看了一会说:"我这个准爸爸真是需要恶补这些知识才行,你看看这里,我原来真不知道呢。"

吴昕瑜一看,书上写着:第14周胎儿身长约76~100毫米,重28克。手指上已经出现指纹。如是女胎,则其卵巢已经形成并约有200万个卵,出生时仅存100万个,随着年龄增长会越来越少,到17岁时仅剩20多万个……

吴昕瑜又指着书上的一个图片说:"宝宝五个月就能听到我们的声音了,你给他起个名呗,到时候,你只要叫他,他就能听得到。"

王绍伟说:"这我可要好好想想,要不咱们俩分工合作吧,你先负责起个乳名,等宝贝出生以后我再给起个学名。"

吴昕瑜想了一下说:"嗯,小名就叫文文吧,希望我们的宝贝将来是个有文化的文明人,这个名字不管是男孩还是女孩都可以叫,你看行吧?"

"好的,从现在开始,我就是义义的爸爸啦。"王绍伟开心地把吴昕瑜搂进怀里钻进了被窝。

张梁家里做了好吃的饭菜,给马承骏打电话,让他带着米颖一起去吃饭。

米颖的厨艺也不错,在厨房里帮着王玉洁一通忙活,十个菜很快就上了桌。吃饭时,米颖说:"哥,你家大业大,我看你整天还是这么忙碌,又操心又受累的还要处理许多麻烦事,就凭你的家底,从现在起啥也不干,也够你的子孙后代吃喝好几辈子了。"

张梁调侃道:"这你就不懂了吧,人要是连一点烦恼都没有,你说活着还有啥意思啊?"引来大家一阵大笑。

吃完饭,王玉洁拿出一个精致的漆皮木盒递给米颖。米颖打开一看,是一对惟妙惟肖的玉鸳鸯。

王玉洁说:"这是你哥到缅甸出差时给你们带回来的,你俩快定亲了，把这对玉鸳鸯送给你们，算是我和你哥的一份心意。"

米颖说："嫂子，你这个礼物也太贵重了吧！承骏，你快过来看看，嫂子送给我们一个礼物。"

马承骏正在和张梁喝茶说话，听到米颖叫他，便也凑了过来。只见那对玉鸳鸯栩栩如生，晶莹剔透，一看便知是个好宝贝，他说："嫂子，人家说黄金有价玉无价，定亲你都这么破费，那等我结婚的时候咋办呀？"

王玉洁笑着说："想得美呢，结婚时就不送你别的了，买头猪送给你就行，让你像猪八戒一样，一辈子都是媳妇迷。"说得大家又是一阵笑。

第十八章
果树开花

家里给马承骏查好了定亲的日子：阳历 12 月 1 日。

在酒店提前预订好了喜宴，12 月 1 日这天，双方家人和宾客到齐后，热热闹闹地喝了定亲的喜酒，把喜事顺利办完。马承骏从早到晚忙了一天，晚上回到家，累得腰酸腿疼趴在了床上。

米颖打开马承骏爱听的古琴曲，给他捶背解乏。马承骏顺口问米颖："哎，你喜欢听什么音乐？没听你对我说过呢。"

"我呀，没有特别喜欢的东西。"米颖端过一杯茶放在床头柜上，让马承骏喝。

马承骏故作严肃地说："你怎么能没有自己的爱好呢？据说没有爱好的人是可怕的人。"

"你这是拐弯抹角嫌弃我吗？今天已经定亲了，反悔可是来不及了。我就只有爱你这么一个爱好，难道不行吗？"米颖说完用手揪住马承骏的耳朵拧了一下，马承骏"哎哟"一声抱住了头缩到了床里边，米颖也顺势挨着马承骏躺到了床上，她看着马承骏说，"你原来说你曾经真心爱过一个不该爱的人，那个人到底是谁，现在可以告诉我了吧？"

第十八章
果树开花

"你问这干吗？我早就和她没有任何关系了。"

"除了你，我没有别的爱好。你不是爱好广泛吗，这应该是你众多爱好中最深刻的一个吧？问问不行吗？"

"不行，今后我们谁也不要再提了。"马承骏命令式地说。

"看把你紧张的，你说出来我又不会把你怎么着，我最不喜欢的事就是夫妻之间不说实话。你不说我说，我上学时也有个同学给我写过情书，他是个很老实的人，记得住集体宿舍的时候，早上我还没起床，他就把早饭给我买好送到宿舍，他知道我爱吃烤地瓜，经常买了冒着热气的烤地瓜给我送来。"

"这不挺好的嘛，你咋没和他好好谈谈呢？"

"他是个实在人，总是一见我就脸红，你说我这么普通的人，他紧张个啥呢，我看了就觉得挺好笑。"

"后来为什么没修成正果呢？"

"我的思想可邪门了，无论他对我多好，我就是不往心里去，我一心要找个我自己喜爱的人。参加工作后陆续见了几个也没成，直到遇到了你，我心里很快就有了感觉，你还记得咱俩第一次见面的时候吧？"

"当然记得，是在红山公园，我们还一起爬了山。"

"我有时也相信命运的安排，那年大年初一，我出来拜年，刚一出门就捡到了100元钱。我妈后来找人给我算了一卦，说我那一年的夏天能遇到让我称心如意的人，并且就在我家的正东方向。巧的是，我俩就是在那年的夏天见面的，你家也就在我家的正东方。可恨的是，我们见面后虽然留了手机号码，可你却根本不联系我，每次都是我给你打电话，真是气人呢。"

"这有啥好气的，你就理解为好事多磨嘛。"

"什么好事多磨，我看你是故意拖延时间回避我。我等了你这么久，如果我不等你，哪来我们的今天？所以我觉得过日子也不能太心急，只要坚持住，想要的早晚会得到。"

"这也是造化吧,冥冥之中注定了要让你等我。"

"说心里话,你原来对我那个不冷不热的样子,让我曾经有好几次想要放弃。俗话说,三条腿的蛤蟆不好找,两条腿的人好找。我虽然条件并不出众,但如果想找个普通人过个安稳日子,也并不难,可是我试了好几次,心里就是离不开你。"米颖说到这里看了下马承骏,又说,"不管原来如何,现在我已经是你的人了,所以从今往后,你必须要好好地疼我爱我,听到没有?"

马承骏说:"知道啦,老妈说定在明年五一结婚,等结婚后,家里你当家,你说了算,我给你当牛做马报答你,这样总可以了吧?"米颖笑嘻嘻地亲了马承骏两下:"我想起个事来,今天上午你忙着喝酒时我替你接了个电话,是个女的,说是哈尔滨的一个朋友,我说你有事在忙,她说抽空再联系,忙了一天,还没顾得上和你说呢。"

马承骏拿过手机查看了一下,说:"是我给你买衣服的那家店里的老板打来的,当时她帮我给你选的衣服很好看吧!我又让她给你和老妈分别选购了一件衣服快递过来,已经发货了。"

"好看是很好看,但就是太贵了些,以后你不要再给我买了,我自己买就行,你再躺会儿吧,我去把厨房收拾一下。"米颖起身出了卧室,把门轻轻关上。

马承骏躺在床上闭目养神,又想起了昨夜他做的那个梦。

在梦里,他竟然又和吴昕瑜在一起。他曾听王真秀说过吴昕瑜怀孕了,他梦里的吴昕瑜也是怀孕的样子,原来亭亭玉立的身材有了明显的变化,她穿着孕妇装,肚子高高隆起,看起来已经有七八个月的样子。

他和吴昕瑜坐在一棵枝繁叶茂的大树下聊天,说一些开心的事。这时,有一匹枣红马从远处跑过来,停在他们面前。他对吴昕瑜说:"你现在有孕在身不能骑马,我想骑着马跑一圈。"吴昕瑜说:"你去吧,我在这里等你。"于是他骑上那匹枣红马,马儿顿时四蹄腾空,飞奔起来,马承骏感觉自己像个驰骋疆场的英雄。跑了一会儿,他又回到了吴昕瑜

第十八章
果树开花

身边,看到吴昕瑜怀里忽然有了一个可爱的小宝宝,小宝宝看着他还咯咯地笑,伸开双臂让马承骏抱抱。马承骏赶紧下马,把小宝宝从吴昕瑜手里接过来,抱在了自己怀里……

外面传来米颖在厨房刷盆洗碗的声音。马承骏想,现在和米颖已经定了亲,今后就要对她负责任,一心一意地疼爱她。可到底为什么还会经常梦到吴昕瑜呢?马承骏也甚感迷惑。自从吴昕瑜结婚后,他们再也没有见过面,尽管王真秀说吴昕瑜已经原谅他了,可他和吴昕瑜之间依然还横亘着一条不可逾越的鸿沟,难道只要心结不解,梦就常在吗?马承骏百思不得其解,怀疑是自己的哪根神经有了毛病。他想,今后必须强制性地把吴昕瑜忘记,全身心地爱米颖。

他正想着,米颖推门进来,他赶紧闭了眼睛装睡。米颖坐在床沿上,用手摸了摸他的头,又俯下身子亲了亲他的脸,拉过被子来给他盖在身上。马承骏突然睁开眼睛,拉住米颖的手说:"我们定亲你一共休几天班?"

米颖戳了他额头一下说:"搞什么怪,吓我一跳,我一共休四天班,除去今天,还剩三天。"

"哦,冰箱里的东西足够我们俩吃一周都没问题,这三天我俩就哪也不去了,就待在家里好吧?"

"你的意思是窝在家里,不出门了?"

"我打算把你圈在家里哪也不让你去了,你不是说让我弥补你吗?我要从现在开始。"说完,马承骏故意虚张声势地把米颖拥进怀里,在米颖身上一会儿轻柔蚕食,一会儿狂野鲸吞,米颖被这突如其来的放纵弄得浑身无力,整个人像冰雪融化了一样,身子也很快就果树开花了。

第十九章
吃了秤砣铁了心

夜里十一点，马承霞正在为修改一篇稿子斟字酌句，手机铃响了起来，接起来一听，是老妈打来的。

"你睡了吗？你大姨家又出事了。"老妈在电话里急促地说。

"哦？我还没睡，什么事这么着急啊？"

"你大姨刚才打电话来，说和你大姨夫又打架了，还打了110，你爸和承骏都出差没在家，你快过来和我一块儿去你大姨家一趟。"

"啊？这么厉害啊，还打了110？"

"他们俩吵架动了手，你姨夫打了你大姨一顿，她被打急了眼，就打了110，警察来一看是家务事，劝解了一下就走了。没想到警察走了后，你姨夫又狠心地把你大姨赶出了家门，她现在还坐在村外的山坡上哭，你快和我去一趟，先把她接过来再说。"

"好吧，你别着急，在家里等着，我马上就去。"

大姨家在泰河市的一个郊区村落，离市区大约 30 公里。走在路上，老妈一直揪着心，生怕大姨会有什么意外，嘴里也不停地念叨：

第十九章
吃了秤砣铁了心

"你大姨真是苦命啊，她是个实心眼，整天就知道像老黄牛一样干活，花言巧语的事她是一点儿也不会。年轻时刚进门，你大姨夫一家人就看不起她，拿她当驴使唤，家里的苦活累活脏活都让她干。好不容易拉扯两个孩子长大，熬到你大军哥和小娟姐都结婚成家，能过两天轻松日子了，你姨夫还是欺负她，你说都这么大年纪的老夫老妻了，怎么能说揍就揍呢？"

"妈，你先别心急，见了大姨先安慰安慰她，让她消消气，不知道是因为什么事闹得这样？"

"你姨夫这个人，我对他很了解，虽然是个男人，说话办事却是个汤面耳朵，自己根本没有主心骨，还是个炮筒子，别人给他装上药他就放。记得你大姨生你小娟姐坐月子的时候，那才刚生了孩子不到五天，我正好去看你大姨，生产队里分了农活，你大姨她公公就支使你大姨去下地干活，他却在家里和你姨夫还有你姨夫的姊妹们嘻嘻哈哈拉闲呱。他们一家人都不去干，让你大姨这个刚生完孩子坐月子的女人去干，我实在看不下去，就说了你姨夫几句，你姨夫还不耐烦，嫌我多管闲事。后来，你大姨赌气去生产队干活，我也只好跟着你大姨一块儿去，没想到刚到了地头上就下起了大雨，我就赶紧拉着你大姨往家跑，你大姨刚生了孩子身体弱，一会儿就跑不动了，紧赶慢赶，等我们到了家，浑身都淋透了，你大姨那个浑身疼的毛病就是从那时候种下的病根。"

"这种人家大姨还跟他们过个什么劲？我原来听你说过姨夫一家对大姨不好，没想到这么不讲道理。"

"你大姨也想过离婚，我也和你姥娘说过，但是你姥娘还是封建老思想，说一女不嫁二夫。"

马承霞和妈妈一边说话一边赶路。快到大姨家时，马承霞说："你再给大姨打个电话，问问她现在到底在哪里，不是说在村外的山坡上吗？这到处都黑乎乎的不好找啊。"

老妈给大姨打通了电话，按照大姨说的方向，马承霞在黑灯瞎火中

转悠了二十分钟,终于在一个杨树林旁边找到了大姨。

姐俩一见面,抱头就哭。

"妈,这么冷的天,大姨也在外面冻了这么长时间了,你们还是先上车吧,有什么事咱回家再说。"

把大姨搀扶上车,大姨说她浑身都疼,马承霞说:"那咱们先去医院检查一下。"车子快速行驶在回去的路上。大姨说:"孩子还是近了能孝顺得上,我家里你大军哥和小娟姐都离得那么远,我要是被那个老东西揍得要了命,他们也赶不回来,救不了我。"

进了城里,马承霞先带大姨到医院去检查。大姨说左边耳朵自从被打之后,一直嗡嗡地响。医生给她做了全面检查,除了耳朵外,脖子也被掐伤,胳膊上红一块青一块,背上也有青紫的痕迹,腿上有三处擦伤,好在没有伤及内脏。医生把外伤处理了一下,又拿了些治疗耳鸣的药,让大姨先回家休养。

回到家里,趁老妈和大姨说话的空,马承霞又简单做了些吃的,让大姨趁热吃完了睡觉。但大姨毫无睡意,马承霞也只好一起陪她说话,让她把心里的苦水都倒出来,兴许能好受一些。

姨夫名叫范兴乡,世代以种地为生,家里有五亩旱涝保收的水浇地。大姨虽然是个女人,却从小干农活,是个种地能手,她种出来的庄稼年年稳产高产,家里供养两个孩子读书上学,全靠她土里刨食的收入。后来,表哥结婚生子,她就专门去城里照看孙子。大姨去了城里之后,范兴乡懒得种地,可是那么好的地荒了不种粮食又怕别人笑话,索性自作主张,也没和大姨说一声,就把那五亩良田全都退掉,让别人种了。后来大姨知道了这个事,和范兴乡闹了一场,说他是个败家子,也没和她商量,就把祖祖辈辈种了这么多年的地全都给了别人。等孙子长大上了小学,大姨又回到了农村老家,家里却没有一点地。农民没有地,就像战士没有枪,心里总是觉得空荡荡的不是滋味。大姨去村里找了村干部好几次,想让村里再拨给她点地种,村干部也说给问问,却一

第十九章
吃了秤砣铁了心

直没结果。究其原因，现在种地不但不用缴纳公粮，而且国家还有经济补助，老百姓地里种的东西全部属于自己的了，哪里还有再把地白白往外让的呢？除非是傻子。

大姨揉了揉眼睛说："农村里的地现在可是值金值银了，我邻居老彭家儿子在省城买房子，钱不够，老彭就把家里的六亩地让给了别人三亩，光转让费就收入了9万元。今天晚上吃饭时，老范说老彭家卖地得了9万元，我说他当初昏头昏脑地就把自家的地全都给了别人，哪怕留下一亩地当口粮田也行啊，没想到这个老熊就恼怒了，对我破口大骂下了狠手。"

"他一辈子对我没疼没热，我怀着你大军哥的时候，他婶子使了个因由，说我偷了她家的茄子，堵着我家大门没人话地骂。我气不过就顶了她几句，她就把儿媳妇叫了来，两人合伙把我摁倒在地上揍我，多亏一个卖黄瓜的兄弟把她们拽开，把我从地上扶起来送我回了家。那个卖黄瓜的兄弟可真是个好心人，我到现在都忘不了他，他嘱咐我插住大门，不管外边怎么骂也千万别吱声。他说谁对谁错不用吵，不用骂，老天爷在天上什么都看得清。那一回气得我好几天吃不上饭，我想肚子里的孩子可能保不住了，也是你大军哥的命大，后来还好好地生下来了。"

马承霞听到这里忍不住说："大姨，他婶子怎么这么坏呢？你平时得罪她们了吗？"

大姨说："他这个婶子有个诨名字，叫老鸹，是个有名的惹事精。我平时都是躲着她走，更不敢得罪她，但是只要我们家里的日子过得安稳了，她就急得上蹿下跳。这个事说来话长，老鸹的儿媳妇怀孕后，老鸹就找了个神婆子给掐算，神婆子掐指一算，又装神弄鬼地蹦跶了半天，说她儿媳妇肚子里怀的是个女孩。老鸹一心想要个男孩，于是老鸹和家人一合计，就决定把这个孩子引产不要了。那时候她儿媳妇肚子里的孩子已经七个多月了，大小也是条命，你说他们一家人这样做是不是丧良心？后来把孩子引产出来一看，全家都傻了眼，根本不是个女

孩，是个白白胖胖的大胖小子，一家人又哭天抢地后悔得要命。可能是老天爷报应他们家，从那以后，她儿媳妇就再也怀不上孩子了，没办法只好抱养了一个小闺女。所以老鸹看到我怀孕，就嫉妒我，故意找斜茬搞破坏，想把我的孩子也祸害了。她想了个坏点子，诬赖我偷了她家的茄子，借着这个事来骂我，她们早就商量好了，只要我还口，就开始打我。"说到这里，大姨一把鼻涕一把泪，"我这个人怎么就这么苦命呢？自从进了范家的门，一直就贼欺王八讹，没过一天好日子。"

马承霞给大姨端过来一杯茶，安慰她说："大姨你别伤心了，这不怨你，如果我姨夫能给你撑住腰杆子，谁也不敢欺负你。"

"可别说那个不中用的老东西了！要是别人家的男人，自己的老婆怀了孕又挨了揍，不说给我报仇，最少也得去找我问问吧。可他从外面回来以后，听说我挨打了，他还买了鸡蛋去看他那个老鸹婶子。你说他这是干的什么糊涂事！人家要他老婆孩子的命，他还去舔人家的腚。"

"真是让人不理解，他就算不心疼你，难道他不心疼他自己的孩子吗？你肚子里可是怀着他的孩子啊。"马承霞越听越疑惑，觉得简直像天方夜谭。

大姨叹了口气道："原来我心里也很堵闷得慌，后来我慢慢打听了才知道，原来那老鸹早就使了坏心眼，挑拨老范说我怀的孩子不是他的，说我和别人相好，老范这个没脑子的就当了真、上了当。老鸹恨不得我们家破人亡才好，老范却把她当作知心人高看一眼。小猫小狗都知道护着自己的孩子，他倒是好，中了人家的计，上了人家的当，还反过来拿着那些恶霸当好人，所以我说老范这个人是非不分、猪狗不如。"

"大姨，这些事，你没和姨夫好好说说吗？上当只一回，不能总是上人家的当啊。"

"不只是说了一回，说了不知道多少回了！他看不上我，我好说歹说他也不听我的，他就像是中了邪一样听老鸹的话，我也没办法。"

说到这里，老妈深深叹了口气对马承霞说："就因为家庭不和，外

第十九章
吃了秤砣铁了心

人才欺负啊。你大军哥和小娟姐小时候，你大姨生怕那些人会使坏害他们，就把他俩送到了你姥娘家，让你姥娘给看大的。"

大姨脸上现出痛苦不堪的样子，接过话茬："不得不防啊，他们还想逼着我自杀，要我的命呢。"大姨瞪大眼睛说，"还记得我喝了农药的那次吧，那就是老范和他妹妹合伙害我，好死不如赖活着，谁愿意走绝路啊，他们欺负得我没活路了，我才喝的。"

马承霞听了暗自心惊，大姨竟然寻死，她从来不知道还有这样的事。

老妈说："那次你也是犯了傻，咱娘那几天老是觉得心慌，就打发我去你家里看看，她虽然不同意你离婚，但是她这辈子最不放心、最牵挂的人就是你。"

大姨拉着马承霞的手说："闺女啊，我要不说你想不到我是受了多少苦啊！那次是因为给你大军哥和小娟姐做衣服，快过年了，人家都给孩子做身新衣服。老范桌了一大瓮粮食，我和他要点钱给孩子们做身衣服，他一分钱都不给我。你想啊，我辛辛苦苦干一年活种地打出来的粮食，卖了钱他都霸揽起来不给我，我能不生气吗？后来，我就到处找，哪里也没找到，我就问他把钱都藏到哪去了，他这才说把钱都放到他妹妹家里了。那时候我们家里的钱，他从来不让我沾手，都是让他妹妹给存着，让他妹妹管着，钱怎么花，也得他妹妹说了算。你说老范这个人是不是倒迷糊？我越想越生气，凭什么我干活种的粮食卖了钱都让他妹妹管着呢？我就直接去了他妹妹家里，他妹妹不讲理，还骂我，嫌我不死不烂，她让我死了她哥哥再去找个好的。你听她骂的这些话，真是让人气炸了心肺！谁家的闺女不旺着娘家过日子？她倒是好，吃里爬外撺掇她哥哥治我，还咒着我死，让我没活路。我哭着回去和老范一说，老范又骂了我一顿，说我不识好歹，嫌我到他妹妹家里去给他丢人。我不识字，也没文化，可是我老实巴交地干活，靠自己的劳动挣钱吃饭，我有什么丢人的？"大姨说到这里，又是气得咳嗽，又是恼得掉泪。

马承霞给大姨拍着后背说:"大姨,咱就不说那些伤心事了,过日子不能光往后看,还得向前看,往好处想。你看都快天亮了,你睡一觉先歇歇吧。"

大姨说:"不行,你让我说完,我要是能写字,我就全部都写出来,让大家看看给评个理,替我说句公道话。"

马承霞递给大姨一块毛巾,让她擦把脸继续说。"那天我从他妹妹家回来,又被他骂了一顿,我越想越觉得这日子没法过了,老范还说我早死了早利索,我的肚子被他俩气得鼓鼓的,像得了气鼓病一样,浑身没劲,一口饭也吃不下去。我就想赶紧死了吧,死了就一了百了,省得过这种日子活受罪。我活着受他们欺负,离婚又离不了,我死了我要变成鬼来报仇,他们做了亏心事,就怕鬼敲门。我找了找,家里有一瓶敌敌畏,瓶子里剩得不多了,我觉得药死我也应该足够了,我就一憋气都喝了下去。当时家里没人,我喝了以后难受得在床上碰头打滚,从床上滚到了床下,后来就失去了知觉。也不知道过了多长时间,我迷迷糊糊地听到有人进了我的房间,我当时在地上躺着,有人抓起我的胳膊摸了摸我的手腕,然后又'啪'的一声摔到了地上,嘴里还说:'还有脉搏,还没死挺。'另一个人嘴里也咕哝着说:'死就赶紧死。'然后,他们俩又叽叽咕咕说着话走开了。后来我才知道这两个人就是老范和他妹妹,他们俩恨不得我马上就咽了气,你听他们俩说的话,不光见死不救,还盼着我快点死,这哪里还有点人性啊?!"

"真是太伤天害理了,后来呢?"马承霞听到这里也很气愤。

"后来多亏了你妈来看我,看到我还有一口气,就赶紧找人把我送到医院抢救了过来。要不是你妈,我这条命早就上西天见阎王去了。"

"大姨,大难不死,必有后福。"

"什么后福,这不老了老了,又挨了顿揍啊!这次我想好了,我给你大军哥和小娟姐都打了电话了,让他们都赶紧回来,等他们回来了,我就和老范离婚,和他彻底脱离关系。"

第十九章
吃了秤砣铁了心

大军哥和小娟姐回来以后，娘仨商量了一天。大姨这次是吃了秤砣铁了心，她坚持必须要离婚。最后，儿女遵从母亲的意愿，给父母办理了离婚手续。

离婚后，小娟带着母亲去了广州。小娟曾在广州上大学，毕业后在当地考上了公务员并结婚成家。她很孝顺，家里生活条件也比较好，大姨跟着她去，大家都放心。

临走那天，马承霞和老妈一起送大姨和小娟到了火车站。上车前，大姨眼含热泪频频回头，和她们挥手告别，也告别那些苦难的岁月。她一辈子热爱土地，喜欢种庄稼，到头来不但连一寸土地都没有，而且还要远离故土，只能怀揣一张离婚证远走他乡。人群中，满头白发的大姨渐行渐远，她频频回头挥手，直至消失在人流中。看大姨蹒跚远去的身影，马承霞忍不住阵阵心酸，默默祝福她从此以后，岁月静好，一切平安。

第二十章
有活干有饭吃有钱赚

泰河市是个经济发达的生态城市,也是环境优美的旅游城市。这里民风淳朴,生活安康。高耸的现代化大楼和古朴的农家四合院互相映衬,既有现代文明的时尚气息,又有古老传统的深厚积淀。信步走在泰河市街头,无论是宽敞的大马路,还是幽深的小巷道,到处都干干净净,清清爽爽。

一年四季,各种植被变换着不同的色彩,给泰河市披上华丽的盛装,呈现出山水画卷一般的美好光景。每到春天,大地万物复苏,绿树成荫,花团锦簇,随意走在泰河市的每一个角落,都能感受到勃勃生机。姑娘们脖子上的各色丝巾,像蝴蝶一般在春风里飘舞,让明媚的春天更加绚丽妖娆。到了夏天,泰河两岸更是繁华热闹,这里既有古树参天,也有新苗成林,泰河水上公园是大家休闲纳凉的绝好去处,孩子们最喜欢在这里玩水,各式各样的游船有秩序地分布在河水两岸,供游人游玩。到了晚上,忙了一天的人们去河边树林的田园烧烤店里,随意要上些羊肉串,再来一桶扎啤,几个朋友凑在一起,一边吃烧烤,一边喝啤酒,也甚是痛快。还有的觉着不够尽兴,就借着酒劲,三五成群到

第二十章
有活干有饭吃有钱赚

KTV 去唱歌,星月灯火交相辉映,歌声碧波绵延不绝,恍然一梦,如桨声灯影里的秦淮河。秋天是丰收的季节,泰河市的种植业和养殖业都非常发达,农民家家户户忙秋收,工人则忙着搞农产品出口加工。等人们的钱包都渐渐鼓起来的时候,北风吹雪花飘的冬天也就差不多来到了。到了这个时候,人们最爱赏雪景、吃火锅,喜欢运动的还要到北部山区去滑雪。到过泰河市的人都说泰河市的人们不但会勤劳工作,还会享受生活。泰河市的生活节奏像四季轮换一样张弛有度,一切都有条不紊地按照自然的节拍走,让人感觉像是置身于大自然的一块乐土上,身心不经意间就能得到净化和涤荡。

早上起床,马承骏去楼下买早餐。远远地,他看到那个卖肉夹馍的小车前已经有几个人在排队等候了。卖肉夹馍的小鲁姑娘,二十来岁,干净整洁,手脚麻利,嘴巴也甜,每次马承骏去买肉夹馍,她总是老远就打招呼。看到马承骏向她这边走来,小鲁忙笑着说:"哥你得稍等一下,我先把他们的做好。"

"没事,我不着急,你快忙吧。"马承骏站在旁边看她干活。

肉夹馍是种简单的快餐,先烤好面饼,然后再从中间一分为二劈开,把煮好的猪肉肥瘦搭配切碎,再根据顾客需要添加辣椒或青菜,然后一起放进夹层里。肉夹馍既有火烧的油酥香味,又有猪肉的鲜美可口,加上青椒或青菜又可以去腥,所以吃起来非常开胃。马承骏隔三岔五就来买两个,是小鲁的常客。

小鲁用的是个农用三轮摩托车,后车斗里装着她做肉夹馍的全套工具和各种食材。做肉夹馍的发面饼子也是她自己烙的,在泰河市,这种面饼俗称"火烧"。"火烧"这个词乍一听是动词,比如"火烧圆明园""火烧赤壁""火烧眉毛"等,可是在这里,火烧就是个面食的名称,是一种加了椒盐后烤制而成的酥香面饼。一般的火烧又分为几种,有带馅子的,有不带馅子的;有肉馅的,还有素馅的;有加椒盐的,还有不加椒盐的。小鲁做肉夹馍所用的就是不带椒盐的普通火烧。

小鲁性格活泼开朗，不忙的时候，偶尔还和马承骏说个笑话逗个趣。她说侄子上语文课时，老师讲倒装句，倒装句就是颠倒原有语序而语意不变的句子。老师让他举个例子，他站起来想了半天也没想起个合适的例子。老师就说："想不起来去教室外面站着。"他憋红了脸低着头向外走，走到讲台前的时候，脑子灵光一闪，突然想起了姑姑的肉夹馍，于是他大声说："老师我想起来了。"老师说："那你就说吧。"他振振有词地说："馍夹肉！"

泰河市还有个特色小吃叫"火烧豆腐"。这个小吃是用外酥里绵的火烧配着热乎乎的豆腐一起吃，这个"火烧豆腐"既当菜又当饭。热豆腐切成块以后，放在浆水里浸泡，吃的时候趁热捞出来，在白嫩的豆腐上再舀上一勺子浇头。这种浇头也是特制的，用韭花酱和辣椒酱调和而成。有一次，一个南方人到泰河市出差，看到"火烧豆腐"这个菜就点上了。服务生给他上了这道菜以后，他说："不对呀，菜单上明明是火烧豆腐，上来的却是水煮豆腐，这明显与实际不符，是不是偷工减料，欺负我这个外地人不懂得？"服务员只好拿起一个火烧来对他说："大哥，这种饼子在我们这就叫火烧，这两样配起来一起吃就叫火烧豆腐。"他这才明白了是怎么回事。

小鲁给那几个人做完了肉夹馍，立刻又给马承骏做。马承骏问："你早上几点起床做肉夹馍呢？"

"一般四点多就得起来，主要是先把面发好。面要是发不好，火烧烙出来就是死面，就不好吃了。"

"噢，那你也挺辛苦的啊。"

"没事，不辛苦，只要身体好，有活干，有饭吃，有钱赚，就挺好的。"

"你要求很简单啊。"

"比上不足，比下有余嘛。人这辈子说长也长，说短也短，就算是能活到八十多岁，也不过才三万天。我就想啊，怎么开心怎么过呗，尽

第二十章
有活干有饭吃有钱赚

量不给别人添麻烦,也不给自己惹烦恼,知足常乐,你说是吧?"说话的空儿,一个肉夹馍已经做好。小鲁把肉夹馍装进塑料袋里递给了马承骏,冲他一笑,又开始忙着招呼下一位顾客了。

年底的工作比较忙碌,周一的工作例会照常召开。

销售部部长尚斌开门见山地说:"刚接到上级通知,要我们每个人无论如何也要完成全年的目标任务,否则年终奖励全部否决。同时,我们所有的业务员中,如果有一个完不成任务的,不但本人拿不到年终奖,而且其他人即使完成了任务,年终奖也要相应降低 1/12;有两个完不成的,降低 2/12……以此类推,大家听明白了没有?"大家一听,一片哗然。往年每个人即使完不成全年目标任务,也会按照完成的比例发放年终奖金。今年可够狠的,如果完不成全年的目标任务,年终奖就一分钱也没有,而且,即使个人完成了任务也拿不到全额奖金,还要和那些完不成任务的捆绑起来进行连带处罚,这让全体销售人员心里凉了半截。早不说,晚不说,偏偏在最后一个月突然宣布这么一个让人措手不及的考核办法,大家都暗暗骂那条黄鼠狼真是没安好心。

尚斌接着说:"今天长话短说,每个人都比对一下,看看年计划还欠多少,抓紧时间想办法,我和领导申请了,合同只要能在 12 月 25 日之前签订下来,就算是今年完成的任务。无论如何,全年的目标任务必须要完成,这不仅是为了给公司创造效益,也是为了我们每个人自己的利益。大家必须要全力以赴,确保每个人都能完成全年目标,我们才能拿到全额的年终奖励!"

说归说,骂归骂,既然大家是一个利益共同体,还必须齐心协力想办法完成任务,同事们八仙过海各显神通。

对照自己的年度目标任务,马承骏的销售额已经超计划完成。同事甄世邦却很着急,他是家里的独生子,他爸爸癌症住院时,他请假在医院里伺候了两个月没上班,所以耽误了好多工作,和年度目标任务相

比,他还差 150 万元。

眼看着离 25 号越来越近了,甄世邦还有 100 万元没完成。临下班时,甄世邦叫住马承骏说:"哥,今晚我们一起吃个饭吧。"

"哦,有事吗?"

"没别的事,就是被年计划压得比较烦。我爸身体有病,不知道能撑到什么时候,家里也花了不少钱,我本想发了年终奖让老人孩子好好过个年,现在倒好,没想到黄鼠狼提前给我们拜年了,你说烦不烦?唉,不说了,我叫着办公室老王,咱们三个一起吃个饭说说话,快憋死我了。"

下班后,三人来到了饭店,自然又谈起了年终奖的事。老王说:"真是人靠逼,马靠骑啊!我听说你们销售部这两天捷报频传,接连又拿下了几个订单,你们应该完成得差不多了吧?"

马承骏说:"还不都是被年终奖逼的嘛,大家都豁出去了,不蒸馒头争口气。"

甄世邦说:"可真是要了老命了!我这两天跑断腿,磨破嘴,离目标还差 100 万,急得我睡觉都做噩梦。昨天夜里梦见有个坏人要抢我的买卖,我在梦里还非常生气,忍不住就飞起一脚狠狠地朝那个人踢了过去,把那个坏人一下子就踢倒在地了,没想到却一脚踢到了我老婆身上,把她踹到了床下,你们说我这得多大劲呀!我老婆忍痛爬起来,还听我呜里哇啦地说'100 万!100 万!'她以为我是做梦中大奖想好事呢,就一巴掌把我打醒了。"

马承骏笑得一拍大腿:"真有你的,做梦也在想着工作的事,这 100 万元可真动了你的心了,让老婆也不得安宁。"

老王说:"别说 100 万了,一分钱还难倒英雄汉呢!你们搞销售的天天风里来雨里去的,也不容易。来,我们一起干一杯,祝你们都能顺利拿到年终奖。"

第二十章
有活干有饭吃有钱赚

甄世邦耷拉着脑袋说:"唉!估计我这 100 万悬了,我自己拿不到年终奖不要紧,我担心的是拖累了大家,让兄弟们也跟着我倒霉。他这个考核办法是既惩罚个人,又惩罚集体,这个黄鼠狼的鬼点子真是太多了。"

马承骏拍了拍甄世邦的肩膀说:"别泄气,再努把力试试,说不定很快就会有转机呢。我在哈尔滨开拓市场的时候,记得有一个客户,我去了三次,他们的负责人都没和我见面,第四次去的时候才答应和我谈谈,从开始到最后签订合同,我一共去了六次。还有一个客户,当时对我们的产品质量比较满意,但后来因为在价格和付款方式上没有达成一致意见,所以没能签下来,我觉得也很可惜。"

说者无心,听者有意,甄世邦听到这里眼前一亮,赶紧说:"你那个合同当时合同额是多少?"

"一共是 110 万。"

"太好啦,你真是救苦救难的 110 啊!哥,你就行行好,把这个客户让给我吧,反正你全年的任务也已经完成了。今天尚斌又找我谈话了,他说我们销售部能不能完成全年任务,能不能拿上奖金,关键就看我的了。价格问题我有办法,所有提成我都不要了,全部返利给客户。我不图赚钱,只求完成任务,付款方式我也可以再和客户协商。你就算帮兄弟我一把,如果能拿下这个订单,咱全年的任务就可以完成,大家的年终奖就有保障了。"甄世邦眼巴巴地看着马承骏,就像瞻仰救世主一样。

老王也说:"帮别人就是帮自己,穷一口强于富一斗,甄世邦现在遇到了难处,你能帮就尽力帮帮他吧。"

马承骏对甄世邦说:"把这个客户让给你肯定没问题,但是人家现在还要不要货我就不知道了。当时这个客户要求比较苛刻,所以没谈下来,后来也没再联系。要不这样吧,我先给你联系一下,确定一下他们现在是否还有需求计划,如果有的话,我就把联系方式给你,你直接和

他们谈就是了。"

马承骏说完打了个电话，经落实，客户还有需求计划。甄世邦眉开眼笑地说："真是山重水复疑无路，柳暗花明又一村。看来是天助我也。我一定会想办法把这个订单拿下，来，再干一杯，祝我好运吧。"

第二天马承骏刚上班，尚斌就把他叫到了办公室。

尚斌说："你把哈尔滨的一个客户让给甄世邦了是吧？"

"是，前天晚上我已经和那边的负责人联系好了，甄世邦说今天就去。"

尚斌叹了口气说："他是屋漏偏逢连夜雨，又摊上事了。他老婆今天早晨突然急性阑尾炎需要做手术，他去不成了。这样吧，为了顾全大局，你直接去一趟，想方设法把这个客户拿下来，你坐火车到哈尔滨需要多长时间？"

"直达的火车最快也要17个小时。"

"那坐飞机呢？"

"两个多小时就可以到达。"

"好吧，为了节省时间，你坐飞机去，我负责给你提供全方位的后勤保障，有什么需要你尽管说，你的目标就是集中一切力量拿下订单，完成任务。"

夜幕降临，飞机抵达哈尔滨。马承骏又来到了他先前住过的舒宁宾馆，对面正是任爱琴的"阳明运动服饰总汇"。前些天任爱琴还问他最近是否再来哈尔滨，如果有机会来，邀请他参加12月26号举办的新春年会。马承骏说元旦前工作比较紧张，没时间去了。没想到事出偶然，如今又突然空降到了这里。工作要紧，他决定先不和任爱琴联系，等办完了业务上的事，再给她一个惊喜。

第二十一章
道可道　非常道

时间就是无声的命令，马承骏一到哈尔滨就开始全力以赴跑客户。这个客户马承骏曾去拜访过几次，所以比较熟悉。负责采购的副总姓顾，四十多岁，个子不高，体型较胖。他做事很认真，在采购方面把关很严。见了面，顾总把情况和马承骏详细介绍了一下。根据现在的情况，初步选定了两个供货商，加上马承骏这一方，一共三个。另外两个供货商的产品从价格上与马承骏现在的报价基本持平，不同的是，那两家供货商是中间商，马承骏是厂家直销，三家的质量也相差无几。马承骏和顾总谈了一个多小时，还是没有结果。

晚上马承骏给老爸打电话，把情况说了一下。老爸说："同样的产品比质量，同样的质量比价格，同样的价格比服务，你要找到你的优势才行，如果你的产品和别的产品相比，并没有明显的吸引力，那你凭什么让人家要你的产品呢？你得多动脑筋想个办法，不要和人家泛泛而谈浪费时间，要抓住要害和重点，找到一个突破口才能有进展。"

马承骏给尚斌打电话，经过反复商量，决定在价格上根据采购量给予对方最优惠政策。第二天，马承骏再次找到顾总，和他说了厂家的让

利政策,还讲明了厂家直销的诸多便利。谈了大约十多分钟后,顾总接了个电话,只见他一脸紧张地对电话另一头说:"你先打120,我在办公室,马上就回去。"

接着,顾总说家里有病人,得赶紧去医院。马承骏说:"顾总,需要帮忙吗?我也一块儿去吧。"

顾总摇头说:"不用,有什么事明天再说吧。"

看他很着急的样子,马承骏怕耽误他的时间,就没再多说。顾总匆忙出了办公室,不一会开车出了大门。马承骏马上招呼一辆停在门口的出租车说:"你跟上前面那辆车,跟紧点,别丢了。"

顾总的车在一排住宅楼前停下,他从车里出来直接上了楼。马承骏不清楚到底什么情况,也不敢贸然进去。他在楼下商店买了瓶矿泉水,顺便打听店主认不认识顾总。店主说当然认得,还说顾总父母就在这里住,经常到他店里来买东西。马承骏一听就明白了,应该是顾总家的老人身体有病,所以打电话让他赶快回来的。正在这时,120救护车的声音也由远及近而来。

救护车到了楼下,一个老大爷从楼上被抬了下来。马承骏也快步过去帮忙,顾总看到马承骏微微一怔:"你怎么在这里?"

"我不放心,就跟过来了。"

救人要紧,没空多说。先把老人安放到车上,马承骏也跟着车直奔医院。老人紧闭双眼,身体微微颤抖,看样子是正处在昏迷之中。

救护车呼啸着疾驰在通向医院的马路上。走到一个路口,前面的车发生了拥堵,而后面的车还在源源不断地涌过来。救护车被夹在中间,向前走不动,向后退不出。此刻时间就是生命,马承骏看了顾总一眼,他急得额头直冒汗。

马承骏问随车的医生:"这里离医院还有多远?"

医生说:"没多远了,过去前面的路口向右拐再走一百米就到了。"

"那我先背着大爷去医院行吧?在这里等太耽误时间了。"

第二十一章
道可道 非常道

"你能行吗?"医生打量了一下马承骏。

"行,我肯定能行。"马承骏说得斩钉截铁。

马承骏征得了医护人员的同意,背起老人大步流星奔向医院。马承骏身大力不亏,步伐又稳又快。顾总身体比较胖,跟着一路小跑,跑得气喘吁吁还跟不上趟。

到达医院急诊室,经过诊断,确定是发烧引起的暂时性昏迷,医生随后给老人打上了吊瓶。

一小时后,老人慢慢睁开了眼睛,家人们也陆续赶到。

顾总把马承骏叫到病房外走廊里说:"今天这事多亏了你帮忙。"

马承骏忙说:"顾总,你别客气,只要老人身体不要紧,我们就都放心了。"

"医生说只要退了烧,就没什么大问题了,你先回宾馆休息吧,我抽空再约你。"

马承骏回到宾馆,一边喝茶一边听音乐,脑子里不时盘算着如何完成他的任务。任务没完成,他心里就不踏实。第三天下午,顾总打来电话,约马承骏晚上一起吃饭。

顾总的司机带马承骏进了一个特色酒店,司机安排好酒菜以后就走了,只剩顾总和马承骏。

顾总端起酒杯,先敬了马承骏一杯,感谢他帮忙把父亲及时送到医院。马承骏也陪着顾总一起干了一杯。后来又谈到工作上的事,顾总说现在包括马承骏在内的这三家任选一家都可以,他们也都是经过详细考察的。可前两天马承骏的举动让他很受感动,产品如人品,他相信与马承骏的华安公司签约,将会有更好的合作前景和服务保障,所以他决定和马承骏这方签订合同。马承骏一听,心情简直像马达加斯加岛上的猴面包树一样,一分钟就全部开满了花。他赶紧借花献佛,斟满酒杯向顾总敬酒。马承骏一仰脖子饮完杯中酒,没觉得难受,反而感到从头到脚

都爽得要命。

顾总说:"我最欣赏的是你身上那股子遇到困难不服输、敢作敢当的个性,你有这种干劲,相信将来一定会大有作为。"

马承骏说:"承蒙夸奖,我也很荣幸,今天有幸得到你的关照,我心里也非常感激。"

回到宾馆,马承骏给尚斌打电话,汇报了这个好消息。尚斌一听也非常高兴,说等他回来时,部里要专门开个庆功宴,给他接风洗尘好好庆贺一下。

等合同签订完毕,已经是25号中午11点多,马承骏不辱使命完成了任务,身心也觉得舒展了许多。连续几天的奔波劳累已经让他人困马乏,他简单吃了午饭,回到宾馆就开始睡觉。这一觉他睡得昏天暗地,从下午一点一直睡到傍晚才醒过来。

看了看手机上的日历,明天就是26号了,他想起了任爱琴的新春年会,走在窗前,看到对面店里有几个人正在忙里忙外干活。明天就是新春年会了,现场肯定需要好好布置一下。上次和任爱琴聊天,任爱琴说年会上还有文艺表演。马承骏想,会不会有任爱琴的钢琴演奏呢?也许有吧,他想等明天给任爱琴一个惊喜,然后再启程回家。

由于白天睡得太多,晚上马承骏和米颖在网上一直聊到凌晨一点多还没有睡意,后来米颖困得实在不行就去睡了,马承骏也熄了灯,躺在床上似睡非睡。

朦朦胧胧中,他听到窗外好像有动静。他摸黑起身拉开窗帘一看,对面任爱琴的店门口停了一辆车,借着宾馆门口的灯光,他看到有几个人正从车里往下搬东西。他想,难道这么晚了还没忙完吗?转念一想,不对啊,如果是加班干活,怎么会不开灯呢?到底是在干什么呢?

马承骏想起他的旅行箱里有个军警专用的强光手电,能发出各种不同的强光线,这是马承霞给他放在旅行箱里备用的,还从没有用过。

第二十一章
道可道 非常道

马承骏拿出强光手电打开，明晃晃的光束"刷"的一下把楼下照亮了，紧接着就看到有两个人正在搬着一个桶泼洒什么。看到有光亮照过来，两人一回头，马承骏这才发现他们都用黑布蒙着面。他立刻意识到大事不好，事不宜迟，大吼一声："干什么的?!"紧接着，他抓起桌子上的不锈钢水杯朝着那辆车狠狠地砸了过去。随后，他听到"砰"的一声，也不知道是砸到了哪里。那几个人受了惊，扔下桶就往车里跑。紧接着，车子紧急发动，猛轰油门"呜呜"叫着窜走了。

这一定是有人作案，马承骏穿上衣服下了楼，正好宾馆的值班人员也听到了动静出了门。他们一起出去一看，地上原来是一桶汽油，一半多已经洒在了店门口周围，桶里还剩一小半，这明显是来纵火的。

事不宜迟，马承骏立即拨打了任爱琴的手机。

手机打通了，第一遍无人接听。马承骏继续打，第二遍，接听了。手机里传来任爱琴睡意蒙眬的声音："喂，你怎么这时候打电话?"

"琴姐，你现在快到你店里来一趟，这边有要紧的事。"

"店里早就关门了，这深更半夜的什么事啊?"

"有人想要放火烧你的店，不过他们现在已经被吓跑了。"

"啊? 放火烧店?"手机里传来任爱琴的惊呼，"你怎么知道的?"

"我现在就在你的店门口，那几个想要放火的人刚逃走，你来了我再和你详细说。"

"好吧，我这就去，你等我。"

"你别慌，路上开车注意安全。"

"嗯，好的。"情急之中，任爱琴也来不及多问，急忙披衣起床，开车奔向店里。

给任爱琴打完电话不久，马承骏看到店里三楼有个房间的灯亮了。马承骏心想好险啊，这楼里不光有许多货物，还有员工住在上面，如果真被点着了火，那就有生命危险了。

任爱琴很快驱车赶到。这十万火急的事确实让她受惊了，她披散着

头发，里面还穿着睡衣，外面直接裹了件长款羽绒服。马承骏把事情的经过和她说了一遍，任爱琴马上报了警。她说，必须要彻底查清这几个作案的人，把他们逮起来绳之以法，如果逮不住，他们说不定什么时候还会搞破坏，今天夜里真是太危险了，幸亏及时发现躲过了这一劫，否则后果不堪设想。

警察来了之后，迅速勘查了现场。做完笔录时，已经黎明，警察说会马上展开侦查，争取尽快破案。

忙完了这些事，任爱琴看了看自己的样子，然后对马承骏说：“你看我这衣冠不整、披头散发的样子，真是太难看了。一听说有人放火把我吓坏了，我就想谁会这么歹毒来放火呢？"

马承骏说：“我当时也感到很奇怪，好在有惊无险，你先回家休息一下吧，今天上午你不是还要举办新春年会吗？"

"嗯，好的，你也先回去再睡会，七点半我来接你一起吃早餐。"

早餐时，任爱琴已经化了精致的妆容，恢复了之前的高雅淡定。坐在餐桌前，任爱琴说："我光忙着处理这个事了，还没来得及问你怎么又来到哈尔滨了呢，我记得前些天你说过元旦前不会再来了。"她接着又笑着说，"不过幸亏你来了，真是及时雨，如果没有你，我这个楼可能就化为灰烬了，你简直是老天爷派来的天兵天将。"

马承骏也开玩笑说："被你说准了，我这次还真是坐飞机从天上驾云来的。本来没打算再来，这不我掐指一算，看到你有一难，如果我不来，你就在劫难逃啦，所以我就插翅飞了过来。"任爱琴笑着说："你神仙啊，还会算。说实话，到底为什么事来的呢？"

马承骏于是把来哈尔滨的前前后后和任爱琴说了一遍。等他说完，任爱琴说："也许是天意吧，昨天夜里让你担惊受怕地忙活了一宿，今天上午你也来参加年会吧，一起喝杯酒压压惊。"

"有你的节目吗？有你的节目我就去参加，要是没你的节目，我还是趁早打道回府吧。"马承骏故意卖了个关子。

"原来的计划没有我的节目,不过,你是我的特约嘉宾,你想看的话,我可以临时加一个节目,怎样?"

"好啊,我想听你现场版的钢琴独奏《斯卡保罗集市》,怎样?"

任爱琴唇角上扬,嫣然一笑说:"这好说,为了表达我的心意,我今天就为你专门弹奏一曲。"

"好,那咱们一言为定。"

第二十二章
您是去斯卡保罗集市吗

从上午九点开始，参加年会的人陆续到了会场。三楼的宴会厅布置得非常喜庆，大厅里一共有十桌，每桌十人。伴随着悦耳的轻音乐，各位来宾按照桌牌分别就座。十点钟，主持人宣布年会正式开始。随后，任爱琴穿着一身得体的商务女装，迈着优雅的步子走上了发言席，看上去清秀靓丽、神采奕奕。她发表了热情洋溢的新年致辞，向广大新老客户致以新年的美好祝福。她声音清脆，言辞亲切，微笑里透露出发自内心的自信和真诚。看来昨夜的惊魂不但没有影响她今天的状态，反而彰显了她不管风吹浪打胜似闲庭信步的从容。

任爱琴发言结束后，有几个客户代表也相继发言，表达了多年来和任爱琴友好合作的感谢与赞誉。然后，大家一边喝酒，一边观看精彩的文艺演出，来宾们情绪高涨，现场气氛热烈。

为了助兴，文艺演出过程中，还穿插着抽奖的环节。主持人宣布，今天只要来到现场的嘉宾全部都有奖品，即使抽不到大奖也有恭贺新春的纪念奖，这更让大家都跃跃欲试，满怀期待。抽奖嘉宾都是从各位来宾中随机选择的，伴随着大家一浪高过一浪的欢声笑语，三等奖、二等

第二十二章
您是去斯卡保罗集市吗

奖、一等奖都一一出炉。马承骏也有幸获得了一个二等奖，奖品是价值 3000 元的一个玉石手镯，但是对他来说，任爱琴的节目才是他最想看到的，因为她说过，她会专门为他这个特约嘉宾弹奏一曲。

最后的特等奖是价值 10000 元的加油卡，随着特等奖的出现，宴会的演出也被推向高潮。特等奖被一个年轻漂亮的张女士得到，在众人艳羡的目光中，她走上台去领奖。美女中大奖，大家都在下面热情鼓掌，还有人高呼必须让中奖的美女给大家表演个节目。

张女士激动地说："今天我太幸运了，获得了这个大奖，谢谢主办方给了我这个机会，也谢谢在座的各位给我的掌声，为了表达我的感谢，我想跳一段拉丁舞来表达我今天的喜悦心情，但是我需要找个舞伴，各位在座的嘉宾有没有会跳的来配合一下呢？"

张女士的话刚说完，下面的来宾面面相觑，没有应声的。

刚才高呼的观众中只有叽叽喳喳的说话声，并没有人上台。这时有个胖得好像要流油的男人站起来吆喝着说："美女，我们都不会跳拉丁舞，你自己直接跳个肚皮舞让我们滑溜滑溜眼珠子吧！"说完下面一阵大笑。张女士红着脸，不知道如何应对，有些尴尬地站在台上。马承骏和姐姐小时候都在舞蹈培训班学习过，在大学里参加同学聚会时也经常跳舞，他一心想听后面任爱琴的钢琴独奏，所以不想在这里卡了壳耽误时间。于是他站起来大声说："为了给大家助助兴，我来陪她跳一曲吧。"说完，他健步走到了台上。从任爱琴身边经过时，看到她眼里有一丝惊喜，可能没想到自己还会跳舞吧。

任爱琴心里也在暗想，昨夜马承骏给她救火，今天上午马承骏又给她救场，这个和她相隔千里偶然相遇的小伙子，真像是上天专门派来帮助她的亲兄弟一样。

音乐响起，马承骏和张女士翩翩起舞，几个动作就博得了满堂喝彩。

拉丁舞是人们庆祝胜利或丰收的一种表达方式，所以很适合新春年

会这种场合。拉丁舞分为恰恰、伦巴、桑巴、牛仔和斗牛五支舞。张女士看来是经常跳舞的高手，随着音乐的变换，马承骏和她先是跳了节奏感强、舞步潇洒活泼的恰恰；然后是被誉为"拉丁之魂"的伦巴，伦巴音乐缠绵抒情，舞态婀娜，优美浪漫；紧接着是激情四射的桑巴，桑巴跳起来动感十足，摇曳多变，大家看得赏心悦目，忍不住啧啧赞叹起来。谁也没想到这对偶然拼凑起来的临时舞伴，竟然配合得如此默契娴熟，像是早就排练好了的一样，给整个新春年会锦上添花，带来了无与伦比的享受。

舞蹈完毕，大家报以雷鸣般的掌声，马承骏和张女士一起鞠躬致谢。那个大胖男人又站起来说："美女，你和这个帅哥跳得太好了，我希望明年你继续来，继续中大奖，我们也再来给你当忠实的观众，再看你表演节目哈。"

节目一个接一个有序进行，宴会逐渐接近尾声时，主持人说："今天文艺演出的最后一个节目，是我们任总为了感谢各位朋友多年来的关心、支持和厚爱，亲自为大家奉献一曲钢琴独奏《斯卡保罗集市》，有请任总上台。"

伴随着一阵热烈的掌声，任爱琴身着华贵礼服款款走到了台上，她头发也盘了起来，与先前一身正装时相比，恍如变了一个人一样。现在的她光鲜亮丽、高贵娇媚，像刚刚出水的芙蓉，又像灿然绽放的牡丹，周身都散发着独有的气场和魅力。大家忍不住一阵欢呼，马承骏也是眼前一亮。

她坐在钢琴前，轻轻一挥手，美妙的音符立即从她的指尖飞扬飘散开来，此前热闹的大厅顿时一片安静，马承骏也很快沉浸在了婉转悠扬的乐曲声中……

Are you going to Scarborough Fair? 您是去斯卡保罗集市吗

Parsley, sage, rosemary and thyme 那里有欧芹、鼠尾草、迷迭香和百

第二十二章
您是去斯卡保罗集市吗

里香

  Remember me to one who lives there 代我向那里的一个人问好

  She once was a true love of mine 她曾经是我真心深爱的姑娘

  Tell her to make me a cambric shirt 请让她为我做一件麻布的衣裳

  Parsley, sage, rosemary and thyme 那里有欧芹、鼠尾草、迷迭香和百里香

  Without no seams nor needlework 没有接缝也找不到针脚

  Then she'll be a true love of mine 她就将成为我心爱的姑娘

  Tell her to find me an acre of land 请她为我找一亩土地

  Parsley, sage, rosemary and thyme 那里有欧芹、鼠尾草、迷迭香和百里香

  Between the salt water and the sea strand 要在那海水和海滩之间

  Then she'll be a true love of mine 她就将成为我心爱的姑娘

  …… ……

  马承骏听得如醉如痴,这首婉转优美的曲子再一次触动了他的灵魂中最柔软的地带。乐曲声中,他感受到了春风吹过娇艳的花朵,感受到了夏雨落在翠绿的芭蕉上,感受到了秋日的原野丰收在望,感受到了冬雪让大地素裹银装,还有心爱的姑娘踏着海浪在歌唱,马上就要见到久别的情郎……一曲终了,马承骏情不自禁地站起来,和大家一起报以经久不息的掌声。

  宴会结束后,任爱琴在门口和客人们一一握手道别。等把客人都送走了,任爱琴请马承骏来到了她的办公室。

  马承骏说:"我原来从没中过什么奖,没想到今天运气这么好,竟然中了个二等奖。"

  "人生可能就是一场接一场的意外吧,我也没想到你的舞蹈竟然跳

得那么好,什么时候学的?"

"你要说舞蹈,那可真是童子功了,小时候老妈为了让我和姐姐锻炼形体,把我们俩都送到舞蹈班专门培训过,后来上了大学,又学了一些。"

"嗯,你跳得挺好,大家都很喜欢,明年专门邀请你再来表演一个节目吧?"

"如果明年还有机会来参加你的年会,我们可以合作一个节目,你弹琴,我跳舞。"

"好啊,没问题。还有个事和你说,为了表示我的感谢,我送给你和你女朋友每人一套衣服,我已经选好了,你看看喜欢吗?"说完,任爱琴从身后的橱子里拿出了两套服装。

马承骏马上推辞说:"哎,你不要这么客气好吧?昨天夜里我是偶然碰上了那个事,你要是非送我东西,我反倒觉得见外了。"

"不是客气,你总得给我个机会让我表示一下谢意吧。"说完,任爱琴把衣服递给马承骏。然后,她又拿出一箱酒,"这是我们当地的酒,你也拿着,快过年了,你带回去和家里人一起喝,尝尝我们北大仓的酒。"

马承骏说:"你给我这么多东西我真是不好意思了。"

任爱琴说:"和你对我的帮助相比,这些都是微不足道的。你想啊,如果我这楼真被他们一把火点着了,我经营了这么多年的心血就全变成一堆灰了,我越想越觉得后怕。"

"我是正好赶巧了,也没多做什么,不过就是把他们吓唬走了。"

"这可能就是天意吧。"

"你觉得谁会这么恶毒呢,竟然到你店里来放火?"

任爱琴缓缓地说:"去年我们这里有个单位给职工定做工装,数量比较多,一共两万多套,因为这个单位一直是我的老客户,我肯定要去投标。当时有另外两家单位联合起来挤对我,逼我撤标我没有同意。后

第二十二章
您是去斯卡保罗集市吗

来我中了标,他们又来敲诈我,我也没让他们得逞,我怀疑是他们给我搞破坏,但是现在没有确切的证据,我也不能确定。"

马承骏听完说:"现在的社会很复杂,特别是涉及钱财利益的时候,有的人利欲熏心、道德败坏,就会不择手段,无所不用其极。我看你自己一个人忙里忙外的也很不容易,以后这样的事,多让孩子他爸帮帮你,这样你就能省心了。"

任爱琴看着手里的茶杯,轻轻摇晃了一下说:"我已经离婚好几年了,所以我不指望别人,只能依靠自己。"

这个被任爱琴轻松说出的消息着实让马承骏感到吃惊。他没想到眼前这个魅力十足而且事业有成的漂亮女人竟然是单身,他知道婚姻是个人的私事,不便多问,但是好奇心还是让他忍不住顺嘴问了一句。

"是这样啊,你为什么离婚呢?"

"因为在一起,我们彼此都过得不幸福,所以就协议离婚了。"任爱琴说得风轻云淡,没有任何的惆怅或抱怨,像把一件陈年旧衣拿出来看了看,然后又放到了一边。看来她已经适应了独自一人的生活状态。任爱琴说完抬起头看了马承骏一眼,又看向了窗外。这是个敏感话题,马承骏也不好再多问。

也许是出于对任爱琴孤身一人在社会上独自闯荡的怜惜,马承骏说:"你自己一个人,更要多注意防范,特别是和那些老奸巨猾的人打交道,不管有什么事情,先要把自己的安全放在第一位,希望你吉人自有天相,各方面都平安顺利。"

"嗯,我以后会更加注意的,你也不要太过担心,我不会那么轻易就被人打倒的,否则也不会走到现在。"任爱琴说完,淡然一笑。

"我出差来到这里,各方面人生地不熟,所以也帮不上你什么忙。不过,如果你信得过我,以后有什么事可以随时给我打电话,我帮你出出主意还是能行的,你以后也不要再送东西给我了,你就拿我当你的弟弟就行。"

任爱琴笑着说:"好啊,那以后我就多了个好兄弟了,很荣幸呢。以后你要是再来出差,姐姐我要亲自下厨给你做两个家常菜让你尝尝。"

"好,那就一言为定,等我下次再来,一定去尝尝你做的饭菜。"

任爱琴把马承骏送到了车站,马承骏看着任爱琴送给他的那些东西说:"你送给我这么多东西,可我却没有什么可送给你的,下次来我也给你带点我们当地的土特产让你尝尝吧。"

任爱琴说:"我不需要你送给我什么,对我来说,有你这么一个好弟弟就是最珍贵的礼物了。你快走吧,别耽误了坐车时间。"

马承骏和任爱琴道别,拿着东西向候车大厅走去。快走到候车大厅门口时,他突然又想起了什么,回头一看,任爱琴的车正在调头准备要走。他赶紧撒开双腿跑到了任爱琴的车旁边。

"怎么回来了?"任爱琴问道。

马承骏趴在她车窗上,上气不接下气地说:"你说你不需要什么东西,我刚才突然想起你需要什么东西了。"接着,他从包里掏出中奖的那个玉石手镯说,"你需要一份幸运一直伴随着你,我把这个手镯送给你。"

任爱琴说:"这是你刚从我这里中的奖,怎么能再给我呢?"

"我今天中了奖,是我的幸运,现在我把这个幸运手镯转送给你,希望它代表我的心意,也能给你带来幸运和幸福。"说完,马承骏把手镯放到了任爱琴手里。

目送马承骏的身影消失在了熙熙攘攘的人群中,任爱琴拿起那个精致的玉石手镯看了看,嘴角不自觉露出了笑意。

马承骏的任务完成,销售部的年终奖如愿以偿地装进了各自的腰包,马承骏在关键时刻功不可没,销售部的兄弟们给他置办了一桌酒席,让他喝了个底朝天。

马承骏东倒西歪地回到家里,一进家门就坐在沙发上昏睡了过去。米颖把他扶到床上给他脱了衣服,又给他擦洗了一遍。马承骏在床上一

第二十二章
您是去斯卡罗集市吗

会儿喝水一会儿吐酒，反复折腾，米颖一直伺候他，几乎一夜没有合眼。快到天亮时，米颖听到马承骏说梦话，含含糊糊地只听清楚两个字："心雨……心雨……"说了一会儿，又睡着了，米颖也又累又困，随之睡了过去。

临近春节的时候，任爱琴打来电话说公安局已经破案，和她估计的基本一样，果然是那个竞争对手恶意报复，雇人来纵火的，虽然纵火未遂，但是性质恶劣，已受到了应有的法办。

马承骏高兴地说："太好了，案子不破，我也不放心，这下好了，我们都可以安心地过个好年了。"

第二十三章
三下五除二

路东山想参加一个关于保护环境的摄影展,他拍了几幅照片给马承霞看。

其中一幅照片是反映乱砍滥伐现象的,大树被砍断之后,裸露着沧桑的年轮。马承霞说:"这些树长了这么多年,就这么被毁坏了,真是可惜。"

路东山说:"单独看照片我觉得还不够力度,你文笔好,给照片再配上些文字吧?配好了文字,可以先发在我们的报纸上。"

"嗯,抽空我想想。"

第二天,马承霞把给照片配的文字发到了路东山的邮箱里:

明晃晃的利刃

锯断了苍翠和古老

枝干倒下的年轮里

竟听得

清风响起　鸟鸣和蝉噪

第二十三章
三下五除二

路东山看完后给马承霞打电话："你配的文字很好啊，我咋就想不出来呢？"

"你的照片我也拍不出来啊，我们是各行其道。"

"不是各行其道，应该是殊途同归，图文并茂。"路东山笑呵呵地说。

周末，马承霞照例带着丹麦外出跑步，正好遇到路东山和路静。路静一见丹麦，就高兴地过来抱着亲，丹麦也蹦蹦跳跳亲热得不得了。

路东山说："那幅照片已经在报纸上刊登了，我原来还拍过好多风光照片，有兴趣的话，你可以再多配些文字。我专门冲洗出来制作了一个影集，给你看看？"

"嗯，好啊。"

"影集就在我家，去看看吧？"

"好吧。"马承霞刚说完，路静已经带着丹麦向家里跑去。

到了路东山家里，他从书橱里拿出了珍藏的风光摄影专集。马承霞一看，果然有好多。马承霞边看边说："没想到你拍了这么多好照片啊，真厉害。"

"这些都是多年积累起来的。你看哪个好，你就给哪个配文字吧。"

马承霞说："我看你拍的这组荷花非常漂亮，一看就很有灵性，我还是带回去慢慢欣赏吧，等我配好了文字再还给你。"

马承霞刚要起身走，门口突然传来"咚咚咚"很大的响声。丹麦本来和路静在阳台上玩，听到异响，也冲到门口大声狂吠。路东山一惊，因为这声音明显不是正常的敲门，好像是用脚在使劲踹门。

路东山正要开门，马承霞拉住了他，让他先从猫眼里看看是什么情况。

打开猫眼一看，路东山惊讶地说："是曹然他爸。"

"啊？他来这里干什么？难道又喝醉了吗？"马承霞说到这里，外面

又有连续踢门的声音。路东山直接打开了门，马承霞质问曹芒："你踢门干吗？疯了吗？"

"你还问我干吗？我倒是要问问你来他家里干吗了？告诉你吧，我是来捉奸的，怎么样？这次把你们堵住了吧？你们经常约会是吧？"

"你不要胡说八道好不好？我是有事才过来的。"马承霞变了脸色。

这时，路东山对曹芒说："请你不要乱说好不好？我是在公园里碰到了马承霞，然后邀请她到我家来看我拍的照片，你怎么不问青红皂白就说得这么难听呢？是不是喝酒喝多了？"

"你放屁！我喝多少酒用得着你管吗？明明是你耐不住寂寞勾引我的老婆被我撞上了，今天你给我说清楚，否则我和你没完！"

曹芒口无遮拦，恶语伤人。路东山咬紧牙关强忍着心里的怒火，如果不是因为马承霞在场，他握紧的拳头，早就打了出去，非要把曹芒的嘴扯个稀巴烂不可。

马承霞心知此时曹芒像疯狗一样，和他说什么也没有用。她对路东山说了声对不起，然后拽住曹芒的胳膊就往楼下走。

回到家里，马承霞说："你这是故意找麻烦让我难堪，我知道和你生气也没有用，但是我明确告诉你，你这次真是太过分了！你凭什么说那些不堪入耳的话？我郑重警告你，你必须为你的行为承担后果。"

"怎么了，你们做贼不成，还想要倒打一耙吗？"

"你已经完全走火入魔，越来越不讲人话了，我不想和你再多说废话，我们法庭上见吧。"

第二天，马承霞把马承骏叫来，把发生在路东山家的事和马承骏说了一遍："我本身和他已经没有夫妻感情，只是为了孩子凑合着过日子罢了。现在看来，已经过不下去了，我必须要和他离婚，我打算直接起诉，让法院判决。"

"你都考虑好了吗？"马承骏问。

第二十三章
三下五除二

"考虑好了，这次不会再妥协了，没有过不去的火焰山，一切后果我都能承担，你也不要再劝我了。咱爸妈那边，我去和他们说，他们也不会再勉强我的。和曹芒在一起过这种日子，我早就受够了，我已经给律师打了电话，我一会儿就去。"

看来马承霞这次是真的下定了决心，马承骏说："你先不用去找律师。你既然决定了离婚，我帮你和曹芒谈。他那边的事，不用法院，我负责给你办理就行。"

"你能有办法让这个死皮赖脸的老顽固和我离婚吗？除了法院判决估计别的什么方法也白搭，我想过和他协议离婚，也谈过几次，全都白搭。"

"任何事情都会有办法解决的，不过你得给我一段时间，半月后我会给你一个结果。这段时间，你要稳定住情绪，不要和他吵，也不要和他闹，和原来一样就行。"

"好吧，那我答应你。"马承霞看着马承骏，半信半疑地说。

送走了马承霞，马承骏就把李正树找来了。他请李正树帮个忙，李正树说为朋友两肋插刀都可以，有什么事尽管说。马承骏把他的计划说了一下。

李正树说："这样能行吗？"

马承骏说："应该能行，老虎捕猎的最后一步就是潜伏好了以后，耐心等待猎物的出现，当猎物进入了它的伏击范围，它就会看准时机迅速出击，争取一招致命。在这件事上，我觉得有必要向老虎学习。"

李正树的店里有个业务员叫杜尚，是个复员退伍军人，原来在部队当兵时干过侦察兵，是个精明强干的小伙子。马承骏打算让杜尚当个私人侦探，暗中盯梢曹芒，只要发现了他的可疑行踪就赶紧向马承骏报告。

马承骏把情况和杜尚详细介绍了一下，然后递给杜尚一叠钱："这

些是办事的费用，完事了再给你另外的奖励。"

这点小事对干过侦察兵的杜尚来说简直是小菜一碟。他拍着胸脯说："大哥你既然相信我，小弟我就会全力以赴，不管是上天入地，我保证完成任务，给你一个满意的交代。"

杜尚盯梢曹芒的前几天，没有什么异常的动静。到了第五天晚上，杜尚给马承骏打来电话："哥，有情况了，曹芒和一个女人单独进了宾馆。"

"一个什么样的女人？"马承骏问道。

"据我观察，这个人就是在曹芒单位附近卖烟酒的那个女人，曹芒经常去她店里买东西。我打听了一下，这个女人姓边，叫边大香，她老公常年在外打工，她可能是耐不住寂寞，所以和曹芒勾搭上了。"

"好，我马上就过去。"马承骏说。

按照杜尚所说的位置马承骏迅速赶到了宾馆。杜尚已经事先弄清楚了曹芒所在的房间，他们一起来到了房间门口，杜尚看着马承骏说："哥，直接进去吗？"

"对，直接进，有什么事情我全部负责。"

"好，那你靠后点。"

只见杜尚猛然飞起一脚，房门应声被踹开。随着女人的一声惊叫，曹芒大喊："怎么啦？什么事？！"还没等他反应过来，他和那个女人在床上就被抓了个现行。

捉贼捉赃，捉奸捉双。在事实面前，曹芒由原来的疯狗变成了一条哈巴狗，他磕头作揖，求马承骏手下留情，网开一面。

马承骏速战速决，和曹芒谈了与姐姐离婚的事。曹芒同意和马承霞办理协议离婚手续，孩子、房子、车子都归马承霞，家庭存款双方各半。曹芒还有个请求，就是看在他是曹然爸爸的份上，不要把今天的丑事告诉马承霞和孩子，他想给自己留一块最后的遮羞布。马承骏想了一下说："好吧，但是我也有一个要求，从今以后，你再也不能为难我姐和曹然，否则，我会让你比现在更难堪！"曹芒赶忙答应，承诺一定不会再给她娘俩添麻烦。

马承霞和曹芒的离婚手续很快办理完毕。马承霞做梦也没想到马承骏竟然有这么大的能力，三下五除二就帮自己办完了离婚手续，这让她对弟弟刮目相看。她问马承骏到底怎么和曹芒谈的，马承骏说："这你就不用管了，我怎么谈的并不重要，重要的是如你所愿就行了。"

和曹芒离婚后，马承霞就寻思着搬离现在住的地方。她需要换个地方，换个心情，重新开始自己的新生活。和好友郑中惠说了这个打算以后，郑中惠说："要不你搬到我这个小区来吧，我这里正好有卖房子的，这里距离报社和曹然的学校也不远，你要是同意的话，我就给你问问。"马承霞说："好啊，我抽空先过去看看房子，要是合适的话，你就给我做个中间人，以后咱们俩住在一个小区有什么事还更方便呢！"

说办就办，马承霞去看了房子后，觉得挺满意。双方一起办理了房屋买卖手续，她又找装修公司进行了简单的装修，然后就搬了过去。一切都重新开始了，马承霞的心里有喜悦，有自在，更重要的是，有了能够按照自己的方式来过日子的好心情。

第二十四章
爱有天意

马承骏带着客户去王真秀的茶楼喝茶，王真秀说："哟，好久不见，稀客稀客，想喝什么想吃什么尽管说。"

马承骏说："这是我浙江的客户，先让他们尝尝你的老白茶吧。他们喜欢吃清淡一些的饭菜，具体什么菜你看着准备就行了。"

"好的，没问题。对了，我这里新上了几个私房菜，抽空带着你的女朋友来尝尝吧。"

"好啊，她休班的时候我带她一起来。"马承骏说。

王真秀吩咐服务员先把客人领到房间去喝茶，然后对马承骏说："告诉你一个消息，吴昕瑜已经从上海回来了，还有一个月就到预产期，她老公现在在国外学习，大概临产之前才能赶回来，看来得在娘家坐月子了。不过这样也好，有她妈照顾着，我也放心。"

"哦，很好啊，生了孩子我也想去喝杯喜酒，不知道昕瑜她愿不愿意，你到时候替我问一声吧。"

"行啊，你就听通知吧。"

马承骏又迟疑着说："她结婚的时候没让我去，生孩子这喜酒我觉

第二十四章
爱有天意

得也还不一定,我也很久没见过她了,姐,你就多替我说句好话吧。"

"她呀,应该早就放下了,她不是个斤斤计较的人,结婚时可能觉得心里别扭,所以没让你去。女人一旦有了孩子,十月怀胎瓜熟蒂落,孩子成熟了女人也就成熟了。"

"那好吧,我等你的好消息。"

"行,这事包在姐身上了。"

马承骏来到房间陪客人喝茶聊天,王真秀又免费送来一个特色菜和一个水果拼盘。马承骏说:"谢谢你,要不你就在这里陪我们一起吃吧。"王真秀一摆手:"不了,我今天可是忙着呢!待会儿还有一桌早就预约好了的要来,我先给他们准备一下,等你下次和女朋友来,我一定陪你。"

上午的工作格外忙碌,马承骏刚接待完了客户准备歇息一下,便看到王真秀打来电话。马承骏刚一接听她就急促地问:"承骏你在哪里,没出差吧?"

"我在单位上班,没出差,怎么了?"

"我记得你和昕瑜是同一个血型对吧?"

"是啊,我俩是一样的。"

"那你快来市医院吧!昕瑜早产大出血,医院里血源紧张,医生让赶紧寻找血源,否则就会有生命危险。我也是急得没了辙,忽然想起原来一起喝茶时听你说过你俩血型一样。"

"好,我马上就去。"马承骏挂掉电话,立即驱车飞奔医院。

走到半路,米颖又打来电话。

"承骏,我拉肚子拉得厉害,你快到单位来接我,陪我去一趟医院吧。"

马承骏想,怎么这么巧啊,要紧的事都赶到一块儿去了,但是吴昕瑜那边救人要紧。他只好对米颖说:"我这里正好有重要的事走不开,

你先让同事陪你去医院看看,我忙完了就去看你。"

"我疼得直不起腰了,你有什么事这么重要啊?你太不关心我的死活了!"米颖说完就挂掉了电话。

吴昕瑜那里可是人命关天的大事!马承骏顾不上太多,接连闯了两个红灯到了医院。

马承骏的血点点滴滴流进了吴昕瑜的血管里,他感到积郁已久的心结也在一点一滴地逐渐消融。自己的血液,流进了曾经心爱的人的身体里,这也许是上天的安排,只要她们母子平安,原来所有的不快都可以化为乌有。他又想起了他曾经做过的那个梦,吴昕瑜在梦里告诉他说,他们俩的名字分别叫"燕高"和"贵交"。

输完血后,马承骏来到吴昕瑜的病床前。她刚生完孩子,又失血过多,脸色特别苍白憔悴。自从与吴昕瑜结婚前在服装街偶然相遇,此后再也没见过她,更没想到今天会以这种方式再次见面,看着吴昕瑜虚弱无力地躺在病床上,马承骏心里涌上了一股莫可名状的痛惜。

经过医生全力抢救,吴昕瑜母子终于转危为安。吴妈拉着马承骏的手,一个劲儿地道谢,说:"昕瑜有你这样的好朋友,真是她福大命好……"说着说着就流下了泪。马承骏连忙安慰她不要哭,保重好身体。

出来医院,马承骏给米颖打电话,问她在哪里,米颖说已经输完液回家了。马承骏赶紧去超市买了米颖爱吃的糕点,又去看望米颖。

到了米颖家,一进门,马承骏就觉得眼前一黑,一阵眩晕,他赶紧扶住墙慢慢蹲下,心想可能是因为给吴昕瑜输血太多,一时身体适应不了。这却把米颖吓了一跳,她把马承骏扶到沙发上坐下,问他:"怎么了?哪里不舒服吗?"马承骏说:"不要紧,今天太忙了,忙得头昏脑涨,没事的,歇一会就好。"

看马承骏状态好了些,米颖说:"你这个人干什么都是拼命干,也

第二十四章
爱有天意

不知道爱惜自己的身体，以后得改改这个毛病，要不我怎么放心啊。"马承骏说："好的，你说的对，就按照你说的做。"米颖又说："我从前天就开始有点拉肚子，拉肚子可以排毒，我就没怎么管，但是今天不行了，一上午拉了五六次，肚子也疼得要命，实在受不了才给你打的电话，没想到你却没空。经过这么一折腾，我的确没肚子了。"说完，米颖掀开衣服让马承骏看。马承骏在她腹部摸了几下说："哪里还有肚子啊？摸不着了呢？这两天你不用再做饭了，我带你到外面去吃，你喜欢吃什么咱就吃什么，保准不出三天就能把你的肚子撑起来。"米颖偎依进马承骏的怀里说："我的肚子好不容易小了，可不能再吃大了。你不是嫌我腰粗屁股大嘛，我得减肥才行，要减肥就得管住嘴。"马承骏说："我那是和你开玩笑的，你还当真啊。"说完他把米颖搂进了怀里，马承骏对米颖始终有一份感恩之情。在自己最颓废的时候，米颖用真挚纯洁的爱情拯救了他几近迷失的心灵，想到这里，他把米颖抱得更紧了。

马承骏买了一套婴儿用品和一些补养品去医院看望吴昕瑜。他刚一进门，吴昕瑜就看到了他，她笑了一下，招呼马承骏坐在她身边，又让吴妈给他倒水。马承骏看到她旁边有个婴儿床，一个肉嘟嘟的小宝贝正在酣睡。

马承骏端详着孩子说："你的宝贝儿子真可爱，我看他眉毛很像你。"

"刚生的孩子都是丑娃娃，现在还看不出来。"吴昕瑜说。

"我能看得出，眉毛的形状和你一样，将来一定是个帅哥。"

吴妈说："她娘俩这两条命都是多亏了你啊，绍伟明天就从国外回来了，等他回来一定要好好感谢你。"

马承骏忙说："阿姨，你不用客气，我和昕瑜是好朋友，帮忙是应该的，只要昕瑜和孩子都平平安安的就行啦。"

吴妈又说："我看一次一次的都是你在帮昕瑜，她也帮不上你什么忙，以后你有机会去上海，让她和绍伟陪着你好好玩两天。"

马承骏说:"好,没问题。"

吴昕瑜脸上的气色比原来好了一些,她让马承骏把病床摇得高一点,半躺着身子和马承骏聊天:"那天给我输了那么多血,你身体还好吧?"

"没事,你放心吧,我身体好着呢。"

"工作累不累?还经常出差吗?我看你比原来瘦了。"

"现在好多了,工作已经有了基础,用户也相对稳定,虽然还出差,但不像原来那么困难了。"

"那就好。听王真秀说你也定亲了,打算什么时候结婚?"

"家里找人给查了个日子,准备五一结婚。"

"好啊,到时候说一声,我也喝一杯你们的喜酒。"

马承骏说:"好的,你照顾好自己和孩子,到时我会提前通知你。"

婴儿床上的小宝宝哼唧了一会儿,又哭了起来,嗓门还挺大。吴妈赶忙给他换了尿不湿,抱在怀里哄着玩。

马承骏说:"听这哭的声音,这孩子身体肯定很棒。"

吴妈美滋滋地说:"嗯,可不是嘛!别看是早产,但生下来就比一般的孩子大,随他爸爸,个子也高。"吴妈一边说着一边亲了亲孩子粉嫩的脸。

马承骏说:"我也抱抱他吧。叫什么名字?起好了吗?"

吴妈把孩子递给马承骏:"起好了,昕瑜起的小名叫文文,他爸爸又起了个学名叫王泰生,在咱们泰河市出生的,叫泰生也挺好,叫起来还挺顺嘴呢。"吴妈用手指轻轻点了点孩子的额头,"是不是呀?俺的小宝贝。"

马承骏原来老是嫌老妈催着他结婚抱孙子,有时甚至不耐烦,现在看着吴妈沉浸在喜得贵孙的喜悦里,他也理解了老妈的心情。

第二十五章
输与赢

　　王绍伟给马承骏介绍了一个上海的客户，马承骏决定亲自去一趟。来到上海，王绍伟先把他接到了家里。自从给吴昕瑜输了血，他们之间的关系不但跨越了原来的障碍，而且升华到了一个新的境界，就像兄妹一样彼此关心，自然真诚。作为虽没血缘关系却胜似有血缘关系的朋友，马承骏受到了吴昕瑜和王绍伟的热情款待。王绍伟亲自陪同马承骏一起跑业务，在王绍伟的帮助下，马承骏业务上的事情顺利办妥。通过几天的接触和了解，马承骏也暗暗佩服吴昕瑜的眼光，王绍伟不但是个好丈夫，也是个好爸爸，还是岳父岳母的好女婿，对吴昕瑜来说，王绍伟就是她人生伴侣的最佳选择。

　　定好了第二天回程的车票，马承骏决定到城隍庙去看看。他信步走在城隍庙的大街小巷，发现这里有好多特色小吃。为什么叫城隍庙呢？马承骏从网上查了一下，"城"就是城池，"隍"是干涸的护城河，在过去，"城"和"隍"都是保护城市安全的军事设施。马承骏走走看看，品尝了几个小吃，发现味道不错，口感也很好。晚上回到宾馆里，他摸了摸旅行包，发现水杯不见了。他想了想，应该是忘在城隍庙的某个小

店里了，当时吃得高兴有点忘乎所以，水杯丢了也没发觉。再回去找已经不可能了，他打算到附近商场再买一个。

出了宾馆，马承骏左右看了下，并无商场或者超市，对面正好过来一个独自散步的老太太，他于是上前打听："阿姨，请问附近哪里有商场？我想买个喝水的杯子。"

老太太打量了他一下，慢悠悠地说："听口音，你是外地来的吧？"

马承骏点头说是。老太太又说："前面商业街上有个卖水杯的专卖店，各式各样的水杯都有，我原来从那里买过，质量好，用得久，这样吧，你跟我走，我带你去。"

"谢谢阿姨，你告诉我怎么走，我自己去就行，不麻烦你给我带路了。"

"没事，我就是散步闲逛，跟我走吧。"

两个人边走边聊，来到了一个路口，老太太指着前面不远处的一个红色广告牌说："专卖店就在那里，你过去就能看到。"

马承骏谢过老太太，按照她的指点，果然找到了一个卖水杯的专卖店，里面的货架上琳琅满目，各种水杯一应俱全，并且都贴着标价。他转了一圈，相中了一个印有"上善若水"的不锈钢水杯，标价150元。马承骏问老板多少钱能卖，老板说："我这里向来是明码标价，从不讲价，因为我卖的东西都是货真价实的，如果这个杯子本来就值150元，我标价200元，然后讨价还价打折卖给你，你心里可能认为得到了便宜，但实际上你并没有省钱，而且还白白浪费了我的时间，也有损我的信誉。对我来说，时间和信誉都比金钱更宝贵，所以我不愿意和顾客讨价还价，做买卖不能光算小钱，更得算大账，你说是吧？"

马承骏说："你说得很对，我也是干经营的，得向你学习。"他掏钱付账，拿着水杯走出了店门。马承骏边走边想，那个好心的老太太把他带到这里买到了一个称心如意的杯子，还听到了一个讲诚信、论得失的经营理念，处在中国经济中心的上海人，确实有其先进的思想观念。

第二十五章
输与赢

走到一个正在修路的狭窄通道处，马承骏听见前方有人在高声吵闹。他过去仔细一瞧，原来是两辆车堵在了这个地方，看车牌，一辆是上海的本地车，另一辆是外地车。

这是一条东西走向的路，因为修路的缘故，南边的车道被封堵了。上海车是自西向东，走南边，外地车是自东向西，走北边。因为南边车道在修路，两辆车同时开进了北边的车道上，要想通过，必须得有一辆车后退，才能让对方过去。可这两辆车互不相让，所以僵持不下。从距离上来看，上海车是个小轿车，向后退距离较长；外地车是个大商务车，向后退距离较短。但是外地车仗着人多势众，逼着上海车向后退。上海车上虽然只有一个中年女人，但她并不服气，和外地车讲道理："凭什么你们距离短的不退，非要我距离长的后退。"

外地男司机说："你占了我的车道了你还强词夺理，你还讲不讲交通规则？"

上海女司机也不甘示弱："南边车道修路已经堵住了，我不走北边车道我走哪？你难道要我飞过去？"

双方就这么僵持不下，结果是互相不让路，谁也过不去。

马承骏看清局势，走上前去，微笑着和上海女司机说："大姐，能不能借一步说话？"

上海女司机年龄四十岁左右，看相貌打扮像是个文化人，她看了马承骏一眼问："什么事？"

马承骏把她叫到路边说："大姐，我是到上海出差的外地人，你们双方我都不认识，我正好从这里路过，所以我想给你们当个调解员，把这个问题协商解决一下。上海文明程度高，上海人的素质也高，现在不管谁对谁错，都是与人方便、与自己方便的时候。那个外地车路况肯定不熟，他们事先不知道这里修路，你给他们让个路，然后我让他们给你道个谢，双方就都能过去了。你看后边还有车等着，这样堵在这里，车堵心也堵，白白浪费了大家许多时间，所以我想请你后退一下，给外地

车让个道,这不光体现了上海人的宽容和气度,对外地人来说,也是比说千言万语都更好的教育,请你行个方便,你看如何?"

马承骏说完,上海女司机犹豫着说:"这本来也不是什么大事,可是这伙人咋咋呼呼的很是嚣张,说话也很不客气,让我感到很生气。"

马承骏又说:"上海汇集了全国各地的人,什么样的人都有。有些地方的人就是嗓门特别大,平常说话听起来就像是吵架一样。有些地方的人即使吵架斗嘴,听起来还像是唱歌呢!你说是吧?"

上海女司机说:"嗯,可不是嘛,真是林子大了什么鸟都有。"

马承骏又说:"海纳百川有容乃大,道理咱都懂,我知道你们双方是在互相怄气。退一步海阔天空,你现在让他们一步,双方都能过得去,进退之间,高低分明,你不是输了,而是赢了,对吧?"

上海女司机听到这里爽快地说:"好吧,我回家还有事,也不想再继续耽误时间了,就按你说的办吧。"

马承骏让她稍等,然后走到外地男司机面前,跟他们说了一下,对方也连忙点头应允。

马承骏走到上海女司机车边,指挥她倒车,外地车辆也随之发动车辆缓缓向前。外地车走出了修路的狭窄路段,男司机停下车,主动和上海女司机表示了感谢,然后和马承骏握手告别。两车互相鸣笛致意,继续各奔前程。

目送他们走后,马承骏提着水杯哼着小调回到了宾馆,听着音乐冲了个澡,然后躺在床上吹着口哨,看着床头柜上的车票,他突然想和米颖开个玩笑。他想给米颖打电话,告诉她还要过一周才能回去,然后明天再突然到家,出其不意地给她个惊喜。

还没等他拨通电话,米颖的信息就来了,问他在干吗,马承骏打开语音,高兴地和她说了今晚遇到的事。

听他说完以后,米颖淡淡地说:"你这么开心啊,我有个不开心的事要和你说。"

第二十五章
输与赢

"你有什么不开心的事啊?你就说出来让我开心一下吧。"马承骏嘻哈着说。

"一句两句也说不清楚,我给你写了一封信,发到你邮箱里了,你自己看看吧。"

"什么事还不能当面说啊?搞得神神秘秘的。"

"是挺神秘的。你的加密日记,我无意中看到了。"

"啊?你,你什么时候看的?"一听米颖说到加密日记,马承骏的神经立刻绷紧了。

"我昨天晚上看到的,我看了一夜,反复看了很多遍,我今天又仔细考虑了一整天,所以今晚给你写了封信,你看了就知道了。"

米颖说完挂掉了电话,马承骏的心情也一落千丈,赶紧打开电脑登录邮箱。他的脑子在飞速旋转,米颖是怎么看到他的加密日记的呢?邮箱打开,邮件是一个小时之前发来的,他迫不及待地想看看米颖到底说了些什么。

第二十六章
她的血管里流着你的血

承骏:

　　给你写这封信的时候,我的心里有一种你永远也无法体会的失落和悲凉。从前有多少欢乐,现在就有多少哀伤。你虽然和我定亲,并且准备结婚,可是你心里魂牵梦绕的,竟然是那个叫吴昕瑜的女人。也许,我应该高兴才是,庆幸我在结婚之前知道了你的内心世界以及事实真相,因此,不至于被蒙在鼓里,糊里糊涂度过一生。

　　你肯定纳闷我是怎么看到你日记的,那我就先告诉你吧。

　　昨天晚上,我要写点东西,无意间在你的一个U盘中发现了你的加密文档。我当时有些好奇,因为我俩日常的生活彼此都不设防,也没有刻意隐藏过什么,所以好奇心让我特别想知道你加密的文档里到底是什么内容。我就试着输入了你的银行卡密码,看看能否打开,但是没打开。后来,我又想起前些天和你妈聊天的时候,她说起你原来玩电脑游戏时曾用过她的生日当密码。于是,我抱着试试看的想法,又输入了你妈的生日数字,于是,你的文档就打开了,你那些藏在心里的秘密就这样全部都被我看到了。

第二十六章
她的血管里流着你的血

从头到尾，从身体到心灵，你记录了你和吴昕瑜之间的一切，我都看到了。让我惊奇的是，尽管吴昕瑜已经结婚生子，你对她的感情却依然魂牵梦绕地贯穿到现在，可见你对她确实是情有独钟、痴心不改，你只是把这份感情藏到了你内心的最深处，藏到了一个你以为只有你能打开的密室。那个密室，就是你和她幽会的地方，她依然是你的梦中情人，只要她需要，你随时可以为她献出所有，甚至付出你的生命也在所不惜。

自我们相爱以来，你对我很关心，并且承诺要好好地和我过一辈子。可是，那个叫吴昕瑜的女人还是住在你的内心深处，你无法把她从心里真正地抛开或放下。看到这里时，我内心无比凄楚寒凉。那次我生病的时候，你说你有重要的事在忙，看了你的日记，我才知道你是去给她输血去了，她的血管里流着你的血，你们之间已经是如此的深情厚爱了。可是你有没有想过，她在你心里的这种存在，就是对我深深的伤害？

你爱的人是她，我爱的人是你，这就是我们三个人之间的现实。这也注定了我们早晚都要分道扬镳。

从相识以来，我就死心塌地地爱着你，直到以身相许，我都是无怨无悔。现在想来，也是我的虚荣心在作怪，我固执地认为，你就是我唯一的爱情，我只有嫁给你才幸福。那次你被她咬破了舌头，你说是嘴里长口疮，我也傻乎乎地信以为真，我从没有怀疑过你，可你却对我隐瞒真相，这是让我最难容忍的。还有那次你喝醉之后，你嘴里嘟念着："心雨，心雨……"我现在才知道，原来你叫的是她的名字昕瑜。你的日记内容很丰富，描写也很详细。在爱情方面，你是个很有想象力的男人，可是你丰富的想象对我却有巨大的杀伤力。你记录的你梦到她的那些缠绵文字，在我看来都像是一把把锋利的尖刀，不停扎着我的心，直到血尽人亡。你虽然和我睡在一张床上，可是你魂里梦里都是吴昕瑜。我得到了你的人，却得不到你的心，这种同床异梦的感情，已经没有存在的意义。

幸亏我们还没有结婚,一切都还来得及。事实就像一加一等于二一样明白无误,你也不需要再和我做其他加减乘除的证明和解释了。我们的这种爱情就像皇帝的新装一样,不管如何掩饰,实质上都是自欺欺人。更重要的是,这不是我想要的爱情。可能是虚荣心欺骗了我,也捆绑了你,我经过慎重考虑,觉得分手是我们最好的选择……

马承骏一口气看完了米颖的信,顿觉万事皆空。他披上外衣,出了宾馆,像一片落叶一样到处随风飘荡。他沿着马路一直走,到了外滩。外滩上的行人来来往往,络绎不绝。

米颖的信,点中了他的死穴。他以为,无论吴昕瑜在他心里有着什么样的印记,只要他从不提起,他照样可以和米颖结婚生子,和和美美地过一辈子,他会疼爱老婆,照顾孩子,因为对他来说,吴昕瑜是天上的月亮,米颖才是生活的食粮。如今,月亮依旧光辉照耀,自己却已弹尽粮绝。

马承骏沿着外滩大堤从南走向北,又从北走回南,他漫无目的地来回走,走到一个咖啡馆门前,里面播放着一首《还在寻找你》的老歌——

人在天地间
如风中飞絮
往事可曾留下几分踪迹
看白云悠悠
看流水远去
潮起潮落难平息

是恨是爱断断续续
恩义相伴一生不会忘记

第二十六章
她的血管里流着你的血

只要情长久

无论在哪里

寒来暑往共朝夕

马承骏一边听着歌一边在咖啡馆前徘徊。他心里由失落变得麻木,由麻木变得冰冷,看着眼前的潮水和天上的星斗,马承骏的思绪陷入了一个巨大的漩涡。他掏出手机想给米颖打个电话,可是又能说些什么呢?正如米颖所言,任何解释都是多余的。

他拨打了另外一个号码,是任爱琴的手机号。手机接通了,他迟迟没说话。

"喂,承骏,你怎么不说话?"任爱琴问。

失意的泪水模糊了他的双眼,又顺着脸颊流到了嘴角。

"你快说话好不好,到底怎么了?你别吓唬我啊。"任爱琴继续说。

"姐,你知道泪水为什么是咸的吗?"

"你怎么了?需要我给你科普一下吗?"

"嗯,需要。"

"那我就告诉你,因为泪水的原料是血液,血液里含有一定的盐分,所以泪水里当然就会有咸味了,好端端的你怎么研究起眼泪来了呢?"

"女朋友决定和我分手,我失恋了。"

"啊?为什么?不是都要准备结婚了吗?"

"她无意中看到了我的加密日记,我写的都是关于我原来单相思的那个朋友吴昕瑜。"

"你那个朋友不也早就结婚生子了吗?难道你和她还有什么牵扯吗?"

"她结婚以后,我们就没有任何联系了,除了我有时还会梦到她以外,别的也没有任何瓜葛。直到她生孩子大出血时,因为我和她血型一样,我才又和她见了面,给她输了血。"

"那你和女友解释了吗?"

"她说不需要我任何解释了。"

"我不知道你到底写了什么样的日记让她决定和你分手,我觉得你和她推心置腹地再好好谈谈,也许,她还能够回心转意。"

"我可以把那些加密日记给你看,我觉得现在我和别人都说不明白了,也许你能理解我。"最遥远的距离往往有最直接的信任,马承骏打完电话,就把他邮箱里保存的那些加密日记发给了任爱琴,他想让任爱琴来鉴定一下,这些加密的日记到底值不值得米颖和他分手。

第二天,马承骏去商城给米颖买了一块女表,这是他这次临行前和米颖说好了的,即使分手,许下的诺言也要兑现。

马承骏从上海火速赶回,找米颖谈了三次,但米颖都去意已决,没有再给马承骏任何挽回的机会。

无奈之中,马承骏也只好放手。

盼着早日抱孙子的老妈没想到什么都准备好了,儿媳妇却又黄了,为此大病了一场。

当马承骏再一次出差到哈尔滨的时候,已经又到了隆冬季节。在他们第一次吃饭的那个火锅店里,他和任爱琴又面对面坐在了一起。

谈到感情方面,马承骏说:"我爱的人早已结婚生子,爱我的人也与我分道扬镳,你说这是不是老天爷故意捉弄我?"

任爱琴淡然一笑说:"不管你遇到谁,有个道理你必须得明白,爱情必须是两情相悦,才能够修成正果。"

"哎!别说两情相悦了,我感到想找个能说说知心话的人也不容易。"

"这也很正常,皇帝有时候想找个说知心话的都难呢!你看过《康熙王朝》的电视剧吧?"

"没看过,我很少看电视剧。"

"里面有个妃子叫容妃,康熙后宫有三千粉黛,可最爱的就是她。

第二十六章
她的血管里流着你的血

他到容妃那里,最爱说的话就是:朕想和你说说话。后来,康熙因事不得已废了容妃,每当心情郁闷时,就不自觉地走到容妃宫前,但已人去楼空。他贵为皇帝,有时连个说话的人也没有,何况你一个平民百姓呢?"

"是啊,没有说话的人,我空闲的时候就看书,最近在读一本书,叫《西方哲学简史》,你看过吗?"

"原来看过,记得里面有句话说苏格拉底是第一个把哲学从天上拉回到人间的人。你喜欢读哲学方面的书?"

"对,是这么说的,你记得很清楚。哲学方面的书我原来读得并不多,但是现在比较喜欢看了,因为哲学能救人于水火之中。"

"怎么救你了?说说看。"

"给你看看我的笔记吧。"

马承骏说完,掏出他随身携带的笔记本,里面工整地抄写着苏格拉底的经典话语:

时间是人最伟大的导师,我见过无数被失恋折磨得死去活来的人,是时间帮助他们抚平了心灵的创伤,并重新为他们选择了梦中情人,最后他们都享受到了本该属于自己的那份人间之乐。

任爱琴看完之后把笔记本递给了马承骏:"时间确实是最伟大的导师和最好的医生,它会让人在经历中懂得如何去思考和选择适合自己的道路。我觉得其中很重要的一点就是要学会从不同的角度来看同一个问题,那样就会有更全面的认识。人之所以有很多痛苦,往往是因为只从自己的立场去想问题办事情。"

"嗯,我深有体会,我现在的原则是不勉强别人,也不为难自己。"

"但愿如此吧,不爱了就不要再怨恨或纠结。一别两宽,各生美好,以后的路还长着呢。"

第二十七章
梦开始的地方

两年以后,彩云之南。正值阳春布德泽、万物生光辉的美好季节,马承骏拜访完昆明的两个客户,回到宾馆顺手打开了一份宣传云南风光的画报。这两年,马承骏的业务范围越来越广,他去过很多地方,但大部分都是行色匆匆,办完业务就走,也就无暇顾及当地的湖光山色。这次,他仔细浏览了手中的这份画报,上面对云南的著名景点都有详细介绍,石林奇景、丽江古城、玉龙雪山、苍山洱海等。马承骏边看边在脑海里盘算行程,他此行还有三天的时间可以自由支配,于是他拿出手机根据报名热线报了一个旅行团,想顺便体验一下云南的秀丽美景。

第二天,马承骏早早起床收拾完毕,为三天的短暂旅程做好了准备。

旅行第一站是石林。众所周知,石林是世界自然遗产,也是著名的地质公园,位于昆明市石林彝族自治县境内,素有"天下第一奇观"和"石林博物馆"的美誉。听导游介绍,石林是喀斯特地质遗迹的典型,不仅有很强的观赏性,还有很高的科普价值。随着旅行团进入石林以后,各种奇形怪状的石头一一呈现,柱状的、剑状的、蘑菇状的、塔状

第二十七章
梦开始的地方

的……简直是鬼斧神工，令人目不暇接。几乎世界上所有的喀斯特形态都集中到了这里，构成了一幅天造地设的自然杰作。

石林景区范围广阔，景点密布，游客众多，参观的线路也比较复杂。导游说因为时间关系，他们只能选择其中的一条线路来走，所以希望大家要紧跟着她，防止走失。

马承骏跟着导游一路前行，有时穿行在石洞中，有时又行走在石桥上，峰回路转，千岩竞秀，花草树木，争奇斗艳。当来到电影《阿诗玛》的拍摄处时，大家纷纷驻足，和那高高耸立的酷似阿诗玛人像的美女石合影留念。阿诗玛和阿黑哥那凄美的爱情故事早已深入人心，广为流传。在继续前行的过程中，导游遥指远处的一块从绿地上凸起的巨型石头说："从这个位置看过去，你们看那块石头像什么？"马承骏顺着她指的方向看去，感觉像一头大象。

听大家七嘴八舌地说完之后，导游说："这块石头有很好的寓意。它的下面是一头大象，大家可以清晰地看到大象的身子、腿、头和鼻子。更为奇妙的是这个大象的身上，还驮着一只乌龟。"根据导游的指点，游客们又换了个位置看过去，果然在大象的脊背上，还驮着一只很大的石乌龟，乌龟伸着长长的脖子似乎在向游客这边眺望。导游又说："等会到了那里的时候，大家可以抱抱大象腿，据说能给人带来吉祥和好运。"

马承骏随着人流在林立的山峰中蜿蜒行进，当来到大象石跟前时，大家争相张开双臂拥抱大象腿祈福增寿。这时，在拥挤的人群中，一个熟悉的身影一下跃入了他的眼帘。

"那不是米颖吗？"马承骏心中这么想着，不禁暗自一惊。因为自从和米颖分手后，他们真的再也没有见过面，难道会在这里不期而遇？他确认是米颖无疑，于是赶紧上前，从背后轻轻拍了拍米颖的肩膀。米颖一回头看到马承骏，也是情不自禁地"啊"了一声，说："怎么你也在这里？"她大概也没有料到会在几千里之外遇到马承骏。

无奈人声嘈杂，导游又不停催促，他俩也来不及多说，马承骏只知道米颖有个亲戚在云南，这次是来走亲戚，顺便游玩。他们说了彼此的行程，正好下一站都是丽江，于是就相约等到了丽江以后再联系。

在丽江的行程安排比较紧张，上午去玉龙雪山，下午逛丽江古城。马承骏从玉龙雪山下来之后，就给米颖打电话，米颖说她晚上有时间，马承骏便邀请她晚上在丽江古城一块儿喝咖啡。

夜幕笼罩下的丽江古城宛若跌落人间的仙境一般，让马承骏感到像是在天上，又像是在人间，特别是与米颖面对面坐在咖啡馆里的时候，他更是觉得不可思议，他们曾经那么近，如今却又这么远。

"两年没见了，你，都还好吧？"马承骏说。

"嗯，我还好。你呢？"米颖答道。

"我还是和原来一样，我看你比原来瘦了呢。"

"我现在经常锻炼身体，身体比原来结实了，所以看起来显瘦。"

"哦，挺好的。有时间多锻炼身体，对身心都有好处。"马承骏说完喝了一口咖啡，一股苦涩的香味弥漫在唇齿之间，恰似曾经和米颖有过的爱恨缠绵。

"你有女朋友了吗？"还是米颖先问到了主题。

"还没有，你呢？"马承骏认真地看着米颖说。

"我已经定亲了，计划明年结婚。"米颖接着说，"你也已经三十多岁了，还要一直等下去么？你真是个典型的理想主义者。"

听米颖这么说，马承骏不禁长叹一声："我也曾经想在这烟火人间很现实地过一辈子，可惜，你说走就走了，所以依我看，你比我更有理想。"

米颖听了苦笑了一下："现在回想起来，我那时是比较冲动，任凭你怎么劝说，我也无法接受那个事实。在爱情上，我可能就是有洁癖，我可以慢慢等着你爱我，却无法承受你跟我在一起时心里惦记的却是别人，所以才下定决心那样决绝地离开你，这也算是我的任性吧。"

马承骏轻叹一声："过去的事，就让它过去吧，只要你以后好好过

第二十七章
梦开始的地方

日子,就行了。"

"你不用担心我,我现在挺好的,工作生活各方面都比较顺心,他对我也很好,我也希望你早日找到一个合适的。"

马承骏默默心想,他一厢情愿爱过的吴昕瑜已经结婚生子,过着三口之家的幸福生活。现在,一厢情愿热恋过他的米颖也已经情定终身,将要踏入婚姻殿堂。对于她们,上帝都做了很好的安排,可能唯独将他遗忘了,所以他注定要继续在这熙攘的人海中孤独地游荡。

米颖看马承骏沉默不语,也就不想再提过去的事。她低头从包里掏出一个包装袋递给他:"喏,你看看,这个送给你,希望你开心。"

马承骏接过来打开一看,是一个带有浓郁民族特色的漂亮风铃。风铃上还印着纳西族的东巴文字,同时也标有汉语:快乐每一天。

马承骏看完,也从背包里拿出一条围巾说:"来而不往非礼也。我正好从这里买了两条手工织的围巾,也送给你一条作为纪念吧。"

米颖笑盈盈地接过围巾,直接围在了脖子上:"这花色我很喜欢,你还挺会买的,我戴着好看吗?"

"嗯,当然好看,你明天爬玉龙雪山正好可以戴着。玉龙雪山海拔高,我今天坐索道上去的,山上还有很厚的积雪,可冷呢。"

"我听说能到4000多米的山峰上,风景不错吧?"

"风景确实很美,我今天爬到了4680米的那个观光平台,那是游客能到达的最高处,也是我迄今为止登上的最高峰。"

"好嘛,你从此以后可以一览众山小了。"

正说到这里,米颖的亲戚打来电话,催她回去,说正在丽江古城的标志性大水车那里等她。米颖只好和马承骏道别,她主动伸出手握住马承骏的手说:"祝你好运,再见。"马承骏也微笑着说:"谢谢你,愿我们都有好运。"

第二十八章
山雨突来

马东风怎么也没有想到，宏信电器有朝一日会因为给美道纸业公司担保而发生严重的债务危机，顷刻间由红红火火变得岌岌可危。美道纸业的法人代表包一发突然下落不明，公司的生产和经营全部陷入了瘫痪，根本无法支付银行贷款。美道纸业和宏信电器是互相担保贷款的单位，所以美道纸业这笔5000万元的巨额贷款就必须由宏信电器来偿还。祸从天降，马东风感到透心凉。他又急又气，把马承骏姐弟俩都叫回家里，开了个家庭会，然后就气得卧床不起了，老妈也为此心焦，天天吃不下睡不着。

马承骏赶紧把这个不幸的消息告诉了铁哥们张梁，张梁说："根据你说的情况来看，后果真是很严重，替美道还款是在所难免的了。"

"可是如果把贷款都给他们还上，我们公司的资金运转就非常困难了，因为我们也有贷款需要还，现在我爸受不了这个打击病倒了，我想辞职回家干，你看怎样？"

"现在家里正是需要你来当顶梁柱的时候，你考虑好了就回去吧，我支持你。"

第二十八章
山雨突来

马承骏又说:"原来我爸也说过要让我回去接手管理公司,但没想到是在这种情况下。我到底行不行,能不能渡过这个难关,心里确实没有底。"

张梁拍了拍马承骏的肩膀,鼓励他说:"我相信你能行,我也会尽力帮助你的。"

晚上,正当马承骏焦头烂额之际,任爱琴打来电话,说是要给他介绍一个新客户。来不及说别的,马承骏就心急火燎地先把自家公司突遭变故的事和她说了一遍。任爱琴听了沉默了一下,然后语气坚定地说:"别太着急,天塌下来还有地顶着呢,你要先稳住,我明天会筹集500万元汇过去,你先用来救急。"

马承骏简直不敢相信自己的耳朵,他没想到任爱琴这么迅速地就做出了雪中送炭的决定。

他忙说:"这可不行,你做生意也不容易,借给我这么多钱太连累你了。"

"当初别人放火烧我的店时,如果不是你及时发现并制止,也许我的店早就化为灰烬了。现在你遇到了难处,我帮你也是理所当然。再说,我们来往这几年,我对你已经很了解了,我相信你能把这个棘手的事情处理好,你就不要再客气了,这也算是老天爷给我的一个报答你的机会吧。"

听任爱琴这么说,马承骏激动得一时语塞,使劲握着手机不知道说什么才好,好像有一股暖流从天而降,席卷而来,如万马奔腾般把他层层围拢,又高高托起。

摊上了这种倒霉的大事,马承霞也心神不宁。路东山来看她,见她神情忧郁,就问她怎么了,马承霞就把公司里的事和路东山说了。

路东山说:"美道纸业真是太坑人了。"

"不光美道,现在乘人之危的人也不少,一听说我家公司遭了殃,那些有往来的单位也扎堆来要账,平日里一个个都说得好好的,比亲娘老子还亲,现在事到临头,却堵着门一窝蜂地来要账,我爸生病主要是被这些人气的。"

路东山安慰她说:"这个事你先别着急,车到山前必有路,关键是想办法解决问题才行。路静的舅舅是银行的领导,我问一下他,看他能不能给帮忙想个办法。"

"能行吗?"

"不管行不行,得先问问才知道。这样吧,我给路静舅舅打电话,让他去琴岛咖啡馆,你也给承骏打个电话,让他过去咱一块儿商量一下。"路静的舅舅叫庞开元,是泰商银行的行长。

一小时后,马承骏和庞开元先后来到了琴岛咖啡馆。互相介绍认识以后,大家就开始讨论。庞开元皱着眉头说:"这个事情我已经知道了,按制度钱必须得还,确实不好办。"

路东山说:"我不懂金融,但从道理上说,难道因为美道完蛋了,银行就要掐断资金链,逼着宏信也瘫痪吗?如果宏信也倒闭了,对银行来说,也没有好处啊。毕竟宏信是正常经营的,而且现在效益还不错。我觉得这个时候,银行应该想办法帮助宏信渡过难关,而不能卡着脖子一味逼债。"

庞开元说:"你这样说虽然有道理,但是银行也有严格的管理制度,不会轻易改变的。"

马承骏诚恳地说:"庞行长,宏信现在真是遇到了难处,相当于美道吃了馒头却要宏信来还账,如果一下替美道偿还这5000万贷款,宏信的资金周转马上就会陷入僵局。你是金融专家,所以麻烦你帮我们想想办法,只要不把宏信逼进死胡同,我们一定会竭尽全力想办法把贷款还上。"

庞行长沉思了一会说:"那就考虑一下再说吧,我尽量帮你们想办

第二十八章
山雨突来

法。"

即使有百分之一的希望,也要拿出百分之九十九的努力。紧要关头,马承骏和马承霞认真梳理了一下问题的关键,然后就开始不停地跑银行,跑政府,找相关部门,请求给予支持。马承骏天天四处奔走,累得精疲力竭,一周就瘦了五斤。张梁关键时候也出钱出力,给予鼎力支持。

好在天无绝人之路,最终,通过政府部门出面协调做工作,银行采取了一个照顾性政策,同意宏信分期支付美道的贷款。

宏信虽然暂时脱离了困境,马东风的病却一直没有好转,他把马承骏叫到面前说:"我这把老骨头看来是经不起风吹雨打了,明天我就开会下个文件,今后公司里的一切事务就全交给你了,还贷的事情你和承霞处理得很好,让公司渡过了难关,你们能齐心协力地做事,我就放心了。我这身体现在是急不得,累不得,也实在操不了这个心了,你就好好干吧。"

宏信有职工500余人,马承骏接替马东风上任后,先召开了一个全体职工大会,把宏信当前的状况和职工们讲清楚,鼓励全体干部职工团结起来共渡难关,不要被暂时的困难吓倒,要变压力为动力,争取创造出更好的效益。马承骏同时还给职工们吃了一颗定心丸,虽然公司目前在资金方面遇到了前所未有的困难,但是宏信是一个敢于担当、勇于负责的公司,无论如何,都确保工资、奖金与原来一样,一分也不少,按时足额发放。

处理完还贷风波,马承骏就集中精力投入公司的各项管理工作中。他连续一个月都吃住在公司里,调查了解生产、经营、管理等各个方面的详细情况,逐渐掌握了很多第一手宝贵资料。他认为,公司在降本增

效方面，还大有文章可做，也就是说，公司的利润还有比较大的提升空间。同时，在人员管理上，他也有自己的主张，人力资源就是让合适的人干合适的活，这样才能真正发挥出每个人的最大作用。

马承骏召集车间和科室的负责人开了个专题会，着重强调，对于企业内部管理来说，成本是重中之重。在保证质量不下降的前提下，要想方设法通过革新改造来降低消耗，降低成本就是给公司创造利润。马承骏让大家各抒己见，提出建议和看法，要求各车间、科室都必须在降本增效上拿出方案、定出措施。

生产科说他们把现在的生产加工成本再从头到尾仔细核算一遍，重新确定一个更加科学的消耗定额。设备科说仓库里有很多常年积压的备品备件，需要清理盘点，合理储备，减少不必要的资金占用。企管科说现在有的岗位存在不满负荷工作的状况，需要把工时再重新核定一下。各生产车间也根据生产实际情况提出了建议，重点在优化生产工艺、实施技术创新、推行修旧利废上下功夫。

听完了大家的发言，马承骏进行了总结。他说："为了使宏信有更好的发展，结合目前形势，我提出四个意见：第一，产品的生产加工成本在不影响质量的前提下，要降低 5%。企管科和生产科一起利用倒推成本法，把成本逐一分解，落实到每个岗位。第二，设立'改革创新奖'。今后无论哪个职工或团体，只要在生产、经营、设备、管理、技术、工艺等各个方面有切实可行的改革创新项目，并创造出实际效益，经公司统一评审后，一律按照创造效益的 10% 对个人或团体予以现金奖励。第三，本着'能者上、平者让、庸者下'的原则，对现有管理人员进行一次综合测评，为下一步进行人事调整做好准备。第四，加大市场开发力度，积极拓宽销售渠道。在维持现有市场份额的基础上，销售科三个月内要至少开发出 5 个稳定的新客户。"

马承骏命令一出，职工们在工作上有了更加明确的方向和奋斗的目标，大家都凝心聚力，干劲十足。管理人员精打细算，研究如何把成本降低 5%。同时，10% 的现金奖励也发挥了强大的吸引力和刺激作用，职工们八仙过海各显神通，积极主动地进行改革创新，产量和质量指标都连创新高。宏信公司经历了还贷风波这个难关以后，不但没有倒下，反而焕发出了勃勃生机，呈现了更好的发展势头。

  在工作过程中，马承骏经常和任爱琴沟通交流。任爱琴毕竟创业多年，每次面对马承骏的问题，她总能耐心细致地帮他梳理，然后提出一些良好的建议。在重要的公司发展战略上，马承骏也习惯性地先和任爱琴商议，他说下一步要对企业进行股权化改革，让职工真正成为企业的主人，这样会更有利于企业的长远发展。

  随着日积月累的来往，在不知不觉间，马承骏和任爱琴的关系也渐渐发生了变化，等马承骏发现这一变化时，才发觉他似乎已经离不开任爱琴，并且对她多了一些不只是朋友的情愫。

  对这一发现，马承骏有困惑、忐忑，也有一丝欣喜。犹豫许久，他还是拿起笔在日历上圈定了一个日子，决定等各方面的工作都趋于稳定后，去看看任爱琴。

第二十九章
蒲苇与磐石

这次去哈尔滨,为了表达对任爱琴的衷心感谢,马承骏专门给她买了一条镶钻的施华洛世奇项链。

下午两点,马承骏准时赶到了任爱琴家。虽然原先也来过几次,但是这次来,马承骏心里倍觉亲切。和任爱琴相识相知这些年来,任爱琴不仅从感情上给予他信任,在宏信公司危难之际,任爱琴更是毫不犹豫地伸出了援手。能遇到她,他觉得幸运。

马承骏快到门厅时,任爱琴从里面迎了出来。

别后重逢,两个人都很高兴。来到一楼客厅,任爱琴让马承骏坐在南边靠窗的椅子上,这里摆放着专门喝茶的各种用具,看来任爱琴平时也经常临窗喝茶。

"你想喝什么茶?"

"客随主便,我喝什么都行。"

"我冬天一般喝红茶,一起尝尝?"

"好的。"

在悠扬的江南丝竹声中,任爱琴娴熟地操作各种茶具沏茶,一看就

第二十九章
蒲苇与磐石

是行家。任爱琴把泡好的正山小种端给马承骏,马承骏看着精致的小茶碗说:"我先牛饮三杯了。"

"你是口渴了吧?慢慢喝才更出味。"

"何止口渴,为了早点赶到,还跑出了一身汗呢!就像梁山伯祝家庄上访英台一样。"马承骏开玩笑说。

喝了两杯,马承骏突然看到茶盘上有一个陶制的大象茶宠,看起来温润可爱。他拿起来说:"之前没注意,你还有这么个宝贝,养了多少年了?看起来色泽很好。"

"大概七八年了,还行吧。"

"很好,我也喜欢大象,我收藏了一对紫檀木雕刻的大象,据说喜欢大象的人是自由主义者,也是乐天派。"

"我喜欢大象是因为它给人踏实沉稳的感觉。"任爱琴说。

两人一边听音乐一边品茶聊天,正山小种把马承骏的五脏六腑浸润得非常舒坦,也泡出了他沉积在心底的许多肺腑之言,他把工作与感情上的许多体会和诸多想法一一道来,特别是在感情上,他说自己就像一块石头,抱守着顽固的信念,任凭世俗的风化。任爱琴则像个知心大姐,默默听他说,偶尔问两句。

聊完了自己的感触,马承骏深深叹了口气说:"该走的都走了,该来的还没有来,我现在是空空如也的感觉。"

任爱琴笑道:"我记得有一位作家好像这样说过,在你缺少一切的时候,你就会发现原来还有个你自己。所以说,空未必就是坏事啊。"

"嗯,这句话很有道理,当失去所有,从头再来的时候,会发现那个更真实的自我。"说到这里,马承骏话头一转,"听我啰哩啰唆地说了这么多,我有个事也想问问你,好吧?"

"你说吧。"任爱琴浅笑道。

"你单身这么多年,没打算重新再找个人一起过日子吗?"

"想过,也有人给我介绍过对象。"任爱琴说得很坦然,面对马承骏

的真诚,她觉得自己也没必要遮掩。

这时,环绕立体音响里传出 Goswell 演唱的 *Summer Warm Sun*,清新的吉他民谣流淌出令人迷醉的旋律。Goswell,这个来自爱尔兰的女子,拥有温带海洋性气候的独特声音,柔和纯净,拨动心弦,听她的歌,能感受到内心的独白在温柔涌动或迎风舒展。

"她的嗓音很有吸引力。"马承骏说。

"嗯,她的声线听起来舒适自然。"

乐曲中优美的风笛声响起,马承骏看着任爱琴说:"别人给你介绍什么样的对象?你也说说吧。"

"自从我离婚后,介绍了好多个呢。"

"你都见面了?"

"有的见了,有的没见。有的是熟人给介绍的,不去显得不给面子,所以行不行的都要去走个过场。"

"既然介绍了好多个,难道没有你中意的吗?"

"也有,有一个还谈了好长一段时间,差点就结婚了。"

"后来为啥没成呢?"

"中间出了个事,就散了。"

"哦,是这样。"

"这是我给儿子刚拍的一张照片,你看看。"任爱琴说完递过她的手机,也转移了刚才的话题。

马承骏看着说:"小家伙越长越帅了,学习也挺好吧?好久没见他了。"

"现在越来越调皮了,不怎么爱学习,一门心思喜欢打篮球。"

"打篮球好啊,我在大学里也经常打篮球。"

"可是耽误学习就麻烦了,等他放学回来,你和他聊聊,让他好好念书。"

"在学校学了一天回到家里,再聊学习多累。"马承骏喝了口茶接着

第二十九章
蒲苇与磐石

又说,"你自己一个人,既要工作,又要照顾孩子,也挺辛苦的吧?"

"不要紧,宁宁小时候她姥姥在这里帮我照顾他,还算比较省心,现在他长大了,开始会照顾我了,就是贪玩不爱学习让我很头疼。"

"小孩子都爱玩,这是天性,该玩的时候就让他尽情地玩,该学的时候他才能好好学。"

任爱琴又说:"可他就是玩心不褪,现在只有成绩好才能上好的学校,所以只能逼着他学。"

"每个孩子的特点不同,最好是因材施教。我读过一本关于教育孩子的书,叫《夏山学校》,你看过吗?"

"没看过。"

"书中给人印象最深刻的就是自由,给孩子自由。在夏山学校里,一个学生是否上课,由学生自己来决定。有个叫默文的学生从7岁到17岁在夏山学校住了10年,他一堂正式课也没有上过,出校后同样成了社会上的有用之才,拥有喜欢的工作和温馨的家庭。在夏山学校,一切有关学校和集体的事情,都由全体师生投票决定,校长也只有一票之权,实现了真正的民主、平等。他们教育的目的就是尊重孩子的选择,尊重孩子的成长规律,尊重每一个鲜活的生命。"

"这种教育方法也许很好,但不适合我们的现状,在我们这里是不可能做到的。"任爱琴说完轻轻叹了口气,又说,"我对他的管束也不是太多,就是希望他在学习上多用点功夫,养成一个良好的学习习惯。"

两人正说着,任爱琴的手机响起。她看了一下,没接;等了一会,电话又来了,任爱琴只好接听。

"谢主任你好,我现在有事正忙,不方便说话,有什么事我们明天再说,好吧?"

那边叽里呱啦说了一通。任爱琴听着,皱了下眉头又说:"今晚也不行,我今晚已经有约了。"

电话那边继续说个不停,任爱琴难为情地说:"你别破费了,你的

心意我领了,但我真的不需要,以后抽个时间我再专门请你吃饭,好吗?"

那边又说了一会儿,这才挂了电话。

马承骏笑着说:"谁的电话啊?这么死缠硬磨的。"

"是银行的一个主任,去年我去银行办业务,认识了他,从那以后,他就经常给我打电话约我吃饭。"

"看来是喜欢你,他单身吗?"

"他有家庭有孩子,他虽然约我,但我从未和他单独出去过,有时候实在难以推辞,我就叫上别的朋友陪我一起去,我不是随便的人。"

"男人都有一个共同的爱好,那就是喜爱美女,你长得漂亮,又是单身,男人就难免把你当作他们的爱好了。"

"少来取笑,我可是烦得不得了,我不想让他难堪,可他又不自觉,唉……"任爱琴轻声叹了口气。

"我有个好办法能够帮你解决这个问题。"

"你有什么好办法?"

"这太好办了。你就直接告诉他,你有男朋友了,他就不会再骚扰你了,这个办法肯定能行,你试试看!"

"我哪有男朋友,这可不能随便乱说。"

"对他这种不知趣的人,不必太当真。"

任爱琴说:"那也不行。我们都在一个城市,我有没有男朋友,他一打听就会知道;再说,他在工作上办事很负责也很周到,有些业务还是需要他帮忙的,我最起码不能欺骗他。"

"姐,你这么聪明的人,怎么一时想不开了呢?假作真时真亦假,无为有处有还无,你就说你男朋友是外地的不就得了,别人又不知道,谁还能跑到你心里看看呢?"

马承骏刚说完,任爱琴的手机又响起了,任爱琴瞥了一眼没理会。马承骏知道,肯定又是刚才那个纠缠不休的谢主任。

第二十九章
蒲苇与磐石

手机就摆在马承骏和任爱琴面前，这时，马承骏一伸手拿起了手机。

"你好，请问你是哪位？"马承骏声音浑厚，语气沉稳。

"哦，我姓谢，你是谁？"对方一听是个男人接的电话，自然也有些意外。

"我是爱琴的男朋友，她现在不方便接听你的电话，你有什么事就和我说吧，我告诉她就行了。"

马承骏这几句话可真够狠的。他是个行动派，说到做到，并没有征求任爱琴的意见，就直接和谢主任对上阵了。

任爱琴也没想到马承骏会这样做，她有些不安地看着马承骏，不知道他接下来还会说什么。

"那个，也没别的事，今晚几个朋友聚会，想邀请她一起吃个饭。"谢主任憋声憋气地说。

"这恐怕不行了，我们今晚已经有安排了，一起去父母家吃饭。"马承骏说得有鼻子有眼像真的一样，说完还向任爱琴挤了挤眼睛。

"那好，我就不打扰了，再见。"谢主任匆忙说完，仓促地挂了电话。

"你可真行，说谎话一点都不脸红。"任爱琴说。

马承骏笑着把手机放到了任爱琴面前："兄弟我帮姐办点事，当然要干净麻利快。锣鼓长了无好戏，这个事不能拖延，否则夜长梦多。我让你耳根清净免打扰，今晚你可以清清静静地陪我好好喝两杯啦。"

任爱琴看了看表说："酒随便你喝，你去酒柜看看，想喝什么自己选。我现在去做饭。"任爱琴说完进了厨房，系上围裙开始准备。

第三十章
留住仙女

任爱琴在厨房里一阵忙活,一条大鱼就被切割成了鲜美的肉片。她刀法娴熟,干脆利索。马承骏在一边看着说:"你很厉害嘛,庖丁会解牛,你会解鱼。"

任爱琴笑吟吟地擦了把手:"宁宁喜欢吃酸菜鱼,我做得多,自然就熟练了。我这个酸菜鱼还是专门拜师学的呢,待会儿你尝尝味道怎样。"

"妈,我回来啦!"一个清脆的声音从外面传来,紧接着一个帅气男孩推门进来。他穿着蓝色校服,背着双肩背包,个子显然比一般的同龄人要高出许多。见家里多了一个人,他一怔,乌黑的大眼睛忽闪着上下打量了一下,马上就认出了马承骏,立刻说:"马叔叔好。"

马承骏也微笑着说:"宁宁长得这么高了,是块打篮球的好材料。"

"我就喜欢打篮球,你也喜欢吗?"一说到篮球两个字,宁宁就两眼放光。

"嗯,喜欢,在大学里经常打。"

宁宁一把拉住马承骏的手高兴地说:"那你教教我吧。"说完又看了

第三十章
留住仙女

一眼厨房小声说，"我喜欢打篮球，可是我妈不喜欢，嫌我打球浪费时间耽误学习。"

"打篮球强身健体，是项很好的运动，身体好了学习才能好，对吧？以后有机会我可以教你。"

"那今晚我们吃了饭一起去篮球馆吧？"宁宁显然有些迫不及待。

任爱琴正好从厨房出来，听到这里赶紧给打住了："宁宁，今晚不能去，吃了饭，你叔叔还要回宾馆休息，以后有空再教你。"她的声音听起来不容置疑。

宁宁听了，冲任爱琴做了个鬼脸："好吧，母亲大人，小的遵命，我先去做作业了。"然后乖乖进了书房。

马承骏说："宁宁是个听话的孩子，还能主动去做作业。"

"这段时间比原来好些了，原来他脑子里光想着打球，老师布置的作业都不怎么做，因为这个事老师把我叫到学校去，还批评了我一顿呢。"

任爱琴去厨房继续忙活着做菜，马承骏跟过去说："我能帮什么忙吗？"

"不用，你去看电视吧，等饭菜好了一起吃就行。"

马承骏在客厅里看电视。宁宁有个不会的题，拿着试卷走到厨房门口说："妈，我有道数学题不会做，你帮我看看。"

"我正忙着呢，让马叔叔帮你看一下吧。"

马承骏跟着宁宁来到书房里，宁宁指着其中一道题问："叔叔你看这道题怎么做？"

马承骏给他耐心解答完之后，宁宁又悄悄问："叔叔你什么时候再到我家来？再来的时候，我们一起去打球，打球可比做数学作业有趣多了。"

"我什么时候再来现在还说不定，也许很快，也许很久。"

"要不你再和我妈说说，我们吃了饭就去打一会儿吧！篮球馆离我

家很近,五分钟就到。"

"你妈已经说了今天不让我们去,如果咱俩非要去的话,你妈会生气的,所以我们就不能再去了。等下次见面的时候,我一定陪你去,好吧!"

"你说话算数吗?我爸爸都说了好多次要带我去打球,可是一次也没去成,都是光哄着我玩的。"宁宁小声嘟囔。

"你爸爸做什么工作?他很忙吗?"

"他是个警察,去年他就说抽空带着我去打球,一直都说忙啊没时间啊什么的,上周带着我和妹妹去看了场电影,算是补偿了。"

"你还有个妹妹吗?"

宁宁压低声音说:"不是我妈生的妹妹,是我爸那边的那个阿姨的女儿,我爸让我叫她妹妹。"

"哦,是这样。"马承骏点了点头。

任爱琴做了四菜一汤,除了酸菜鱼之外,还有东北炖菜、锅包肉、地三鲜,外加一个山珍汤。

饭菜都端上了餐桌,任爱琴叫宁宁出来洗手吃饭。她给马承骏倒上酒,让马承骏先尝尝她做的家常菜,然后再喝酒。

马承骏吃了几口说:"你厨艺还真不错,比得上高级厨师了。"

"哪有啊,都是普通的家常菜,你和宁宁多吃点。"

宁宁吃了一会儿忽然又说:"妈,我想起一个事,我们班明天要举行一个活动,我要讲一个神话故事,讲什么好呢?你给我讲一个吧!"

任爱琴说:"神话故事可多着呢,牛郎织女、白蛇传、八仙过海,都是神话故事,你自己在网上看看然后再讲就行啦。"

"这些多俗气啊,大家都知道,必须要说个一般人都不知道的才行。"

这时马承骏说:"我给你讲一个小时候我奶奶给我讲的神话故事吧,

第三十章
留住仙女

保准你的同学们都没听说过。"

宁宁放下手中的筷子说:"好啊,那你就讲讲吧。"

马承骏喝了口水,清了清嗓子说:"话说很久很久以前,有一个以种地为生的农民叫王来银,他从小父母双亡,孤苦伶仃,生活很贫穷。直到 30 岁了,他还没有找上媳妇,但他心地善良,勤劳能干,每天很早就起床到地里去干活。有一天,他在地里干活的时候,心里想:什么时候才能找上媳妇呢?如果有了媳妇,自己下地干活的时候,媳妇就会提前做好热乎乎的饭菜等他回家吃饭,要是能吃上一顿肉包子,那该多好啊!当然这只是王来银的美好幻想,因为他是个孤儿,家里很穷,姑娘们都不愿意嫁给他,不想跟着他吃苦受累。中午,当他干完活回到家里的时候,一推开门,发现饭桌上竟然摆着一大盘热气腾腾的大包子。王来银感到很纳闷,是谁这么好心给自己送来包子呢?他想破了脑袋也没想出来,不过既然已经送来,那就吃吧,王来银咬开一尝,还是肉馅的,正好是他在地里干活时想吃的肉包子。"

听到这里宁宁忍不住说:"叔叔,应该是神仙给他送来的吧!要是人送来的,就不是神话故事了,对吧?到底是哪里的神仙呢?"

"嗯,你真聪明,接下来,我就给你讲讲是哪里的神仙。第二天下地干活时,王来银又想,要是今天回家能吃上一顿韭菜馅饼那该多好啊。他干完活回到家里,惊奇地发现饭桌上正摆着四个香喷喷的韭菜馅饼。这更是让王来银感到纳闷了。

"为了解开这个谜团,有一天,他从家里出来后,没有像往常一样去地里,而是在家门口守着,他想看看到底是谁给他送来的饭。可等了好久,也没看到有人到他家里来,于是他就悄悄走进院子里,看看屋里面有什么动静。就在他刚走进院子的时候,突然看到屋里闪出一道金光,他赶忙藏到一棵大枣树后面。再向屋里看去,金光闪过之后,一个漂亮的仙女从墙上的画里飘了下来,站在屋子中间。她整理了一下衣服,就挽起袖子开始烧水做饭,不一会儿就蒸了一锅白面馒头,还炒了

两个王来银平时爱吃的菜。王来银怕惊动了她,就一直躲在大枣树后面没敢吱声。"

"那后来呢?那个仙女给他做完了饭又去哪里了呢?"宁宁听得津津有味,眨巴着眼睛问。任爱琴笑着默不作声。

马承骏继续说:"仙女给他做好了饭菜,又把屋子收拾干净,然后她轻轻一挥衣袖,就又回到画里去了呗。"

"要是仙女不回去,留下来给王来银当媳妇就更好了。"宁宁拍着手高兴地说。

马承骏摸了摸宁宁的头:"不光你这么想,王来银也是这么想的,但是他不知道该怎么办才好。后来,他费了很多功夫,终于找到了那个卖给他这幅画的白胡子老头,把发生的这些事告诉了他。白胡子老头说:'这是画里的仙女显灵了,她能现身为你炒菜做饭,说明你和她有很深的缘分,你要是不想让她再回到画里去,倒是有一个办法可以试试。'王来银问有什么好办法,白胡子老头说,'我给你一根银针,等她从画里出来的时候,你就赶紧把这个针扎在那幅画上,这样她就回不去了。但是你记住,针不能扎到她画里的身体上,扎在空白处就行,否则她就会受伤。'得到了留住仙女的好办法,王来银赶忙向白胡子老头磕头谢恩。"

"真的能行吗?能留得住吗?"宁宁急切地问。

"不要着急,听我慢慢给你讲嘛。王来银回家后,就一直考虑如何才能找个合适的时机把银针扎到画上去。思来想去,他终于想出了一个办法。为了不惊动仙女,他还是和往常一样照例下地干活。一天,他从家里出来后,把自己藏在了一个大柜子里,又让人把那个大柜子抬回了家里,放在那幅画的下边。等画中的仙女出来给他做饭时,他按照白胡子老头教给他的办法,迅速从柜子里出来,把银针扎到了那幅画的空白处。仙女突然看到他,立即起身就要飞回画里去,可是那幅画已经扎上了白胡子老头的银针,她怎么也飞不进去了。"

第三十章
留住仙女

"回不去正好啊，王来银娶她当媳妇不就行了嘛？"宁宁咧嘴笑着说。

"嗯，后来王来银求白胡子老头给他们做媒人，王来银和仙女成了亲，还生了两个孩子，一个男孩一个女孩，一家人过上了幸福的生活。好啦，讲完啦。"

听到这里宁宁瞪大眼睛说："这样就完了吗？难道他们没遇到天兵天将来搞破坏吗？电视剧里都是这么演的，说凡人不能和仙女结婚。"

宁宁把马承骏说得笑了起来："你人小鬼大，知道的事还真不少，在这个神话里他们没有遇到搞破坏的天兵天将，他们很幸福地生活在一起了。"

任爱琴也说："宁宁，快和你叔叔一起吃菜吧，要不就凉了。"

马承骏喝白酒，任爱琴喝红酒。马承骏一杯白酒喝完时，任爱琴也喝完了一杯红酒。

宁宁吃完饭又去做作业了。马承骏看着宁宁的背影说："真是个好孩子，有这样的儿子是不是很满足啊？"

"嗯，有时候和他一起出去散步，他走在我身边，心里会觉得很有安全感。"

马承骏端着酒杯，犹豫了一下，还是开口对任爱琴说："你觉得我能让你有安全感吗？"

任爱琴笑着说："深更半夜你都能替我赶走纵火犯，当然让我很有安全感。"

"嗯，那就好。我来这里看你，还有个重要的事想和你谈谈。原来，我的心一直像蒲公英一样随风飘荡，没有着落，从现在开始，我想把我的心放在你这里，你能接纳吗？"

"为什么要放在我这里呢？你应该有更好的地方。"

"你要非让我说个原因的话，那我就说一个：我愿意。"

第二天马承骏在宾馆里刚起床,张梁的电话就来了。

"喂,你忙啥呢?我约好人了,明天咱们一起去滑雪吧!"

"我有事在哈尔滨,你都约谁去啊?"

"还能有谁,我们一家,还有你说的我的'艳遇'李萍一家。"张梁说完自己"哈哈哈"笑了起来。

"你们两家一直走动得很好嘛。"

"那是当然,费了九牛二虎之力才找到,不好好珍惜哪行。"

"我是去不了,我还得过几天才能回去。吃水不忘挖井人,要不你就叫着我姐一起去玩玩吧,她周末在家应该有空。"

"好,你忙你的吧,我和承霞联系就行了。"

马承霞近来连续加班刚完成了一个紧急任务,正想放松身心好好休息一下,听张梁邀请她去滑雪,便欣然应允了。

晚饭后,马承霞看了下微信朋友圈,正好看到了路东山发的泰河夜景图片。

"刚拍的么?很好看。"

"我正在河边拍夜景呢,越晚越美丽。"

"外面冷,还是早点回家吧。"

"没事,明天周末,可以睡懒觉,我打算多拍几张再回家。你明天休息怎么安排的?"

"跟朋友约好了一起去滑雪。"

"挺好啊,提醒你不要忘了带一个重要的人。"

"什么重要的人?"

路东山发了一个哈哈大笑的笑脸过来:"当然是一个会照相的人,如果能带着我去,我专门负责给你们拍照,你看行吗?"

"不行,我是跟着朋友们一起去的,人家都已经安排好了。"

"你们明天几点走?"路东山还是不死心。

第三十章
留住仙女

"八点从家里出发。"

"那要不就这样吧,我自己开车先去,等你们到了,就当我俩是在那里偶遇的。相约不如偶遇嘛,这样就可以很自然地一起玩了,别人要是问我是谁,你就说是报社的同事就行了。"

"有必要这样吗?"

"对别人来说是没有必要的,但是对我来说,很有必要。"

第三十一章
因为有缘才相聚

泰河市的北面,是有名的九龙山风景区,这里群山耸立,气势磅礴,一到了冬天,更是戏雪的乐园。

三个女人一台戏,王玉洁、马承霞、李萍三个女人一路上有说有笑,好不快活。

王玉洁说:"张梁减肥的效果还挺明显的,现在体重比去年减了十斤,人看着也有精神了,今年争取再减十斤。"

李萍说:"只要控制好饮食,坚持做运动,慢慢就会减下来,好多人盲目去吃减肥药,其实得不偿失。"

马承霞说:"李姐,你这身材可真好,你平时怎么锻炼的?传授一下你的秘诀呗。"

"我呀,一般每周跑步三次,活动一下筋骨,平常每天晚上睡觉前拿出十五分钟的时间站墙根。"

"站墙根?怎么个站法?"王玉洁有些好奇。

"很简单的,就是让脚后跟、屁股、后脑勺这三点一线尽量贴住墙根站立,膝盖、脚后跟并拢,双手放松自然下垂就行。这个方法能够有

第三十一章
因为有缘才相聚

效消耗全身脂肪，同时还加速新陈代谢，帮助提升睡眠质量。"

"这个办法好，不像户外活动那样要受天气的限制，也不用太费力气，在家里随时都可以做，今后我也跟你学。"马承霞说。

王玉洁又说："前两天做妇科检查，医生说我有个5厘米左右的子宫肌瘤。我问医生怎么办，医生说再观察一段时间看看，如果长得快就需要做手术。"

李萍说："做手术那是最后的选择，如果现在没有其他方面的影响，我觉得你可以试着保守治疗一下。"

王玉洁问："怎么保守治疗呢？生这两个孩子我都是顺产的，要是为了这个肌瘤就在肚子上挨一刀，也太不值得了。"

李萍说："我有个同学，她有一个4厘米的肌瘤，我听说她用艾灸治疗的，现在那个肌瘤正在逐渐缩小，只有2厘米了，要不你也试试看？"

"要是真有效果那就太好了，省得我提心吊胆了。"

马承霞听到这里也问："艾灸真有这么好的效果吗？"

李萍说："艾灸是一种很古老的医疗方法，点燃艾条熏烤相关的穴位。艾条的原料就是艾蒿，《黄帝内经》里就提到过艾蒿，因为艾蒿是纯阳之草，在祛寒驱湿方面有独特疗效。子宫肌瘤一般是宫寒所致，所以利用艾灸来熏烤穴位，就会起到化寒除湿的作用。"

王玉洁又半信半疑地说："那么大一个肌瘤，从外面熏烤怎么能熏掉呢？我觉得有点悬。"

李萍又说："我给你举个例子吧，比如在阴暗潮湿的地方会长出蘑菇，如果把这个阴暗潮湿的地方治理好了，变得干爽了，蘑菇失去了赖以生存的环境，也就不存在了。艾灸治疗子宫肌瘤也是这个道理。"

王玉洁若有所思地点了点头："你这么一说我觉得还是有道理的。"

"我同学从网上买了本书叫《灸除百病》，针对不同的病症，灸的穴位也不同，书上都有详细的介绍和说明，你也可以先买本书看看，按照

书上说的方法试试。当然了,任何方法都不是万能的,治疗效果也因人而异,如果能对你有效果,就尽量不要动手术。"

"那我先试试看吧,如果能把这个肌瘤治好了,也去了我的一个心病。"

来到滑雪场,眼前洁白的冰雪世界让大家的心绪也变得纯净了许多。根据事先的计划,马承霞和路东山也适时在滑雪场偶遇了。大家兴致勃勃地换好了滑雪服,穿上了滑雪鞋,一个个像企鹅一样加入了滑雪队伍。马承霞是第一次来,经过教练的一番指导,她开始试着往前滑,但是没走多远就结结实实地摔倒在雪地上了,路东山赶忙过去把她搀扶起来。

马承霞说:"本想出来放松放松的,没想到这么紧张。"

路东山笑她说:"你这个摔法,摔得身子骨散了架可就真正放松了。"

"去一边,你个乌鸦嘴。"马承霞推开路东山,认真按照教练说的去做。看那些滑雪高手们从身边风驰电掣一般飞速滑过,马承霞心里也发痒,不自觉也加快了速度,滑着滑着突然重心不稳,一下子又摔了个人仰马翻,她挣扎着站起来继续滑。慢慢地,她逐渐掌握了滑雪的要领,身体也有了自由飞翔的感觉。

她想,以后抽时间带曹然也来体验一下,有时候跌倒不是坏事,小时候奶奶总是说"快跌快长",不跌倒几次怎么能学会走路呢?学滑雪也是一样的道理。

张梁滑过来说:"感觉怎样?"

"摔了几个跟头,不过很开心哈。"

路东山也滑到了马承霞身边:"抽空我们带着孩子们一起来玩吧?"

"好啊,我也这么想呢。"

第三十一章
因为有缘才相聚

玩了两个小时,大家肚子已经饿了。出了滑雪场,张梁找了一家酒店,准备一起共进午餐。

孩子们喝饮料,女人们喝红酒。提前找好了代驾,男人们也开怀畅饮起来。大家吃得热火朝天。吃饭时,王玉洁问马承霞:"承霞,你的个人问题怎么打算的?要是有合适的,我给你留意些?"

马承霞说:"我不想再找了,现在和孩子一起过就挺好的,想干什么,不想干什么,都自己说了算,我喜欢这种自由自在的生活。"

"孩子早晚有一天是会离开你的,他也要结婚成家有自己的小家庭,你还能跟着他一辈子啊?再说,你现在是图自在了,等你老了有病了,没个人在身边,你就知道不容易了。"

"老了我就去养老院,也不会给孩子添麻烦。"

"就你嘴硬,走着瞧吧,也许再过两年,你又会变了主意呢。"

李萍的丈夫刘医生酒量很好,三杯白酒下肚,依然谈笑风生,泰然自若。

张梁对刘医生说:"刘哥,你说现在得癌症的怎么就这么多呢?我有个亲戚去年得了食道癌,做了手术后,不但没有好转,反而起不来了,在床上硬挺了二十多天就去世了。"

刘医生说:"癌症有一些是吓死的,得了癌症后,觉得自己被判了死刑,心里承受不住这个巨大压力,精神上也就失去了支撑。其实得了癌症的人更应该想开才是,在有限的生命里,尽量好好活,也许还能获得新生。我就认识一个得过直肠癌的病人,知道自己是癌症后,刚开始她也很担心害怕,但在家人的鼓励和自己的努力下,她逐渐树立了信心,积极配合医生进行治疗,顺利做了手术,恢复的效果很好,她自己还一直坚持游泳锻炼,已经十多年了,没有复发,生活得还挺好。所以说,人这条命怎么个活法,关键还是看如何把握自己的心态。"

滑雪回来后,路东山在微信上和马承霞打了个招呼,问道:"你滑

雪时说不想再结婚了，今后就打算过单身的日子吗？"

"嗯，是这么打算的。"

接着，马承霞又问路东山："你呢？有没有打算再找一个？"

"有这个打算，正在谈着。"

"那就好好谈，谈成了我喝你的喜酒去。"

"那是当然啦。说起来，我和女儿能够走出原来那种沉闷压抑的日子，有了现在的新生活，多亏了你。人生就像一场戏，因为有缘才相聚，我们也算是有缘分的人，以后有机会，我们多带着孩子们一起出去玩玩吧。"路东山说。

"好的，只要有时间，我也喜欢多锻炼。李萍教给我的减肥方法，我已经开始做着了，感觉不错。"

"那你就坚持好好锻炼，保重好身体比什么都重要。"

接着，路东山又发来一个信息："我昨天从网上买了一套《资治通鉴》，今天书刚到，我看了一下，书的质量整体还不错，我也给你买一套吧！记得你原来和我说过，你比较喜欢狄仁杰。"

"不用你买，需要的话，我会自己买。"

"那你知道我最喜欢的历史人物是谁吗？"路东山说。

"不知道，你喜欢哪个？"

"秦皇汉武，唐宗宋祖，都是封建王朝中彪炳千秋的重要人物，但不是我最欣赏的。我最欣赏的历史人物是东汉的开国皇帝光武帝刘秀。"

"我对刘秀了解不多，记得'仕官当作执金吾'说的就是他吧？"

"对，就是他，下一句是'娶妻当得阴丽华'，这是他年少时候立下的志向。'仕官当作执金吾'是他的事业追求，'娶妻当得阴丽华'是他的爱情目标。庆幸的是，他的事业和爱情取得了双丰收，纵观整个封建王朝，我觉得阴丽华应该是最幸福的皇后了。"

"执金吾是个什么官？"马承霞问。

"执金吾在古代是负责京城治安的官员，每当他出来巡逻的时候，

第三十一章
因为有缘才相聚

威风八面,气宇轩昂。刘秀在长安游学时,就看到了这个场景,从此在脑海里留下了深刻印象,所以自己也立志要当这样的官。"

"哦,你从什么时候开始喜欢刘秀的?"

"说来话长,多年前我跟随摄影的朋友去河南,途经孟津县,听朋友说那里有光武帝刘秀的陵墓,就顺路去看了看。那是刘秀和他的皇后阴丽华合葬的陵墓,叫原陵。里面有一棵特别神奇的树,一棵千年柏树的中间部分,又长出了一棵苦楝树,和那棵柏树合抱在一起,被当地人誉为'苦恋柏',这棵树昭示了光武帝刘秀和皇后阴丽华至死不渝、天长地久的爱情。我当时还拍了几张照片。"

"是挺有意思的,把照片发来我看看。"

"好的。"

随后路东山把照片发了过来,马承霞一看,果然一株苍翠的柏树中间又长出了一棵挺拔俊秀的苦楝树,两棵树紧密相连,相依相偎,浑然一体。

"现在虽然对光武帝的宣传不算多,但是光武帝确实有很多可称道的闪光点,能够像刘秀那样君临天下,拥有至高无上的权力,却没有被权力异化的人很少。刘秀不但是有杰出政治军事才能的一代帝王,也是一个具有万般柔肠的可爱男人。"

"何以见得?"马承霞问。

"所有皇帝中,也许只有他能把诏书当情书来写,如果有兴趣,你可以用这个素材写篇文章。"

"你说的是什么诏书呢?"

"据史书记载,公元33年,一伙歹徒夜间闯入阴丽华的娘家,不但把阴家的所有财物抢劫一空,还把阴丽华的母亲和弟弟当场刺死。这飞来的横祸,让阴丽华哭得肝肠寸断,痛不欲生。为了宽慰爱妻,刘秀下了一道诏书,诏书是这样写的:

吾微贱之时，娶于阴氏，因将兵征伐，遂各别离。幸得安全，俱脱虎口。以贵人有母仪之美，宜立为后，而固辞弗敢当，列于媵妾。朕嘉其义让，许封诸弟。未及爵士，而遭患逢祸，母子同命，愍伤于怀……

"诏书中，刘秀还专门引用了《小雅》中的几句来安慰阴丽华——将恐将惧，惟予与汝。将安将乐，汝转弃予。

"这几句话从刘秀的角度来解释是这样的：想当年，在我祸患惊惧飘摇之日，性命危在旦夕，能明白我、理解我、激励我，与我同患难、共生死的，就只有你；如今我刘秀打下了江山，做了帝王，功成名就的时候，怎么能忘了你呢？同时，对阴丽华本来应该封为皇后，却因她'固辞'而只能列于'媵妾'的身份表达了一种深深的内疚。刘秀这是在所有王公大臣和天下黎民百姓面前大秀了一把他和阴丽华的夫妻恩爱之情呀！"

"呵呵，是挺有意思的，抽空我也仔细看看，时间不早了，睡吧。"

"好的，晚安。"

为了进一步和任爱琴培养感情，马承骏在哈尔滨住了5天。其间他又借机考察了当地的市场，他想开拓宏信的销售范围，或许可以在哈尔滨设立一个办事处。后来，因为家里还有些事情需要处理，马承骏只好和任爱琴告别。在回泰河市的路上，他听到了黄需阳出事的消息。一个原来的老同事告诉他说，黄需阳因为贪污受贿，被人举报了，人证物证都在，已被停职审查。马承骏心想，黄需阳这是多行不义必自毙，同时又想到自己现在也肩负着把宏信公司发展壮大的重要使命，作为公司的一把手，无论干什么，都要行得正，坐得端，抓好班子，带好队伍，这样才能让企业走得更远，发展得更好。

第三十二章
东风和西风

报社进行人员调整，马承霞的办公室新来了一个同事叫褚之晶，坐马承霞对面。

上班期间，马承霞除了写稿就是编稿，她少有空闲，也不喜笑谑。褚之晶来了之后，办公室就变得热闹起来。每天早上，褚之晶到了办公室，先是把她家里昨天晚上做的什么菜、吃的什么饭、喝的什么茶等家长里短叽里呱啦说一通，除了和她老公怎么睡觉不说，其他的几乎从头到尾挦拉一遍。同时，还要顺便炫耀一下她那些似是而非的奢侈品，比如，五千元一套的床上用品、一万元的皮包、一百元一斤的猪肉，或者她七大姑八大姨从国外给她捎回来的名牌服装和高档化妆品等。等她说完这些杂七杂八的事，上午的时间也就基本过去了一半。如此高端大气上档次的女土豪，按说最起码也是个"大方之家"吧，其实不然。有一次，马承霞和另外一个同事因事去她家，临近午饭时，褚之晶说："你们吃了饭再走吧。"马承霞还没来得及说话，同去的同事就痛快地一口答应了。百闻不如一吃，同事大概也想尝尝一百元一斤的猪肉。等饭菜上来一看，他们不禁傻了眼，只有两个青菜，清炒豆芽、醋熘小白菜，

外加两个小咸菜。土豪之家就是这样待客的吗？别说吃那一百元一斤的猪肉了，连点荤腥都没看见。此后，同事们一致认为褚之晶家之所以像她说的那样富得流油，都是一点一滴从牙缝里抠出来的。

发工资单时，马承霞正好外出采访不在办公室。褚之晶拿起马承霞的工资单看了一眼，发现马承霞的工资竟然比她高了500多元。她把核算工资的小亓叫来问道："小亓，马承霞的工资怎么比我高500多呢？她凭啥这么高？"

"她上个月有两篇稿子被评为优质稿件，还获得了省里的一个'好新闻奖'，所以她就高了。我还听说最近咱们报社准备召开一个会议，领导要让她在会上做先进典型发言呢！"

"哼，就她能！"褚之晶冒着酸水咂巴着嘴说。

隔了几天，报社果然召开大会，会上对近段时间的工作进行了总结，对马承霞的工作提出了表扬，并让她和另外两个同事在会上分别做了典型发言。

人比人，气死人，褚之晶表面上风平浪静，其实心里已经妒火燃烧。她比马承霞大两岁，学历一样，如今又同在一个办公室，看马承霞在主席台上风风光光地做典型发言，她就像被打了两巴掌一样，火烧火燎地难受，马承霞在台上说啥她一句也没记住，只觉得身上有许多蚂蚁在啃啮她的骨头。

马承霞的生活很有规律，她一般都是早早起床做好早餐，伺候曹然吃完饭上学，然后再吃饭上班。这天早晨，褚之晶比平时提前十分钟到了办公室。马承霞一来，褚之晶就拿出了一个饭盒，热情洋溢地对马承霞说："哎，你快尝尝我今天早晨刚烙好的红薯南瓜饼，我还加了点蜂蜜呢，又香又甜。"

马承霞不喜欢吃甜腻的东西，推辞说："谢谢你，我刚吃了早饭，吃不下去了，你自己留着吃吧。"

"尝尝我的手艺嘛，一个饼子也撑不着肚子的。"说完她拿起两块饼

第三十二章
东风和西风

子递给马承霞。马承霞只好接住,吃了两口,确实很香甜。

吃完了褚之晶的红薯南瓜饼,又开始听她说书念经拉家常。

说着说着,褚之晶说到了学历问题。

"咱报社里,正儿八经学新闻专业的并不算多,咱俩都是中文系,也算是科班出身了。"褚之晶有点小得意地说。

"干咱们这一行,学历不是最重要的,关键看实力。你看王总编,虽然不是科班出身,但他写出的稿子既有高度又有深度,确实是高人一等。"马承霞说。

"对,我看也是,在这几个总编里,数他写稿子最好,别人和他比可就差远喽。"褚之晶又说。

说到这里,办公桌上的电话铃响,马承霞接完电话就出门走了。

副总编柳壬西喜欢喝酒,褚之晶和他是远房亲戚,因此两家一直走动得比较频繁。晚上,褚之晶提着两瓶好酒到了柳壬西家里。

柳壬西坐在沙发上看电视,问:"你现在工作怎么样?"

"还不错,如果不是你操心帮忙,我就调不到报社来,所以不管干啥,我都听你吩咐,按照你说的办。有什么事,我也会及时和你汇报。我在新岗位上别的都好,就是那个马承霞太傲气了,仗着获奖稿件多,领导对她重视,就看不起别人。原来和她接触少,不怎么了解,现在同一个办公室,可是知道了,像我这样的,她都爱答不理的,包括你,她也不放在眼里。"

"怎么这么说呢?"柳壬西挪了挪身子。

"前几天,我和她聊天的时候,谈起你们几个总编的学历,我说你科班出身,学历最高。她说干记者这行,学历高也没用,关键是看实力,她说她最佩服的就是王总编,说王总编虽然不是专业出身,但是人品最好,业务水平也最高;还说你不喝酒还算正常,一喝酒就变形。你听听,她这不明摆着不把你放眼里吗?她一个记者,有什么资格对领导

评头论足,我看她就是翘尾巴太嚣张了!"

"她竟然这么说?"柳壬西沉声道。

"那还有假吗?我都是亲耳听到的,我觉得你在开编务会时也要适当敲打她一下,让她有点自知之明,收敛一下,这也是为了她好。"

"我看她平常工作很踏实,不是个张扬的人。"

"那是在你们领导面前,在背地里就不一样了。我要是不和她一个办公室,我也不知道她是这样的人。别看她平时装得挺老实,但是在心里,根本无所顾忌,一般人她也不放在眼里。人就是这样,知人知面不知心。"

"哦。"柳壬西嘴上没再说什么,肚子里却装满了火药。他是喜欢喝酒,也曾经发生过一件因喝酒耽误工作的事,所以他最忌讳别人拿他喝酒说事,而褚之晶的话正好说到了他的痛点上。

在编务会上,柳壬西果然发话了。

"个别同志要注意自身修养,不能因为工作取得了一点成绩就盲目乐观,自我膨胀,背后乱说,破坏团结……我们是记者,对自己说的每一句话都要负责,就像对自己写的每一个字都要负责一样……"柳壬西东北风刮蒺藜,连讽带刺地说了好多。

会后,褚之晶在厕所里遇到了记者小孔,她低声对小孔说:"你知道柳总编说的人是谁吗?"

小孔说:"不知道呀,今天柳总编脸色很难看啊。"

"实话告诉你吧,说的就是马承霞。"

"啊?她前些天不是刚做了典型报告嘛,怎么又批她呢?不会吧?"

这时候,旁边一个厕所门也开了,校对室小曲也从里面探出头来,半信半疑地说:"你们说的啥?柳总编说的是马姐?我觉得不像是她。"

褚之晶皮笑肉不笑地说:"风不吹树不响,无风不起浪。领导的眼睛是雪亮的,领导的耳朵也是听事的。马承霞说啥了,她自己明白,领导心里自然也清楚。"

第三十二章
东风和西风

小曲和马承霞关系比较要好，下班路上，她拽住马承霞说："你怎么得罪柳总编了？听说编务会上批评的个别同志就是你。"

"我没得罪他呀？我平白无故地得罪领导干吗？你又不是不知道我的为人，我最讨厌无事生非嚼舌头。"

"你的为人我知道，但是我今天听别人说柳总编虽然没点名，实际说的就是你。"

"那肯定就是有人胡编乱造了。"

"我看你还是抽个合适的机会去和柳总编解释一下吧。否则，你还不知道哪里出的幺蛾子，他心里却已经记恨着你。"

马承霞摇了摇头说："这种无中生有的事往往是越描越黑，我也懒得去解释什么。清者自清，浊者自浊，随它去吧。"

"你可不能大意了，再过些天就是年度民主测评，如果大家都认为柳总编说的人就是你，对你的民主测评打分就会有很不利的影响。"

"嗯，这倒是真的，这事你是听谁说的？"

"就是和你一个办公室的褚之晶说的。她是咱报社里的广播电台，她知道的事，全报社就没有不知道的。"

"好吧，我知道了。"

第二天上班，褚之晶来了之后，马承霞说："昨天柳总编开会时批评的个别同志是谁呀？你知道不？"

褚之晶脸上一惊，接着说："哎哟，领导的事，咱哪知道呀？咱又不是他肚子里的蛔虫。"

"我也觉得纳闷呢。"

"领导的事咱管不了，嘴长在他自己的头上，他怎么说是他的事。我这个人别看平时爱说话，但是我从来不背后乱说别人的是非。依我看，你最好别管也别问，干好自己的工作就行，你说是吧？"

又过了几天，柳壬西打电话，让马承霞到他办公室去一趟。马承霞

敲门进去，柳壬西正悠闲地吸烟。

看马承霞进来，柳壬西说："有个任务和你说一下，我们市光威纺织厂出了个事，有个职工因为违反安全管理制度被罚款，他不但不服从处罚，反而纠集了一些人去厂里堵门闹事，影响厂里的生产，在客户中也形成了很不好的影响。光威纺织厂的厂长我很熟悉，是我的好朋友，叫许加南，等会我给你一个电话，你和他联系一下，在我们晚报上做个报道。"

"那我就去一趟光威纺织厂吧，采访一下详细情况。"

"你不用去了，我给你许加南的电话，让他把情况说一下。他说的肯定都是事实，你照他说的写就行。"

"哦，那我就先和他联系一下，看具体情况再说。"

柳壬西说完给了马承霞一个手机号码，然后又说："你现在就抓紧联系他，然后尽快把稿子写出来给我，等着用。"

马承霞回到办公室，立即和许加南取得了联系。

根据许加南所说，那个叫柴同海的职工是他们厂的维修工，平时脾气暴躁，和同事关系紧张，稍有不如意就翻脸。在一次设备检修中，他高空作业没系安全带，被处罚下岗一个月，柴同海不但不服从处罚，而且还纠集几个地痞无赖到厂里寻衅滋事，对正常的生产经营造成了严重影响。

马承霞向柳壬西汇报了一下对许加南的电话采访情况，然后又说："我还是去采访一下当事人然后再写稿吧。"

柳壬西一挥手说："我和许加南是非常要好的朋友，你就照他说的写就行了，这个不会有错，有什么问题我承担，这样你放心了吧？你现在抓紧时间把稿子写出来。"

马承霞只好根据对许加南的电话采访，迅速写了一篇稿子，交给了柳壬西。第二天，《泰河晚报》上刊登了马承霞的稿件。

第三十二章
东风和西风

报纸发出去的当天，马承霞在派出所工作的同学赵明打来电话。

"我看了你在报纸上写的稿子了，和事实不一致啊。"

"哦？我这是根据上级领导的指示写的，没有去采访当事人，事实是什么情况？你知道吗？"

"光威纺织厂在我的辖区范围之内，出事那天我去调查落实过，他们双方各执一词。据柴同海说，他在检修时，厂长许加南违章指挥，导致他冒险作业，从高处跌落，摔伤了胳膊。出事后，厂里说他是违章作业，处罚他下岗一个月，柴同海很生气，因此去厂里想讨个公道，结果又被厂里的保安打伤了右腿，造成了骨折。柴同海的家人报了警，我们从监控里了解了事情发生的经过，柴同海确实是被打伤的，他已经找了律师，准备起诉。"

"如果真是这样，可就麻烦了。"马承霞说。

接完电话，马承霞就去找柳壬西，想把真实情况赶紧说明一下，但柳壬西的办公室没人。

此时，柳壬西正在王总编办公室里。

柳壬西一进去，王总编就说："马承霞写的那篇稿子你审查过没有？到底怎么回事？刚才一个律师给我们报社打电话了，说他是当事人柴同海的委托律师，说我们报纸上的报道严重失实，对他的当事人造成很坏的影响，要求我们公开道歉，挽回名誉损失。"

柳壬西一愣，马上说："这个稿子我知道，马承霞写这个报道的时候，我还专门叮嘱过她，一定要去实地采访，掌握第一手资料，要实事求是地进行报道。"

"那为什么还出现这个问题了呢？"

"这个……"柳壬西迟疑了一下说，"要不这样吧，我先找马承霞核实一下，看看到底什么情况。"

"好吧，我们不是法官，也不是裁判，我们只是记者，记者的职责

就是尊重事实,实事求是,以高度的责任心对待每一次报道。"

"是,我知道,我先去找马承霞。"柳壬西说完出了王总编的办公室。

柳壬西回到自己的办公室,打电话让马承霞过来。

马承霞一进门,看到胡双威也在。柳壬西一看到马承霞,就劈头盖脸地说:"马承霞,你去光威纺织厂采访过吗?"

"没有。"

"你怎么会犯这种低级错误呢?不去采访就写稿,导致稿子严重脱离实际,你知道这样做的严重危害性吗?现在律师直接找到报社来了,要求我们公开道歉、挽回名誉损失。"

马承霞被他说得一头雾水,她定了定神说:"柳总编,你怎么能这样说呢?我本来是想要去采访的,你不让我去所以才没去啊,你可不能冤枉我啊!"

柳壬西脸色一沉:"你这是什么意思?简直是胡说八道!我什么时候说不让你去采访了?你有什么证据吗?你错了就是错了,如果再狡辩罪加一等,那你就不仅仅是工作上的失误,而是严重的思想道德问题!"

马承霞一听,柳壬西这是明摆着上纲上线,要给她点颜色看了。马承霞也急了眼,她一跺脚,气愤地说:"说话做事要凭良心,你怎么能出尔反尔说话不算数呢?既然你这样说,那咱俩请老天爷做个证明,如果谁说假话,那就天打雷劈吧!"

胡双威一听马承霞情急之下说出了发誓诅咒的狠话,赶忙说:"马承霞你这是什么态度?你太过分了!"

天打雷劈这几个字确实很有力道,像个响雷一样凭空砸下,把柳壬西打得面目阴森。他指着马承霞大声斥责道:"我是你的领导,我是找你来谈工作的,不是找你来骂街的!你的态度非常差劲,不但不能反思自己存在的问题,正确面对工作上的失误,而且还出口骂人想抵赖!"

马承霞听到这里冷笑一声,反而不紧不慢地说:"我是有错误,我

第三十二章
东风和西风

的错误就是不应该听信你的话，就是因为听了你的安排，所以才上了你的当。"说完，不等柳壬西再说话，她转身离去。

胡双威安慰了柳壬西一会，让他消消气，又说马承霞这个事情报社里一定会严肃处理。

胡双威走后，柳壬西点上一根烟，在办公室里踱来踱去转了一圈，又掏出手机给许加南打了电话，然后去了王总编的办公室。

"王总编，我和胡双威刚才一起和马承霞谈了，她的态度非常蛮横，不但不承认自己的错误，还出言不逊乱骂人。我批评了她几句，她就反咬一口说是我不让她去采访的，你说我凭什么不让她去采访呢？脚长在她自己的腿上，我又没绑住她，我怎么会不让她去呢？简直是太气人了！因此，我建议先停止她的工作，让她写检查，这个事必须严肃处理！"

这时，王总编的电话响起，是社长找他，他对柳壬西说："情况我知道了，你先回去吧，等会我再找你。"

柳壬西走后不久，马承霞也到了王总编办公室。

她一进门就说："王总编，我是来和你说一下实际情况的。"

"什么实际情况？白纸黑字都印在报纸上了，还有什么好说的？"王总编一脸严肃。

"王总编，你听我说，那天是柳总编把我叫到他办公室，安排我写这个稿子。我当时想去采访一下当事人，把情况落实清楚了再写稿子，可柳总编却不让我去，他说光威纺织厂的厂长许加南是他的好朋友，让我根据许加南说的写就行，柳总编当时还说如果真有什么问题他会负责。我说的句句都是实话。"

"马承霞，你这是在推卸责任你知道吗？一个人要有承认错误的勇气才能真正地改正错误，你这种做法明显是不想承认错误也不想承担责任。"

"王总编，如果你不相信我，我现在就给许加南打电话，也好当面

· 253 ·

印证一下。"

"那好吧，我倒是要听听究竟是怎么回事。"

马承霞拨通了许加南的手机，按了免提。

"喂，许厂长，我是报社的马承霞，关于你们厂出的那个事，前几天柳总编安排我电话采访过你，你和我们报社的柳总编是好朋友，对吧？"

"哦，你是电话采访过我，但我不认识你说的柳总编啊……"马承霞一听，脑袋顿时懵了，此时，叫天天不应，叫地地不灵，她无奈地放下了电话。

王总编说："你还有什么话说呢？柳总编和他根本就不认识，又怎么会不让你去采访呢？我听说你还和柳总编吵架，你不要仗着有点工作成绩就骄傲自满，你心里还有没有点组织纪律性呢？"

马承霞深深叹了口气说："王总编，我现在就是跳到黄河里也洗不清了。仔细想想的话，我确定也有错误，我错在发现问题的苗头时，没有及时和领导沟通汇报，也没有想办法去解决，而是听之任之，让领导对我产生了误解，所以才出现了今天的情况。事到如今，别的我也无话可说了，至于怎么处置，你们领导决定吧。"

隔了两天，报社里召开全体人员会议，会议有两个主要议题，一是在会上对马承霞通报批评，并停止马承霞的记者工作，调到校对室；二是进行民主测评，让所有人员互相打分测评。打分结果出来以后，马承霞得分倒数第二，被列入末位培训人员。

第三十三章
裂缝是光照进来的地方

马承骏给任爱琴打电话,把他决定在哈尔滨建立一个办事处的具体方案说了一下。任爱琴说:"你这是胃口越来越大了。"马承骏说:"托你的福,我上次去的时候考察了一下,情况还不错,建一个办事处,可以辐射周边地带。"任爱琴说:"好吧,那就欢迎你来安营扎寨,开疆拓土。"

被贬到校对室后,马承霞休了年假。马东风问她出了这个事怎么不早说呢,他和市委宣传部的领导是朋友,如果早知道这事,沟通一下就可以提前把矛盾化解了,不至于闹到如此地步。

马承霞说:"工作上的事,我自己解决就行,如果解决不了,说明我不适合这个岗位。我不想你再为我操心,所以就没和你说。我有个体会,遭遇的事情越多,我就越觉得做人必须要实实在在。如果干那些钩心斗角的事,对我来说,不管输赢,都没有意义。"

路东山和马承霞经常联系。对于马承霞工作上的变动,他说:"不管别人怎么评价,我都相信你,就算是让你去干校对了,我依然觉得你

还是一名好记者。"

马承霞本想利用年假出去玩玩散散心的,但后来一想,其实自己也没做错什么,只不过有人羡慕嫉妒恨,所以才挖空心思地设了圈套来坑害她,自己如果为此烦恼苦闷,反而会让那些人正中下怀。这么一想,心底无私天地宽,她决定哪里也不去了,趁着休假在家,过一下日出而作、日落而息的小日子也挺不错。

她的第一个目标是先给家里来个大扫除,过去总是忙于工作,没有太多时间来仔细收拾家务。

第一天,她先把家里的卫生全部打扫了一遍,到处都擦洗得干干净净,一尘不染。

第二天,她按照春、夏、秋、冬把衣橱里的所有衣物都重新进行整理,洗好熨好分类存放。

第三天,她照着菜谱做了几个从没吃过的小菜,曹然吃了很满意。他说:"真不敢相信,妈妈还能做出这么好吃的菜。"马承霞也高兴地说:"得到宝贝儿子的赞赏我很开心。"

吃完饭,马承霞问:"然然,和妈妈一起这样生活,你开心吗?"

然然说:"我现在没什么不开心的。"

马承霞又说:"你不会再怪妈妈和爸爸离婚吧?"

"妈,你就别再担心了,我现在能理解你了。"

"嗯,那就好。那我们现在再一起分享一下劳动的快乐吧,怎么样?"

然然说:"好啊,你说吧,怎么个分享法?"

马承霞说:"现在有两个活需要干,一个是洗碗,另一个是浇花,你选择吧。"

"那我就选浇花吧,老师还让我们采集标本呢,我正好把各种花的叶子采集起来。"

第三十三章
裂缝是光照进来的地方

趁着休假在家,马承霞做了一大桌子好吃的,请爸妈和弟弟一块儿来品尝。

饭后聊天,马承骏对马承霞说:"我前些天在商场遇到了你之前的那个邻居路东山,他和他女儿一块儿买东西。我看他经常来看望你,看得出,他对你有意思,你觉得他怎么样?"

"我现在不考虑婚姻的事,你最近什么情况了?你得抓紧时间,要是有谈得来的就好好谈谈,咱爸妈最着急的是你。"

"谈得来的倒是有一个,可惜不在我们这里。"马承骏说。

"在哪呢?"

"在哈尔滨,就是我们还贷困难时借给我500万元的那个女老板,她叫任爱琴。"

"哦,是她呀。"

"我和她一直很谈得来,我觉得她挺好。"

"那她具体是什么情况呢?"

马承骏说:"说出来你别奇怪啊,她比我大,离过婚,还带着一个男孩。"

"哦,要是这样我看你还是免谈吧。一个离了婚还带着孩子的女人,我觉得咱爸妈肯定不会同意,他们都是很要面子的人,你又是家里唯一的儿子,如果你找个离婚带孩子的女人,这好说不好听呀。"

"姐,离婚有什么大不了的呢?比如你吧,即使离了婚带着孩子,不也依然是个好女人、好妈妈吗?"

"你别拿我说事,听到没有?"

"好吧,那就不说你了,还是说我吧,我现在对感情的认识和原来不一样了。"

"有什么不一样?"

"原来我心目中理想的爱情是两个人必须要有惊心动魄的相恋相爱,但我现在不这样想了,爱情太火热了容易过犹不及,幸福的爱情应该细

水长流,顺境时彼此滋润,逆境时相濡以沫,这才是最好的爱情。爱情就像一棵大树,需要有很深的根系来吸取足够的营养才能保持存活和成长,这个根系就是两个人之间的理解、宽容和接纳。如果没有这些,这棵树就会逐渐枯萎衰败。同时,爱情还需要强有力的枝干来支撑,如果一掰就断,一刮就倒,这种爱情不管刚开始多么甜蜜,也终究不会长久。相爱的两个人重要的是看两个人的心是不是在一起,其他的都是次要的,你说是吧?"

"那你觉得你和她的心在一起了?"

"是的,我已经有这种感觉了,我和她是无话不说的知心朋友,工作和生活上的事情我们经常沟通,和她在一起,我觉得很愉快、很安心,我相信她也和我有同样的感受。"

"她过去什么情况,为什么离婚呢?你都知道吗?"

"姐,她的过去,我没有参与,又何必计较呢?我认为,过去的最好就让它过去。我在乎的是她的现在和将来,所以我不会在那些和我无关的事情上浪费时间和精力。"

"看来你很有信心,但爸妈那边恐怕不好说啊。"

"目前我还没打算和爸妈说,我最近准备筹建哈尔滨办事处,等我再去哈尔滨时,公事私事一起办,等我和她谈好了,再和爸妈说也不迟。"

马承霞又和老妈闲聊,想让老妈帮她在院子里种点蔬菜。马承骏在旁边说:"种点菜是挺好的,新鲜天然,自己吃着还方便,翻地这个力气活我来干吧,抽空我去市场买些农具,先帮你把地刨一遍。"

过了三天,马承骏还没来得及去买工具,马承霞就打来电话不让他去买了,说路东山已经把地全都刨好了。

第三十四章
明天和意外

这天,马承骏正在单位忙着准备一些文件材料。王玉洁来电,他以为又要叫他去吃饭,接了电话就说:"嫂子,又做了什么好吃的了?"

"承骏,你快到医院来,你哥被车撞了。"王玉洁声音颤抖着说。

"啊?在哪个医院?我马上去。"

"就在市医院。"

马承骏急忙赶了过去,张梁正在急救室抢救,门外站了好多人。王玉洁已经哭红了双眼,家人在身边不停安慰她。马承骏扶她坐下,劝她先不要太过着急。

车祸是王玉洁陪张梁去银行办理业务时发生的。他们俩一直有个习惯,只要是过马路,张梁都会牵着王玉洁的手一起过。这次过马路时,张梁满脑子想着业务上的事情,他一个人快走到马路对面了,才发现王玉洁没在身边,于是他转身快步回来迎王玉洁。正在这时,有辆车突然从旁边冲了过来,张梁立刻就被撞飞,重重地摔倒在马路上。

出了抢救室的张梁处在昏迷状态中还没有醒来,马承骏陪着王玉洁,一直守候在病床旁边,王玉洁说让他回去休息一下,马承骏却说什

么也不走，非要等张梁醒过来。

眼看着满头绷带的张梁，马承骏想，一定是上天嫉妒他，才让他突遭这飞来横祸。他有个好家庭，有个好妻子，还有一对好儿女。他的生活和事业都完美得令人羡慕不已。可是如今，他直挺挺地躺在病床上，不管亲人和朋友如何心急如焚，他都不知道，只有机械的呼吸告诉大家他还活着，他正在生死的边缘与死神进行着激烈的较量与搏杀。大千世界，芸芸众生，不管是家财万贯还是一贫如洗，每个人都无法预知，下一秒即将到来的是什么。

想到这里，马承骏掏出手机，给任爱琴发了一个信息，问她在干吗。任爱琴说正带着宁宁一起到外面去吃饭。马承骏又说："你们在外面走路时，无论开车还是步行，都一定要特别注意安全。"任爱琴说："我会注意的，你不用担心。"马承骏又说："交通安全丝毫都不能大意，我的好朋友张梁出车祸了，我本来打算尽快去你那里筹建办事处的，但是现在看来，还得过些天才能去了。"任爱琴也嘱咐他照顾好自己，多保重。

到了第五天早晨，张梁终于慢慢张开了眼睛，直直地看着天花板。马承骏说："嫂子，你看，我哥睁开眼睛了。"

王玉洁赶忙凑过脸去握住张梁的手说："你醒了吗？看到我了吗？"

张梁的眼慢慢地转动了一下，微微点了点头。

王玉洁顿时喜极而泣，满脸是泪。马承骏也高兴地说："哥你终于醒了，太好了！"

张梁的家人也都围了过来，张梁从鬼门关逛了一圈又回到了人间，张梁的母亲高兴地跪倒在病房的地上，磕了几个响头谢天谢地。

半个月后，医生来查房时告诉王玉洁，说张梁现在治疗效果不错，但需要时间慢慢恢复。张梁出院后一直在家里静养。他死里逃生后，和王玉洁更是难分难舍了。

第三十四章
明天和意外

王玉洁陪他聊天:"那天你已经过了马路了,谁让你又回来迎我的,你要是不回来就不会出这个事了,再说我又不是小孩子,用不着你回来接我。"

"我这不是已经习惯成自然了嘛,你不在我身边,我就总觉得没着落。"

"不行,这个习惯以后得改,这次差点要了你的命,太危险了,把我也吓了个半死。"

张梁抚摸着王玉洁的手说:"改不了,也不能改,经过这个事以后,更是死也不改了。"

王玉洁偎依进张梁的怀里柔声说:"我说改就得改,只有你好好的,我们一家人才能幸福。只要你心里有我,我就很满足了。"

"我心里有你,你心里有我,所以,我们什么时候也不能分开啊。"张梁笑着说。

王玉洁一把推开他,佯装嗔怒:"真是不听话,哪有这么缠老婆的男人啊!既然不能分开,你若有个好歹,那我也不活了,陪你一起去吧。"

张梁忙说:"好了好了,咱不说这些了。你这些天在医院里忙前忙后地伺候我,也够你累的了。我看你瘦了好多,等孩子们放假了,你带他们出国去好好玩玩吧,也给你放个假,这样我就不缠着你了嘛,好吧?"说完,又把王玉洁搂进了臂弯里。

张梁说他从二十岁那年就和王玉洁互相爱慕私订终身了。马承骏想自己都三十多岁了,还形单影只,孑然一身,十年大好时光就这么白白浪费了,和张梁相比,差距太大了。歌词里都说明天会更好,可是谁也无法知道,明天和意外哪一个先来到。张梁的车祸,让马承骏觉得不能再任时光流逝了,自己还有很多重要的事情没做,这么想着,他骤然感到时间变得紧迫起来,再去哈尔滨找任爱琴的愿望也变得愈发强烈了。

　　以筹建办事处为由，马承骏再次来到哈尔滨，任爱琴开车去接他。好久不见，两人一见面自然有很多说不完的话。吃饭时，任爱琴说："你找房子我可以帮你的忙，我有个朋友在商业街有一套临街的门头房，是上下两层，后面还带着一个院子。一楼你可以布置一下，做个产品展厅，二楼吃住都行，后面的院子里有个厂房，可以当仓库用。"马承骏说："那就太好了，省得我再东奔西走去找房子，你明天就带我去看看吧，合适的话，就签个合同租下来。"

　　酒到微醺，马承骏看着一身优雅装扮的任爱琴说："从外表上看，你不像是个生意人，倒像是个艺术家。"

　　任爱琴轻轻一笑："生活本身就是一门艺术，每个人都是其中的一个角色，只不过每个人的选择不同，所以生活的方式就不一样。"

　　马承骏挺直了身子，看着任爱琴认真地说："我很想能和你在一起，把我们的生活过得更艺术、更幸福。上次我和你说的我俩之间的事，你考虑好了吗？"

　　任爱琴定定地看着他，然后摇头说："我们不合适。"

　　"我觉得我们俩很合适，为什么你觉得就不合适呢？"马承骏想知道答案。

　　"我比你大好几岁，而且还离婚带着孩子。再者，我们离得太远，所以无论从哪方面说都不合适。"

　　"你说的这些，对我来说都不是问题，只要我们一起努力，都能克服。首先从年龄上来看，我没觉得你比我大有什么不好，反而更有成熟的魅力。我知道宁宁是你的心头肉，我和他见面虽然不多，但我很喜欢他，宁宁也喜欢我。我既然决定和你在一起，就一定会和你共同抚养宁宁长大成人，我会像你一样疼爱他。再就是距离，在我看来，也不是问题，我现在筹建办事处不仅是为了工作，同时也是为了今后我们有更多的时间在一起。别的还有什么问题呢？我希望你不要有太多的顾虑。"

　　"你除了这里的工作以外，更重要的还要管理好整个宏信公司，所

第三十四章
明天和意外

以你不可能长久在这里发展，这里只能是你的一个根据地。"

"我来的路上也考虑过这个问题。如果你能答应我，我们就齐心协力想办法解决这个问题，总会有办法的。我现在最大的心愿，就是你能答应我的请求。"

"你为什么一定要这样做呢？嗯？"

"因为和你在一起，我心里感到特别安稳踏实。"马承骏说完又看着任爱琴的眼睛，"还有一个原因，你看着我的时候，我心里会有一种很幸福的感觉。"

"我一直把你当个小兄弟，我们保持这种友好的姐弟关系不也挺好吗？"任爱琴转头看向了别处。

"我是你的小兄弟，但我也是个单身男人。而你呢，不仅是个姐姐，也是个单身的女人。你刚才说每个人都有自己的选择，我现在就告诉你，我的选择就是你，所以我希望你也选择我，好吗？"马承骏一口气说完，又无比期待地看着任爱琴。

任爱琴无奈地说："我不希望你在这方面多费心思了，这是我的真心话。"

"我相信我自己，我也相信你。你再好好考虑一下答复我也不晚，我会一直等你。"马承骏不容置疑地说。

第三十五章
心即理

在任爱琴的帮助下,马承骏很快就和房主谈好了租房事宜,签订了租赁合同。经过简单的装修,又办理了办事处的相关手续,马承骏从当地招聘了几个业务员。一切准备就绪,他一手筹建的宏信电器公司驻哈尔滨办事处就正式开张了。

这天,马承骏又来到了任爱琴的办公室,想再和她谈谈感情方面的事,在他返程之前,希望能有个满意的结果。

任爱琴正在专心致志地看一份报表。马承骏坐在沙发上开门见山地说:"喂,我已经等了你好多天了,你到底什么时候才能考虑好呢?"

"你现在怎么不叫我姐了呢?"任爱琴答非所问。

"因为我不想你总是拿我当弟弟,我们应该是恋人而不是姐弟。"马承骏直言快语,接着又说,"今天我们一起出去吃个饭,再好好聊聊,好吗?"

"不行,我这几天比较忙,今晚我有事,不能陪你。"

"你天天都在忙,忙工作,忙孩子,忙亲戚,忙朋友,你就不能抽出点时间来为我着想吗?难道别的事都比我俩的事重要吗?不要拿我当

第三十五章
心即理

空气好不好?"

"我和你说过好几次了,我们确实不合适,你就死了这条心吧,你还是和原来一样,叫我姐就行。关于这个话题,就说到这里,你以后也不要再问我了。"任爱琴的意思很明确,态度也很坚定。

此路不通,马承骏碰了个硬钉子。他低头想了一会儿,又转换了话题:"快放假了,假期里我们带着宁宁一起去海南旅游吧,好不好?"

"不去,我以前去过。"

"那我们去稻城亚丁吧!那里被誉为蓝色星球上的最后一块净土,我们一起去享受一下纯粹美好的自然风光……"马承骏还在津津有味地说着,任爱琴却直接来了一句:"我哪也不想去,要去你自己去吧。"她果断拒绝,把马承骏还想说的话噎在了喉咙里。这一下,不禁让他有些窝火。

"这样也不行,那样也不行,你这是把所有的路都给我堵住了吗?"

"我不希望你因为我自寻烦恼,我这也是为了你好。"

"你不要说得这么冠冕堂皇好不好。我在这里等了你这些天,难道我就是为了自寻烦恼吗?你要是真为了我好,就应该答应我才对。你明明是一再拒绝我、推脱我、逃避我,却还拿着为了我好做挡箭牌,你也未免太虚伪了吧?!"

马承骏像开了钢炮一样,把任爱琴抢白了一顿。任爱琴抬起头来看着马承骏,马承骏感到她眼里闪过一种从未有过的陌生。她轻启嘴唇:"难道拒绝你我就很虚伪吗?错误的问题必然会导致错误的答案,我不希望你再问我这个问题了,你难道还不明白吗?"

任爱琴正说着,外面传来敲门声,随后进来一个阳光帅气的小伙子,看模样也就二十三四岁。他把一份材料呈报给任爱琴说:"任总,这份材料需要您签个字,然后再传真到上海。"

任爱琴看了下材料,迅速签了字。签完字,小伙子又一脸虔诚地说:"任总,我还有个请求想和您说一下,我从没参加过大型的订货会,

所以上海的这次订货会我也想参加,想利用这个机会在您身边跟着您好好学习一下。"

任爱琴想了一下说:"那好吧,你既然有这份上进心,我就给你提供个机会,你和办公室说一声让他们做好安排就行了。"

"那真是太好了。任总,非常感谢您,我一定珍惜这次机会,保证好好跟您学习。还有,昨天跟您说的练瑜伽那个事,我已经和朋友说好了,今天晚上我陪您一块儿去,先体验一下。"

"好的,晚上再说吧。"任爱琴把材料递给了他,小伙子接过材料,并没有马上离开。他先把材料放在茶几上,然后拿起任爱琴的水杯给她接了一杯水,恭恭敬敬地给任爱琴放在办公桌上,说:"天气干燥,您多喝点水。"然后拿起材料,轻轻掩门出去。

"他是谁?"马承骏问。

"新来的大学生。"

"你对我铁石心肠,对他倒是有求必应啊。他对你也很关心,晚上还陪你去练瑜伽。"马承骏说完干笑了一声。

"我晚上睡眠不好,所以才想去练瑜伽静静心。"

"孤枕难眠当然睡不好了,你和他一起练瑜伽就能治疗这个病吗?怪不得我说什么你都不答应,原来你是另有安排啊,哼!"马承骏故意说风凉话刺激任爱琴。

"你不要乱说好不好。我的事不用你来管。"

"别人管行,我管就不行吗?"

"你这是无理取闹,我还有事要干,你先走吧。"

马承骏气哼哼地赌气说:"你这是赶我走,既然你横竖都不答应,那我还有什么可留恋的呢?好吧,我走!这次离开以后,我再也不会来找你给你添麻烦了!"

马承骏自己都觉得不可思议,他竟然鬼使神差地说出了这么绝情的话。他看着任爱琴,想听她会说什么。

第三十五章
心即理

任爱琴站起身来，右手在胸脯上摁了一下，好像是努力让自己平静下来，她也没料到马承骏会突然这样说。她凝视着马承骏，神情愕然，却欲言又止。马承骏苦笑了一下："主要是不想再打扰你了，当断不断，反受其乱，我们就在这里告别吧。"

任爱琴的眼神有些痛楚，继而又变得深邃。终于，她说话了："好的，那就再见吧。"

马承骏以为她至少会说句挽留的话，没想到任爱琴却顺水推舟成全了他。马承骏心里也非常尴尬，因为他把话说绝了，没有给自己留退路。他把目光从任爱琴脸上挪开，抬头长叹一声，转身出门，大步离去。

一切的一切，都在此戛然而止。

爱情败北，马承骏怀着烦躁的心一路南下回到了家里。回来的途中，他曾无数次回想：那一天，任爱琴眼看他离去，会是怎样的心情？即使她努力让自己镇定，心里是不是也感到失落或苦涩？如果真如任爱琴所说的那样，保持姐弟关系的话，他认为任爱琴至少应该像个关爱有加的姐姐，挽留一下他这个意气用事的弟弟，哪怕她板起脸来，训斥他一顿也好。可是她没有，她像一个深不可测的海洋，放任一条游鱼自己选择去留，除此之外，她一句话也没有多说。她到底是抱着一种什么心态眼睁睁看着自己离开的呢？任爱琴像个让马承骏百思不得其解的谜语一样，深深盘踞在他的脑海里，他如饥似渴地想去破解，却又走投无路，没有头绪。

事实上，目送马承骏离开后，任爱琴的心也坠入了谷底深渊。

高大英俊的马承骏在她心里一直是个朝气蓬勃的小兄弟，她对他满心喜爱，却不能进一步发展，因为任爱琴内心有一个无形的魔咒在控制着她，让她无法接受马承骏这份真挚的感情，所以只能眼睁睁看他离开，走远。

晚上本想去练瑜伽,但任爱琴觉得头脑发晕、浑身无力,哪儿也不想去了。她百无聊赖地躺在床上,回想和马承骏之间的一幕幕往事,那些温暖的记忆此时都变成了揪心的痛苦,像潮水一样此起彼伏,冲刷着她的身心。为什么不能答应他,真实的原因,她心里很清楚,却难于启口。

从哈尔滨回来后,马承骏没再和任爱琴联系。他想,时间是最好的医生,一定会逐渐抚平心里的伤口。即使没有任爱琴,太阳依然每天从东海升起,从西山落下,日子还得继续朝前过。他强打精神忘我工作,却强制不了自己的胃口。好长一段时间,他都三餐无味,毫无食欲。老妈知道他工作累,为了给他补养身子,专门做了一道传统名肴——鲤鱼跳龙门,这也是老妈的拿手菜。盘子里的那条鲤鱼身子弯曲,头部抬起,外焦里嫩,色泽光鲜,真有跳跃之势。马承骏觉得自己也像是一条鲤鱼,只是龙门没跳过去,反而跳到了油锅里。

这天,他在同学群里看大家聊天,有个同学说他们的英语老师朱凤仪现在对王阳明心学也颇有研究,而且还在学校里举办了一堂关于王阳明心学的讲座。想到这里,马承骏灵光一闪,立即拨通了朱老师的电话。

"朱老师您好,我是马承骏,很久不见了,还记得我吧?"

"记得,当然记得,你挺好吧?"

"嗯,好的,您也好吗?"

"好,我好着呢。"

"朱老师,我有个事想和您见面说一下,您看什么时间合适呢?"

"什么事啊?电话里说说就行了,免得你还要跑一趟。"

"朱老师,是我个人感情上的事,在电话里一时半会儿也说不清楚,我想明天上午到您家里仔细说说,您看可以吗?"

"哦,那好吧。"

第三十五章
心即理

朱老师家住园丁小区，按照她说的详细位置，马承骏很快就找到了她的家门，朱老师热情地招呼马承骏进屋。

马承骏把他提来的一袋大米放进厨房里说："朱老师，我记得您喜欢吃大米，这是我出差时从哈尔滨带回来的东北大米，您尝尝，要是吃着好，我以后再给您多带点回来。"

"你这么客气干吗？快坐下喝水。"朱老师给马承骏倒上茶，又端上果盘。

虽然好久不见，朱老师却愈发神采奕奕，举手投足间依然保持着当年的风韵和气质。马承骏觉得，一个人骨子里的美，即使在岁月的刻刀下，也不会被剥离。

吃了两口苹果，朱老师说："你大老远跑一趟过来，有什么事就说吧。"

"朱老师，我听说您在王阳明心学上研究很深，我正好有个心事想请教您一下。"

"哦，是这样啊，我无非就是多读了几遍王阳明的书罢了。你说吧，但愿我能帮上你。"

马承骏于是把和任爱琴相识相知的过程说了一遍，又说了一下最近闹别扭赌气离开的情况。

朱老师听完了说："她既然不答应你，应该有具体原因的吧？"

"她说她离过婚，还带着一个小孩，年龄差别比较大，距离也太远，所以就不同意，反正她都有理由。"

"离过婚的女人再次选择对象都是比较慎重的。不管什么原因导致离婚，在感情上都是一次伤害。在这点上，你如果真的爱她，你就要有耐心，深入地了解她才行。"

"嗯，从相识开始，我和她就一直相处得很好，是无话不谈的知心朋友，在一起时彼此都很开心，我在哈尔滨开展业务，也得到了她很多

帮助。上次去哈尔滨,我和她谈了好几次,可她就是不答应,我当时心情不好比较着急,就说了狠话,说以后再也不和她见面了。唉!现在想想当时太冲动了,不该那样说。事实上,我心里根本无法放下她。朱老师,我这次来就是想请你帮我参谋一下,我下一步该怎么办才好呢?我是发自内心想和她在一起。"

"听你这么说,我觉得关键是她对你的感情怎样,她喜不喜欢你,这点很重要。"

"我能感觉到她也喜欢我,对我有感情,但她对我封闭了爱情,只拿我当兄弟一样来对待,所以我现在很迷茫,就像站在十字路口,不知道到底该往哪走了。"

朱老师沉默了一会,慢慢说:"王阳明心学里有个著名的观点叫知行合一。这个知行合一的知,不是知道的意思,而是指每个人的良知,也就是每个人内心与生俱来的道德感和判断力。找到并遵循内心的良知,复杂的外部环境就会变得格外清晰,该如何选择和取舍,你就很清楚了。在这方面,西方哲学家弗洛伊德也说过一句话:当你做小的决定时,应当依靠你的大脑,把利弊罗列出来,分析并做出正确的决定;当你做大的决定时,如寻找终身伴侣或寻找理想时,你就应当依靠你的潜意识,因为这么重要的决定,必须由你心灵深处的最大需要为依据。你懂这句话的意思吧!"

"嗯,我能感到我从内心里就是想和她在一起,这一点确定无疑。"

"如果你确定了这一点,那就好办了,剩下的就是如何想办法达到目的了。具体应该怎么做,只要你真心真意对待她,她自然就能体会到,就会逐渐打开心扉接纳你,只是你不要太心急。"

"老师您说得对,可是我好说歹说,她就是咬紧牙关不同意。我本想请她和她儿子一起出去旅游,她也一口拒绝了,直接不给我机会啊。"

"你也是犯糊涂了,你想啊,她又没答应你,凭什么和你一起出去旅游呢?她如果随便就答应一个人出去旅游,你还会爱她吗?"

第三十五章
心即理

"也是,我自从和她闹僵了关系离开哈尔滨后,就没再与她联系,可心里却很挂念她。前些天我让哈尔滨办事处的业务员侧面打听了一下她的情况,店里的服务员说她现在很少去店里了。唉!不知道她怎样了。"

"这样僵持着对谁都没有好处,谈恋爱的时候,自尊心没必要那么强,主动低头认错反而显得更有男子汉气概,爱情不讲对错,就看谁更心疼谁。"

"朱老师,我真是一时糊涂就做了傻事,再过些天就是她生日了,我想利用这个机会缓和一下现在的尴尬局面,您看如何?"

"好啊,她这种离异的状况,比较特殊,你得耐住性子慢慢来,老百姓常说心急吃不了热豆腐,就是这个理。"

"我在想送给她一件什么样的生日礼物呢?"

"只要是她喜欢的或者她需要的都可以,爱情有时候也需要适当地投其所好。"

"上次去她家里,她说准备把餐桌换一下,要不我就送她一套组合餐桌吧,民以食为天,让她一吃饭就能想起我。"

"嗯,这倒是个别出心裁的生日礼物,她应该会喜欢的。"

"我有个朋友专门卖红木家具,前段时间,他进了一批货,有一套红木餐桌,一张桌子配着六把椅子,我当时一眼就相中了,我让厂家直接把货发送到她家里就行。"

听他说完了,朱老师又说:"你这个礼物虽然很重,但我觉得还不是最好的礼物。"

"那什么才是最好的礼物呢?请给我指点迷津吧。"

"如果你真的那么爱她,而她也喜欢你的话,那么最好的礼物,应该就是你自己。问问你自己的内心,是不是呢?"朱老师说完,嘴角弯出一个意味深长的笑意。

"也是啊!再好的礼物也不能全部表达我的内心。朱老师,我知道

了,到时候我会亲自去哈尔滨和她一起庆祝生日。真是太谢谢您了,您这么一说,我就知道我该怎么做了。这些天我像个罐头似的可闷坏了。哪天您有时间了,我再请您吃饭。"

"不用请我吃饭,等你的事情办好了,请我吃喜糖吧。"朱老师笑着说。

"好的朱老师,如果我和她有缘成亲的话,您就当我们的证婚人,行吧?"

"现在可是八字还没有一撇呢,我这个证婚人能不能当上,全看你的了,你得加油努力啊。"

"好的朱老师,以后我如果有什么想不明白的事,再随时来请教,您可别嫌我麻烦啊,希望您能给我当一辈子老师。"

朱老师拍了拍马承骏的肩膀说:"过去是老师,现在是朋友了。祝你好运,我等你的好消息。"

从朱老师家出来,马承骏头上就好像有了北斗导航系统一样,知道该奔着什么方向走了。他给任爱琴发了信息,可接连发了三条信息,任爱琴一条也没回。马承骏心想,莫非她真的要和自己彻底断绝关系?马承骏忍不住又拨通了任爱琴的手机,打了好几遍,都是无人接听。

马承骏颓废地想,看来任爱琴是不想再和他有任何联系了,自己的信息和电话对她来说,大概就像银行里那个死皮赖脸的谢主任一样,都属于骚扰了。他把手机扔到沙发上,把身子摔在床上,闭上眼睛抱着头,再次陷入痛苦的思索之中。

恍惚中,一个穿着褐色衣裙的年轻女人站到了他床前,她身材单薄,脸色苍白,散乱的长发遮掩着清秀的眉目,眼里似乎含着泪光,看上去如一弯静静的冷月。马承骏问:"你是谁?怎么在这里?"她却只是看着马承骏,什么也不说,马承骏又问了好几遍,她还是一言不发。过了一会儿,她身子一晃,突然歪倒在床上了,慢慢地闭上了眼睛,呼吸

第三十五章
心即理

也逐渐急促起来。马承骏于是赶紧使劲摇晃她，却怎么也叫不醒她。

马承骏一个激灵醒了过来，回想起刚才的梦，心里仍然感到很紧张。他又想到了任爱琴，不知道她现在究竟怎样了。马承骏想，无论如何，都要明确地知道她的消息。于是他立即给哈尔滨办事处的业务员小牛打了电话，让他现在就去任爱琴的店里一趟，不管想什么办法，一定要打听到任爱琴的情况，越详细越好。为了激励小牛，他又重点说了一句："办好了这个事，我有红包奖励。"

两小时后，小牛急匆匆地打来了电话，说已经打听好了，是个不好的消息，那边的员工说任爱琴昨天在办公室里工作时突发心绞痛，被紧急送往医院了。

马承骏一听，心下大惊，忙问："那她现在怎么样了？"

"现在还在医院里，具体情况那个员工也说不清楚，要不我现在去医院看看，然后再和你汇报？"

"你不用去了，我直接去吧。"挂了电话，马承骏恨不得一步跨到任爱琴身边。

事不宜迟，马承骏立即买了去哈尔滨的机票，他必须要以最快的速度赶到才行。他在网站上查了一下，网上说心绞痛是阵发性的前胸压榨性疼痛，常发生于情绪激动时。原来任爱琴的身体一直还不错，没听说过她有这个毛病，怎么突然就犯病了呢？马承骏越想越急，恨不得插翅飞到哈尔滨。

来到任爱琴所在的医院，推开病房门，任爱琴正闭着眼睛躺在床上输液。他走到床前，示意看护人员不要惊动她。任爱琴面容清秀恬静，头发梳得一丝不乱。他不敢想象发病时她忍受了怎样的剧痛，眼看着心爱的人躺在病床上，马承骏越想越感到自责和懊悔。当时自己情绪冲动一走了之，她心里肯定不好受，难道是积郁成疾得了这个病吗？

过了大约半个小时，任爱琴睁开眼醒来，意外地看到马承骏正坐在

她床边。两个人对视的瞬间,都看到了彼此内心里的沧海桑田……

马承骏握着她的手,俯下身子轻轻地说:"你现在感觉怎样?希望你快点好起来。"

任爱琴说:"你怎么又回来了呢?"

"是我不对,都是我的错,我不应该说那些让你伤心难过的话,我这次来就是请求你原谅我,只要你好好的,你要怎样我都愿意。看到你这个样子,我快要恨死我自己了。"马承骏说到这里,眼里的泪忍不住顺着脸颊滑落下来,滴到了任爱琴的手背上。

在马承骏无微不至的精心照料下,任爱琴提前出院回了家。马承骏本想再多住几天好好陪陪她,但是公司来电话,说有要紧事让他赶紧回去,马承骏迫不得已,只好恋恋不舍地和任爱琴告别,踏上了归程。

第三十六章
你命里缺我

按照原先的计划,马承骏打算在任爱琴生日这天,好好给她庆祝一下。想好了的事,需要立即行动马上干。

他给任爱琴打电话:"你的生日快要到了,我有个礼物要送给你。"

"你最好不要乱买东西,我不缺什么。"

"那也未必,我让算命先生刚给你算了一卦,他说你别的啥都不缺,就是命里缺我。"

"你又没正经,没别的事我挂了啊,忙着呢。"

"哎,你先别挂,正经事还没来得及说呢。我从厂家给你订好了一个生日礼物,物流公司会直接发送到你家里,你到时候验货签收就行了。到底是什么礼物,暂时先保密,到货了你就知道啦。"

红木家具收到后,任爱琴给他发了个信息:餐桌已收到。马承骏笑了笑,然后给她回了过去:等我去吃饭。

眼看任爱琴的生日即将来临,马承骏把单位的大小事情都处理好,准备动身前往哈尔滨。临行前一晚,他鼓足勇气和爸妈谈了谈他与任爱琴的事。他没说任爱琴还没同意,而是虚晃一枪,说他俩彼此情投意

合,并且已经以身相许了。

马东风皱着眉头说:"我一直以为你俩是患难之交的好朋友,没想到是这样的关系。婚姻大事,必须得慎重,来不得马虎。我的意思是,不管你俩现在什么情况,双方都得先考虑周全了,然后再做决定。"

"行,爸,你放心,我这次去就想和她商量一下,看她什么时间合适,我带她来让你们看看。"虽然任爱琴还没有表示同意,但已经被马承骏说得好像马上就能嫁娶一样。马承骏暗想,逼自己一把,破釜沉舟也许能激发出更大的能量。

在任爱琴生日的前一天,马承骏又一次来到哈尔滨。他没有事先和任爱琴打招呼,而是先去了办事处。

按照朱老师的说法,红木家具算不了什么,他自己才是最好的礼物。所以,除了红木家具之外,他还要给任爱琴一个额外的惊喜。

他让办事处的两个员工按照他的计划,在郊区找了一个比较开阔僻静的地方,设计布置了一个庆贺现场。任爱琴曾和他说过,她生日的确切时间是零点十分。

一切都准备好之后,马承骏给任爱琴打电话,她正在她妈妈家里陪宁宁做作业。

马承骏说:"告诉你个好消息,我现在已经在哈尔滨了,明天就是你生日了,我今晚先请你去看个电影,好吗?"

"你什么时候来的?怎么没提前说一声呢?"

"今天刚到。"

"嗯,好吧。"

来到影院,马承骏预订的是情侣座。影院里人不多,前面有七八个人,后边的情侣座则只有他俩。电影开始后,任爱琴觉得马承骏好像一直在看她,她侧过脸说:"你看电影还是看我?"

马承骏小声说:"如果让我自由选择的话,我选择看你。"任爱琴没说话,捏住他的耳朵,把他的脸转向了电影。

第三十六章
你命里缺我

随着电影里饱含深情的主题曲响起,一个震撼人心的爱情故事被推向了高潮,任爱琴忍不住落了泪,马承骏赶紧递上纸巾,搂住了她的肩膀。马承骏低下头,闻到了任爱琴身上散发出的淡淡馨香。这就是他想要的现在,只要和心爱的女人在一起,不念千古,只爱当下,无论悲喜,都是幸福。

看完电影,已经晚上十一点多。他们来到地下停车场,马承骏说:"我来开车,你休息会儿。"

任爱琴的确有些困倦,靠在座椅上闭目养神。马承骏把车开出地下停车场,径直开到了去郊区的路上,等任爱琴睁开眼时,才发现路况不对。

"你这是往哪开啊?走错路了。"

"放心吧,没错,我们不是回家,我要带你去一个特别的地方。"

"这么晚了去什么地方?"任爱琴感到有些诧异。

"一会儿就到,到了你就知道啦。"

车子驶入一片空旷的场地,任爱琴远远地看到前面的山坡上有摇曳的光亮。

马承骏在路口停好车,拉着任爱琴的手向光亮处走去。今晚,按照他的设计,他要给任爱琴一个与众不同的生日贺礼。来到近前,任爱琴看清楚了这是用彩色霓虹灯和许多玫瑰花摆出来的一个心心相印的图案。

马承骏看了下腕表,已过了零点,任爱琴降生的时刻就要到来了。他站在心形图案前,解开了自己的衣扣,借着闪烁的霓虹,任爱琴看到他胸口处有一个"琴"字的刺青。他拉起任爱琴的手放在他胸口上动情地说:"你生日的那一刻就要到来了,我有一个礼物要送给你,那就是我自己!我们虽然相隔很遥远,但我相信我是为你而来;我们虽然年龄有差距,但我相信你是为我而生。所以,我选择在你生日的这一天,在你出生的这一刻,告诉你,我爱你!天地作证,日月为鉴,我发誓今生

今世非你不娶,爱你不变,和你白头到老,共度幸福人生!"说完,马承骏捧起玫瑰花,单腿跪地,虔诚地向任爱琴献花求婚。此刻,正是凌晨十分,环绕在他们周围的烟花被瞬间点燃,美丽的焰火腾空升起,火树银花,绚丽多姿,把马承骏的海誓山盟照得闪闪发光,铭刻在美丽的夜空和永恒的大地上。

任爱琴没有想到马承骏会以这么浪漫的方式向她求婚,素来淡定的她,此时此刻却有些眩晕了。看马承骏还跪在地上,她赶忙伸手去扶他。马承骏说:"请你答应我,你答应了我再起来。"任爱琴激动得点了点头说:"嗯,我答应你。"

马承骏站起来,把任爱琴紧紧地抱在了怀里,轻轻吻着她的脸颊,吻去她眼角喜悦的泪花,在她耳边说:"从今以后,你是我的,我是你的。我最大的梦想,就是能和你在一起,再也不分离,我爱你!"

任爱琴把头靠在马承骏的胸脯上,哽咽着说:"谢谢你给我的幸福。"

马承骏深情地捧起她的脸,紧紧地吻住了她的嘴唇。此刻所有的语言,都化作了唇齿间的缠绵。

第三十七章
小马过河

早上，马承骏一睁眼，已经九点了。

他穿好衣服下了床，看任爱琴正在厨房里忙着做早餐。听到他起床，任爱琴说："杯子里有温开水，你先喝一杯，洗漱一下准备吃饭，宁宁大概十点钟就从他姥姥家回来。"

马承骏洗漱完毕，坐到餐桌前。任爱琴准备的早餐是中西合璧型的，既有牛奶面包，又有米粥油条，还有鸡蛋、咸菜和水果沙拉。

马承骏边吃边说："真是太丰盛了，要是再配上我送你的餐桌就更好了。你把餐桌放哪儿去了？怎么没用呢？"

"在储藏室里。"

"吃完饭我去给你搬来，今天是你的生日，这个生日礼物必须得用上。"他夹起一块蛋黄喂进任爱琴嘴里说，"这就叫人尽其才、物尽其用哈。"

"像你这么坏的人，能买到什么好东西呢？"任爱琴一脸幸福地说。

"正因为我很坏，所以才衬托得你那么好。为了你更好，我愿意更坏。"

"先吃饭，少说话。"

马承骏很快就吃完了,任爱琴伸手给他摸下了嘴角的饭粒,说:"都多大人了,吃饭还这么狼吞虎咽的。"

"我想赶紧吃完,去给你搬餐桌。"

吃完饭,他俩一起到了储藏室。桌子比较重,任爱琴想和他一起抬,马承骏却不让,他说:"这些力气活用不着你来干,今天是你的生日,你就开开心心地看着我干活就行。"

马承骏钻到桌子底下,双手一用力,就把桌子托举了起来。刚走到院子里,宁宁背着书包从门外跑了进来,一进门就说:"妈,这是在干吗呀?"

"马叔叔在帮我们搬桌子,你离远点,小心别碰着。"

"哦,原来是马叔叔来了,叔叔好。"

马承骏也应声说:"嗯,好,等我干完了活就陪你玩。"

宁宁又说:"妈,我姥姥和姥爷也来了,他们在后面呢。"

"哦?不是说好了他们直接去饭店吗?"

"姥姥说过来叫你,然后一起去饭店。"

马承骏把桌子放在餐厅里,任爱琴小声说:"没想到我爸妈要过来,要不你就先走吧?"

马承骏笑着说:"走干吗呀?既然来了,就认识一下吧,反正早晚也得见面。"

话音刚落,任爸和任妈已进了院子。马承骏跟着任爱琴一起迎了出去。

"爸,妈,你们来了。"任爱琴说完又给他们介绍说,"这是我朋友马承骏,今天来家里帮我干了点活。"马承骏也连忙向他们分别问好。

任爸看上去身体硬朗,干净利索;任妈则比较富态,态度温和。

到了客厅,任爸看着那套红木餐桌说:"这是你新买的吗?看起来质量不错。"

任爱琴和马承骏使了个眼色说:"嗯,是啊,今天刚开始用,你看

第三十七章 小马过河

还好吧?"

任爸看来是个行家,他仔细看了看桌子说:"行,挺好,有这么好的餐桌,要我说啊,今天中午咱们就不去饭店吃了,买些菜,你和你妈在家里做些吃吧。"

任妈也说:"行啊,我做的虽然没有饭店里花样多,但是保准你们吃着放心舒服。"

"那怎么行呢?我昨天就在饭店里预订好了。"任爱琴说。

宁宁这时插嘴了:"你退了不就得了嘛。我也想吃姥姥做的菜,姥姥炸的鱼最好吃了,是世界上最好吃的炸鱼。"一句话让任妈笑得合不拢嘴了。

任爱琴则瞪了宁宁一眼:"我看你是为了在家里玩电脑游戏才不愿意去饭店吧?"

"绝对不是为了玩游戏,我这就让马叔叔陪我去打篮球,这样可以了吧?"

任爸说:"好,宁宁是个好孩子,你去玩吧。"

任爱琴说:"真是说不过你们了,那就在家吃吧。宁宁你先去书房看会儿书,待会儿再去打球。"

任爱琴把给爸妈买的衣服拿出来看。

任妈笑盈盈地说:"我的衣服那么多,怎么穿得了哟。你以后不要再给我买了,就现在这些衣服,穿到两百岁都足够了。"

任爸和马承骏在客厅里喝茶。他们虽然是第一次见面,却也比较聊得来,任爸原来也在企业干过,和马承骏聊了一些工作上的事。

过了一会儿,宁宁从书房出来:"马叔叔,我们去打球吧?"

马承骏说:"好的,你换一下衣服,我和你一起去。"

宁宁又说:"马叔叔,你今天中午也在我家里吃饭吧?"

马承骏笑着说:"不用了,打完球我回去吃就行。"

任爱琴说:"宁宁,你叔叔工作忙,没有时间,你不要老这么缠人

好不好？"

宁宁看了看任爱琴又说："马叔叔，你还不知道吧，今天可是我妈妈的生日，你看姥娘姥爷都来了，你也在这里一起吃饭多好啊。"

任爸也说："你离家在外，到这么远的地方来开展工作也不容易，要是没要紧事，就一块儿在这里吃个饭吧，你是爱琴的朋友，不用太客气。"

马承骏心想，今天中午看来必须得在这里了。他看了任爱琴一眼，佯装不知地说："真是赶得早不如赶得巧，我等会儿买个蛋糕来，一块儿给你庆贺一下。"

任爱琴说："你不用买，蛋糕我早就订好了。"

"好吧，那我和宁宁先去打球了。"马承骏和宁宁出了家门，他先打电话预订了一个大花篮，让花店中午十一点准时送到任爱琴家里。

等他们打完球回到家里时，餐桌上已经摆满了菜，预订的大花篮也送到了。

大家围坐在一起开始就餐。任爸和任妈劝马承骏多吃菜，任妈似乎看出了些什么，吃饭的时候，她又问了一些马承骏家里的情况。马承骏想，既然见面了，多沟通了解一下也是好事，就有啥说啥，一一回答。

听马承骏说还没有找对象，任妈说："也得好好考虑一下了，孩子不成家，父母的心就放不下。"马承骏说："我原来常年在外跑业务，就把找对象的事给耽搁了。你说得对，现在家里也挺为这事操心呢。"

任爸听了乐呵呵地说："年轻人先立业再成家，也不错嘛。"

马承骏饭后回到办事处，躺在床上给任爱琴发信息。他说今天真巧，正好遇见了两位老人，省得下次再专门介绍了。他自我感觉老人们对他的印象还不错。任爱琴说他少嘚瑟，该干啥干啥。马承骏说："好啊，今晚我再去你家吧，和昨天夜里一样，该干啥干啥。"任爱琴说：

第三十七章
小马过河

"今晚宁宁在家呢,你不能来。"

马承骏又和朱老师汇报了一下他的喜事,朱老师也为他感到高兴。

有了任爱琴,马承骏心里好像有了定海神针,觉得格外安心。他在盘算着怎么和任爱琴说,让她跟着他回家一趟,只要父母那里没意见,其余的就好说了。

马承霞按部就班地在校对室干了一个月。老爸问她还想不想干记者,如果想干就帮她想个办法。马承霞摇了摇头,因为她心里早就有了新打算。泰河市是个旅游胜地,每年来旅行的人很多,马承霞打算选个环境清雅的地段,开办一家有特色的旅馆。和爸妈说了一下这个想法,爸妈也支持她。

办完了辞职手续,马承霞让好友郑中惠帮着找合适的房子。郑中惠说:"没想到你真要自己干。烧不死的鸟才是凤凰,我可一直把你当凤凰的,就因为受了点挫折,你就撂挑子不干记者了,那可是你当年心心念念的理想职业啊。"

"喜欢文字工作不一定非要当记者。我想好了,如果还想写东西的话,一边开旅馆一边当个自由撰稿人不也挺好吗?"

"好是好,不知道你能干成个啥样呢?做生意就有赔有赚,可是需要承担一定风险的,你得有个思想准备,如果干砸了,你别哭鼻子抹眼泪就行,搞经营可不是那么容易的。"

马承霞想了想,若有所思地说:"很多人因为不相信自己,一辈子都迷失在了寻找自我的困顿里。我这次,就是要挑战自己,开始一种全新的生活,我希望能走出一条新路子,不管成功还是失败,都无怨无悔。"

郑中惠陪马承霞转了两天,最后选定了泰河岸边的一栋独立的三层楼房。这幢楼看起来有些年头了,虽然整体显得有些陈旧,但是也积淀了许多古色古香的味道。

　　马承霞一直在给旅馆起名字,想了好几个,总觉得不如意。路东山知道马承霞正在为开办旅馆的事忙活,问她准备得怎样了,马承霞说:"别的都好说,就是还没想出叫什么名字合适。"

　　路东山听了哈哈一笑说:"一个旅馆的名字就把你这个大才女难住了吗?依我看,你姓马,旅馆又开在泰河岸边,就叫小马过河吧。"

　　"你搞什么呀?什么小马过河,还老马识途呢。"

　　路东山又郑重其事地说:"不是闹着玩的,小马过河的精髓就是要独立思考,勇于实践,并通过自身的探索去掌握事实的真相。你辞职下海自谋职业,又摸着石头过河开旅馆,你现在就和小马过河一样。这名字寓意好,而且有特色,还能让游客们一下子就记住,你说是吧?"

　　"嗯,这么说还有些道理,那就听你的,暂定为小马过河吧。"马承霞心下释然。

第三十八章
日子和诗

小马过河旅馆开业那一天，好多亲朋好友都来祝贺，马承骏也前去帮忙应酬。

旅馆总体上装饰得古色古香、温馨优雅。一楼有一个比较大的临街院子，院墙上用竹板做成了不同的花架，上面放着吊兰、绿萝等净化空气的各种花草，此外，还有一些胖嘟嘟的多肉植物。顺着这条绿植长廊走到尽头，是一个精致的小咖啡厅。咖啡厅里摆放着几张桌椅，这些桌椅形状各异又浑然一体。咖啡厅的上方，用玻璃做了个阳光房，在这里白天可以晒太阳，晚上可以看月亮，如果是下雨的日子，一边喝咖啡，一边听雨，更是自有一番乐趣。

旅馆的门楼坐北朝南，用高大的石头圈成了一个拱形的门厅。顺着这个门厅走进去，是一楼的四间客房。里面的设计都各具特色，根据布置的特点，这四个房间分别命名为：嫣红、橙黄、蓝调、翠微。

二楼有两个客房，一个叫文心，一个叫颜玉。除了这两个客房，还专门开设了一个茶室和一个阅览室。阅览室里有各种经典名著和线装古本，供游客随意阅览。看女儿像模像样地把旅馆打造起来了，马东风又

把他收藏的一些古文玩送了过来，更是平添了许多古朴的雅趣。

上到三楼，宛如进入了一个绿色田园。三楼有一个大露台，上面搭了一个葡萄架，露台的周围有小花圃，还有用滴灌种植的时令蔬菜。烧烤炉也准备好了，盛夏季节，在这里吹着清风吃烧烤，肯定是快意人生的美好享受。此外，马承霞还专门设置了一个健身房，购置了一些体育用品。三楼也有三间客房：种春、采荷、邀月。

小马过河旅馆有个优惠待遇，所有前来入住的旅客，都能免费获得印有"小马过河"图标的旅行杯一个，外加泰河市旅游地图一份。即使不住宿的客人，也可以来这里坐坐，一楼有咖啡厅，二楼提供免费的茶水，各种图书可以自由阅览，让人在喧嚣的闹市里独享一份读书品茗的安宁，恍如走进了凡俗尘网中的一方乐土。马承霞立志要把小马过河打造成泰河市饱含文化韵味的特色旅馆，成为被游客信任和喜爱的地方标志。

小马过河旅馆开业后，马承霞并没有刻意做广告，但每天都有一些来她这里喝茶读书的人。这些人口口相传，便成了一个个活广告。还有些人，是为了品尝一下免费的"马氏小饼"。小马过河的特色点心"马氏小饼"是老妈的独特手艺，据老妈讲，这是祖辈们传下来的，主要原料是面粉、芝麻、花生和白糖，加工做成一种又香又酥的小饼子，口感醇香，别有风味。旅馆里每天都会做上几十个，供客人免费品尝。几个月后，小马过河以其经营特色，成了泰河岸边一道靓丽的风景。

老妈给大姨打电话，问她在广东的生活情况。大姨说在那里人生地不熟，心里闷得慌，气候也不适应，身体老是觉得不舒服。放下电话，老妈又念叨着为大姨的现状担忧。马承霞说："要不就干脆让大姨回来吧，就在我这里帮我干些力所能及的活就行，也省得你老是为她担忧。"老妈一听，觉得是个好主意，就让马承霞给大姨打电话。

电话打通了，大姨却比较犹豫。她说："年龄大了毛病多，我去了恐怕会给你添麻烦。"马承霞说："大姨你不要见外，你来了无非是加一副碗筷加一张床，不会添麻烦的。再说，我开的这个旅馆现在生意不

第三十八章
日子和诗

错，正需要人手帮忙呢，你来了替我搭把手我也轻松点嘛。你和娟姐商量一下，她如果同意，你就早点过来吧。"

大姨回来时，小娟专门请假把她送回来。老妈和大姨别后重逢，两人一见面就高兴地抹眼泪。

小娟是个不管干啥都干脆麻利的人，说话快，办事快，从不拖泥带水。这次回来，她特意多住了两天，顺便在马承霞的特色旅馆里体验一下。住了两天后，她笑着对马承霞说："在这里住着确实很舒适，我都不想走了呢。"

马承霞说："你喜欢就多住两天呗。"

"我倒是很想多住几天，可工作上还有一摊子事情等我回去处理，以后休年假时我一定会来的。"

"好的，只要你有时间，我这里随时都欢迎你来，想住多久就住多久。"

小娟又说："你也真够坚决的，工作说辞就辞，自己说干就干，开起旅馆当了老板，还干得像模像样的，很有成就感吧。"

马承霞笑着说："姐，我其实也是被逼无奈上梁山的。"

"得了吧你，我看你是乐在其中呢。"

"能够按照自己想要的方式来生活，一直是我最大的心愿。我不想再过原来那种整天忙忙碌碌还钩心斗角的日子了，所以才下决心辞职走人的。我并没有想去做一个打拼天下的女强人，我只想做一个能活得有滋有味的小女人，像我这种失去了婚姻又辞掉了工作的人，更需要给自己找个踏实的依靠，所以我必须尽我所能地经营好这个旅馆，不仅是为了给旅客提供一个舒适的住所，也是为了给我自己的心安一个家。其实我心里还羡慕你呢，安安稳稳地过日子，多好啊。"

小娟点了点头说："嗯，我能理解你的心情。我家的情况你也知道，从我记事起，你大姨和姨夫就感情不好，每当他们吵架时，我就想等我长大了，只要有一个正常的家庭，能平平静静地过日子，我就知足了。

所以，大学毕业后，我没有忙着谈恋爱，我一边打工，一边起早贪黑地继续学习，考了三次才终于考上了公务员，后来又找了个老实本分的人结了婚。像我这样的家庭，是经不起任何折腾的，不管受多少委屈，也只能老老实实地干好本职工作。而你不一样，你有足够的资本可以去闯荡和尝试，即使失败了，还有父母给你做靠山，支撑你跌倒了再爬起来。可我呢，如果一步走错了，就什么也没有了，所以我能依靠的就只有自己，虽然脑子里也曾有过一些新奇的想法和打算，但也只是想想罢了，现实中根本没有勇气去冒险尝试。"

同为女人，自然更了解女人的难处，姐妹俩推心置腹，一直聊到很晚。

小娟说："你大姨这辈子很不容易，她受的苦和累，七天七夜也说不完，我如果像你一样文笔那么好，我都能写一部书了。"

"写东西不一定文笔多好，最重要的是要有真情实感。"

"嗯。可惜我这个学理工科的，不擅长文字表达。很久以前，我曾写过一首叫《时光》的小诗，读书这么多年，那是我写的唯——首小诗，等我回家后找一找，要是还找得到，就发给你看看。"

"好的。"

小娟回到广州后，隔了几天，把她写的那首小诗发给了马承霞。

时光

时光是那张压在箱底的童年黑白照片

穿着小花褂

扎着羊角辫

记得为了攒钱买书包

一听到母鸡叫

我就赶紧跑去鸡窝

拾那个温热的鸡蛋

第三十八章
日子和诗

时光是记忆中一个孤单的老人
穿着破旧的棉衣坐在土坯墙根
日头从他的皱纹里一点点偏西
身边那两只无忧无虑的小羊是他的老伴
有时候叫给他听
有时候跳给他看

时光是母亲那双粗陋变形的手
一生的劳作磨平了坎坷的所有
办身份证采集指纹
从左手到右手，从拇指到小指
电子设备一次次显示失败
母亲那对没有指纹的双手
牵动我心底最酸楚的乡愁

第三十九章
磁性极强的 Fe_3O_4

分隔两地的日子，马承骏和任爱琴只能通过网络和电话互诉衷肠。俗话说得好，实和尚好过，花和尚难挨。自从有了任爱琴，马承骏就变成了一个难挨的花和尚。

这天晚上，小雨蒙蒙。马承骏想起了白居易的一首《夜雨》，然后就给任爱琴发了两句："我有所念人，隔在远远乡。我有所感事，结在深深肠。"

不一会儿，任爱琴回信："秋天殊未晓，风雨正苍苍。不学头陀法，前心安可忘？"

马承骏一看就笑了，又问任爱琴在干吗呢？任爱琴说刚洗完澡，正躺在床上休息。马承骏说："那我们手机视频一下吧，想你了，我想看看你现在的样子。"于是两人打开了视频。

视频里任爱琴穿着一套天蓝色睡衣，头发自然地披散在胸前，明亮的双眸，水嫩的肌肤，恬淡的微笑，马承骏越看越爱。

忽然间，马承骏肚子开始疼，疼得他眉头紧皱。任爱琴在视频里看他变了脸，忙问他怎么了。

第三十九章
磁性极强的 Fe_3O_4

马承骏说:"唉!想你想得肚子痛。"

"不会是装的吧?要是真的痛你赶紧去厕所蹲一会儿也许就好了。"

马承骏按任爱琴说的去了一趟洗手间,果然就好了。他说:"你还真厉害。"

任爱琴笑着说:"知道为什么吗?因为你心里有邪念,所以肚子疼,我给你开的这个方子叫茅塞顿开,是专门给你对症下药的。"

她这么一说,把马承骏又笑得肚子疼了。

经不住马承骏的软磨硬泡,任爱琴答应抽空到他家去一趟。马承骏一听,高兴得做梦都偷着乐,忙着准备迎接任爱琴大驾光临。老妈老爸也想看看这个让儿子称心如意的女老板到底是个什么样的女人。

马承骏脸上经常露出不自觉的笑。马东风对老伴说:"这孩子像是乐傻了似的,原来可没见过他这样。"

"嗯,他这是发自内心的高兴,所以大脑控制不住,难得他这么开心。看来这次,不管我们同意不同意,都得听他的了。"

马承骏在机场盼星星盼月亮,终于盼到了任爱琴。电子屏上显示任爱琴乘坐的航班已经准时到达,他立即打电话,说他已经在出口等着了。

远远地,他看到任爱琴推着行李箱姗姗走来,于是赶紧向她挥手。任爱琴也在熙熙攘攘的人群中看到了海拔最高的他,对他微笑招手。任爱琴刚到出口,马承骏就迎上去来了个热烈拥抱。多少次在视频上看她,在电话里听她,在照片上亲她,今天,终于真真切切地把她抱在了怀里。

走到停车场,马承骏把行李放在了后备厢里,然后打开后排车门拉着任爱琴坐了进去。任爱琴当然知道他要干啥。马承骏一关上车门,就把她搂进了怀里,低头亲了亲任爱琴说:"宝贝,你终于来了,可把我

想坏了。"说完深深吻住了她的嘴唇。

马承骏知道,亲吻是他的撒手锏,他能很快就把任爱琴从高冷的状态亲成一团温柔的棉花。

说来也奇怪,自从和马承骏身心交融,任爱琴就恋上了马承骏的亲吻。只要马承骏亲到她,她就开始身心酥软,连身体里的血液也像发生化学反应一样,变成了蜜汁在周身流淌,因此,马承骏给她起了个昵称叫"亲亲迷"。

久旱逢甘霖,任爱琴被亲得简直要窒息,心也狂跳不已,她担心再这样下去,自己会瘫软在车上。想到这里,任爱琴赶紧说:"不行,我快受不了啦,快起来,我们回家。"

任爱琴刚说完,车前面有几个人走了过来。马承骏只好先放开了任爱琴。任爱琴整理了一下衣服说:"你确实是越来越坏了,走吧,别在这里耽误时间了。"

马承骏自己住的那套房子重新装修完不久,暂时还没有去住,他就把任爱琴直接带到了马承霞的旅馆里。

"这就是你姐姐开的旅馆吗?"

马承骏点头说:"是的,别看旅馆的规模不大,也并不豪华,服务却很好,我姐都提前安排好了,你就在这里安心地好好享受吧。"

马承骏带着任爱琴走进旅馆,迎面正好碰见马承霞。马承霞一打量任爱琴,马上明白这肯定就是弟弟心爱的女人了。她连忙热情地和任爱琴打招呼,让她先在咖啡厅里休息一下,然后又吩咐服务员把任爱琴的行李箱放到二楼"颜玉"房间。马承霞和任爱琴基本属于同龄人,但两人风格迥异,相比之下,马承霞是清丽的田园风光,任爱琴是高雅的经典名胜。

马承霞陪任爱琴聊了一会儿,让她先去房间休息。看任爱琴上了二楼,马承骏凑近马承霞小声问:"姐,你第一印象感觉如何?"

第三十九章
磁性极强的 Fe_3O_4

马承霞笑道:"我感觉不错,你好好伺候吧。"

晚饭的地点定在王真秀的茶楼里。那里环境幽雅,菜品精致,比较符合任爱琴的口味。任爱琴问马承骏,"你爸妈会不会嫌我老?"

"你哪里老啊?看起来比我都年轻呢。"

"你嘴巴越来越甜了,就会哄我高兴。"

马承骏又说:"你以后别再为年龄担忧了,抽空我带你去见见我的高中英语老师,虽然她也比丈夫大八九岁,但他们结婚后一直都生活得很幸福。"

下午六点,老爸老妈一起来到了真秀茶楼。

看两位老人进来,任爱琴赶忙起身相迎。虽然彼此心知肚明,但毕竟是第一次见面,马承骏还是分别做了介绍。任爱琴说让两位老人叫她爱琴就行。

老妈看着任爱琴说:"早就盼着你来,今天终于见到了。我们家公司遇到困难的时候,多亏了你帮忙,你这次来,一定得好好玩几天。"

任爱琴忙说:"阿姨您不用客气,能帮上忙我也很高兴。"

"家里父母都好吗?"老妈继续问道。

"嗯,都好,你和伯父看起来也都挺精神的。"

"你是第一次到我们泰河市来吧?感觉这边怎样?"老妈又问。

"嗯,挺好的。"

老妈今天特别健谈,一直和任爱琴说个没完,任爱琴也耐心地陪着她聊,马承骏插不上话,只有当听众的份儿。

老妈和任爱琴越聊越热乎,不知怎的又聊到了越剧上。越剧可是老妈的最爱,她是个越剧迷,那些名家名段,她高兴了还能亮开嗓子唱上几段。一听说任爱琴也喜欢越剧,她更来了兴致,忙问任爱琴喜欢哪一派。

任爱琴说:"那些越剧老前辈各有千秋,相比而言,我比较喜欢王

派。"

老妈拍了拍任爱琴的手说:"哎哟,敢情咱俩喜欢的是同一个人,我活了大半辈子了,最喜欢听她的唱腔,以后有机会咱们一起唱一段过过瘾。"

马承骏说:"妈,光听你在这里做报告了,上菜了,快喝杯酒吃点菜补充一下能量吧。"马承骏分别倒上酒,这时马承霞也推门进来,一家人团聚,共进晚餐。

马东风作为主陪,按照惯例,喝第一杯酒之前,先要来个开场白。他端起酒杯说:"今天我们在这里一起吃饭,一是为爱琴接风,欢迎她远道而来。二是对爱琴表示诚挚的谢意,感谢她对我们宏信公司的大力支持。因此,我先带四杯酒,祝愿我们都四季平安、四季发财。"

马承骏举杯对任爱琴说:"这是我爸带的酒,咱们一起喝。"说完他先喝了一大口。任爱琴也端着酒杯说:"谢谢你们的款待。"随后她也喝了一小口。

老妈说:"我不能喝酒,一喝就脸红脖子粗的,叫人笑话。不过今天爱琴来到我们家里,我就喝点红酒表示一下吧。"

马承霞说:"妈,你就放心喝吧,实在不行了我替你。"

吃了一会儿,马东风说:"爱琴啊,我听承骏说了好几次你俩的情况了,说他在哈尔滨人生地不熟,工作上多亏了你帮忙。"

任爱琴说:"我其实也没帮上多少,关键他自己很努力,还成立了办事处,业绩也不错,现在越干越红火了。"

马承霞这时对任爱琴说:"听承骏说,你做生意经营有道,干得挺好,我以后要多向你学习啊。"

"我也没什么经验,也就是养家糊口吧,在经营方面我觉得我们都要向伯父学习才是。"

老妈说:"现在干啥都不容易,你一个女人家,能把生意做得那么好,说明你也确实有能力。"

第三十九章
磁性极强的 Fe_3O_4

马承霞说:"妈,那我呢?你看我有没有能力?"

马东风接过去说:"你才刚起步,还没经过考验,以后到底能干到什么程度,现在还说不准。"

马承霞转过脸对任爱琴说:"你觉得我的旅馆怎么样?"

"嗯,我来了以后第一感觉不错,整个楼的空间利用得很合理,布置得温馨舒适,比较有文化氛围,我特别喜欢三楼大露台上的那个小园子。"

"谢谢夸奖,你这么说让我更有信心啦。"

红酒喝到第二杯时,老妈就开口直奔主题了。

"爱琴,关于你和承骏的事,承骏都和我们说了,我们当老人的都希望孩子能找个情投意合、通情达理的人好好过日子,原来没见过你,隔得又远,不瞒你说,我这心里也是七上八下的没个底。你有什么想法呢?你说说,我们也听一下。"

"阿姨,我实话实说,我和承骏的事刚开始我觉得是不合适的。"

马承骏这时急忙插嘴说:"哎,刚开始觉得不合适的那段你就别说了,你就从觉得咱们俩合适的时候开始说吧。"

老妈拍了下马承骏的胳膊:"你让爱琴把话说完嘛,别乱打岔。"

任爱琴于是把马承骏向她求婚的过程大致说了一下。

等她说完,老爸说:"在感情上,我和承骏他妈尊重你们的意见,希望你们在现有的基础上,互相再多了解一下,然后再做出决定。承骏年龄也不小了,原来也定过亲,可是准备结婚时又突然分手了,让我们一家人都很难堪,所以,这一次我希望你们双方都认真考虑清楚,婚姻大事绝不可草率。"

马承骏说:"爸,这次你就不用担心了,我和爱琴早就考虑好了。我俩既然决定在一起,以后就不会再分开了。"

晚饭后,马承骏和任爱琴回到了小马过河旅馆里。

进了"颜玉"房间,马承骏关上门,借着几杯酒的力道,他的热吻像酒精一样挥发在了任爱琴的嘴唇上……任爱琴的身体像磁性极强的Fe_3O_4一样,把马承骏紧紧地吸住,任凭他力拔山兮气盖世,也难以自拔了。

月亮在云朵里穿行,时而全部隐身,时而又露出了半个脸来。马承骏亲了亲任爱琴的额头说:"这么多年,我等的人是你,你等的人是我,所以,我们的爱就是天意啊。"

任爱琴娇羞一笑:"所以我们要好好珍惜。"

马承骏抬手轻轻摸了下任爱琴的眉毛和眼睛:"亲爱的,你从小就眉清目秀,那次去你家看到你小时候的照片,真是太可爱了。"

"你看的哪一张?"

"就是你穿着方格衣服笑得很甜的那张。"

"那是我上小学前照的,妈妈特意给我买了一身新衣服让我穿着去上学。"

马承骏喜滋滋地说:"你什么时候都好看,你给予我的爱,就是我心里最幸福最美好的爱,你知道我现在想干什么吗?"

"还想干什么坏事?"

马承骏嘿嘿一笑说:"我想把你的眼睛蒙住。"

"啊?你为什么想把我的眼睛蒙住?"任爱琴有些吃惊。

"我也不知道,是脑子里突然冒出的一个想法。"马承骏一脸好奇地说。

"你,你不会揍我吧?"任爱琴嗓子有些发紧。

马承骏把手捂在任爱琴的胸口上:"怎么了?你很担心吗?我怎么舍得揍你呢?"

说完,任爱琴把马承骏捂在她胸口上的手拿开,转过身去背对着马

第三十九章
磁性极强的 Fe_3O_4

承骏不再言语。

马承骏感觉有些不对劲，忙问："怎么了？不开心了？我刚才是随便说着玩的，你还当真吗？"

任爱琴深深叹了口气，幽幽地说："你对我一直很信任，这是让我最感动的地方。原来别人给我介绍的对象，他们都想刨根究底问原来为何离婚，可你从来就不计较这些。"

"离婚是你感情上的一个伤疤，我之所以不愿多问，是不想再去揭你的旧伤，那毕竟是过去的事了，我不希望你总是装在心里，该放下的就要放下。不管你原来为什么离婚，都不会影响我现在对你的感情。"

"过去我不愿说，是因为有很多顾虑，也怕你知道了会受不了。"

马承骏想了一下说："哦，是吗？不过与其一直压抑在心里，倒不如说出来更痛快些，不管怎样我都愿意和你一起承受。"

任爱琴想了一会儿，转过身来说："嗯，那我就告诉你吧。"

"好的，说吧。"马承骏亲了亲任爱琴的脸颊。

"我和他离婚的真正原因，是因为他家暴。"任爱琴一字一句地说。

"哦？"尽管马承骏在脑子里做好了各种思想准备，但是一听这个原因，他还是心头一紧，吃了一惊。

"他打你了？"马承骏急切问道。

"嗯，开始还好，我们也是彼此相爱的，吵吵也就忍了，后来时间长了，我经常被打得在医院住好几天，我才清醒地认识到，如果不离婚，我随时可能死在他手里。可我不能死，我还有孩子需要抚养，还有父母需要照顾，我还有许多事需要做，所以，我就起诉和他离婚了。"

任爱琴只是轻描淡写地说，并没有想要细说的意思："这就是我离婚的真实原因，这些年来，我和谁都没有说过，我原本打算让这些事都烂在心里，永远不再提起，可是你打开了我的心扉，走进了我的心里，成了我最亲近的人，现在我都告诉你了。"

马承骏抱住任爱琴，把她的脸放在自己的胸口上，很是心疼，他没

想到她曾经受了那么多的苦痛折磨。

　　任爱琴继续说:"离婚后的那两年,我有好长时间都调整不过来,白天像个工作狂,一心干工作,可是到了晚上空下来,我心里就会产生莫名的恐惧。他虽然和我离婚了,可他给我造成的心理阴影却像个甩不掉的魔咒一样追随着我、困扰着我。"

　　"你自己一个人确实很难承受,要是我早点到你身边来就好了。"

　　"那时候我很苦闷,心理医生建议我重新开始一段感情,借此来彻底摆脱过去的心理阴影,于是我听从了医生的建议,开始相亲。相继谈了两个,但觉得不合适就没再谈下去。后来婶子给我介绍了一个公务员,他妻子因病去世,婶子说他各方面条件都不错,脾气也好,我们就见面了。"

　　"见面后感觉怎样呢?"

　　"双方都觉得挺满意,就开始谈恋爱了。他是个忠厚老实人,对我也不错,只要有时间就来陪我,双方父母也都见了面,家里也认可。"

　　"那就谈婚论嫁了?"马承骏问。

　　任爱琴迟疑了一下说:"因为我爱你,所以我就全部如实告诉你,可是这对你来说会不会也是一种伤害呢?"

　　"我说过,不管你过去怎样,我都接受,也不会影响我现在对你的爱,请你相信我,好吗?"

　　"我相信你,我一直都是相信你的。"任爱琴继续说,"我和他交往了有一年多的时间。有一次,他把我带到了他家里,抱住我想和我亲热。自从我们相识,他对我一直很好,我对他感觉也不错,当时不知道怎么了,就觉得还没到那一步,本能地拒绝了他,没想到他却反手打了我一巴掌。"

　　任爱琴说到这里,眼角流出了泪水。马承骏默默地抱紧她,吻去了她脸上的泪。

　　任爱琴接着又说:"你肯定也猜到了,从那一巴掌后,我们就分手

第三十九章
磁性极强的 Fe_3O_4

了。"

马承骏只觉得嗓子里发涩。

"从那以后，我再没和别人谈过恋爱，这就是我过去所有的感情经历。"

"也许上天为了让我们珍惜今天这份来之不易的幸福，所以才让你受了那么多的苦，今天你把积压的心事都说了出来，以后就轻松了。过去的事就像一盆水泼到了地上，今后我们就不再提了，你现在和将来都是我的女人，我会好好保护你，不允许任何人伤害你，哪怕是一点点的伤害都决不允许。"

任爱琴抚摸着马承骏的嘴唇说："谢谢你，其实老天爷还是很眷顾我的，让你来到了我的身边。"

平常日子马东风和马承骏各自忙碌工作，家里基本上就老妈一个人，现在任爱琴来了，老妈也有了个好伴儿，她俩有两个主题，一是研究菜谱，二是切磋越剧。

马承骏下班回家，刚进大门，就听到里面传来唱戏的声音。他悄悄从旁边窗户往里看去。原来老妈和任爱琴正在合唱越剧《梁山伯与祝英台》中的经典唱段《十八相送》。侧耳听了两句，老妈扮演的是梁山伯，任爱琴扮演的是祝英台。

任爱琴：书房门前一枝梅，
　　　　树上鸟儿对打对。
　　　　喜鹊满树喳喳叫，
　　　　向你梁兄报喜来。

老　妈：弟兄二人出门来，
　　　　门前喜鹊成双对。

从来喜鹊报喜讯，

恭喜贤弟一路平安把家归……

听老妈唱到这里，马承骏忍不住笑出了声。任爱琴听到窗户外有动静，一转头正好看到马承骏在捂着嘴笑。

老妈这时也看见了马承骏："你在外面干吗呀？快进来听听，爱琴唱得还真不错呢，比我强，我年龄大底气不足了。"

老妈有个拿手好菜，叫拔丝地瓜，寓意长长久久、甜甜蜜蜜。这道菜主要是看熬糖的功夫，是个验证火候的技术活。糖熬欠了，拔不出丝来；熬过了头，就会又糊又苦没法吃。糖和油必须熬得恰到好处，做出来的拔丝地瓜才好吃。

这个菜是马承骏姐弟俩从小就喜欢吃的，老妈已经做过多次，所以很有经验。任爱琴说她也想学。老妈说："你脑子聪明，保准一学就会。"

两个人说做就做，老妈把地瓜洗净削皮，然后切成均匀的滚刀块备用。锅里的花生油开锅后，把切好的地瓜放进去炸至颜色金黄，外表变硬。老妈指导任爱琴在另一个锅里放进花生油，加热以后调至中火，再按照油和白糖 5∶1 的比例开始熬糖水。这是最关键的一步，眼看着糖和油完全融合熬到火候了，老妈让任爱琴把事先炸好的地瓜倒了进去，翻炒一会儿，出丝了然后出锅。任爱琴用筷子夹起其中一块往上拉，果然抽出了长长的细丝。

为了把任爱琴介绍给亲朋好友，马承骏大摆筵席，给任爱琴一一介绍认识。大家热热闹闹，喜气洋洋，讨论着什么时间可以喝马承骏的喜酒。

李正树对马承骏说："琴姐从小在城市里长大，城市的面貌其实大

第三十九章
磁性极强的 Fe_3O_4

同小异，都是水泥森林，不如借这次机会，我请你们到我农村老家看看吧，顺便体会一下乡土气息。老家种了很多蔬菜瓜果，都是纯天然的绿色食物，让琴姐也品尝一下咱们的农家饭菜，怎么样？"

马承骏说："好啊，你农村老家我也好久没去了，正好一块儿去看看。"

第二天吃了早饭，任爱琴画了个淡妆，穿了一身休闲运动服，跟马承骏去李正树老家。

李正树的老家就在村里的十字路口处。进了农家庭院，李正树的父亲正在梧桐树底下杀鸡褪毛，李妈赶紧把马承骏和任爱琴让进客厅里坐下。

聊了一会儿，李正树指着父母院子前面沿街的三层小楼说："那套楼是我的，平时就让爸妈照看着，明年我准备出租，等我以后年纪大了，就到这里来养老。这里环境好，离城区也不算太远，公路四通八达，到哪去都很方便。"

马承骏问："你这个三层楼有多少平方？盖起来花了多少钱？"

"不算前边的院子和阁楼，一二楼两层楼房加起来一共 386 平方米，建这个楼加上简装修，一共才花了 60 万元。"

任爱琴不禁说："这么便宜啊，一栋楼才花了 60 万。"

"可不是嘛，我这房子要是搁在北京可就不得了啦，在好点的位置至少也得值一千多万吧。说到底，其实盖楼的材料费用并不高，主要是在城里地价贵，各种费用高，最后都摊在楼价里让房主买单，自然就贵得要命了。"

李妈让他们先聊着，骑上三轮车就出去了。等她回来时，车子上有好几个袋子。任爱琴过去一看，有鲜嫩的玉米、青绿的毛豆、活鲜的花生、又白又粗的黄瓜，还有几个带着青绿色花纹的甜瓜。底下还有个尼龙袋子，任爱琴帮忙打开，看到里面有大葱、茄子和西红柿。

任爱琴惊喜地说："阿姨你种了这么多好东西啊。"

李妈一边收拾一边说:"庄稼人靠地吃饭,啥都种一点,自己吃着图个方便,老百姓也没啥稀罕东西,让你尝个鲜吧。"

中午十二点,李正树父母准备好了纯正的农家宴。任爱琴说:"能吃到这么有营养的饭菜,真是太有口福了。"李正树对她说:"上学时马承骏暑假里来我家玩,我俩经常去水库钓鱼,运气好的时候,一天能钓到好几条鱼呢,当天晚上就能吃到鲜嫩的葱油鲤鱼。现在很久不钓鱼了,要不咱们吃了饭再去试试?"

任爱琴开心地说:"好啊,我陪你们一块儿去。"

来到水库边,在一棵老柳树下,马承骏一丝不苟地做着准备工作。等他架上鱼竿,任爱琴说:"我虽然在城市长大,却很喜欢农村的朴素生活。等以后老了,我也想到农村里来,有一个农家小院子,我们种菜养花,再养一只狗,喂几只鸡,相依相伴地安度晚年,那该多好啊。"

马承骏说:"你这个愿望很好实现,我爸前年在一个叫御驾寨的山村里买了一栋三层的小别墅,楼前大概有两亩多地,楼后还带着一个果园,那里山清水秀环境很好。因为离城远,我也很少去,平时只有一个看门的在那里负责打扫卫生。你如果愿意,我们退休以后可以去那里住。"

"那太好了。"任爱琴说完又问马承骏,"你有什么愿望呢?"

马承骏说:"我的愿望就是和你在一起,只要有你在,无论干什么,不管在哪里,我心里都会觉得很幸福。"

水面一直静悄悄的,好久都没有任何动静。

马承骏若有所思地说:"我觉得今天的鱼肯定不上我的钩了。"

任爱琴问:"为什么呢?"

马承骏笑道:"因为我身边有个沉鱼落雁的美人嘛,鱼都沉下去了,哪会上钩啊?"

"鱼沉下去了,我倒是上了你的钩了不是?"任爱琴也开玩笑说。

"让你上钩比钓鱼可困难多了,特别是你生病住院的那一次,真是

第三十九章
磁性极强的 Fe_3O_4

把我急坏了。"

任爱琴看着水面说:"你那次很绝情地甩手就走了,看着你走了之后,我才发现我并没有想象中的那么坚强,我感到锥心般地难受,也是从那天起,我才知道我也不能没有你,这也许就是福祸相依的道理吧。"

"我知道你是在乎我的,可你当初为什么那么坚决地拒绝我呢?"

"我那时认为你应该找个比我更好的、更适合的。"

"任凭弱水三千,我只饮你这一瓢。你难道不知道你就是我心里最好的、最适合的人吗?"

"嗯,现在知道了。"任爱琴把头靠在了马承骏肩膀上,"那次我住院后,你从家里连夜赶来看我,在医院里,当你握着我的手流泪时,我的身心就有了感应,感到自己又活过来了,那应该算是我俩的第一次亲密接触。"

突然鱼浮子缓缓上升了一下,接着开始下沉,马承骏看准时机迅速提竿,果然有鱼上钩了,一条大鱼被活蹦乱跳地拽出了水面。

任爱琴高兴得手舞足蹈,赶紧帮马承骏把鱼放进了水桶里。

"你刚才还说我沉鱼落雁,事实证明我不是吧!"任爱琴笑眯眯地说。

马承骏捏了捏任爱琴的脸:"是啊,恭喜你不再是沉鱼落雁,已经成功转型为闭月羞花了。"

第四十章
治企业如烹小鲜

宁宁打来电话说想妈妈了,让任爱琴快点回去。任爱琴安抚他说已经买好了回去的机票,后天下午就能到家,让他在家里和姥娘姥爷耐心等待。

马承骏说:"在一起的时间怎么这么快呢?简直像飞一样。"

在父母家吃完了晚饭,他们就去了马承骏的空中花园。任爱琴临走之前,马承骏想单独和任爱琴在这里度过他们的二人世界。

进了门,他带着任爱琴把各个房间转了一圈。一楼是客厅和厨房,还有两个卧室;二楼有两间卧室、一个书房、一个影视厅;三楼是个阳光房,有个大露台,因为楼层较高,站在这里可以俯视泰河市全景。

书房里挂着一幅字,"寒雪梅中尽,春风柳上归"。任爱琴说:"这幅字很好看,意境也好。"马承骏说:"这是从文物市场上淘来的,不是名家写的,看着好看就买了,没想到你也喜欢,看来俗话说得不错,不是一家人,不进一家门。"

两人沏上茶,悠闲地坐在沙发上喝茶聊天。

马承骏说:"自从接手宏信以后,我正在努力学一些管理方面的知

第四十章
治企业如烹小鲜

识。前段时间我夜里搞了个突击检查,发现了不少白天看不到的问题。你做生意这么多年,在管理上有什么体会?"

"无规矩不成方圆,首先管理制度必须要健全,然后让责任心强的人去执行就行了。"

马承骏又问:"说得详细点呢?"

"我参加过一个企业管理培训班,听了几堂培训课后觉得很受益,后来我又根据需要自己总结了一下,制定了一个'九定管理法'。"

"看来你是理论和实践相结合了,为什么叫'九定管理法'呢?"

"定岗,定员,定责,定薪,定额,定制度,定计划,定流程,定奖罚,就是这九个方面。管理工作基本上都离不开这些具体的内容,我认为这九个方面做好了,就不会出现大的漏洞了。"

马承骏说:"嗯,有道理。"

任爱琴想了一下又说:"还有,我觉得如何调动人的积极性也是个学问。制度只是告诉员工干什么,怎么干,但是他们干到什么程度,是否有积极性和主动性,就需要想办法。可以物质刺激和精神鼓励相互结合,采取不同的激励措施。"

"是的,我厂里也制定了一些奖罚措施,下一步我还需要再逐步完善。"

马承骏又说:"我觉得最难做的还是人的工作。前些天我去省城办事,和几个朋友一起吃饭,其中一个朋友是搞软件开发的,和他聊起来,正好说到了他们单位卖给宏信的一个软件。他说同样一个软件,他们卖给别的单位是60万,卖给宏信却成了80万,这20万的差价就是一个很大的漏洞,而且是人的漏洞。负责采购的是我的一个堂兄,我觉得这里面问题肯定不少。"

任爱琴说:"在用人上我向来用人不疑、疑人不用,如果落实清楚了确实有问题,那就快刀斩乱麻,否则问题会越积越多。"

"嗯,对,我准备征求一下我爸的意见,尽快做出决定。"

电视上播放着一个现代藏族舞蹈《溜溜的康定溜溜的情》。这个舞蹈把女人的形体美和曲子的韵律完美地结合在了一起，表现了年轻姑娘们对生活的热爱和对爱情的向往。马承骏说这种舞蹈他也会跳，于是就滑稽地模仿着姑娘们的舞姿比画起来，把任爱琴笑得花枝乱颤。马承骏趁机把她一把抱起来，进了卧室。

第二天，马承骏一觉醒来，任爱琴还在沉睡。他仔细端详她熟睡中的样子，不自觉地笑了起来。她简直像个小萌娃，头发散乱，面容恬淡，抿着可爱的嘴角，长长的睫毛偶尔抖动。

马承骏拔下一根头发，轻轻撩拨她的耳朵眼。马承骏的头发又黑又硬，一会儿就把任爱琴撩拨痒了，她睁开眼抓住马承骏的胳膊说："真讨厌，你又在恶作剧，专门捣乱把我弄醒是吧？"

马承骏把她搂进怀里："你睡觉的样子太可爱了，我忍不住就想骚扰你一下。"马承骏说完，把他的大手放在任爱琴的肚子上揉了揉，"昨晚你吃得少，现在饿了吧？"

"没觉得饿，还是想睡。"任爱琴慵懒地说。

"好吧，那你先睡，我起来去做早饭。"

马承骏起身下床，任爱琴一抬腿，故意用脚钩住他不让他走，马承骏转过头俯下身，在她嘴上亲了几下："芝麻开门吧。"

吃完早饭，任爱琴说："我来刷碗，你去休息一下。"

马承骏拉着任爱琴的手看了看："你的手又白又嫩，以后刷碗这样的粗活还是我干吧。"

"你先去喝茶吧，你的女人没有你想得那么娇气，这些家务活我都能干。"

"好吧，等你干完了活我有奖励。"

"什么奖励？"

第四十章
治企业如烹小鲜

"等会儿你就知道了。"

任爱琴把厨房里收拾整理好，马承骏已做好了准备，让她先泡脚。任爱琴一边泡脚一边和马承骏说话。任爱琴问："你看过卡夫卡的《变形记》没有？"

"上中学时就看过了，男主人公格里高尔一觉醒来变成了一只甲壳虫，但他满脑子还在想着如何养家糊口，努力工作。他是个很努力很善良的人，可家人却难以接受他变成了一个吓人的怪物，就逐渐疏远他、嫌弃他，后来他就绝望了，死了，基本上就是这样的吧。"

"嗯，当初我看这个故事的时候还掉了泪呢。格里高尔本来是个好端端的人，可是一旦出现了意外的状况，亲情变了，生活变了，世界也变了，变得再也容不下他的存在，所以他只能孤单死去。承骏，我比你大这么多，我也肯定会比你先老去。如果我以后有什么意外的变化，你会不会嫌弃我、不要我了呢？"

马承骏拍了拍她的腿说："你又在瞎想，无论如何我都会一辈子陪在你身边好好照顾你的，不会嫌弃你，更不会离开你。"

听他说完，任爱琴把他的手放在自己胸口上："你能摸到我的心吗？听你这么说我就会心跳加速，我是在用心听你说话。"

马承骏揽住她的腰，俯下头来，把耳朵贴在任爱琴胸口上："我听到你心脏跳动的声音了，我和你是心心相印的。"

任爱琴揉着马承骏的头发说："我现在也离不开你了，你身上有种神奇的力量在吸引着我。"

任爱琴泡完脚，马承骏拿出套装的指甲刀，开始给任爱琴修剪脚指甲。他先用斜口指甲钳把指甲的边缘部位都修剪好，然后再用中号的指甲刀给她把指甲剪齐，最后再用指甲锉挨个儿把脚指甲全部修磨光滑。

看他耐心细致的样子，任爱琴拿起手机给他拍了个照片："亲爱的，除了爸妈，从来没有人对我这么好呢。"

马承骏抬头说："有这么好的老婆，我当然要好好疼爱啦。"

中午，马承骏问任爱琴想吃什么，他准备做午饭。

任爱琴说："我这简直是猪一样的生活了，吃喝都有你专门伺候。"

"今天你就安心当一头幸福的猪吧，明天你走了，就成了飞到天边的孤鸟了，等你走了，我想伺候你也捞不着了。"马承骏下厨做了几个菜，然后又倒上了两杯酒，他想和任爱琴一起喝一杯。

马承骏举起酒杯说："每次见到你，我都会更爱你；每次离开你，我都会更想你。你这次回去以后，和家里商量一下，看什么时间合适，我和爸妈一起去你家一趟，把咱俩的亲事定下来。我希望每天都能和你在一起，那才是我想要的生活。"

"好吧，我回去和爸妈商量一下，定好了日子我就通知你。"

"好，为了我们的美好未来，我们一起喝个交杯酒吧。"马承骏和任爱琴挽着胳膊，痛快地一饮而尽。

第四十一章
最想种下一匹小马驹

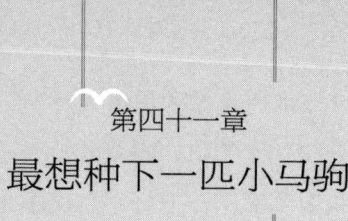

任爱琴临走的前一晚,两人无尽缠绵。任爱琴摸了一把马承骏的背上的汗:"累了吧?我们睡吧。"

"我就是舍不得睡呢,我害怕一觉醒来,就到了你离开的时候了。"

"我已经是你的人了,你还有什么不放心的吗?我要你细水长流地陪我一辈子。"任爱琴搂着马承骏的腰,把头拱进他怀里渐渐睡去。

听着任爱琴均匀的呼吸声,马承骏依然心潮起伏,毫无睡意。他怀里抱着的,就是他钟爱的女人。他心里默默地想,今后不管悲欢离合,都要和任爱琴生死相依。想到这里,他脑海中不经意又想起了多年前姥娘给他讲的那个故事。

姥娘家的院落很大,坐落在村子中间的一条南北路上,从姥娘家门口向北走大约一百米,有一处比较破旧的宅院,里面的树木长得很茂盛,院门却一直紧锁。记得是中考后的暑假里,马承骏去姥娘家。有一天经过那里,他问姥娘为什么这家人从来不开门呢,姥娘说因为这家的人都死了,没人了。马承骏又问为什么都死了呢,姥娘就给他讲了这家

人的故事。

那户人家的男主人姓蔚,因为在兄弟中间排行老四,大家都叫他蔚老四,他的媳妇叫李芳,是个很好的女人,她疼爱丈夫、孝敬老人,针线饭食都是一把好手。这本来是一个幸福的小家庭,可不幸的是李芳因为有病,结婚五年了一直没有怀孕生孩子,但是蔚老四并没有因为李芳不能生育嫌弃她,反而因为她身体有病,更加疼爱她,还安慰她说没有孩子也不要紧,等以后有机会就抱养一个,也一样过日子。

后来,李芳的病日渐加剧,天天吃药打针。蔚老四为给李芳治病花光了家里的所有积蓄。一天,李芳对蔚老四说:"我这病是从娘胎里带来的,医生也说了,根本治不好,今后还有可能越来越厉害。我跟了你这五年,你从没有嫌弃我。可你越是对我好,我心里就越难受,觉得对不住你,我这个不争气的身子连个孩子也生不出来,只能拖累你,拖累咱们这个家庭,以后,你别再给我拿药了,是死是活就听天由命吧。如果我死了,你就再找个身体好的,多生几个孩子,我就是死了也安心了。"蔚老四说:"你不要说这些伤心话,我们既然是夫妻,再苦再难我也不会丢下你不管的。你身体有病,我不能替你,但只要有一线希望,我也不会放弃治疗。钱没了可以再挣,但是我不能没有你,以后你就不要再说这种话了。你要是死了,我也不想活着。"说完两个人抱头哭了一场。

一天中午,蔚老四从地里干活回来,推开院门,发现家里冷冷清清的。往常李芳都是提前做好饭菜,估摸着他快回来的时候,就坐在大门口干些针线活等他,脸盆里准备好洗脸水,等他回来擦洗干净,再端茶上菜伺候他吃饭。

蔚老四走到院子里喊了李芳一声,屋里也没有回应。难道是出去了吗?蔚老四心里挺纳闷,他放下锄头推门进屋一看,发现李芳躺在地上,嘴角有血,旁边放着一个农药瓶子。

第四十一章
最想种下一匹小马驹

蔚老四顿时大惊失色，他声嘶力竭地喊李芳的名字，但她已没有任何反应。邻居们听到动静也都赶忙跑了过来，大家七手八脚地把李芳抬上车送往医院。到了医院后，医生一检查，说已经不行了，准备后事吧。

蔚老四失魂落魄地回到了家里，他在炉子旁边，发现了一张还剩半截的两元钱，另一半被撕下来已经烧成了纸灰。他把那张半截的两元钱仔细看了看，撕去的茬儿很整齐，这肯定是李芳临死之前把钱从中间撕开烧的，烧的那一半是她自己，留下的这一半是蔚老四，她可能想用这种方式告诉蔚老四，她已经灰飞烟灭了。

给李芳办完了丧事，蔚老四经常不吃不喝地呆坐着，精神也逐渐恍惚。岳母看他这个样子，很是心疼，就安慰蔚老四说："李芳活着的时候，你对她很好，我们家里人都知道，李芳不忍心拖累你，寻了无常走了，不为死的为活的，你得照顾好自己想开才行。"岳母还说以后看哪里有合适的人，再给他介绍一个媳妇。

可是没过多久，农历八月十五这天，蔚老四家里又传出噩耗，蔚老四上吊自缢了，留下遗书说一定要把他的骨灰和李芳埋在一起。大家都说，蔚老四和李芳无论在阳间还是在阴间，都是分不开的好夫妻。

如果死也是生的一部分，那么他们就是以死的形式又生活在一起了。

任爱琴临走前，老妈在家里做了一桌子好菜，让她吃饱喝好，为她送行。中午十二点整，马承骏从家里出发送任爱琴去机场。

当车子走到马承骏的空中花园时，马承骏说："再去看看吧？"

任爱琴问："从这里到机场大约多长时间？"

"最多三十分钟就能到达。"

"哦，时间还来得及，那就再去看一眼吧。"

一进门,马承骏就搂住任爱琴的脖子亲上了,又温存了一番。

送走了任爱琴,马承骏忙着处理工作上的事情。随着管理的规范和产能的提高,宏信公司的各项工作齐头并进,取得了前所未有的良好业绩。白天上班期间工作很紧张,马承骏很少和任爱琴联系,他们的甜蜜时光一般是在晚饭后。

晚上,他俩一起视频聊天。

"你和家里商量了吗?等你定好了日子,我就和爸妈一块儿过去,双方都见个面认识一下。"

"嗯,我今天刚和爸妈商量了一下,时间定在下周二,好吧?"

"好的,我让爸妈准备一下。"

按照既定的日子,马承骏一家准时降落在哈尔滨机场。他们这次是特地登门来求亲。

来到任爱琴家里,任爸和任妈热情招待了他们。任爸说:"对于这门婚事,孩子们既然都同意,我们做父母的也尽量尊重他们的意见。爱琴今后到了你们那边,人生地不熟,难免会有个差错,如果有什么不周到的地方,你们多关心照顾她吧。"

马东风听了便说:"这你就放心吧,爱琴在我们那边,就和在你跟前一样,我会像对自己的女儿一样对待她。"

按照定亲的风俗,马承骏把定亲的礼金交给了任妈,还给任爱琴买了定情物。马承骏说:"我们打算过些天先把结婚证领了,然后再找个黄道吉日举办婚礼。"

任妈说:"这个都好说,你们俩根据情况定吧,宁宁就先由我照顾着,等你们将来结婚了,各方面都安顿好了,再让他去那边也不迟,他也需要有个适应的阶段。"

马东风说:"只要对孩子有好处,你们觉得怎么合适我们就怎么办。"

第四十一章
最想种下一匹小马驹

领结婚证那天,马承骏人逢喜事精神爽,他摸着结婚证上的照片说:"从今以后,你是我的妻子,我是你的丈夫,我们就是生死相依的合法夫妻了,你知道我现在最想做什么吗?"

"你想做什么?"任爱琴仰头问。

马承骏把任爱琴拥在怀里,抚摸着她的小腹说:"我最想在你肚子里种下一匹小马驹。"

第四十二章
不须言语表深心

小马过河旅馆一直经营得有声有色。大姨来了之后,马承霞找了个老中医,给她调养了一段时间,大姨原来病恹恹的身体日渐好转,大姨也成了马承霞的好帮手。大姨干活很勤快,空闲的时候,她就戴上老花镜做些针线活,给马承霞姐弟俩分别做了两双布鞋,纳了两双鞋垫。她说只有穿布鞋才能舒适养脚接地气,那些高跟皮鞋都是橡胶底,把地气都挡住了,虽然看着时髦,但是都不如布鞋,对身体并不好。

大姨从小没有上过学,所以特别羡慕有文化的人。

一天,马承霞在写东西,大姨过来看了看说:"你写的字真好看。"

马承霞停下笔笑着说:"你要是也愿意写,我就教你写你的名字吧?"

大姨犹豫了一下说:"我那个名字年轻时还学着写了几次,但是写得不好看,拿不出手,怕人家笑话,后来就干脆不写了。现在需要写名字的时候,我都是让别人代写,我摁手印,现在老了还能学吗?"

"当然能,人都是活到老,学到老。你虽然没上过学,但你脑子可一点都不笨。你在鞋垫上绣的那些花,多漂亮啊!这样吧,我先把你的名字写在纸上,你抽空学着写就行。"

第四十二章
不须言语表深心

马承霞在大仿本上写下了大姨的名字：王—善—华。大姨说"王"和"华"这两个字都好写，就是中间这个"善"字不好写。

马承霞一笔一画地让大姨跟着她写，记住先后的笔画和顺序。大姨写了几张纸以后，就看着比较像样了。后来，马承霞又教给她一些加减乘除的计算方法，一些小账目，她就会算了，更让大姨高兴的是她还学会了使用计算器。马承霞笑着说："大姨，你脑子其实挺聪明的，你小时候要是能有机会上学，现在至少也是个县级干部。"说得大姨哈哈大笑。

路东山闲暇时经常来旅馆里帮忙，是个义务工作人员。尽管马承霞从不多说什么，但路东山对她的好，她是记在心里的。他周到体贴、忠厚能干，从来不提条件，也不提要求，就像月亮围着太阳一样，默默无闻地围着马承霞不停地转。

曹然和路静相处得也很融洽，两个人好得简直就像多了个头一样。曹然对路静是有求必应，家里做了什么好饭，他会想着把路静叫来吃。路静买了什么好玩的，也会第一时间通知曹然。看着这两个活泼可爱的孩子健康成长，马承霞和路东山心里都很欣慰。

大姨天天在旅馆里，这里人来人往的就是个小社会，时间久了，当然也看得出路东山的心意。

大姨对路东山说："哪个女人不希望能找个有疼有爱的男人好好过日子啊？承霞这孩子我是从小看着长大的，她表面很文静，骨子里却有些犟脾气。你们现在的情况我也看得出来，你俩都是好人，相信好人自有好报。"

马承霞离婚之前唯一的愿望就是逃离婚姻，获得自由，清清静静地和儿子一起过日子。现在，这个目标早已达到，但路东山无怨无悔地追随和陪伴，让她不得不对感情问题有更深的思考。什么是爱情？她沏一杯茶坐在书房里，看着窗外皎洁的月光，陷入了长长的遐思……

她对爱情的最早认识，源于小学时读的武侠小说《白发魔女传》，几十年过去了，仍记得当年卓一航写给练霓裳的情诗："补天无计空垂泪，恨海难填有怨禽。但愿故人能谅我，不须言语表深心。"敢爱敢恨的练霓

裳偏偏遇上了优柔寡断的卓一航，这一对情真意切的恋人，由于种种恩怨，最终劳燕分飞。一个为爱伤心，一夜白了头，从此情断义绝；另一个妄自遗恨，追逐毕生，却终老不得见面。从真爱，到伤害，再到阴错阳差地分开，这似乎是成为伟大爱情悲剧的固定流程，但是千百年来，依然有无数钟情的男人和怀春的女人情愿为爱情赴汤蹈火走一回。

《茶花女》这本小说让马承霞对爱情的火热和执着有了更深切的体会。女主角玛格丽特是个本性善良的女人，可惜身陷情色之场，她的美貌虽然满足了很多男人贪婪的欲望，却没有人对她付出真情，那只是一场又一场的床上交易。直到阿尔芒来到她身边，她才终于有了爱情……但他们的爱情，却注定得不到家人的允许和社会的认可。后来在阿尔芒不知情的伤害里，玛格丽特承受着巨大的压力和悲痛去世了。她像一朵引人注目的鲜花，美丽娇艳，最终却难逃厄运，被暴风摧残，被冷酷吞没，但是她的内心，留给读者的却是烙印深刻的坚强和圣洁。阿尔芒幡然醒悟后，根本无法接受这个残酷的现实，他无论如何也不相信玛格丽特已经死了。最终阿尔芒让人挖掘坟墓，打开棺材，亲眼看到了死去的心上人……悲愤的结局为这段悲壮的爱情盖棺定论，画上了一个催人泪下的句号。

因为老妈喜欢越剧的缘故，所以马承霞对梁山伯与祝英台的凄美爱情，一直印象深刻。当年的钱塘古道上，英俊潇洒的会稽梁山伯与情窦初开的上虞祝英台在求学路上一见钟情，情愫暗生。两人楼台相会时，就立下了"生前夫妻不能配，死后也要同坟台"的海誓山盟。后来不幸言中，他们虽死犹生真情在，身化彩蝶翩翩来。画龙点睛之笔，就是里面的化蝶，卑微的生命往往代表着自由，无奈的爱情只能以死抗争，在另外一个世界中寻找他们爱情的延续，从而铸就了化蝶的永恒。

文学中的经典爱情不胜枚举，现实生活中的爱情也是万花之筒。

仓央嘉措的爱情诗歌在纯净高洁中彰显出摄人心魄的力量。第一次读他的经典爱情诗《那一世》时，马承霞就觉得自己的身心被他的爱情梵音洗涤得异常通透。

第四十二章
不须言语表深心

那一日　我闭目在经殿的香雾中　蓦然听见你诵经的真言
那一月　我摇动所有的经筒　不为超度　只为触摸你的指尖
那一年　磕长头匍匐在山路　不为觐见　只为贴着你的温暖
那一世　转山转水转佛塔　不为修来生　只为途中与你相见
……　……

那个被仓央嘉措深爱的女人，应该是世界上最幸福的人。

当然还有那个要美人不要江山的爱德华八世。那是个被人们津津乐道且广为流传的爱情故事，在不列颠帝国的悠久历史上，除爱德华八世外，还没有一位国王会主动逊位。他逊位的原因只为了两个字——爱情。而这位使得他抛弃自己应有政治地位的女人，竟然是一名离过两次婚的美国女人。他让我们没有理由不相信爱情，也让以爱的名义而找出种种借口来搪塞爱情的人感到脸红。

歌德曾经在诗歌中反复吟咏：我爱你，与你无关。不知道他是不是因为"少年维特的烦恼"才这么说。刚开始，马承霞也感到不理解，爱情必须是两个人互相爱慕才行，因为从人类本性上说，所有的播种都期待有个好的收获，爱情怎么可能是与所爱之人无关的事呢？但是后来发现，在两情相悦的爱情之外，也确实有只属于一个人的爱情。林徽因、梁思成、金岳霖之间的情感故事，也是众所周知的。金岳霖对林徽因的人品才华赞羡至极，十分呵护，林徽因对他亦十分钦佩敬爱，他们之间的心灵沟通可谓非同一般，甚至梁思成、林徽因吵架，也是找理性冷静的金岳霖仲裁。然而在他们的关系中，金岳霖只能拥有只属于他自己一个人的爱情。他一生深爱林徽因，所以终生未娶，留下令后人唏嘘不已的"一身诗意千寻瀑，万古人间四月天"。

夜凉如水，马承霞思绪绵延，浮想联翩，墙上的时针已经指向凌晨两点。她起身来到窗前，看着远处的点点灯光，深深吸了一口气，双臂交叉在胸前，抱紧了自己。

第四十三章
良缘好合

　　春暖花开的季节，马承骏迎来了他和任爱琴新婚大喜的日子。
　　婚庆公司把宽敞的宴会大厅布置得非常喜庆，马承骏和任爱琴的巨幅婚纱照放在门口迎宾处。照片上，任爱琴穿着白色的婚纱，格外娇俏柔媚，她面带微笑，双目含情，唇齿间透出不言而喻的幸福，像花朵一样绽放在马承骏的怀里。马承骏一身西装，容光焕发，英俊帅气，眉宇间显露出志满意得的自豪和满足。
　　嘉宾陆续到场，马承骏和任爱琴站在门口迎接客人。吴昕瑜一家人最先赶到，令马承骏尤为感动的是，吴爸吴妈两位老人也亲自赶来并送上了祝福。大约十点钟，前来道喜的人形成了一个高峰，看着热闹的人群，马承骏小声问任爱琴："你那些姐妹们什么时候赶到？"
　　任爱琴说："她们正在宾馆里梳洗打扮呢，待会儿就来。"任爱琴的七姐妹是包括她在内的七个要好的朋友，她们平素情投意合，交往密切，任爱琴是七姐妹中的老三。今天是任爱琴和马承骏举办婚礼的日子，其余六姐妹专程从哈尔滨组团来参加她的婚礼。
　　随着一阵欢呼，六姐妹一起穿着光鲜亮丽的各色旗袍走进了门厅，

第四十三章
良缘好合

婚礼现场立刻刮起了一股民族风,有人甚至以为这是婚礼上的专业时装表演。通过任爱琴的介绍,马承骏对她们也有了基本的了解。大姐是一家旅行社的经理,她敦厚大气,游山玩水乐享生活;二姐是企业干部,为人热情真诚,办事条理分明;四妹是一名教师,脾气好,有耐心,标准的贤妻良母;五妹是机关干部,天生美人胚,行动风拂柳,娴静花照水;六妹是执法部门的公务员,颇有英姿飒爽舍我其谁的派头;七妹是媒体负责人,博古通今,做事干练,在穿衣打扮上独具慧眼。为了参加任爱琴的婚礼,她们都统一穿上了专门定制的旗袍,众星拱月一般围在任爱琴身边,无论远观还是近看,都像是七仙女们下凡来到了人间。

11点36分,吉日良辰已到,在婚礼主持人美好的祝福声中,马承骏和任爱琴的结婚典礼正式开始。

同时,伴随着浪漫的《婚礼进行曲》,一对新人携手入场,现场的亲朋好友报以热烈的掌声。到了宣誓阶段,主持人让马承骏和任爱琴相对而立,看着彼此的眼睛。

主持人说:"请新郎拉起新娘的手,在众人面前说出这份爱的告白吧。马承骏先生,当你的手牵定她的手,从这一刻起,无论贫穷和富有、健康和疾病,你都将关心她、呵护她、珍惜她、保护她、理解她、尊重她、照顾她、谦让她、陪伴她,一生一世,直到永远,你愿意吗?"

"我愿意!"马承骏大声说。

同样,主持人又对任爱琴说:"任爱琴女士,当你的手牵定他的手,从这一刻起,无论贫穷和富有、健康和疾病,你都将忠于他、支持他、帮助他、安慰他、陪伴他,一生一世,直到永远,你愿意吗?"

任爱琴也清亮地说:"我愿意!"

交换信物的时刻,马承骏深情注视着任爱琴,拉起她的手,把婚戒戴在了她左手的无名指上,主持人大声说:"新郎,请张开你强壮的臂膀,去拥抱你的新娘,拥抱你的天使,拥抱你心中的太阳!"

随着主持人的衷心祝愿和深情渲染,马承骏把任爱琴紧紧地抱在了

怀里，嘉宾们随之喊道："亲一个！亲一个！"马承骏捧起了任爱琴的脸，深深亲住了她的嘴唇，任爱琴的泪水禁不住夺眶而出。摄影师和录像师围住他俩一阵猛拍，用镜头记录下了这最激动人心的美好时刻。

如果说生活是一棵大树，那么男人们就是树上的枝干，女人们就是树上的花朵，孩子们则是树上的果实。在婚礼上，曹然、路静和宁宁，三个孩子很自然地组成了自己的小圈子，玩得不亦乐乎。

宁宁对曹然说："我妈说以后马叔叔就是我爸爸了，可我还是习惯叫他马叔叔，叫爸爸我觉得很别扭。"

曹然说："那你就继续叫叔叔呗，我舅舅脾气好，你叫啥他都会愿意，不会怪你的。"

宁宁若有所思地说："如果叫他爸爸，那我原来的爸爸也是叫爸爸，我就有两个爸爸，就分不开了。"

路静在旁边插嘴说："你们没看电视剧上说吗，你原来那个爸爸应该是前爸，现在这个是后爸。"

曹然摇头说："什么前爸后爸的，难听死了。我爸和我妈离婚后，我还是叫爸爸，也没有叫前爸。"

路静说："你当然得叫爸爸了，你又没有后爸。"

曹然反驳说："你爸以后要是再娶了老婆，难道你也叫她后妈吗？"

宁宁看着他俩说话，听得一愣一愣的。他仔细问了一下才明白，原来曹然现在缺个爸爸，路静现在缺个妈妈，于是咧嘴一笑对他俩说："你们俩现在一个缺爸爸，一个缺妈妈，让你们的爸爸和妈妈结婚，不就都有爸爸和妈妈了吗？"

曹然一撇嘴："这是大人们的事，我们说了不算。"

"你们可以问问你们的爸爸和妈妈，如果他们都同意，就可以像我妈和马叔叔一样结婚，这样不是更好吗？"宁宁简直像个智多星。

路静歪着脑袋想了想："我可以问问我爸，曹然，你也问问你妈

第四十三章
良缘好合

吧！要是像你舅舅和宁宁妈一样多好啊，刚才我看宁宁妈都高兴得掉泪了呢。"

曹然做作业，马承霞在旁边看书，曹然看了一眼马承霞说："妈，我问你一个问题。"

马承霞抬起头来："什么问题？数学还是语文？"

"不是学习上的问题，是关于你个人的问题。"

"你说吧，什么问题？"

曹然眨巴着眼睛说："你觉得路静爸爸这个人怎么样？"

"挺好啊，对我们很关心，还经常来帮我干活，是个好人。"

"那你喜欢他吗？"

"你怎么问起这个来了呢？"

"我就是随便问问，你喜欢还是不喜欢呢？"

"算是喜欢吧。"

"哦，好了，我知道了。"

"你问这干吗呢？"

"不干吗，我就是想知道。"曹然说完继续低头做作业。

路静和爸爸一起看电视，路静依偎进路东山怀里。

"爸，我问你个事吧？"

"好啊，你想知道什么尽管问就是了，只要爸爸知道的，都会告诉你。"

"你能保证你和我说的都是真心话吗？"

"当然能保证，爸爸不会对你说假话的。"

"好，那我们先拉钩，然后我再问你。"

路静伸出手指和路东山拉钩："拉钩上吊，一百年不许变，变了是小狗。"

路东山笑着说:"到底是什么问题还要先打赌?好啦,你问吧。"

"爸,你喜欢曹然的妈妈吗?"

"她?嗯,喜欢。"路东山没想到女儿会突然关心这个问题,但他还是如实回答了。

第四十四章
在路边鼓掌的人

正是秋天,阴雨连绵的季节,不知从什么时候起,天上淅淅沥沥地下起了小雨,让人心里也感到泛潮。

路东山在小马过河的储物间帮马承霞收拾东西。搬箱子时,一个红色笔记本掉了出来。他随手打开,里面的纸页已经泛黄,但扉页上的字迹依然清晰可见——

赠:霞

你与我
是人生旅途上偶遇的两叶小舟
共同度过一段难忘的旅途后
我们分手　分手
进入各自的航道
远走　远走
并非友谊的结束

分手　才正是
思念的开头
你把帆影　留在我的桅顶
我把桨声　留在你的船头
也许
还会有相逢的时候
在远方
那不知名的港口

路东山反复看了两遍，也不知道是谁写的。因为落款只有一个字：鹤。他心里暗想，不知这是哪里的一只闲云野鹤。路东山又翻了两页，后面是马承霞写的两首小诗。

麦叶哨

你一声嘹亮的麦叶哨
在我心间
飘荡了这么多年……

那是个明媚的日子
阳光洒满你的双肩
哨声
像一只手
亲切而有力
抚慰我　起伏跃动的心愿

丰收的田野

第四十四章
在路边鼓掌的人

清脆的哨音
绿色的芳香
静　静　弥　漫

你问
多久——你还能听见?
我说
到老——都声声不断!
谁也没有料到
那场突来的变迁
会把我们的庄稼
毁于一旦!

只剩你的哨音
长长短短
刻画我生命年轮里　滴满泪渍的梦幻
只有你的哨音
高高低低
呼唤我匆匆旅程上　一生的想念

你一声嘹亮的麦叶哨
在我心间
飘荡了这么多年……

狐仙洞

循着一个古老的传说,在清晨

我走近了狐仙洞
荒草遮覆了朝阳的洞穴
白得刺眼,亮得像火

这是一条南北纵向的沟壑
坐落在泰山之阳的高坡
一溪泉水在洞前环绕
狐仙们就在这里把云裳洗濯

山民说,狐仙们喜欢变成人形
骑着瘦瘦的驴或骡,打着灯笼
到大集上看戏
看到得意处,手舞足蹈
就会露出一截毛茸茸的尾巴

一个美丽的狐仙要出嫁
那场面真是盛大
灯火满山　来往穿梭
锣鼓声敲打出喜庆的仙乐
那妖娆的狐仙女
双眸凝着玫瑰的芳香
在大红轿子里,含羞端坐
起轿时,一道绚丽的霞光
从她肩头滑落
送亲的队伍蜿蜒十里
踩出大红焦黄的花朵
夜行人问

第四十四章
在路边鼓掌的人

哪里的姑娘这么热闹?
答曰　泰山胡家

向东向东
她终于嫁给了玉皇顶子上
她心爱的仙魔
真是奇观啊,后来人如是说

一场暴雨,山崩土裂
狐仙洞尘封了所有的繁华
只有不灭的传说,被夹进了时间的书页
还在夜晚的深处
醒着长长的耳朵

外面的雨渐渐下得大了起来,路东山出神地看着笔记本,以至于马承霞从外面进来,他都没有觉察。马承霞敲了敲门:"哎,看什么呢你?"路东山一看是她,就把笔记本递了过来。马承霞看了一下说:"你看这个干吗?"

"我觉得你写得挺好的,学习一下嘛,只是不知道那个落款'鹤'的是谁?"

马承霞说:"不该问的不要问。"

路东山知趣地没再多问,他忽然又想起了另一个事:"我听大姨说你要陪曹然去九龙山参加现场作文大赛,是吧?"

马承霞点了点头:"是啊,我本来不想去,但曹然说他们这次作文大赛还设立了一个家长组参赛,让家长们也进行现场作文比赛。曹然觉得我原来当记者肯定能行,就给我也报名了。"路东山一听:"好啊,这是发挥你专长的一个机会,当然得报名,那我和路静也报名参加。"

"你又不喜欢写作,你参加干吗,充数吗?"

"当英雄走过的时候,是需要有人在路边鼓掌的。我就当那个在路边鼓掌的人,不也挺好吗?"

周六上午,三辆大客车满载着一百多名参加现场作文比赛的学生和家长,来到了九龙山风景区的中心广场。

上午九点,作文大赛在会议中心正式开始。题目一发下来,马承霞看了下作文题目,是《××的脚步》,这对她来说,没有任何困难,她略一思考就开始动笔了。整个考场秩序井然,只听得见刷刷的写字声。

比赛时间到,马承霞交卷出来。路东山早已候在门外,迎过来递上矿泉水。他问马承霞写得怎样,马承霞说还好吧。过了一会儿,曹然和路静也先后出来了。曹然胸有成竹地说:"我已经发挥出最好水平了。"路静则说觉得时间不够用,刚写完就到了交卷子的时间了。马承霞安慰她说不管成绩怎样,顺利写完就行啦。

晚上七点半,颁奖典礼拉开帷幕,主持人依次宣布本次作文大赛的评奖结果。路静获得优秀奖,曹然获得二等奖。公布家长组获奖名单时,曹然紧紧抓着马承霞的手说:"妈,我觉得你一定能行。"果然,马承霞宝刀未老,当之无愧地获得了家长组一等奖。路东山说:"今晚真是好戏连台啊,把手掌拍肿了心里也高兴。"

第四十五章
成为你自己

颁奖典礼结束时，已经晚上九点了，马承霞和路东山带着孩子往宾馆走。路静拽着马承霞的手说："阿姨，我听说所有的获奖选手都可以免费游览风景区的游乐项目，这里有个欢乐大世界，里面有很多好玩的，我和曹然都想去玩玩，可以吗？"马承霞说："好啊，明天咱们一起去，让你们痛快地玩个够。"

第二天，曹然和路静一进了欢乐大世界，就忙着玩个不停。景区在仙佛谷新增加了一个以科幻为主的主题公园，里面有各种现代化娱乐设施，曹然和路静想看惊险刺激的4D电影《疯狂过山车》。

路东山对马承霞说："我们也一块儿进去看看吧。"

马承霞说："我从来不敢玩这种很刺激的项目。小时候幼儿园的转盘我都不敢坐，一转就晕，更别说过山车了。你们去看，我在这等着吧。"

路东山说："瞧你这点胆量，这是4D电影，又不是真让你去坐过山车，无非是身临其境地体验一下那种感觉罢了，不用担心。"说完他不由分说就拉着马承霞进去了。

在座位上坐好,戴上眼镜,《疯狂过山车》开始播放。随着惊险刺激的画面一一展现,孩子们不时发出惊呼和尖叫,马承霞则开始感到阵阵眩晕,她深吸了一口气,心中暗想,既然进来了,那就挑战一下自己的极限吧。

放映完毕,马承霞胃里已经翻江倒海般难受,她快步走出放映厅,一出门就忍不住呕吐起来,把路东山和两个孩子吓了一跳。路东山赶忙扶住她,她脸色苍白地说:"我说了,你还不信呢,事实证明我真是不行。"

路东山连忙说:"我们不玩了,赶紧回去休息吧。"

他们顺着仙佛谷的石阶向下走,走了大约有二十多米,马承霞忍不住又要吐,她怕吐在了台阶上,就捂住嘴绕到了护栏外边,刚吐了一口,没想到眼前一黑,脚底一滑,整个身子失去了重心,"哎呀"一声就跌进了石阶下面的灌木丛里,然后又落到了下面一个陡峭的瀑布崖上。瀑布水流湍急,马承霞被急促的水流冲到了瀑布石缝间长出的一棵大树旁。马承霞性命堪忧,路东山大声呼喊她,两个孩子也吓得直哭,不远处几个游人也跑了过来。

瀑布下面是一个比较大的深潭,如果掉进那个深潭里就更要命了,情况十分危急。

路东山先拨打了救助电话,然后他对曹然说:"你和路静在这里等着别动,哪也不要去,等救援队来救人。我现在要下去救你妈妈,记住了吗?"

曹然哭着说:"好的,路叔叔,你一定要把我妈妈救上来。"

游人劝路东山先不要冒险下去,还是等专业救援人员来了再说,可路东山哪里等得及。

他观察了一下山势和地形,选了一个坡度相对较缓的地方,徒手抓住树枝,顺着灌木丛开始往下滑。由于这里常年有水,岩石上长满了青苔,到处都很湿滑,稍不注意,就会有从崖壁上掉进瀑布的危险,但是

第四十五章
成为你自己

路东山此时已经顾不上想那么多了,他唯一的心思就是要尽快到达马承霞所在的地方。路东山像蜘蛛侠一样在崖壁上爬了有20多分钟,终于站在了离马承霞较近的一块石头上,他如果能跳到马承霞所在的那块岩石上,就能和她汇合了。由于上面的水不断往下冲刷,马承霞让他不要过去了。路东山却不达目的誓不罢休,他憋足了全身气力纵身一跃,终于跳到了马承霞身边。马承霞半坐着靠在那棵树上,身体无法动弹。他仔细看了下,马承霞脸上、身上有好多处划伤和碰伤的伤口,右腿伤势比较严重。他先把衣服撕开给马承霞简单包扎了一下止住血,然后背对着瀑布,用脊背为马承霞挡住从上面冲下来的水,形成了一个保护伞。

50分钟后,救援人员赶到,把路东山和马承霞从瀑布崖上解救了上来。

医院里,任爱琴坐在马承霞的病床旁陪护。马承霞照着镜子看着脸上的伤痕说:"本来就不俊,现在更丑了,这可怎么办呢?"任爱琴端详着马承霞的脸:"这种划伤的伤口一般过六个月左右就能完全长好,不会留下明显的疤痕,你不用太担心。再说,你的五官其实挺耐看的,只不过你平时不怎么用心打扮,所以就没有显示出来。"

"是吗?我这个人就是随意随性习惯了,很少用心来考虑如何打扮自己。"

"女人就得对自己好点,先学会爱自己才行,如果我们自己都不爱自己的话,别人怎么会爱我们呢?你说是吧?"

"道理上是这样,我也懂得,可我就是缺乏打扮自己的那份心情。"

"美丽其实也是门功课,也需要好好学习。你和承骏虽然长得不一样,但是你有你自己的特点。你眼睛不大,但很有神,鼻梁也挺直,唇形也不错,看上去很有味道的。如果你画个淡妆,就会有很大的转变,你自己化过妆吗?"

"不瞒你说,我还从没有正儿八经地给自己化过妆呢。我对描眉画

眼的事不在行，在记者节表演节目时，同事给我化过妆，她们说感觉还不错，但我自己不会画。"

"你原来上班既要忙工作，还要照顾家庭和孩子，时间比较紧张，也顾不上这些。现在你当老板了，有比较充裕的时间了，你完全可以重新塑造一下自己，改变外表的同时就会潜移默化地改变心境。还有，你穿衣服的风格也要改变一下，不要老是穿那些沉闷的颜色和太随意的款式，要让外在的穿着和内在的品质紧密结合起来，整个人看起来才有气质。"

"你在这方面真有研究，我以后还得向你好好学习呢。刚开始承骏和我说你的时候，我那时候就在想，你是个什么样的女人呢。后来我想一定是个有独特魅力的女人，要不然，怎么会隔那么远都能把承骏吸引、迷住了呢。承骏挑挑拣拣好多年，他这么坚定不移地爱你，我觉得你肯定不一般，后来和你见了面，果然是这样。"

"我和承骏算是千里有缘吧，我也没想到会嫁到这几千里之外的泰河来。他和我说你的时候，说你自然大方、淳朴善良，而且还是个才女。你确实是个很有才华而且很努力的人，我这几天里看到你把旅馆管理得井井有条，你要是把对工作的心劲也用到自己的外貌形象上，肯定也会取得很好的效果的。"

"嗯，那当然是好，只是我有种无从下手的感觉，以后你要多帮帮我，给我当指导老师吧。"马承霞满眼期待地看着任爱琴，"你可能就是上天派到我家来的，你给承骏带来了幸福生活，也给我带来了爱美向美的好心情。"

任爱琴笑着说："也许我们注定就是一家人吧。我觉得你还是有心结没解开，你如果不相信自己，你就不会相信爱情。一个人，只有敞开了心上的门，才能更好地接纳你想要的东西。"任爱琴停了停又说，"路东山这些天一直围着你和那两个孩子转，我看他对你挺有感情的，是吧？"

第四十五章
成为你自己

"你也看出来了?"马承霞脸上羞红。

"当然看得出,只是不知道你现在怎么想的,对女人来说,这辈子能有个一心一意对自己好的人,也是难得的福分,一定要好好珍惜才是。"

"可我还没想好呢。"

"等你养好了身体上的伤,心里的障碍也许就随之化解了。"任爱琴握了握马承霞的手,"我看你的微信签名是'成为你自己',只有身心合一,你才能成为更好的你自己。"

第四十六章
沿河看柳

按照医生的安排,马承霞回家休养。路东山把马承霞扶到沙发上,给她打开电视,调到她爱看的频道。路东山问马承霞想吃什么,马承霞说随便吃什么都行。路东山说:"冰箱里还有鸡肉和草鱼,今天中午就做四个菜吧,炒鸡、炖鱼,再炒两个青菜,土豆丝和西兰花,你看行吧?"马承霞说行。

马承霞半躺在沙发上看电视,电视里讲的是一只叫克里斯蒂安的狮子和它的两个主人的真实故事。

1969年,两个叫约翰和伯克的年轻人花二百五十英镑买下了一只可爱的小狮子,他们给狮子起名叫克里斯蒂安。克里斯蒂安长大后,约翰和伯克为了让它做一只真正的野生狮子,将它放归了自然。四年后,约翰与伯克想去看望它,朋友警告他俩如果克里斯蒂安野性发作,也许会把他们撕成碎片。尽管有这样的危险,约翰和伯克还是决定和克里斯蒂安见上一面。

见面的时刻来临,当两人走向狮群中的克里斯蒂安时,它顿时停下

第四十六章
沿河看柳

了脚步,用鼻子闻嗅空气。虽然时隔四年,但克里斯蒂安还是一下就认出了它曾经的主人,它撒腿欢快地奔向了他们。接着,感人的一幕出现了,克里斯蒂安完全像人一样用前肢拥抱它的主人,双爪搭在他们的肩膀上,狂热地亲他们,用舌头舔他们的脸,然后又扑在他们身上,将他们撞倒在地上一起快乐地打滚。克里斯蒂安用无法言喻的亲昵和热情表达着和两个主人重逢的喜悦。约翰和伯克都激动地哭了起来,人狮情未了,满满都是爱。

马承霞被这感人至深的一幕打动了,眼里不觉溢满了泪水。

路东山正好从厨房里出来问马承霞有没有料酒,看马承霞哭得跟个泪人似的,赶忙递上纸巾。

马承霞擦着泪说:"电视上演的狮子克里斯蒂安的故事,你看过没有?"

"原来看过。"路东山说。

"真是很感人,人和狮子之间竟然能够产生这么深厚的情谊,由此看来,感情是没有界线的,甚至还能跨越物种。"

路东山说:"不同的物种之间都有深厚感情,那么两个人之间岂不是更应该有感情?"他递给马承霞一杯水,"好啦,别哭了,快补补水吧,那个狮子被主人养了多久又放归野外的?"

"大概是两年吧。"马承霞说。

路东山笑着说:"要不你也在家里,哪也别去了,我好好饲养你两年,看看是不是也能产生那么好的感情,行吧?"

"去你的,拿我这个病人寻开心是吧?你快去做菜,料酒在左边第二个橱柜里,你打开就能看到。"

马承骏打来电话,说中午要和任爱琴一起过来吃饭。马承霞对路东山说:"承骏和爱琴也要过来一起吃,你再添两个菜吧。"路东山说:"这好办,再加一盘牛肉干,炒一个花生米就行。他俩来了正好,我正

愁没人陪我一起喝酒呢。"

中午十二点，曹然、路静、马承骏和任爱琴相继到家，路东山早已把饭菜都准备好。小狗丹麦还是和原来一样听话，吃饭的时候，让它坐下，它就安安稳稳地坐在狗窝旁边，不会靠近餐桌，也不像别的小狗一样不停乱叫。任爱琴看丹麦这么听话，拍了拍它的头夸它好聪明。

曹然说："这多亏了我妈，她是教子有方、驯狗有法。"

任爱琴笑着对马承霞说："你这么聪明的人以后更要学着对自己好点，我给你带来了一瓶香水，你看看喜欢不。"任爱琴说完从包里拿出一个精致的香水盒递给马承霞。

马承霞接过来一看，是经典的"'迪奥真我"。瓶身的造型复古奢华，流线型的设计像一个娉婷少女，极尽华贵优雅。马承霞对这款香水也知道一些，它被誉为女士的永恒经典。马承霞高兴地对任爱琴说："谢谢你啊，以后你就经常来陪我吃饭吧，这样我就能多向你学习了。"

"行，没问题。下一次，我再给你带一套化妆品来，趁着你在家里休养，我教你学学化妆，等你的腿伤好了，就让你大变活人，从头到脚都是新感觉。"

"好啊，那我可是因祸得福了。"

大家围坐在餐桌前一起吃饭，马承霞对任爱琴说："公司里现在已经过了难关，恢复正常了，你们打算要孩子了吗？咱妈可是盼星星盼月亮呢，我在医院住院的时候，一个老太太抱着孙子从我病房门前经过，咱妈和人家聊了几句，看着人家的大胖孙子，咱妈就羡慕得不得了，一直看着老太太走出好远。"

任爱琴笑了笑没说话。马承骏说："这个不用着急，该有的时候自然就有。"

任爱琴边吃边称赞路东山的饭菜做得好吃，路东山说："其实原来我也不会做，这些年自己带着孩子生活，慢慢就学会了。"

任爱琴又说："我觉得你做的比承霞做的好吃。承霞你好有口福啊。

第四十六章
沿河看柳

抽空我再帮你选几件好看的衣服，你就吃穿都不愁了。"

曹然这时说："妈，我觉得你还是留长头发好看，留长头发至少是半个美女。"马承霞说："为什么呢？"

曹然说："女人只要身材苗条，再加上长发飘飘，不管脸长得什么样，至少从背后看已经是半个美女了。"曹然的话引来大家哈哈大笑。

马承骏说："你小子懂得还不少呢。"

"我也是听同学们说的，还有其他好多呢，比如男人身上的衣服不能超过三个颜色。"

"你长大了肯定是个大帅哥，现在就这么有研究。"任爱琴说。

"人家都说外甥随舅，我也不用太帅了，和我舅舅一样就行啦。"

大家一起说说笑笑地吃了午饭，马承骏和任爱琴回家休息，路东山喝得有点多，靠在沙发上用手撑着头昏昏欲睡。

路静说："爸爸，你困了就赶紧睡一会儿吧，我等会儿就和曹然一起上学去。"马承霞晃了晃路东山的胳膊，让他去客房休息会儿。

路东山进了客房头一挨到枕头就睡着了。等曹然和路静上学走了，马承霞也进了卧室躺在床上，却没有睡意。她在想，如果她和路东山组成一个家，会是什么样呢？他能包容她的所有，保护她，为她遮风挡雨，这是肯定没问题的；他会像照顾自己的女儿一样照顾曹然，和她一起把孩子们抚养长大，这也没问题；他还会喜欢小丹麦，在清晨或者傍晚牵着它出去遛弯……马承霞这么想着，又暗自笑话自己真是太自私了，怎能老想着对自己的好处呢？

她又转念一想，感情是相互的。和她在一起，对路东山来说也有很多好处。按任爱琴说的那样，把自己收拾打扮得美丽一些，让他因为有个漂亮的好老婆而感到自豪；自己还会和他一起孝敬老人爱护孩子，让他无论走到哪里，心中都有一个温暖的家；再就是经营好小马过河，创造更好的经济条件，为家庭的幸福和孩子们的未来打下一个好的基础……这么想着，马承霞的心里感到越来越宽慰，渐渐地睡了过去。

第四十七章
天使的脚步

　　任爱琴怀孕的喜讯让马承骏一家人喜笑颜开。
　　马东风一直病恹恹的身体竟然好了一大半，每天早晨都早早起床，然后在院子里打太极拳，准备锻炼好身体享受含饴弄孙的天伦之乐。
　　老妈则在神龛前虔诚跪拜，求天地三界神仙和八代宗亲保佑任爱琴顺顺利利地生个好娃娃。一天，任爱琴从神龛前走过，听老妈嘴里念念有词，说是让送子观音和眼光奶奶多操心，一定要选个健康聪明的，还要长得好看的娃娃给他们家送来。不仅如此，老妈还特意把家里原来马承骏住的房间又仔细收拾整理了一番，让马承骏和任爱琴搬回来一起住，不再住他们那套空中花园了。电视里演的那些吓人的电梯事件让她很犯疑忌，她说不怕一万，就怕万一，现在要的就是万无一失。
　　马承霞也给任爱琴搜集了各种育儿书籍与胎教资料，让任爱琴科学早教。
　　张梁给马承骏打来电话："你小子行啊，现在已经是准爸爸了，我和你嫂子说好了，周末到我家来，专门给爱琴做一顿养胎宴。"马承骏赶忙喜滋滋地答应了。

第四十七章
天使的脚步

自从任爱琴怀了孕,马承骏夜里睡觉时都会格外注意,尽量和她保持一个安全距离,生怕一不小心会碰到她肚子里的小宝贝。周末,马承骏一觉醒来,温柔地抚摸着任爱琴的肚子说:"你说我们的小女儿现在是不是也睡醒了呢?她在里面会想些什么呢?"

"你怎么知道是女儿呢?"任爱琴问。

"因为我希望你能生一个和你一样漂亮的小女孩。我们已经有了宁宁这个好儿子了,你再生个女孩,咱就有儿有女,多好啊。"

马承骏说完拥住任爱琴,一脸开心地说:"原来我特别羡慕张梁儿女双全很幸福,以后就不用羡慕他了,我也是和他一样幸福的人了。"

周末这天,马承骏和任爱琴一起来到张梁家,王玉洁和保姆正在厨房里忙活着做菜。王玉洁对任爱琴说:"给你说个好事,为了你的小宝贝,今天还专门邀请了一个特约嘉宾。"

"什么特约嘉宾?"任爱琴问。

"李萍有个同学叫薛佑芸,是咱们市妇幼保健院的产科主任。我今天中午特意让李萍把她也叫过来一起吃个饭,让你和她见面认识一下。你是高龄产妇,各方面都要注意。生孩子的时候咱就让薛佑芸负责,你就放心大胆地生吧。"

任爱琴感动地说:"王姐你真是太好了,想得很周到呢。"

门铃响,王玉洁摁下按钮,门开了,李萍和另外一个神采奕奕的中年女人一起走了进来。大家在客厅里围坐着喝茶,李萍把任爱琴的情况向薛佑芸介绍了一下,薛佑芸看着任爱琴说:"你虽然年龄大了点,但是状态看起来不错,只要按时检查,孩子发育正常,就没必要太过担心。"

任爱琴说:"今天认识你很高兴,以后说不定什么时候就给你添麻烦呢,先谢谢你了。"

薛佑芸说:"不用客气,我除了休班,其余时间都在上班,有什么事可以随时联系。"然后她又给任爱琴讲了一些孕产期间的注意事项。薛佑芸说话声音清脆，逻辑缜密，言行举止间能看得出她是个非常严谨细致的好医生。任爱琴想，她肚子里的这个小宝宝可真够幸福的，还没出生就得到了这么多人的关心照顾。

任爱琴的孕期一切正常。为了能在任爱琴分娩时陪产，马承骏还参加了一个专业培训班。

任爱琴说："你要有足够的心理准备，据说有的男人看了老婆生孩子后还留下心理阴影，产生抑郁了呢。"

"这你就放心吧，孩子是我俩的爱情结晶，生孩子是你最痛苦的时候，也是你最需要我的时候，我怎么忍心让你独自一个人承受呢？所以我必须陪在你身边，和你一起迎接咱们的小宝贝。"

十月怀胎，一朝分娩。这天中午，任爱琴突然觉得肚子疼，去洗手间时发现见红了，马承骏赶紧收拾了一下，陪任爱琴去了医院。

薛佑芸给任爱琴检查了一下，说宫口条件不错，顺产应该没问题。

得知任爱琴住院的消息，马承霞很快赶了过来，手里提着一个不锈钢保温盒，里面是她用新米熬成的营养粥。老妈盼星星盼月亮终于盼到了这一天，她在家里烧上高香供奉神灵，磕了三遍头，然后又买了巧克力和蜂蜜等一大堆好吃的也赶到了医院。

任爱琴的阵痛逐渐加剧，疼得她直冒汗，但她依然坚持活动，一会儿扶着床沿慢慢蹲，一会儿骑着椅子坐，变换着各种姿势减轻临产前的疼痛，因为她知道这是宝宝在为出生发起冲锋。马承骏一直陪在任爱琴身边，握着她的手，揽住她的腰，不停地安慰她、鼓励她。任爱琴疼得难以忍受的时候，他按照培训班上教的方法，让任爱琴跪在床上，双手搂住他的脖子，把脸靠在他怀里，他轻轻地抚摸她的脊背，缓解她的紧张情绪和心理压力。阵痛的间隙，马承骏让任爱琴不要动，要好好休

第四十七章
天使的脚步

息。他上培训课时,老师曾说这个时间是小宝宝在休息,也是在为下一次冲击积蓄力量,所以这个时候妈妈最好不要活动,要适当补充一下因为疼痛而消耗的能量,等到下一次阵痛时,再和宝宝一起努力使劲。

骨缝开到5指的时候,马承骏换好无菌衣,陪任爱琴进了产房。

在产床上,任爱琴感到了撕心裂肺般的疼痛。薛佑芸不停地鼓励任爱琴:"往下使劲,加油!"看时机成熟,她用双手在任爱琴腹部按压助产,同时让任爱琴随着阵痛有节奏地呼吸和用力。

马承骏也疼惜地说:"亲爱的,坚持住,再努力一下,我们的小宝宝就要生出来了。"

说话间,一个可爱的小天使呱呱坠地,响亮的啼哭声打破了产房里的紧张气氛。正如马承骏所愿,是个小女孩,身高50厘米,体重3.5公斤,母女平安,一切正常。

护士把孩子擦拭干净包好了放在婴儿车里,推到了任爱琴床前,马承骏高兴地说:"好老婆,我太高兴了。刚才我想,我俩跨越千山万水走到了一起,你又经历千辛万苦把她生了下来,所以我们的宝贝女儿就叫千千吧?"

任爱琴虚弱地笑了一下说:"嗯,好。"

自从有了千千,马承骏一家人对孩子都无比宠爱,含在嘴里怕化了,捧在手里怕吓着,马承霞也经常去探望。现在的马承霞和以前相比,真是换了个人一样,任爱琴把她打扮成了一个有品位、有风韵的靓丽女人。

早晨,马承霞提着炖好的猪蹄汤刚走出门口不远,迎面看到路东山开车向她这边过来。

马承霞有些惊讶:"你这么早就过来,有事吗?"

路东山微微一笑:"当然有事,而且是重要的事,我已经搬到这个小区里来住了。"

马承霞以为自己听错了:"啊?你说什么?你搬到这个小区来了?"

"是的,我昨天就正式搬来了。"路东山说完抬手朝前面的楼一指,"就是这栋楼,在三楼东户,就在你家的正前方,看你家院子一清二楚,就当是免费给你看家护院吧。"

"你怎么没提前和我说一声呢?这也太突然了吧?"

"做夫妻必须得两相情愿先谈恋爱,但是做邻居是不需要商量的,我完全可以自主选择自己决定,你说是吧?"路东山说完饶有余味地看着马承霞。

马承霞笑了下没说话。

路东山又说:"你是要到医院去吧?正好我也想去看看,上车咱们一起走吧。"

路东山说完,打开车门让马承霞上车。待她坐稳,路东山手脚麻利地启动引擎,轻踩油门,车子平稳前行,带着他们一起奔赴新的生活。